INTOLERABEL

DIE SCHWESTER DES BESTEN FREUNDES

DER PHÖNIX CLUB
BUCH DREI

DARCY BURKE

Übersetzt von
PETRA GORSCHBOTH

INTOLERABEL: DIE SCHWESTER
DES BESTEN FREUNDES

Willkommen im Phönix Club, in dem Londons waghalsigste, anrüchigste und intriganteste Ladys und Gentlemen Skandale, Erlösung und eine zweite Chance finden.

Pünktlich wie ein Uhrwerk verliert Ruark Hannigan, Earl of Wexford, alle drei Jahre sein Herz. Allerdings hat er seinem Vater gelobt, nicht vor seinem dreißigsten Lebensjahr zu heiraten, damit er sich seiner Wahl sicher sein kann. Als die Schwester seines besten Freundes jemanden braucht, der sich als ihr potenzieller Verehrer ausgibt, damit sie auf dem Heiratsmarkt Aufmerksamkeit erregt, ist er der perfekte Kandidat - wenn er sie nur nicht heimlich geküsst hätte.

Lady Cassandra Westbrook kann das Intermezzo zwischen Wexford und ihr nicht vergessen, und sie macht eine schwierige Zeit durch, sich auf ihre Suche nach einem Ehegatten zu konzentrieren. Der Umstand, dass ihr Vater jeden Gentleman einschüchtert, hat ihre Bemühungen unerträglich gemacht, und ihre beiden Brüder, die ihr helfen könnten, erweisen sich als vollkommen nutzlos. Sollte sie sich aber nicht auf jemanden einlassen, wird ihr Vater bis zum Ende der Saison eine »akzeptable« Ehe arrangieren.

Endlich hat Cassandra die Chance, umworben zu werden, aber leider nicht von dem impulsiven und unwiderstehlichen Iren, den ihr Vater verabscheut und nach dem sich ihr Herz verzehrt. Als Ruark jedoch mitansehen muss, wie die Frau, die er leidenschaftlich begehrt, sich wider besseres Wissen in die Arme eines anderen Mannes stürzt, wird die Aussicht, sie zu verlieren, intolerabel.

KAPITEL 1

London, April 1815

*E*ndlich hatte Lady Cassandra Westbrook ihre beste Freundin zurück. Es tat ihr nur leid, dass ihr Wiedersehen auf diesem Ball am Portman Square standfand und nicht in einem privaten Salon, wo Cassandra ein Dutzend Fragen über Fionas Durchbrennen hätte stellen können. Es war alles sehr romantisch und fantastisch und es lag außerhalb von Cassandras Begriffsvermögen. Aber andererseits war sie auch noch nie verliebt gewesen und der Vorstellung, nach Schottland durchzubrennen, um einen Mann zu heiraten, haftete etwas von einem Liebesroman an.

Leider konnte sie Fiona nicht mit Fragen löchern, aber sie hatte sie fest umarmt und starrende Blicke sowie wahrscheinlich auch das Missfallen der anderen Gäste auf sich gezogen, die Zeugen ihrer freudigen Umarmung geworden waren oder ihre begeisterten Ausrufe gehört hatten.

Fionas frisch angetrauter Ehemann, Lord Overton, war

natürlich ebenfalls anwesend und tauschte Höflichkeiten mit Cassandras älterem Bruder Constantine aus. Dann hatte er Fiona mit Constantines bezaubernden Frau, Sabrina, bekannt gemacht.

Gleichwohl sie sich damit abgefunden hatte, dass sie Fiona nicht ausfragen konnte, war Cassandra nicht imstande, ihre Freude im Zaum zu halten. Sie fasste Fionas Hand und drückte sie. »Ich kann dir gar nicht sagen, wie froh ich bin, dass du wieder hier bist. Die letzten paar Wochen waren sehr anstrengend. Es gibt so viel, was ich dir zu erzählen habe. Und ich muss natürlich alles über deine Reise hören. Du bist jetzt eine Komtess!« Cassandra konnte es immer noch nicht ganz glauben.

Lachend erwiderte Fiona ihren Händedruck. »Ja. Es ist recht bizarr.« Sie rückte ein bisschen näher zu Cassandra heran. »Du hast dich während meiner Abwesenheit nicht verlobt, nicht wahr?«

»Nein, aber das liegt nicht an einem Mangel von Druck in dieser Angelegenheit seitens meines Vaters. Wenn ich nicht bis Juni heirate, droht er, mich mit irgendeinem nicht näher bestimmten Gentleman zu verheiraten.« Cassandra schaute ihre Schwägerin an. Sabrina war sich des unmöglichen Verhaltens des Herzogs in Bezug auf Cassandras Heiratsaussichten sehr bewusst. »Ist es nicht so?«

»Das hat er gesagt.«

Cassandra verengte die Augen. »Ich habe beschlossen, den nächsten Mann zu heiraten, der mir begegnet. Ich hoffe, dass er besonders schurkisch ist. Vater wird das hassen.«

Genau in dem Moment kam der Earl of Wexford an und begrüßte Fionas Ehemann in seinem köstlichen irischen Dialekt. Köstlich? Nein, sie durfte so nicht von ihm denken.

Prudence Lancaster, Cassandras wundervolle Gesellschafterin und vertraute Freundin, beugte sich näher. »Du solltest ihn um Hilfe bitten. Wenn er dir vielleicht

Aufmerksamkeit schenkt, wird das andere Bewerber anlocken.«

Cassandra blinzelte ihr in purer Bewunderung zu. »Brillant«, murmelte sie. An Wexford gewandt verkündete sie: »Mylord, ich denke, Sie sollten, mit mir tanzen.«

Overton richtete mit gerunzelter Stirn das Wort an sie. »Ach, vielleicht möchten Sie stattdessen lieber mit mir tanzen?«

Cassandra verstand nicht, warum er so besorgt wirkte, und lächelte ihm beruhigend zu. »Vielen Dank, aber ich denke, es muss Wexford sein.« Sie wandte sich an den irischen Earl. »In der Zwischenzeit sollten wir eine Runde drehen, nicht wahr?«

Seine Antwort bestand darin, ihr seinen Arm anzubieten. Cassandra legte ihre Hand auf seinen Ärmel und betrachtete ihn aus dem Augenwinkel. Groß und sportlich mit tintenschwarzem Haar und lebhaften blauen Augen, war Wexford so attraktiv, dass es fast wehtat. Aber nur *fast*, denn es gab einen Makel in Form seiner krummen Nase, die er sich beim Boxen gebrochen hatte. So jedenfalls hatte Cassandras Bruder Lucien es ihr berichtet, der einer der besten Freunde Wexfords war. In Wahrheit fand Cassandra, dass seine krumme Nase seinen schurkischen Charme nur noch unterstrich.

Schurkisch. Das war genau die Art von Mann, die ihr Vater hassen würde. Wodurch Wexford für Cassandra ungemein attraktiv wurde, da sie vom dominanten Betragen ihres Vaters genug hatte.

»Sie sind sehr frei heraus, mich zum Tanzen aufzufordern«, meinte Wexford mit einem charmanten Grinsen. Er lenkte den Blick auf sie, als sie anfingen, im Ballsaal umherzugehen, während sie auf das Ende des derzeitig gespielten Musiksets warteten. »Aber andererseits wissen wir beide um Ihre Tendenz zur Kühnheit.«

»Das sollten Sie nicht erwähnen. Wir haben eine Abmachung.« Cassandra hielt ihren Blick starr geradeaus gerichtet. Sie gestattete sich nicht, an diesen *Vorfall* von … Kühnheit zu denken. Es wäre Wahnsinn, das zu tun. Außerdem hatten sie bezüglich dieser ganzen Angelegenheit einen Pakt geschlossen.

»Ich habe nichts Spezifisches gesagt.« Sein Tonfall war leicht und unschuldig, aber irgendwie troff alles, was er in seinem irischen Akzent sagte, von Sünde. Er senkte seine Stimme. »Soll ich alles ignorieren, was ich über Sie weiß, Mylady?«

Cassandra achtete nicht auf den köstlichen Schauder, der ihr über das Rückgrat fuhr. »Versuchen Sie es.«

Er atmete hörbar aus. »Warum haben Sie mich dann gebeten, mit Ihnen zu tanzen?«

»Ich brauche Ihre Hilfe und Sie hatten mir Ihre Unterstützung angeboten, sollte ich sie je brauchen.« Tatsächlich war er ihr vor einigen Wochen auf einem Ball im Phönix Club zur Hilfe gekommen, als ein betrunkener Gentleman zu verwegen mit seinen Händen geworden war.

»Wie kann ich Ihnen zu Diensten sein? Vergessen Sie nicht, dass Ihr Bruder beim letzten Mal, als ich Ihnen geholfen habe, beinahe auf mich losgegangen wäre.«

Cassandra machte ein ernstes Gesicht. »Ich verstehe sein Benehmen immer noch nicht.« Ihr Bruder Lucien war das mittlere Kind unter den Geschwistern und ein leutseliger, großzügiger Mensch mit einem Überschuss an Charme. Als er allerdings beim Ball im Phönix Club herausgefunden hatte, dass Cassandra mit Lord Wexford getanzt hatte, der sein Freund war, hatte er die beiden wütend angewiesen, dass dies nicht noch einmal vorkommen sollte. Als Cassandra darauf bestanden hatte, den Grund dafür zu erfahren, hatte Lucien lediglich geantwortet, dass sie auf ihren älteren Bruder hören sollte.

»Und ich verstehe Ihr Benehmen auch nicht«, fügte sie hinzu, wobei sie kurz zu Wexford aufblickte, als sie in der Nähe der geöffneten Türen des Ballsaals flanierten, die in den Garten führten. »Warum lassen Sie sich von Lucien vorschreiben, mit wem Sie tanzen?«

»Das tue ich normalerweise nicht. Aber Lucien ist einer meiner liebsten Freunde und Sie sind seine kleine Schwester. Da ich selbst vier jüngere Schwestern habe, verstehe ich die Neigung eines älteren Bruders zur Rolle des Beschützers.«

Bei den Worten »kleine Schwester« sträubten sich Cassandra die Haare und sie schürzte die Lippen. »Ich werde bald zweiundzwanzig sein. Warum würde ich von Ihnen beschützt werden müssen? *Das* würde ich liebend gern wissen.« Sie blieb ruckartig stehen und zog an seinem Arm, um ihn anzuhalten.

Um sie herum drehte sich der Ball mit Strahlen und Klang – funkelndem Kerzenlicht, schönen Menschen Musik und Gelächter. Es war auch warm, aber hier, in der Nähe der offenen Türen, war es erträglicher.

Wexford war natürlich einer der schönsten Menschen, die hier anwesend waren. Sein Frack aus superfeinem, tiefem Schwarz umhüllte seine muskulösen Schultern perfekt und das leuchtende Blau seiner Weste ließen seine Augen noch verführerischer wirken. Das beinahe blendende Weiß seines Hemdes und des Halstuchs schimmerte gegen das Schwarz seines Haares und seines Fracks und erhob sein gesamtes Erscheinungsbild zu dem eines überaus modischen – und blendend attraktiven – Gentleman.

Als er nichts sagte, zog sie ihn noch einmal leicht am Arm. »Nun?«

»Nun was?« Er schaute sie amüsiert an und sie wünschte, sie könnte ihm vor das Schienbein treten.

»Warum glaubt Lucien, ich müsste vor Ihnen beschützt werden?«

Wexford schaute für den Bruchteil einer Sekunde an ihrem Kopf vorbei und dann warf er den freien Arm in die Luft. »Wie soll ich das wissen? Wie ich sagte, neigen Brüder dazu überbeschützend zu reagieren, wenn es um ihre Schwestern geht. Ich würde gern wissen, warum Sie versuchen, ihn zu provozieren, indem Sie mich bitten, mit Ihnen zu tanzen?«

»Ich versuche nicht, ihn zu provozieren. Er ist nicht einmal hier, wenn Sie sich dann besser fühlen.« Nicht, dass es ihr etwas ausmachte. Sie hätte Wexford ohnehin gebeten, mit ihr zu tanzen. Prudence´ Idee hatte sich in ihren Gedanken festgesetzt. »Er wird sowieso bald genug von meinem Plan erfahren.«

»Sollen wir unsere Promenade fortsetzen?«, fragte Wexford freundlich, ehe er flüsternd hinzufügte. »Die Leute schauen in unsere Richtung.«

Cassandra nickte und sie gingen weiter.

Wexford führt sie um eine Gruppe von Leuten herum, die ihr Herannahen offensichtlich nicht bemerkten oder dass sie einen nicht markierten Bereich zum Promenieren blockierten. »Weil Sie mich um Hilfe gebeten haben, schließt dieser Plan mich ein, wie ich vermute.«

»So ist es. Ich denke, Sie sind über meines Vaters Erlass im Bilde, dass ich bis Ende der Saison heiraten soll.«

Der Herzog hatte sich erweichen lassen und ihr erlaubt, ihre Saison für einige Jahre zu verschieben, doch nun, da sie ihr Debut gemacht hatte, erwartete er, dass sie bis zum Saisonende heiratete. Was genau der Grund war, weshalb sie überhaupt um einen Aufschub ihrer Saison gebeten hatte. Es war von äußerster Wichtigkeit für ihn, dass seine einzige Tochter eine sehr erfolgreiche erste Saison hatte, was bedeutete, dass sie beliebt sein und heiraten musste.

»Das bin ich.«

»Ich hatte genau einen Besucher. Mein Vater ist

enttäuscht, um es gelinde auszudrücken.« Er ließ sich fast täglich darüber aus, wie sie solch ein Reinfall sein könnte. Sie war wunderschön, die Tochter eines Herzogs und ganz und gar nicht hohlköpfig. In seinen Augen hätte sie inzwischen verlobt sein sollen. Was er nicht erkannte, war die Tatsache, dass er beinahe jeden in der Gesellschaft einschüchterte, und es herrschte auf dem Heiratsmarkt unglücklicherweise an einem Mangel an Gentlemen, die den Mut hatten, der Tochter des Herzogs von Evesham den Hof zu machen.

»Wie kann ich denn behilflich sein?« Wexford klang einigermaßen skeptisch.

»Sie können heute Abend mit mir tanzen und mich am Montag besuchen. Zusätzlich dazu können Sie andere ermuntern, das Gleiche zu tun. Niemand – einschließlich Ihnen – muss mir offiziell den Hof machen oder wirklich um meine Hand bitten. Ich muss meinen Vater nur dazu bringen, zu erkennen, wie beliebt ich bin, und dass es vielleicht eine Konkurrenz gibt. Das wird seinen Zorn beschwichtigen und vielleicht wird er mich eine Weile in Ruhe lassen.« Es war ihr zuwider, wie verdrossen das klang, aber genau so fühlte sie sich unglücklicherweise im Augenblick. Dank ihres Vaters.

»Ich muss fragen, warum Sie sich mit dieser Bitte nicht an ihren Bruder richten. Lucien ist derjenige, der für die Gewährung von Gefallen bekannt ist.« Als Eigentümer des Phönix Clubs, einer exklusiven Organisation, die sich ihre Mitglieder unter denen aussuchte, die häufig gesellschaftliche Außenseiter oder auf irgendeine andere Weise von der Gesellschaft entweder milde oder vehement abgewiesen worden waren, hatte Lucien den Ruf gewonnen Leuten, die es benötigten, zu helfen. Das konnte sich auf ihre berufliche Beschäftigung, ihre Verbindungen oder andere Dinge beziehen, die mehr persönlicher Natur waren.

Cassandra warf dem Earl einen gerissenen Blick zu. »Er kann mir schlecht einen Besuch abstatten, nicht wahr?«

Wexford grinste und Cassandra war machtlos, die absurde Erregung aufzuhalten, die sich in ihrer Brust bemerkbar machte. »Vermutlich nicht. Wie werden Sie ihn davon abhalten, mir die Gliedmaßen auszureißen, wenn er erfährt, dass wir nicht nur getanzt haben, sondern ich Ihnen obendrein einen Besuch abgestattet habe?«

»Ich werde mit ihm fertig.« Cassandra würde sich von niemandem in ihrer Familie, weder von ihrem Vater noch von ihrem Bruder, ihre Pläne durchkreuzen lassen. Sie würde heiraten, sobald sie es für richtig befand und sie bereit dazu war, und keinen Augenblick früher. Sie würde heiraten, wann sie wollte und nicht, wenn die Gesellschaft – oder ihr Vater – es vorschrieb. Bislang war sie weit davon entfernt.

Wexford heftet seine fesselnden, zwinkernde Augen auf sie. »*Das* würde ich liebend gern erleben.«

»Wenn er sich einmischen will, wird er mir genau erklären müssen, warum er nicht will, dass ich mit Ihnen tanze.«

Schmunzelnd führte Wexford sie auf den Tanzboden zu, da das Musikset zu Ende war und das nächste gleich beginnen würde. »Sie werden vielleicht enttäuscht sein, zu erfahren, dass nichts Übles hinter der … Brüderlichkeit Ihres Bruders steckt. Vertrauen Sie mir, es gefällt uns einfach nicht, uns unsere Schwestern als romantisch, ähm, engagiert, vorzustellen.«

»Das ist albern. Ich habe keine Schwierigkeiten, mir meine Brüder so vorzustellen. Ich möchte sie romantisch glücklich wissen.« Insbesondere ihr Bruder Constantine, dessen zweijährige Ehe bis vor kurzem unbeschreiblich *ung*lücklich gewesen war. Sie war begeistert, dass er und seine Frau, Sabrina, die von Cassandra angebetet wurde, sich scheinbar endlich ineinander verliebt hatten. Das gab Cassandra Hoffnung.

»Es ist gut, dass es Ihnen nichts ausmacht, da Lucien

dieses Verhalten, ebenso regelmäßig an den Tag legt, wie das Atmen«, konterte Wexford.

»Was ihn zu einem unbeschreiblichen Scheinheiligen macht.«

Wexford führte sie auf die Tanzfläche und dirigierte sie in die richtige Position, während sich andere um sie versammelten. »Ich würde dagegenhalten, dass seine Affären weniger romantisch sind, als, ähm, es ist egal.« Er blickte sich um, als wollte er ihr lautlos zu verstehen geben, dass sie das Thema wechseln sollten, da andere sie belauschen könnten.

Die Musik erklang, und ihre Unterhaltung wurde erheblich banaler, als andere hinzukamen. Während des Musikstücks berührten sie sich von Zeit zu Zeit, und Cassandra versuchte sich vorzumachen, dass die Wahrnehmung, die sie durchzuckte, nichts bedeutete, und sie würde dasselbe fühlen – in geringerem Ausmaß -, wenn sie einen anderen Gentleman ihrer Vierergruppe berührte. Wäre Wexford nicht so irrsinnig attraktiv, wäre es weitaus leichter, ihn zu ignorieren.

Und wäre da nicht der *Vorfall* gewesen.

Daran würde sie nicht denken. Stattdessen ging sie gedanklich ihre Möglichkeiten für einen Ehemann durch und überlegte, ob sie am Ende der Saison jemanden heiraten wollte. Nachdem sie nun gesehen hatte, wie Constantine und Sabrina ihren Weg fanden, war Cassandra bereit, sich mit dem Gedanken anzufreunden, zum Zeitpunkt der Hochzeit nicht in ihren Ehemann verliebt zu sein, aber sie würde sich für jemanden entscheiden, bei dem sie die Hoffnung hegte, dass sich die Liebe eines Tages einstellen würde.

Und wenn es nicht so käme?

Daran wollte sie auch nicht denken. Zumindest nicht heute Abend. Sie nahm einen Tag der Saison – oder besser gesagt, eine Veranstaltung – nach der anderen in Angriff. Im

Moment war sie einfach nur froh, ihre beste Freundin
wieder in der Stadt zu wissen. In den letzten drei Wochen
hatte sie sich in ihrer Frustration sehr einsam gefühlt,
während Fiona zu ihrer Hochzeit mit dem Earl of Overton
nach Gretna Green gereist war. Doch ab heute Abend war
Fiona zurück, und Cassandra hätte wieder eine Partnerin in
ihrem Elend.

Aber das hätte sie nicht wirklich. Fiona musste keine
Saison erdulden, in der von ihr erwartet wurde, zu heiraten.
Sie *war* einmal in dieser Situation gewesen, als Cassandra
und sie sich im Februar zum ersten Mal getroffen hatten.
Doch seither hatte Fiona sich ausgerechnet in ihren
Vormund verliebt, und nun waren die beiden ein glückliches
Paar.

Wexford nahm Cassandras Hand zum Tanz, und sein
Blick traf ihren. Das hob die Berührung auf eine ganz neue
Ebene, wobei die Verbindung sich in die Länge zog und
anhielt. Sie wusste tief drinnen, dass er an den *Vorfall* dachte.
Ein Hitzegefühl durchflutete sie, und das hatte nichts mit der
schwülen Temperatur des überfüllten Ballsaals oder der
Anstrengung durch das Tanzen zu tun.

Cassandra lenkte ihre Aufmerksamkeit auf die andere
junge Dame in ihrer Vierergruppe und stellte eine unsinnige
Frage über ihr Kleid. Alles, damit ihre Gedanken nicht
dorthin abschweiften, wohin sie *nicht* gehörten.

Als die musikalische Darbietung endlich zu Ende war,
wünschte Cassandra, sie könnte allein zu Prudence zurückkehren, doch das wäre unhöflich. Also nahm sie Wexfords
Arm und die beiden verließen die Tanzfläche.

»Wann soll ich am Montag vorsprechen?«, fragte er. »Soll
ich Blumen mitbringen?«

»Sie helfen mir?« Trotz seines Versprechens, ihr auf jede
Weise zu helfen, zu der er in der Lage wäre, war Cassandra
unsicher gewesen.

»Ja, auch wenn ich dadurch Luciens Rage auf mich ziehe.«

»Ich werde ihm die Sache erklären«, entgegnete Cassandra, die ihrem Bruder einen Strich durch die Rechnung machen würde, was seine Versuche anbelangte, ihr Vorschriften zu machen. »Bitte besuchen Sie mich, wann immer es Ihnen passt. Blumen sind nicht erforderlich, aber sie wären eine schöne Geste.«

Sie gelangten bei Prudence an. Blass mit moosfarbenen Augen, besaß Prudence eine ätherische Note, die vollkommen im Gegensatz zu ihrer nüchternen Art stand. Wäre sie in einem höheren Stand geboren worden, wäre sie mit großer Sicherheit die Unvergleichliche ihrer Debut-Saison gewesen.

»Danke für den Tanz, Mylord.« Cassandra nahm die Hand von Wexfords Arm.

»Es war mir ein Vergnügen, Lady Cassandra. Genießen Sie den Rest Ihres Abends. Ich werde mich darauf freuen, Sie bald zu sehen.« Er verneigte sich und dann ging er davon. Cassandra verfolgte das Muskelspiel unter dem schwarzen Stoff seines Fracks, ehe sie den Blick von ihm losriss und sich Prudence zuwandte.

»Wird er helfen?«, fragte Prudence ohne Umschweife.

»Er wird mir am Montag einen Besuch abstatten. Aber er ist sicher, dass Lucien wütend wird. Ich sollte versuchen, morgen mit ihm zu sprechen.« Insbesondere, da sie Wexford gesagt hatte, dass sie dies tun würde. Und auch, weil sie wirklich wissen wollte, warum Lucien ausgerechnet Wexford gegenüber so widerlich war. Schließlich waren sie Freunde.

Prudence blickte zur Tanzfläche herüber. »Was ist mit Lord Glastonbury?«

Viscount Glastonbury war der einzige Gentleman, der ihr einen Besuch abgestattet hatte. Sie hatten in den letzten

beiden Wochen ein paarmal miteinander getanzt. Heute
Abend hatte sie ihn kurz gesehen, doch er hatte sie nicht
noch einmal zum Tanzen aufgefordert. »Er ist scheinbar
nicht daran interessiert, um mich zu werben.«

Was zu dumm war. Er war der einzige Gentleman, den
sie kennengelernt hatte, der ihr nicht auf die Nerven ging. Er
besaß Charme und war geistreich und er war von ihrem
Vater nicht völlig eingeschüchtert. Allein das platzierte ihn in
eine Klasse für sich.

»Bist du sicher, dass Seine Gnaden, ihn nicht nach seinem
Besuch abgeschreckt hat?«

»Ich denke nicht.« Als Cassandra im Salon angekommen
war, hatte sie ihren Vater im Gespräch mit Glastonbury
vorgefunden. Die Unterhaltung hatte nicht angespannt
gewirkt und Glastonbury hatte sich nicht vor der höflichen
Viertelstunde verabschiedet. Sie erkannte, dass sie seit
damals nur einmal miteinander getanzt hatten. Vielleicht
hatte ihr Vater etwas gesagt. Nein, ganz bestimmt nicht. Er
hatte kommentiert, dass Glastonbury ein guter Kandidat sei
und der Viscount hätte nicht noch einmal mit ihr getanzt,
wenn er gewarnt worden wäre.

Begierig, das Thema zu wechseln, wer ihr den Hof
machte oder nicht, ließ Cassandra den Blick durch den Ballsaal schweifen. »Wo ist Fiona hingegangen?« Sie war mit
ihrem frisch angetrauten Ehemann bei Prudence gewesen,
wie auch ihr Bruder Constantine und seine Frau, Sabrina, als
Cassandra wegging, um mit Wexford zu flanieren.

»Sie hat sich mit Overton zu einem Rundgang aufgemacht. Die beiden sind das Gespräch des Balls. Wieder
einmal«, füge Prudence hinzu.

Drei Wochen vorher war ihr Durchbrennen das
Gesprächsthema der Saison gewesen, aber Overtons Mutter,
die verwitwete Komtess, hatte jede Erwähnung eines Fehl-
verhaltens im Keim erstickt. Sie hatte die beiden als Liebes-

paar erklärt, um damit den Spekulationen ein Ende zu machen, was sich vielleicht zwischen Overton und seinem Mündel abgespielt haben könnte. Machte es noch etwas aus, da sie gesetzmäßig und glücklich verheiratet waren?

Das war für viele in der Gesellschaft der Fall. Die feine Gesellschaft war in ihrem Hunger nach traurigen Berühmtheiten und Skandalen unersättlich.

»Hoffentlich auf eine gute Weise«, meinte Cassandra. Sie würde es hassen, wenn ihre Freundin Belästigungen und Grobheiten ausgesetzt wäre. »Wir können uns heute Abend nicht richtig austauschen, aber vielleicht haben wir morgen Zeit.«

Oder nicht. Fiona war frisch verheiratet und Cassandra würde sie jetzt mit Overton teilen müssen. Zumindest hatte sie noch Prudence, die vor dem Durchbrennen des Paares, Fionas Gesellschafterin gewesen war. Cassandra war begeistert gewesen, als ihr Vater Prudence eingestellt hatte, um ihre Gesellschafterin zu sein, insbesondere, da ihre Mentorin ihre nachlässige Tante Christina war. Cassandra mochte sie, aber sie ließ sie auf den Veranstaltungen immer allein. Heute Abend war keine Ausnahme, denn vorhin war sie mit Cassandra angekommen und seitdem nicht mehr gesehen worden. Warum Cassandras penibler Vater seiner Schwester erlaubte, weiter in der Rolle zu agieren, überstieg ihren Verstand, zumal Sabrina sich dafür angeboten, und diese Position für eine kurze Zeit auch ganz wundervoll erfüllt hatte. Bis der Herzog auf Constantine wütend geworden war, und ihn darauf bestrafte, indem er Sabrina aus der Position entfernte.

Dass Cassandra nicht einmal ihre eigene Mentorin aussuchen konnte, stellte einen weiteren Reizpunkt dar. In gewisser Weise war sie begierig zu heiraten, nur um von ihrem kontrollierenden Vater fortzukommen. Sie verstand sein Benehmen während dieser Saison nicht. Er war immer

schon brummig und sogar abweisend gewesen, insbesondere
nach dem Tod ihrer Mutter, als Cassandra erst sieben Jahre
alt war. Aber er hatte ihr auch Nachsicht gezeigt. Bis dieses
Jahr. Jetzt konnte er es kaum abwarten, sie loszuwerden.

Hat sie etwas falsch gemacht?

Nun, ja, das hatte sie. Aber außer Wexford wusste
niemand davon.

Und das würde auch nie jemand erfahren.

»Glastonbury kommt hierher«, flüsterte Prudence.

Cassandra straffte die Schultern und schob die nagenden
Gedanken an ihren Vater und Wexford beiseite. Mit einem
strahlenden Lächeln tauchte sie in einen leichten Knicks, als
der Earl eintraf.

»Guten Abend Lady Cassandra.« Er nahm ihre Hand und
verneigte sich. »Mit Ihrer Anwesenheit ist der Ball gleich viel
aufregender.«

Während Wexford dunkel war, und von einem Hauch
Gefährlichkeit und Gerissenheit umgeben, war Glastonbury
golden und elegant. *Er* sah wie der vollkommene Londoner
Gentleman aus. Sein blondes Haar wellte sich kunstvoll über
seine Stirn mit den hellen, blaugrünen Augen, die wie das
Meer funkelten. Sein heiteres Lächeln zog jedes weibliche
Wesen in sein Fangnetz, denn er hatte eine Art und Weise,
ihnen das Gefühl zu geben, die einzige Frau im Raum zu
sein. Diese Beobachtung hatte Tante Christina gemacht. Als
sich Cassandra jetzt in der Wärme seines Lächelns sonnte,
versuchte sie, diese Vorstellung zu erfassen.

Sie fühlte es einfach nicht – sie befanden sich in einem
überfüllten Ballsaal. Es war unmöglich, zu glauben, dass sie
die einzige anwesende Person war. Vielleicht war sie einfach
nicht romantisch veranlagt.

»Es ist entzückend, Sie zu sehen, Lord Glastonbury«,
meinte Cassandra, als er ihre Hand losließ.

»Ich hatte gehofft, dass wir vielleicht das Set nach der

Pause tanzen könnten. Wie ich gehört habe, ist es ein Walzer.« Seine goldenen Augenbrauen hoben sich kurz, als er ihr einen koketten Blick zuwarf.

Sie hatten schon einmal einen Walzer getanzt und er war ein ungemein versierter Tänzer, und wahrscheinlich der beste, mit dem sie getanzt hatte. Cassandra lächelte sittsam. »Das wäre entzückend.«

»Ich freue mich darauf. In der Zwischenzeit muss ich einen schnellen Rundgang machen. Finde ich Sie später wieder hier?«

Sie fragte sich, warum er sie nicht einlud, mit ihm zu promenieren, doch dann erkannte sie, dass Fiona zu ihnen zurückkehrte. »Ausgezeichnet«, meinte sie und blitzte ihm ein kurzes Lächeln zu, während sie hoffte, dass er sofort gehen würde, damit sie ein paar Minuten mit ihrer Freundin allein hätte. Und mit Prudence natürlich.

»Wir sehen uns dann bald.« Er ging davon und Cassandra erkannte, dass Fiona und sie genügend Zeit hatten, den Ruheraum aufzusuchen, ehe sie mit Glastonbury tanzen sollte.

Fiona kam an und drückte ihre Hände an die geröteten Wangen. »Mein Gesicht schmerzt vom Lächeln.«

Cassandra lachte leise. »Willkommen in deinem Leben als Komtess.«

»Vor nicht ganz einer Viertelstunde hat Tobias fast genau das gleiche in mein Ohr geflüstert.« Sie schüttelte den Kopf mit einem schwachen Lächeln. »Er ist für eine Weile im Spielsalon, also bin ich ganz froh um die Erholungspause.«

»Ausgezeichnet. Ich dachte, wir könnten uns in den Ruheraum zurückziehen«, schlug Cassandra vor.

Fionas warme braune Augen leuchteten auf. »Das erinnert mich an das erste Mal, als wir uns getroffen hatten und du mich in den Ruheraum mitgenommen hast, damit wir uns kennenlernen konnten.« Sie drehte sich zu Prudence um. »Nicht nur mich, natürlich. Wie geht es dir, Prudence?«

»Sehr gut, Mylady.«

»Nein, tu das nicht.« Fiona lachte, als sie vehement mit dem Kopf schüttelte. »Ich bin immer noch Fiona für dich.«

Als sie sich zum Ruheraum aufmachten, berichtete Fiona ihnen von ihrer Reise nach Schottland. Es war offensichtlich, dass sie überglücklich war. Cassandra freute sich für ihre Freundin, aber sie verspürte auch einen Stich von Eifersucht. Recht einsam zu sein, war eine Sache gewesen, die sie gemeinsam gehabt hatten.

Fionas Eltern waren tot und ihr war nur noch die lang-jährige Zofe der Familie geblieben, die als ihre Anstands-dame mit nach London gekommen war. Cassandra hatte ihren Vater und ihre Brüder, doch sie fühlte sich trotzdem einsam, weil sie das einzige weibliche Mitglied ihrer Familie war. Oder weil sie ihre Mutter vermisste, insbesondere in diesem Jahr, in dem sie ihre erste Saison antrat.

Als sie sich in einem Winkel des Ruheraums niederge-lassen hatten, erkundigte Fiona sich nach Cassandras Saison. »Ich weiß, dass du noch nicht verlobt bist, aber gibt es irgendwelche Aussichten?«

»Im Augenblick ist es nur Glastonbury.«

»Was ist mit Wexford? Ich habe dich wieder mit ihm tanzen sehen.« Fiona war auf dem Ball des Phönix Clubs anwesend gewesen, als Cassandra damals mit ihm getanzt hatte. Das war an dem Abend zuvor gewesen, ehe Overton und sie durchgebrannt waren.

»Das war bloß ein Komplott, um die anderen Kandidaten zu provozieren.« Cassandra warf einen amüsierten Blick zu Prudence. »Danke unserer Pru für den brillanten Einfall, Wexford vorgeben zu lassen, als wäre er interessiert. Er wird am Montag einen Besuch abstatten. Hoffentlich wird das meinen Vater beruhigen, damit er mich eine Weile in Ruhe lässt.«

Fiona zog eine Grimasse. »Hat sein Druck in Bezug auf deine Verheiratung so sehr zugenommen?«

»Täglich.« Cassandra lehnte sich in ihrem Sessel zurück und trommelte mit den Fingern auf die Armlehne. »Er besteht darauf, dass ich bis Ende der Saison heirate. Falls ich keinen Ehemann aussuche, wird er das für mich tun.«

»Wie schrecklich.« Fiona schaute sie mit einem mitfühlenden Blick an. »Es tut mir leid, dass ich nicht hier war, um dich zu unterstützen, aber ich bin froh, dass du Prudence hattest.« Sie lächelte ihre frühere Gesellschafterin an.

»Ich weiß ehrlich nicht, was ich ohne sie tun würde.« Cassandra warf Prudence einen dankbaren Blick zu.

»Also musst du heiraten«, stellte Fiona sachlich fest. »Wir werden einen annehmbaren Ehemann für dich finden. Nein, nicht annehmbar. Wir werden jemanden finden, der dich von den Füßen reißt und in den du dich wie verrückt verliebst.«

»Es wäre mir lieber, wenn er sich zuerst wie wahnsinnig in mich verliebt.« Dann würde Cassandra *wissen*, dass die Beziehung funktionieren würde und ihre Ehe nicht kalt und einsam würde. Sie wollte sich absolut nicht in der Position einer unerwiderten Liebe finden.

»Wie könnte er das nicht?«, fragte Fiona grinsend.

»Weil er sich vor meinem Vater ängstigt.« Cassandra stieß ein eher unfeines Schnauben aus. »Das scheint der Grund für meinen Mangel an Bewerbern zu sein. Sie sind alle vollkommen von ihm eingeschüchtert. Es ist nicht so, dass sie ihren Mut für ein einziges Gespräch mit ihm aufbringen müssten, sondern sie müssen die unendliche Tapferkeit haben, ihn ein Leben lang zu ertragen.«

»Sie sind alle lächerlich«, meinte Prudence verärgert, womit sie sie überraschte. »Wenn sie nicht wagemutig genug sind, dir auch nur eine Chance zu geben, sind sie deiner Aufmerksamkeit nicht wert. Glastonbury könnte die perfekte Verbindung sein. Du magst ihn, nicht wahr?«

»Das tue ich. Er ist ein ausgezeichneter Tänzer.«

»Ich will doch hoffen, dass noch mehr Bemerkenswertes an ihm ist als nur dies«, meinte Fiona.

Was konnte sie sagen? Bislang waren ihre Unterhaltungen oberflächlich gewesen. Sie kannte ihn kaum. Dennoch besaß er den Mut, den andere nicht hatten. Allein dafür würde sie ihm extra viele Punkte geben. »Ich bin immer noch dabei, ihn kennenzulernen. So weit ist er recht nett.«

»Nun, das ist ein Anfang.« Fiona senkte die Stimme und lehnte sich ein wenig zu Cassandra. »Geht von ihm ein … Magnetismus aus?«

Cassandra hatte das Wort Fiona gegenüber benutzt, um ihr nach ihrer Ankunft in London sexuelle Anziehung zu beschreiben. Ihre Freundin war in diesen Dingen furchtbar unwissend gewesen. Nicht dass Cassandra eine Expertin war. »Bislang noch nicht, aber er ist sehr gut aussehend.«

Das Wort Magnetismus ließ sie an einen Mann denken und nur an einen Mann: Wexford. Seit dem *Vorfall* fühlte sie sich zu ihm hingezogen. Doch angesichts dessen, was passiert war, schien das nur normal. Es bedeutete nicht, dass sie etwas für ihn fühlte oder sie ihre Begegnung wiederholen wollte.

»Nun, das ist ein vielversprechender Anfang«, meinte Fiona. »Wir werden all dies bis zum Ende der Saison austüfteln und ich stelle mir vor, dass du genau wie ich glücklich verheiratet sein wirst.«

Ihr brennender Neid kehrte zurück und flammte über Cassandras Brust. Das wünschte sie sich, aber sie bezweifelte, dass es dazu kommen würde.

KAPITEL 2

*R*uark Hannigan, Earl of Wexford pfiff vor sich hin, als er die Grosvenor Street entlangging. Der Tag war bewölkt, aber es roch nicht nach Regen. Noch nicht, jedenfalls.

Er atmete tief ein und versuchte, den Duft der Tulpen wahrzunehmen, die er trug, doch dann kam er zu dem Schluss, dass sie keinen besonderen Blumenduft hatten. Nun ja, sie waren verfügbar gewesen und hübsch und die gelben erinnerten ihn an das Kleid, das Cassandra neulich auf dem Ball getragen hatte.

Lady Cassandra, wie er von ihr denken sollte. Aber das war ziemlich unmöglich, was an dem Vorfall lag, der sich vor einigen Wochen zwischen ihnen zutragen hatte. Der *Vorfall* hatte in Vergessenheit geraten sollen, doch das schaffte er nicht – jedenfalls nicht ganz.

Und er *hatte* es versucht. Es gab eine Handvoll Kurtisanen, welche diese Tatsache bestätigen konnten. Stirnrunzelnd erkannte er plötzlich, dass sie alle blond und hellhäutig und so ganz anders als Cassandra, mit ihrem üppigen dunklen Haar und den sherryfarbenen Augen, gewesen waren. Hatte er das absichtlich getan?

Wahrscheinlich. Sie war nicht die erste Frau, bei der es Ruark Mühe kostete, sie zu vergessen.

Die Residenz des Herzogs von Evesham kam in Sicht. Das Haus war eines der größten Gebäude am Platz, und es war ein Modell für Opulenz und Wohlstand. Es war mit Ruarks weitläufigem mittelalterlichen Steinhaufen in Gloucestershire nicht zu vergleichen, wo seine Mutter, sein Stiefvater und Halbschwestern lebten, und viel größer als sein Haus in der George Street. Und mit seinem Anwesen in Irland, einem alten abgewirtschafteten Landsitz, der jedes einzelne Mitglied der feinen Gesellschaft schockieren würde, war es schon gar nicht zu vergleichen.

Der Butler öffnete die Tür und Ruark übergab seine Visitenkarte. Lächelnd hob er die Blumen auf Brusthöhe. »Ich bin hier, um Lady Cassandra einen Besuch abzustatten.«

»Sehr wohl. Tretet ein.« Der Butler war wahrscheinlich doppelt so alt wie Ruark mit seinen siebenundzwanzig Jahren. Um die Mitte war er ein wenig rundlich, das drahtige Haar auf seinem Schädel war grau und er besaß eine gediegene, stoische Art. Ganz so, wie ein Londoner Butler zu sein hatte.

»Danke«, meinte Ruark heiter zu ihm, als er in die schimmernde Eingangshalle trat.

»Der Diener wird Euch zum Salon führen. Seine Gnaden wird Euch in Kürze dort treffen.«

»Lady Cassandra ebenfalls, so hoffe ich.« Ruark zwinkerte dem Mann zu, ehe er seine Aufmerksamkeit auf den Diener lenkte, der vorgetreten war.

Dieser trug eine makellose, stilvolle Livree aus grauem Tuch und führte Ruark nun in einem irrsinnig langsamen Tempo in die holzgetäfelte Treppenhalle und die Stufen hinauf. Bei diesem Tempo würden sie morgen ankommen.

Vermutlich diente das schneckenartige Vorankommen als Möglichkeit, dem Herzog und Lady Cassandra Zeit zu verschaffen, sich zu ihm zu gesellen. *Wenn* er es bis in den Salon schaffte.

Auf der Reise dorthin – für ihn fühlte sich die Zeit so lang an, wie er brauchte, um von London über Wales und dann über die irische See bis nach Hause an der Westküste von Irland zu reisen – betrachtete Ruark die Portraits, welche die Wand über der Treppe säumten. Er erkannte einen seiner Freunde, Lucien, und seinen älteren Bruder, Constantine. Auf dem Bild waren sie noch kleine Jungen und vielleicht fünf und sieben und selbst damals war bereits zu sehen, dass Constantine die ernsthaftere Natur besaß, während Lucien eindeutig voller Unfug steckte.

Endlich hatten sie den oberen Treppenabsatz erreicht und der Diener beschleunigte das Tempo ein wenig. Als sie im Salon ankamen, fühlte Ruark sich, als hätte er etwas Monumentales erreicht. »Ich denke, ich muss mich wohl setzen«, scherzte er.

Der Diener, ein Mann mit einem ausdruckslosen Gesicht, der etwa Ruarks Alter hatte, schaute ihn bloß an. Offenbar war der Haushalt des Herzogs ebenso humorlos wie er selbst. Nicht, dass Ruark ihn sehr gut kannte. Als Luciens Freund hatte er ihn natürlich mehrere Male getroffen. Dies jedoch würde eine gänzlich andere gesellschaftliche Begegnung sein.

»Ein Dienstmädchen wird in Kürze kommen und sich der Blumen annehmen«, meinte er knapp.

»Hoffentlich nicht, bevor Lady Cassandra Gelegenheit hatte, sie zu sehen.« Hatte irgendjemand von diesen Leuten eine Ahnung, wie diese Art von Besuchen funktionierte? Aber andererseits hatte Cassandra auch noch nicht viele Besucher empfangen. Das war für sich genommen schon ein Verbrechen, wie auch das Betragen des Dieners und des

Butlers. Ruark wagte zu hoffen, dass wenigstens das Dienstmädchen ein kleines Lächeln zustande brachte.

Er sollte enttäuscht werden.

Sobald der Diener gegangen war, kam das Dienstmädchen herein. Sie war etwa zehn Jahre älter als Ruark und
bedachte ihn mit einer falkenartigen Intensität, die ihn an
sein Kindermädchen erinnerte. »Darf ich die Blumen
nehmen und sie für Ihre Ladyschaft ins Wasser stellen?«

»Ich würde es vorziehen, zu warten, bis sie sie zuerst
selbst sehen kann. Wenn die Blumen bei ihrem Eintreten
nicht hier sind, ist, wie ich fürchte, die Wirkung zunichtege-
macht, die mein Mitbringsel bezwecken sollte.« Er bedachte
sie mit seinem, wie er meinte, entwaffnenden Lächeln, aber
sie blinzelte nicht einmal.

Glücklicherweise wurden sie von der Ankunft einer
anderen Person unterbrochen. Leider war es der Herzog und
nicht Cassandra.

Ruark verneigte sich und schwenkte die Blumen, als er
sein Bein vorstreckte. »Guten Tag, Euer Gnaden.«

»Lowell, nimm diese Blumen«, blaffte der Herzog.

»Sind sie für mich?« Cassandra schwebte in den Raum
und sah in ihrem geblümten Kleid entzückend aus, dessen
kleine gestickte Blumen in Korallenrot und Blau einen
vorteilhaften Kontrast zu dem weißen Hintergrund bildeten.
Ihre Gesellschafterin, Miss Lancaster folgte ihr.

»In der Tat, das sind sie.« Er überreichte ihr den Strauß
aus gelben, violetten und roten Tulpen und brachte sogar
eine noch galantere Verbeugung zustande.

Sie nahm die Blumen mit einem Lächeln und dann drehte
sie sich zu der Zofe um. »Lowell, wenn du bitte so freundlich
wärst, sie in eine Vase zu stellen, wäre ich sehr dankbar. Bitte
bringe sie in mein privates Wohnzimmer, damit ich mich
daran erfreuen kann.«

Das Dienstmädchen nahm die Tulpen entgegen, ehe sie in

einen Knicks tauchte, und dann ging. Miss Lancaster ging zu den Fenstern, um dort Platz zu nehmen.

»Sollen wir uns nicht setzen?«, schlug Cassandra vor und ging zu einem Sofa in der Mitte des großen Raumes. Die Einladung an ihn, sich neben sie zu setzen, war stillschweigend, aber unmissverständlich erfolgt.

Ruark schaute zu ihrem Vater hinüber, dessen dunkle Augen einen verdrossenen Ausdruck zeigten. Als sie zusammen auf dem Sofa saßen, nahm der Herzog in einem Sessel gegenüber Platz, wobei sein Körper steif wirkte und seine Züge undurchdringlich.

»Welch eine freudige Überraschung, Sie zu sehen, Lord Wexford«, meinte Cassandra und hätte Ruark damit beinahe zu einem Grinsen provoziert.

»Warum sind Sie hier?« Mit der rechten Hand packte der Herzog die Sessellehne. Es sah aus, als wollte er mit der Linken dasselbe tun.

»Ich statte Ihrer entzückenden Tochter einen Besuch ab«, entgegnete Ruark freundlich. Er wusste, dass er im besten aller Fälle die Gereiztheit des Herzogs zu erwarten hatte.

Der Herzog runzelte die Stirn. »Sie können nicht die Absicht haben, ihr den Hof zu machen.«

»Ist sie bereits verlobt?« Ruark schaute Cassandra mit gespieltem Schock an.

»Nein, das bin ich nicht«, antwortete Cassandra schnell, ehe sie einen verstörten Blick zu ihrem Vater warf. »Bitte sei nett zu dem Earl.«

»Er ist Ire.« Als ob das perfekt erklären würde, warum er nicht nett sein konnte, ganz zu schweigen von höflich.

»Ich bin Protestant«, antwortete Ruark aufgeschlossen. »Das verbessert meinen Stand doch bestimmt.«

»Kaum. Ihre Mutter war Katholikin, nicht wahr?«

»Sie hat konvertiert, als sie meinen Vater geheiratet hat.« Dass Ruarks weitverzweigte Familie von Seiten seiner

Mutter immer noch katholisch war, hatte sich von Zeit zu Zeit als problematisch erwiesen, insbesondere während der Rebellion vor fünfzehn Jahren. »Sie ist jetzt eine recht glückliche Protestantin – und lebt in Gloucestershire.« Wo Ruark einen Großteil seines Lebens verbracht hatte, da seine Mutter wieder geheiratet hatte.

»Ihr Vater, der Earl of Wexford. Nicht der Mann, mit dem Ihre Mutter jetzt verheiratet ist?«

»Das ist richtig. Mein Vater war auch Sir Joseph Hannigan of Lechlade, ein *englischer* Baronet, dessen Erbfolge bis zum Ende des fünfzehnten Jahrhunderts zurückreicht.« Ruark hatte nicht erwartet, *so hart* arbeiten zu müssen. Dies war nicht einmal ein wirklicher gesellschaftlicher Besuch.

»Er war trotzdem Ire.«

»Mit ein bisschen englischem Blut. Einige meiner Familie aus Gloucestershire haben sich im sechzehnten Jahrhundert in Irland auf der Ulster Plantage niedergelassen. Später sind sie nach Süden gezogen.«

Cassandra warf ihrem Vater einen bösen Blick zu. »Du musst dem Earl nicht so zusetzen. Dies ist schließlich *mein* Besuch.« Sie schaute zu ihrer Gesellschafterin. »Prudence kann die Anstandsdame sein. Ich bin sicher, du hast jede Menge Dinge zu tun, die deine Aufmerksamkeit fordern.«

»Es ist meine Verantwortung, jeden auszufragen, der glaubt, dass er deine Hand gewinnen kann.«

Ruark vermutete, dass der Mann Hunde hatte. Ganz bestimmt hatte er die Sprechweise perfektioniert, die einem Knurren ähnlich war. »Es ist schon in Ordnung, Lady Cassandra. Ich beantworte die Fragen Ihres Vaters über meine Vorfahren gern.«

Der Herzog beharrte auf seiner Befragung. »Der derzeitige Ehemann Ihrer Mutter ist durch und durch Ire, nicht wahr?«

»Nun, das ist nicht mein Vorfahr und für unsere Unterhaltung überhaupt nicht relevant.« Ruark legte seinen Arm auf die Rückenlehne des Sofas, sodass seine Hand hinter Cassandras Kopf war. Es war eine dreiste und wahrscheinlich unkluge Handlung, aber er näherte sich seinen Grenzen.

»Ihre Mutter *ist* das allerdings und sie hat einen irischen Steward geheiratet.« Ihr Vater sagte die letzten Worte, als würden sie über Kuhmist sprechen, den er ins Haus getragen hatte.

Ruark behielt sein Temperament fest im Zaum. »Würde ein englischer akzeptabler gewesen sein?«

Der Herzog murmelte etwas Unverständliches, das mit großer Wahrscheinlichkeit nicht für die gemischte Gesellschaft angemessen war, ehe er hinzufügte: »*Sie* sind nicht akzeptabel.«

»Vater!« Cassandra ballte ihre Hände im Schoß zu Fäusten. Ihre Brauen zogen sich tief über ihre goldbraunen Augen. »Es gibt keinen Grund, unhöflich zu sein. Außerdem wähle ich aus, wer akzeptabel ist, und ich finde, dass Lord Wexford meine Anforderungen an einen Ehemann mehr als erfüllt.«

Tat er das? Nein, alles war nur vorgetäuscht. Einen Moment lang zog sich Ruarks Brust zusammen, und es kostete ihn Mühe, einen flachen Atemzug zustande zu bringen.

»Fordere mich nicht heraus, Cassandra.« Der Herzog und seine Tochter funkelten sich an. Ruark war beinahe von der knisternden Wut verzaubert, die sich zwischen den beiden entfesselte. Es war, als würde man einen Boxkampf zwischen zwei ebenbürtigen Kämpfern beobachten. Wer würde als Sieger hervorgehen?

Der Herzog erhob sich und zog seine Weste bis zu seiner dicklichen Taille herunter. »Ich ziehe Glastonbury vor. Hoffentlich hast du ihn nicht verschreckt.«

Cassandra schoss aus ihrem Sessel. »*Ich*?« Sie warf ihrer Gesellschafterin noch einen Blick zu, und Ruark konnte ihre völlige Verblüffung erkennen. »Ich bin es nicht, die andere einschüchtert. Das bist ganz allein du. Dass nur Glastonbury und jetzt Wexford einen Besuch gemacht haben, ist allein deine Schuld. Jetzt wird Wexford allen erzählen, was für ein schreckliches Ungeheuer du bist, und *das* wird Glastonbury wahrscheinlich vertreiben.«

Hatte Glastonbury ihr den Hof gemacht? Ruark kannte ihn aus dem Black Boar, seinem Boxclub.

»Das wird Wexford nicht tun. Er ist ein Freund von Lucien, nicht wahr?« Es war, als wäre Ruark gar nicht anwesend. Dann schien sich der Herzog an ihn zu erinnern, denn er richtete seinen eisigen Blick auf ihn. »Sie werden kein Wort über dieses Gespräch verlieren.«

Ruark starrte ihn an, als sei ihm ein drittes Auge gewachsen. »Warum um alles in der Welt sollte ich das tun?«

Ihr Vater presste die Lippen zusammen. Ruark erwartete, dass ihm gleich Dampf aus Nase und Ohren entweichen würde. »Sie werden meine Tochter auch nicht mehr aufsuchen. Oder sie zum Tanzen auffordern.«

»Das kannst du mir nicht vorschreiben«, widersprach Cassandra in einem tiefen Ton, der zeigte, dass auch sie die Kunst des Beinahe-Knurrens beherrschte. Vielleicht war es eine Familiencharakteristik. Ruark würde sich bei Lucien erkundigen, ob er dieses Knurren ebenfalls beherrschte.

Ruark lenkte seine Aufmerksamkeit wieder auf den desaströsen Besuch und brachte ein dünnes, flüchtiges Lächeln zustande. »Ich muss zugeben, die Aussicht auf Sie als Schwiegervater ist ziemlich entmutigend. Ich nehme an, dass ich mit dieser Einschätzung nicht alleine dastehe. Bei allem Respekt, vielleicht sollten Sie Ihre Taktik überdenken, Euer Gnaden.« Er stand auf, ehe der Herzog beschloss, ihn hinauszuwerfen, und verbeugte sich vor Cassandra. »Es war mir wie immer ein Vergnügen. Ich freue mich auf unsere nächste Begegnung.«

Die letzten Worte hätte er besser nicht sagen sollen, aber er war nicht der Typ, der einen Rückzieher machte, selbst wenn dieser ganze Besuch eine Scharade war. Keinesfalls hatte er allerdings mit seiner Äußerung das Aufflackern der Hitze in Cassandras Augen hervorrufen wollen, das an den Vorfall erinnerte, den zu vergessen sie vereinbart hatten. Er fing zu glauben an, dass es unmöglich sein würde. Oder dass sie es noch einmal machen sollten, um ein für alle Mal zu beweisen, dass es die Erinnerung nicht wert war.

Ruark löste sich aus dem Bann ihres sinnlichen Blicks und neigte den Kopf in Richtung des Herzogs. »Guten Tag.««

Dann machte er sich eilig auf den Weg zur Eingangshalle, und zwar etwa zehnmal schneller, als er zuvor von dieser Stätte gegangen war. Ein Diener öffnete die Tür, und eifrigen Schrittes verließ Ruark die herzogliche Residenz.

Als er auf den Platz hinaustrat, stieß er direkt mit Lucien zusammen, dessen Blick sofort misstrauisch wurde.

»Wex, was hast du im Haus meines Vaters zu schaffen?«

Ruark überlegte, ob er antworten sollte, dort nach seinem Freund gesucht zu haben, doch das würde sofort durchschaut werden. Die meiste Zeit verbrachte Lucien im Phönix Club oder in seinem eleganten Terrassenhaus bei St. James, und das wusste Ruark. Nie würde er im Haus seines Vaters nach ihm suchen. »Ich habe deiner Schwester einen Besuch abgestattet.«

Luciens Augen verengten sich weiter, und es war klar, dass Cassandra ihm nichts von ihrem Plan erzählt hatte. »Was, zum Teufel, treibst du für ein Spiel?«

Ja, Lucien *konnte tatsächlich* knurren. »Warum hat das Evesham-Wappen keinen Wolf?«, fragte Ruark.

Lucien blinzelte und sah ihn an, als wäre er innerhalb von fünf Sekunden verblödet. »Was schwafelst du da?«

»Ich habe bemerkt, dass ihr alle knurrt, sogar Cassandra. Ich kann zwar nicht bezeugen, dass Aldington das auch kann, aber ich würde wetten, dass er es ebenfalls beherrscht.«

Lucien trat an ihn heran, bis sie fast Nase an Nase standen. »Woher zum Teufel weißt du, ob Cassandra knurren kann? Und warum sprichst du von meiner Schwester mit ihrem Vornamen?«

Mist. »Ich habe vor kurzem gesehen, wie sie deinen Vater angeknurrt hat. Ich kenne sie seit Jahren, Lucien. Es ist schwer, sie als Lady Cassandra zu bezeichnen. Ich bin mir sogar sicher, dass sie mich irgendwann gebeten hat, sie Cassandra zu nennen.« Er war sich dessen nicht sicher, aber etwas anderes war gar nicht möglich. Sie war eine freundliche junge Frau.

Lucien grinste höhnisch und wich nicht zurück. »Du hast sie *besucht?*«

»In Rahmen eines Gefallens, ja.« Ruark blieb standhaft. Auch er hatte nicht vor, zurückzuweichen. »Sie hatte mit dir sprechen sollen. Ich habe ihr gesagt, dass du verärgert sein würdest.«

Finster dreinblickend machte Lucien einen Schritt zurück. »Was für einen Gefallen?«

»Sie hofft, dass mein Besuch anderen Kandidaten zeigt, dass sie keine Angst vor deinem Vater haben müssen. Ich habe vor, allen zu sagen, wie gut alles verlaufen ist und dass der Herzog überraschend charmant war.«

»Du hast vor zu lügen.«

»Natürlich.«

Lucien schüttelte den Kopf. »Du bist ein guter Mann, ihr auf diese Weise zu helfen. Warum hat sie dich gefragt?«

»Wir sind Freunde, Lucien – weil sie deine Schwester ist.

So wie ich auf dem Ball im Phönix Club mit ihr getanzt habe, um sie vor diesem, wie auch immer er hieß, zu retten, so helfe ich ihr jetzt bei ihrem Problem. Sie kann keine vernünftigen Interessenten anlocken, und dein Vater ist sich seiner negativen Einwirkung überhaupt nicht bewusst.«

»Dessen bin ich mir nicht sicher. Ich glaube, es ist ihm gleich.« Lucien schnaubte. »Eigentlich glaube ich, dass es ihm gefällt, alle einzuschüchtern, insbesondere ihre Verehrer. Er wird einen Schwiegersohn wollen, den er herumkommandieren kann.«

»Deine Schwester wird so jemanden nicht heiraten.«

Etwas von Luciens früherer Wut flammte in seinen dunklen Augen auf. »Du glaubst, du kennst sie so gut?«

»Ich glaube, ich kenne dich, und ihr beide scheint euch sehr ähnlich zu sein, wenn es darum geht, auf euren Vater zu hören.«

»Das stimmt vermutlich. Unser Vater macht es einem nicht leicht. Nicht einmal Constantine folgt mehr seiner Führung. Du hättest hören sollen, wie er dem Herzog eine Abfuhr erteilt hat.« Lucien lächelte breit. »Es war schön, das mitzuerleben. Wie auch immer, zurück zu diesem lächerlichen Plan von Cass. Du willst verbreiten, dass mein Vater nicht der herrschsüchtige Pinkel ist, für den ihn alle halten? Ich weiß nicht, ob die Leute dir Glauben schenken werden.«

»Dann solltet ihr, du und Aldington, vielleicht helfen. Da du gesagt hast, dass er sich nicht mehr nach dem Wort deines Vaters richtet, wird er sicher bereit sein, seiner Schwester in dieser Angelegenheit zur Seite zu stehen. Ihr beide müsst das Gleiche sagen und einige Gentlemen dazu bringen, einen Vorstoß zu wagen.«

»Das ist es ja gerade. Wir kennen keine. Mir fällt auch keiner ein, der Cass interessieren könnte.«

»Ist das wahr, oder gibt es niemanden, den du für gut genug hältst?« Ruark sah seinen Freund mit hochgezogener

Augenbraue an. »Mir ist bewusst, dass du mich nicht dafür hältst.«

»Darum geht es nicht, und das weißt du auch.« Das Knurren hatte sich wieder in Luciens Stimme eingeschlichen. Warum hatte Ruark das nicht früher nicht bemerkt? Weil er vor dem heutigen Tag nicht von drei Familienmitgliedern innerhalb einer Stunde das gleiche Geräusch gehört hatte. »Du hast versprochen, nicht vor deinem dreißigsten Lebensjahr zu heiraten, weißt du noch?«

Wie konnte Ruark jemals den Schwur vergessen, den er seinem Vater gegeben hatte, als er gerade sechs Jahre alt gewesen war? Sein Vater war verwundet und krank gewesen und nur wenige Tage nach dem Versprechen, das Ruark ihm gegeben hatte, war er gestorben.

»Schwöre mir, dass du nicht heiraten wirst, bis du reif genug bist, deinen Verstand und dein Herz zu kennen. Mach es nicht wie ich und gib dich der Lust hin, weil du glaubst, es sei Liebe.«

Ruark hatte nicht verstanden, was Lust bedeutete, aber er hörte und sah die Ernsthaftigkeit, mit der sein Vater diesen Ratschlag übermittelte. Es war von größter Bedeutung, dass Ruark ihm zuhörte, verstand und sich verpflichtete, sich genau nach den Worten seines Vaters zu richten. Da er so krank war, hätte Ruark ihm alles versprochen.

»Wann werde ich es wissen, Papa?«, hatte Ruark gefragt.

»Wenn du glaubst, du seist verliebt, musst du wissen, dass es nicht von Dauer sein wird. Nicht für dich und nicht für sie. Das kann mehrere Male passieren. Vielleicht wird eine Episode davon dauerhaft sein, aber das wirst du nicht wissen können, bis du gelebt und gelernt hast. Ich war gerade einundzwanzig, als ich deine Mutter geheiratet hatte. Viel zu jung, um meinen Verstand zu kennen, ganz zu schweigen von meinem Herzen.«

»Also sollte ich warten, bis ich achtundzwanzig bin, so alt wie du jetzt bist, Pa?«

»*Sagen wir dreißig, um sicher zu sein. Versprich mir, dass du bis dahin nicht heiraten wirst, Ro.*«

Sein Vater hatte ihn immer Ro genannt. »*Ich verspreche es.*« Ruark hatte die Finger über seinem Herzen verschränkt und seines Vaters Hand umklammert.

»So ist es«, meinte Ruark, um auf Luciens Frage zu antworten. »Mir bleiben noch drei Jahre, bis ich heiraten kann und dann werde ich es vielleicht noch nicht einmal tun.« Es war eine beliebige Zahl, die für eine Zeit stand, in der er sein Herz und seinen Verstand möglicherweise besser kannte. Bislang war der Ratschlag seines Vaters sowohl vorausschauend als auch hilfreich gewesen. Ruark hätte wahrscheinlich die erste Frau geheiratet, die sein Herz erobert hatte, und das in einem ignoranten Alter von achtzehn Jahren. Oder er hätte einen mächtigen Skandal ausgelöst, indem er seine Mätresse drei Jahre später geheiratet hätte. Das allein bewies, dass Ruark ein romantischer Dummkopf war, der für die nächste Zeit die Finger von einer Heirat lassen sollte. Er wusste nur mit Sicherheit, dass er nicht heiraten würde, bis er mindestens *dreißig* war. Egal was.

»In der Zwischenzeit werde ich deiner Schwester helfen, wenn ich kann«, meinte Ruark gutmütig. »Sollte das nicht in deinem Interesse sein? Und nicht nur, weil sie deine Schwester ist, sondern weil du es dir zur Aufgabe gemacht hast, anderen zu helfen.«

Lucien zuckte tatsächlich zusammen, was Ruark überraschte. »Ich könnte bei dieser Arbeit vielleicht eine Unterbrechung einlegen. Es hat den Anschein, als hätte ich es in letzter Zeit übertrieben.«

»Du hast auch viel Gutes getan.« Ruark war wahrscheinlich nur über einen Bruchteil der Menschen informiert, denen er geholfen hatte, eine Anstellung zu finden, oder ihnen in schwierigen Situationen zu helfen, aber das reichte

für die Gewissheit, dass Lucien eines der gütigsten und großzügigsten Herzen besaß, die er je gekannt hatte. Der Phönix
Club an sich war ein wohlüberlegtes und wohlmeinendes
Unterfangen, eine exklusive Stätte, an der einige, die
anderswo niemals akzeptiert wurden, herzlich eingeladen
und einbezogen wurden. Als Ire war Ruark sich der Vorurteile wohl bewusst und wie es sich anfühlte, Außenseiter zu
sein – woran Cassandras Vater ihn gerade erinnert hatte.

»Ich weiß das zu schätzen.« Lucien richtete den Blick auf
das Haus seines Vaters. »Vermutlich sollte ich den Besuch
abstatten, den ich beabsichtigt hatte. Ich werde mich mit
Cassandra über ihren Plan unterhalten.«

Ruark nickte. »Treffe ich dich später im Club?« Er war
eins der Gründungsmitglieder des Phönix Clubs und saß
selbst im geheimen Mitglieder-Komitee, das inzwischen –
auf ziemlich unrühmliche Weise – Sternkammer genannt
wurde.

»Ja.« Lucien ging an ihm vorbei und meinte: »Versprich
mir nur, dass du meiner Schwester wirklich nicht den Hof
machst und du das auch nicht tun wirst.«

Ruark drehte sich zu seinem Freund und beobachtete ihn
erwartungsvoll. »Wenn du dir Sorgen machst, dass deine
Schwester mir unter die Haut gegangen ist oder ich eine
Zuneigung für sie entwickelt habe, dann ist das nicht der
Fall. Wir sehen uns später.« Sich auf dem Absatz umdrehend,
ging Ruark davon. Er mochte vielleicht keine Zuneigung für
Cassandra empfinden, aber, dank eines Zufallstreffens in
einem Wandschrank, war sie ihm gewiss unter die Haut
gegangen.

KAPITEL 3

Cassandra und Prudence kamen zu ihrem ersten Besuch in Overton House an, seit Fiona die Hausherrin geworden war. Der Butler führte sie in den Salon, in dem Fiona sie erwartete.

»Fiona, du wirkst plötzlich so damenhaft, und ich meine das auf die vorteilhafteste Weise. Die Ehe bekommt dir gut«, meinte Cassandra, als sie ihre Handschuhe auszog und auf dem Sofa in der Zimmermitte Platz nahm.

Fiona setzte sich in einen Sessel neben dem Sofa und Prudence ließ sich auf einem weiteren Sofa gegenüber von Cassandra nieder.

»Danke«, entgegnete Fiona mit einem leisen Lachen. »Ich fühle mich nicht damenhaft. Ich fühle mich überhaupt nicht anders, um die Wahrheit zu sagen.«

Cassandra schaute sie skeptisch an. »Das kann nicht sein. Du bist jetzt verheiratet. Sicherlich haben sich viele Dinge geändert.«

Fiona errötete. »Einige Dinge, ja«, murmelte sie. »Oh! Ich bin jetzt ein offizielles Mitglied des Phönix Clubs. Das ist neu.«

Neid überkam Cassandra, doch es war albern, sich über etwas zu ärgern, was sie nicht in der Hand hatte. Als eine unverheiratete junge Dame kam Cassandra für eine Einladung nicht in Frage. Sie setzte ein Lächeln auf und sagte die Wahrheit: »Ich freue mich so für dich! Jetzt kannst du zu all den Bällen gehen. Und an den Dienstagen kannst du sogar die Gentlemen Seite des Clubs besuchen.«

Der Phönix Club war eine einzigartige Organisation, und sie gehörte Cassandras Bruder Lucien. Die Mitgliedschaft war recht ungewöhnlich und es befand sich nicht ein einziger Herzog darunter. Cassandra glaubte allerdings, dass sich ein paar Erben von Herzogtümern darunter befanden, was ihren Bruder Constantine einschloss. Was die Mitgliedschaft so ungewöhnlich machte, war die Tatsache, dass Frauen einbezogen wurden. Ein exklusiver Club mit Männern *und* Frauen existierte einfach nicht in der Gesellschaft. Sie wurden getrennt gehalten, und es gab eine Seite für Ladys und eine für Männer. An den Dienstagen waren die Ladys auf der Seite der Gentlemen erlaubt, während die Gentlemen niemals auf der Seite der Ladys Zugang hatten, außer wenn der Ballsaal, der sich über beide Seiten erstreckte, für eine Veranstaltung geöffnet war. Und selbst dann war ihnen nicht gestattet, den Ballsaal zu verlassen, außer um nach draußen in den Garten auf die Seite der Ladys zu gehen.

Während der Saison, die im März begann, veranstaltete der Club jeden Freitag einen Ball. Junge, unverheiratete Ladys mit Mentorinnen oder Verwandten, die Mitglieder waren, durften teilnehmen und so war auch Cassandra zu ihrem einen und einzigen Ball vor einigen Wochen gegangen.

»Wir haben vor, heute Abend hinzugehen«, meinte Fiona, deren Augen vor Aufregung funkelten. »Es wird allerdings nicht das Gleiche ohne dich sein.«

Vor einigen Wochen hatten Cassandra und Fiona sich als Dienstmädchen des Phönix Clubs verkleidet und sich in den Club geschlichen, da sie sicher gewesen waren, niemals eine Gelegenheit zu erhalten, ihn von innen zu sehen. Während ihres Besuchs waren sie auf der Seite der Gentlemen eingedrungen und bis in den ersten Stock gelangt, ehe sie beinahe erwischt worden wären, was sie für eine Weile voneinander getrennt hatte.

»Dieses Mal bist du wenigstens nicht in Gefahr, erwischt zu werden. Du hast jedes Recht, dort zu sein.« Ein weiterer Stich von Neid traf Cassandra. Vielleicht würde sie eine Einladung erhalten, nachdem sie verheiratet war. Sie vermutete, dass es davon abhing, ob ihr Ehemann Mitglied war. Gleichwohl es einige Mitglieder gab, deren Ehegatten keine Mitglieder waren. Tatsächlich hatte ihre Schwägerin Sabrina ihre Einladung vor ihrem Bruder, Constantine erhalten. Aber Constantine hatte auch kein Mitglied sein wollen, bis seine Frau es geworden war. Cassandra konnte es andererseits kaum abwarten, ihre Einladung zu erhalten.

Was war der Grund?

Weil sie sich immer einsam gefühlt hatte und die Vorstellung, einen Ort zu haben, zu dem sie jeden beliebigen Tag gehen könnte, um dort Geselligkeit zu finden, war unwiderstehlich.

»Das nehme ich an«, entgegnete Fiona. »Ich sollte doch hoffen, dass du bald heiraten wirst, sodass du Mitglied werden kannst und dann gehen wir zusammen.«

»Ich bezweifle, dass das passieren wird. Wexford hat gestern seinen vorgetäuschten Besuch gemacht und er ist gar nicht gut aufgenommen worden.« Cassandra zog eine Grimasse.

Fiona runzelte die Stirn. »Es tut mir leid, das zu hören. Was ist passiert?«

»Mein Vater war so unmöglich wie immer. Du hättest ihn

hören sollen, wie er Wexford über seine Vorfahren ausge-
fragt hat. Er war grauenhaft.« Cassandra rief sich die Unterhaltung in Erinnerung, und zwar besonders Wexfords
Reaktion und Rückantwort. »Der Earl hatte sich dennoch
gut gehalten.«

»Du klingst beeindruckt.«

»Das war ich. Die meisten Männer wären in die Knie
gegangen oder geflohen. Wexford hat angedeutet, dass er
sein Werben fortsetzen wird – so vorgetäuscht es auch sein
mag – und das, obwohl mein Vater klargemacht hat, dass er
diese Werbung nicht billigen wird.«

»Ich kann nicht behaupten, dass ich überrascht bin.
Wexford kommt mir nicht wie jemand vor, der klein beigibt
oder sich herumkommandieren ließe. Nicht, dass ich ihn
sehr gut kenne, aber das ist mein Eindruck.« Fiona legte den
Kopf schief. »Warum heißt dein Vater es nicht gut?«

»Weil er Ire ist und seine Mutter einst katholisch war.
Aber hauptsächlich, weil seine Mutter den irischen
Verwalter ihres Anwesens geheiratet hatte, nachdem
Wexfords Vater gestorben war.« Cassandra beugte sich vor
und senkte die Stimme zu einem dramatischen Flüstern.
»Ein ausgemachter Skandal.«

Fiona verdrehte die Augen. »Lächerlich. Ich kann mir nur
vorstellen, was er von mir hält, einer Unbedeutenden vom
Lande, die einen Earl heiratet – meinen Vormund und nicht
weniger.«

»Wenn er eine negative Meinung über dich hat, behält er
sie für sich.«

»Das sollte ich doch hoffen, da wir enge Freundinnen
sind.«

»Oh, das würde ihn nicht aufhalten. Letztendlich ist
Wexford einer von Luciens besten Freunden. Er wird wegen
der verwitweten Komtess keinen Kommentar über dich
abgeben, da sie dir ihr Wohlwollen besiegelt hat. Diese Art

von Befürwortung reicht bei meinem Vater weit.« Cassandra verdrehte die Augen.

Die verwitwete Komtess war die Großmutter von Fionas Ehemann. Sie war einen Tag zuvor angekommen, bevor die beiden durchgebrannt waren, und hatte jedes Gerücht oder negativen Klatsch mit der Kraft eines Hurrikans im Keim erstickt. Ein sehr gesitteter und beherrschter Hurrikan, doch nichtsdestotrotz besaß sie die Kraft eines Sturms.

»Also wird Wexford seine vorgetäuschte Werbung fortsetzen?«, fragte Fiona.

»Das denke ich. Seit er gestern gegangen ist, haben wir nicht mehr miteinander gesprochen. Ich werde morgen Abend auf dem Empfang der Farrowsbys nach ihm Ausschau halten und unseren Plan mit ihm besprechen.« Cassandra war nicht sicher, ob die List überhaupt funktionieren würde. Niemand wollte ihr den Hof machen, weil ihr Vater so verdammt einschüchternd war. Sein Benehmen gegenüber Wexford war genau das, wovor sich alle fürchteten.

»Sag ihr die Wahrheit.« Zum ersten Mal ergriff Prudence das Wort. Es war nicht unüblich für sie, nichts zu sagen, wenn sie ausgingen, denn sie war eine Frau von wenigen Worten. In diesem Fall war sie allerdings sowohl mit Cassandra als auch Fiona gut bekannt und fühlte sich wahrscheinlich wohl. So wohl, wie Prudence sich nur fühlen konnte. Cassandra war nicht sicher, ob ihre Gesellschafterin jemals wirklich unbeschwert war. Wahrscheinlich war sie die beherrschteste Person, der Cassandra je begegnet war. Abgesehen davon war sie eine wunderbare Unterstützung und eine ausgezeichnete Vertraute.

»Welche Wahrheit ist das?«, fragte Cassandra in spöttischer Ignoranz.

Prudence verengte spielerisch die Augen, ehe sie ihre Aufmerksamkeit Fiona zuwandte. »Cassandra steht der Aussicht auf eine Heirat zwiespältig gegenüber.«

»Das ist nicht überraschend«, entgegnete Fiona. »Ich bin sicher, dass ich das ebenfalls wäre, wenn ich mich nicht in Tobias verliebt hätte.«

Cassandre und Fiona waren in ihrem Wunsch, eine Heirat zu vermeiden Verbündete gewesen, was zumindest auf die kurze Zeit zutraf, in der sie beide gemeinsam ihre erste Saison genossen hatten. Beide waren sie zur Heirat gedrängt worden – Fiona, weil ihr ehemaliger Vormund sie loswerden wollte und Cassandra, weil es laut ihres Vaters höchste Zeit war. Sie wusste, dass er es als persönliches Versagen werten würde, wenn seine Tochter nicht in der ersten Saison heiratete.

Fiona blickte sie mitfühlend an. »Besteht die Möglichkeit, dass du deinem Vater einfach sagst, du wolltest die Heirat bis nächstes Jahr verschieben?«

»Ich bin nicht sicher, ob ich das will. Ich denke, ich will von ihm fortkommen.«

Es wurde anstrengend, mit seinen beinahe täglich gehaltenen Vorträgen über Pflicht fertigzuwerden. »Wenn ich nur einen Gentleman finden könnte, der nicht völlig von meinem Vater eingeschüchtert wäre und der mich lieben könnte, werde ich zufrieden sein.«

Fiona runzelte die Stirn. »Zufrieden klingt nicht sehr romantisch.«

»Sagt die Frau, die gerade mit dem Mann, den sie liebt, nach Gretna Green durchgebrannt ist.« Cassandra lachte. »Wir können nicht alle ein Märchen leben, Fi. Ich werde mich glücklich mit jemandem abfinden, für den ich zumindest eine gewisse Zuneigung und die Hoffnung hege, dass wir uns ineinander verlieben.« Das war nicht ihre bevorzugte Vorgehensweise, aber es wurde immer offensichtlicher, dass ein *Abfinden* wahrscheinlich erforderlich sein würde.

»Ich werde dennoch hoffen, dass die Liebe zuerst kommt.«

Cassandra würde dies ebenfalls hoffen, doch sie würde auch danach streben, optimistisch zu sein, so schwierig dies auch manchmal schien. »Mein Bruder hatte sich auch nicht zuerst verliebt. Con hat Sabrina geheiratet, weil die Sache arrangiert war und schau dir die beiden jetzt an. Es ist wundervoll.«

»Das ist ein Vorbild.« Fiona sah aus, als wollte sie versuchen, optimistisch zu sein, aber dass sie vielleicht nicht ganz überzeugt war.

»Meine Mutter hat mir erzählt, dass sie, obwohl mein Vater ihr anfangs den Atem raubte, sie beide sich erst nach der Hochzeit richtig verliebt hatten.« Cassandra sprach leise und vorsichtig. Sowohl Fiona als auch Prudence schauten sie an. Und beide versuchten, ihre Überraschung zu verbergen. Denn Cassandra sprach nur selten von ihrer Mutter.

»Das wusste ich nicht.« Fiona lächelte. »Was für eine schöne Erinnerung. Ich freue mich so, dass du sie mit uns teilst.«

»Ich wünschte, ich wüsste mehr als das«, gab Cassandra zu. »Aber Vater weigert sich, über sie zu sprechen, und da sie starb, als ich gerade sieben war, habe ich nicht sehr viele Erinnerungen.« Diese eine war ihr allerdings im Gedächtnis geblieben. Wahrscheinlich deshalb, weil sie sich in den Jahren danach an die Vorstellung geklammert hatte, dass ihre Eltern einander geliebt hatten. Ihr Vater sprach sicherlich nicht darüber, und er benutzte das Wort Liebe nicht in Bezug auf seine Kinder. Nicht einmal Constantine, den er eindeutig anbetete.

»Ich habe etwas sehr Schockierendes erfahren, ehe ich mit Tobias aufgebrochen bin«, sagte Fiona leise, den Blick auf ihren Schoß gerichtet. Sie hob den Blick zu Prudence und Cassandra. »Das bleibt natürlich unter uns. Mein Vater und Tobias´ Vater waren Liebende. Deshalb bin ich nach dem Tod meiner Mutter das Mündel von Tobias´ Vater geworden. Als dann der Earl of Overton verstarb, bin ich Tobias´ Mündel geworden. Das erklärt zu einem großen Teil, warum meine Mutter oft so traurig gewirkt hatte.«

Cassandra nahm Fionas Hand und drückte sie. »Ich habe nicht gewusst, dass deine Mutter traurig war. Vermutlich habe ich vermieden, über unsere Mütter zu sprechen.« Sie schniefte und dann ließ sie Fiona los.

»Ich muss es irgendwie. Ich habe meine Mutter geliebt, doch da war immer ein Teil gewesen, den ich nicht gekannt habe.« Fiona richtete den Blick auf Prudence. »Was ist mit deiner Mutter, Prudence? Ich glaube, du hast noch nie irgendjemanden von deiner Familie erwähnt.«

Prudence, die bereits recht blass war, schien noch mehr Farbe zu verlieren. »Meine Familie ist, nun, sie ist vergangen. Vor zwei Jahren ist meine Mutter gestorben. Wir standen uns sehr nahe. Ich vermisse sie sehr.« Ihre Stimme klang klein und kläglich und Cassandra widerstand dem Drang, aufzuspringen und sie zu umarmen. Prudence schien nicht von der Art von Menschen zu sein, die ihre Gefühle zeigten.

»Es tut mir so leid, Pru«, meinte Cassandra mit großer Anteilnahme. Wenn sie die Frau schon nicht körperlich umarmen konnte, würde sie ihr wenigstens emotionale Unterstützung zukommen lassen.

»Das tut es mir auch«, warf Fiona ein. »Wenn du uns gern etwas über sie erzählen möchtest, würden wir dir gern zuhören.«

Cassandra nickte zustimmend. »Ja, bitte.«

Prudence Mundwinkel hoben sich leicht, doch es war kein richtiges Lächeln. »Danke. Es gibt nicht viel zu erzählen, aber ich bin euch für euer Mitgefühl dankbar. Sollten wir nicht zu unserer Unterhaltung über die vorgetäuschte Brautwerbung mit Wexford zurückkehren?«

Da Prudence eindeutig nicht über ihre Mutter sprechen wollte, würde Cassandra sie nicht drängen. Sie war nicht so ein unsensibles Biest wie ihr Vater. »Ich werde mich morgen Abend mit Wexford unterhalten und dann einen Plan aushecken. Hoffentlich ist er einverstanden, mich weiterhin gelegentlich zum Tanzen aufzufordern, und vielleicht begleitet er mich gelegentlich zu einer Promenade. Ich bin nicht sicher, ob ich ihn überzeugen kann, mich noch einmal zu besuchen«, fügte sie säuerlich hinzu. »Er könnte eventuell auch gar kein Interesse haben, noch irgendetwas davon zu tun. Ich wäre nicht überrascht, wenn er sein Hilfsangebot mir gegenüber mit Begeisterung aufkündigt, gleichwohl er sich gestern gegen Vater durchgesetzt hat.«

»Ich bin nicht sicher, ob ich da zustimme«, meinte Fiona. »Aber das wirst du vermutlich morgen herausfinden.«

Ja, das würde sie, selbst wenn eine lästige Stimme in ihrem Hinterkopf ihr zuflüsterte, dass es dumm war, diese Verbindung mit ihm fortzusetzen. Sie hatte eine höllisch schwere Zeit den *Vorfall* zu vergessen, und angesichts seiner Erwähnung neulich Abend auf dem Ball, schien es ihm ebenso zu ergehen. Oder vielleicht war das nur ihr Wunschdenken.

Sie schaute ihre Freundin und ihre Gesellschafterin an, die beide jedes Geheimnis hüten würden, das sie preisgab. Und trotzdem konnte sie den beiden nichts von dem Vorfall sagen. Wexford und sie hatten geschworen, dass die Sache ihr Geheimnis blieb.

Sie hatten sich auch versprochen, zu vergessen, dass es je passiert war. So weit funktionierte das nicht so gut.

*S*echs Wochen zuvor ...

»Pssst. Hast du das gehört?«, flüsterte Cassandra, die auf die geschlossenen Türen des Ballsaals des Phönix Clubs blickte. Sie hatten Stimmen gehört, die von der anderen Seite kamen.

Als Dienstmädchen verkleidet, mit vollständigen Kopien der Uniform des Clubs, die aus einem grauen Kleid, grüner Schürze und einer weißen Haube bestand, hatten Fiona und sie sich in den Club geschlichen, um ihn von innen zu sehen. Und sie durften nicht zulassen, erwischt zu werden.

Cassandra fasste Fiona an der Hand und zog sie auf den breiten Durchgang zu, der mit einem dicken Vorhang verhangen war. Sie ließ Fiona los und öffnete den Vorhang langsam. »Eine Treppenhalle.« Sie nickte Fiona zu, ihr zu folgen und hielt den Vorhang für ihre Freundin auf, bis diese hindurchgegangen war.

Als sie in der Treppenhalle standen, konnten sie direkt in die Eingangshalle blicken, in der ein Diener neben dem großen Portrait von Pan stand, das Lucien in Auftrag gegeben hatte.

»Nach oben!«, flüsterte sie eindringlich und sauste auf die Treppe zu. Fiona folgte, und als sie hinaufstiegen, konnte Cassandra nicht anders als zu murmeln: »So nah dran, ein Bacchanal Gemälde zu sehen.«

Oben auf der Treppe gelangten sie auf einen Treppenabsatz. Eine Stimme von rechts erhöhte Cassandras Alarmbereitschaft.

Sie durften nicht erwischt werden. Nicht im Club ihres Bruders. Sie sauste über den Treppenabsatz zu einer geschlossenen Tür und schlüpfte hindurch, wobei sie sie für Fiona aufhielt.

Aber Fiona war ihr nicht gefolgt. Als sie aus dem großen

Wandschrank spähte, sah Cassandra sie nach links laufen – zu der Stimme! *Was um alles in der Welt tat sie da?*

Dann waren mehr Stimmen zu hören und hastig schloss Cassandra die Tür mit einem leisen Schnappen. In Dunkelheit gehüllt, presste sie den Rücken gegen die Regale, und ihr Atem ging flach, während ihr Puls raste.

Die Geräusche der Menschen, die sich vor der Tür bewegten, waren unmissverständlich. Wo war Fiona? War sie erwischt worden?

Panik stieg in Cassandras Kehle auf und sie strebte auf die andere Seite des Schranks zu, der vielleicht einen Meter zwanzig breit war. Sie zog es vor, im Hintergrund der Tür zu stehen, für den Fall, dass jemand sie öffnete. Hoffentlich würde sie ungesehen bleiben.

Die Sorge um Fiona lag im Wettstreit mit der Sorge, erwischt zu werden. Dann vernahm sie Schritte auf der Treppe und die Stimmen wurden leiser. Es hatte den Anschein, als wäre sie sicher …

Ausatmend ließ sie die Anspannung aus ihr herausfließen und lehnte sich zurück. Etwas fiel mit einem Krachen zu Boden und fachte ihre Furcht erneut an. Mit angehaltenem Atem trat sie vor und erstarrte.

Während sie betete, dass niemand das Geräusch gehört hatte, hätte sie schwören können, draußen vor der Tür einen Schritt gehört zu haben. Die Tür öffnete sich nach innen. Sie schlug sich die Hand vor den Mund, um ein Keuchen zu unterdrücken.

»Ist jemand dort drin? Alles in Ordnung?«

O Gott, sie kannte diese Stimme. Der weiche irische Dialekt war unmissverständlich.

»Ich kann Sie atmen hören«, sagte er.

Wieder hielt Cassandra den Atem an und legte die Hand fester über den Mund. Sie machte auch ihre Augen zu, was lächerlich war. Wie würde sie das davor bewahren, entdeckt zu werden?

»Warum sind Sie hier in der Dunkelheit?«, fragte er. »Verstecken Sie sich? Soll ich jemandem sagen, dass Sie hier sind?«

Von ihrer Panik überwältigt, streckte Cassandra die Hand aus und stieß die Tür zu, in der Hoffnung, dass er den Wink verstehen und gehen würde. »Nein!« Das Wort kam als dringliches, wehleidiges Flüstern hervor.

Die Tür ging zu und sie erkannte, dass er nun mit ihr hier drinnen war.

»Ich wusste, dass jemand hier drin war.« Er klang als würde er lächeln. »Geht es Ihnen gut? Ich habe ein Krachen gehört.«

»Mir fehlt nichts. Sie können gehen.« *Bitte geh.*

»Warum verstecken Sie sich in der Dunkelheit?«

Cassandras Gedanken rasten. Sie gab sich Mühe, ihre Stimme tiefer klingen zu lassen, sodass er sie nicht erkannte, wie sie ihn erkannt hatte. »Ich bin ein neues Dienstmädchen. Ich, ähm, mache einen Moment Pause.« Sie flüsterte beinahe.

»Aha, Sie wollen nicht beim Faulenzen erwischt werden.« Er schmunzelte. »Das kann ich verstehen. Willkommen im Phönix Club. Ich habe nicht gewusst, dass Lucien – Lord Lucien – kürzlich jemanden eingestellt hat.«

Würde Wexford über solche Dinge Bescheid wissen? War er Mitglied des geheimen Mitglieder-Komitees?

»Es ist mein erster Tag.« Als ob das etwas erklären würde. »Ich brauche nur eine Verschnaufpause. Ich sollte wieder an die Arbeit gehen.«

»Ich werde Sie nicht davon abhalten.«

O nein, er hatte vor, die Tür zu öffnen und wollte sie wahrscheinlich hinausbegleiten. Was bedeutete, dass er sie sehen würde. Und er würde sie erkennen. Das konnte sie nicht gebrauchen.

»Ihr geht zuerst, Mylord. Ich möchte nicht gesehen werden, wie ich diesen Schrank mit Euch verlasse.«

Eine Sekunde herrschte Stille und dann schien sich die Atmosphäre in dem kleinen Bereich zu verändern. »Wissen Sie, wer ich bin?«, fragte er leise. Als sie nicht antwortete, meinte er: »Ihre Stimme klingt vertraut und wenn ich ehrlich sein soll, ganz und gar nicht wie ein Dienstmädchen.«

Verdammt. »Bitte gehen Sie«, flehte sie. »Ehe Sie mich in Schwierigkeiten bringen.«

»Ich habe das Gefühl, als seien Sie bereits in Schwierigkeiten.« Er klang viel zu amüsiert. Cassandra wollte ihn gegen das Schienbein treten.

»Sind Sie wirklich ein Dienstmädchen?« Er rückte näher. Sie konnte seine Nähe spüren, obwohl sie ihn nicht sehen konnte.

»Das bin ich.« Sie tastete und fand seine Hand. Er trug keine Handschuhe und das tat sie auch nicht, weil Dienstmädchen keine Handschuhe trugen. Sie nahm seine Hand und führte sie über ihre Taille. »Können Sie meine Schürze fühlen? Ich trage auch ein Häubchen.«

Sanft fasste er sie an der Taille und befingerte den Stoff. »Hmm, das fühlt sich vermutlich wie eine Schürze an.« Er schob seine Hand höher und stieß auf ihre Brust, was ihr ein Keuchen entlockte. Er zog seine Hand wieder zurück. »Das war nicht gut von mir. Ich habe nur herauszufinden versucht, ob Sie wirklich eine Schürze tragen. Dies scheint ein riskantes Unterfangen.«

Die Berührung seiner Hand an ihrer Brust brachte das Gefühl der Panik von vorhin wieder zurück. Nein, nicht Panik, aber eine ähnliche Sensation, derentwegen sie nicht richtig atmen konnte und eine verbotene Aufregung breitete sich in ihr aus. Sie hatte mit Fiona über Magnetismus gesprochen – die Anziehung, die man zu jemandem verspüren konnte – und Cassandra vermutete, dass sie genau das erlebte.

»Sie wissen, was Menschen, die zusammen in der Dunkelheit gefangen sind, normalerweise tun, nicht wahr?« Seine Stimme war dunkel und heiser und sie glitt wie luxuriöse Seide über sie hinweg.

»Nein.« Ihre Antwort war ein Krächzen, als ob sie einen Frosch verschluckt hatte. Frösche ließen sie immer ans Küssen denken. Oh! Jetzt kannte sie die Antwort, dachte sie.

»Sie küssen sich«, antwortete er, und bestätigte damit ihre Vermutung. »Aber ich kann kein Dienstmädchen küssen. Das wäre nicht richtig.«

»Ich bin kein Dienstmädchen«, platzte sie heraus.

»Was ist mit der Schürze?« Seine Hand ertastete ihren Kopf und sanft zog er an ihrer Haube. »Und dies? Und die Tatsache, dass Sie darauf bestanden haben, ein Dienstmädchen zu sein? Ganz bestimmt wirken Sie wie ein Dienstmädchen.«

»Wollen Sie mich nun küssen oder nicht? Wenn nicht, müssen Sie gehen.« Warum erregte sie noch seine Aufmerksamkeit? Das war Irrsinn. Als Dienstmädchen verkleidet hierher zu kommen, war Irrsinn gewesen. Sie sollte ihn auffordern zu gehen und beten, dass sie noch entkommen konnte, ohne dass er ihre Identität aufdeckte. Und ohne von einer anderen Person erwischt zu werden.

Und was war mit der armen Fiona geschehen?

»Ich sollte gehen«, flüsterte er. »Aber Sie sind ziemlich kommandierend, und das gefällt mir.« Plötzlich zog er sie zu sich, und sein Mund streifte ihre Wange. Dann, als er sich offenbar zurechtgefunden hatte, bewegten sich seine Lippen über ihre, und alle Gedanken, die in Cassandras Gehirn herumschwirrten, flohen an den Rand. Sie wurde von Hitze und Gefühlen überwältigt.

Sie legte ihre Hände auf seine Schultern und verankerte

sich, als ihre Welt zur Seite kippte. Er schmiegte seine Arme
um sie, einen um ihre Taille, den anderen um ihren Kopf,
während er mit Lippen und Zunge fröhlich ihren Mund
umspielte.

Was diesen Kuss anging, musste sie glauben, dass er ziemlich spektakulär war, aber woher sollte sie das wissen?

Weil sie es *wusste*. Ihr Inneres hatte sich irgendwie in ein
Schmelzbecken der Begierde verwandelt und erinnerte sie
an das Verlangen, von dem sie zwar gelesen, aber das sie
noch nicht selbst erlebt hatte. Als seine Zunge über ihre
Unterlippe glitt, keuchte sie leise und öffnete den Mund.

Er zog sich zurück. »Wer *bist* du?«

Als Antwort verschränkte sie ihre Hände in seinem
Nacken und zog ihn herunter, um ihn erneut zu küssen. Sie
war noch nicht fertig. Wer wusste schon, wann sie je wieder
so etwas erleben würde? Oder ob dies überhaupt geschähe.

Sie machte es ihm nach und leckte ihm über die Lippen.
Er öffnete den Mund, und seine Zunge traf auf ihre. Der
Kuss veränderte sich und verstärkte jedes Gefühl, ließ ihre
Zehen kribbeln und ihre Haut prickeln. In ihrem intimsten
Körperteil staute sich die Hitze an, von dem ihre Gouver-
nante ihr einst gesagt hatte, sie müsse es ignorieren, bis sie
verheiratet sei.

Jetzt konnte sie gar nichts mehr ignorieren, und sie wollte
es auch nicht. Es pochte vor Verlangen und dem Bedürfnis,
berührt zu werden. Wexford zog ihre Hüften zu sich heran,
worauf sie die Sehnsucht wie ein Blitz durchfuhr. Das war
spektakulär. Und so konnte das nicht weitergehen.

Es schien, als wäre er zu demselben Schluss gekommen,
denn sie lösten sich im selben Moment voneinander. Sie
drückte sich gegen das Regal, und er wich von ihr zurück.
Zumindest glaubte sie das, denn sie konnte seine Nähe, seine
berauschende Hitze nicht mehr spüren.

»Ich muss jetzt wirklich gehen. Ich hoffe aufrichtig, dass

Sie kein Dienstmädchen sind. Ich habe nicht die Angewohnheit, Avancen zu machen oder mir Freiheiten herauszunehmen.«

»Ich habe Sie eingeladen.« Wie eine Art schamloses Luder. »Machen Sie sich keine Vorwürfe. Tun Sie einfach so, als wäre das nie passiert.«

»Das wird sehr schwer sein. Und selbst wenn Sie kein Dienstmädchen sind, hätte ich nicht so dreist sein dürfen – Einladung hin oder her.« Er klang nur ein klein wenig bedauernd, was sie erfreute, da sie keinerlei Gewissensbisse empfand.

Sie vernahm den Humor in seiner Stimme und war froh darüber. »Gehen Sie jetzt.«

Die Luft geriet in Bewegung, als er sich wieder bewegte, und dann öffnete sich die Tür und ließ Licht in den Schrank. Immer noch hinter der Tür versteckt, drehte Cassandra den Kopf in Richtung der Ecke, falls er zurückblicken sollte.

»*Cassandra?*«

Sie hätte sich in die Ecke drücken und den Kopf einziehen sollen. Stattdessen hörte sie ihren Namen und reagierte, ohne nachzudenken.

Als sie den Kopf drehte, trafen sich ihre Blicke und sie sah erschrocken zu, wie er zusammenzuckte, als ihm die Erkenntnis kam.

»*Verflixter Mist.*«

KAPITEL 4

uark schloss die Tür und schaute in der Dunkelheit zu der Schwester seines besten Freundes. Die er gerade ausgiebig geküsst hate. *Zweimal.* Und die er ein drittes Mal zu küssen erwog.

Was er *nicht* tun würde.

»Sie sind schlimmer als ein Dienstmädchen«, knurrte er.

»Wie kann das sein?«

»Muss ich das wirklich erklären?« Ihr Schweigen war Antwort genug. »Sie sind die Tochter eines verdammten *Herzogs* – und obendrein eines ziemlich einschüchternden. Sie sind die Schwester meines besten Freundes, der meinen Kopf auf einer Pike aufspießen würde, wenn er etwas hier-über herausfindet. Sie sind eine unverheiratete junge Dame, die jetzt kompromittiert worden ist.« O verflixt, er würde sie heiraten müssen. Kalter Schweiß brach ihm im Nacken und auf der Stirn aus.

»Das wurde ich nicht. Niemand hat uns gesehen und niemand, insbesondere Lucien muss je erfahren, was passiert ist. Ich sollte noch nicht einmal hier sein!« Ihre Stimme war ein erregtes Flüstern.

Nein, sie sollte nicht hier sein. Dies war ein privater Club, in dem sie kein Mitglied war. »Sind Sie wirklich als Dienstmädchen verkleidet?«

»Ja.«

»Warum?«

»Ich wollte den Club von innen sehen. Ich habe mich als Dienstmädchen verkleidet, damit ich mich umschauen kann.«

Für einen kurzen Moment konnte er vor Unglauben, der ihm die Kehle versperrte, nicht sprechen. »Tragen Sie wirklich eine grüne Schürze?« In seinem Schock hatte er noch nicht einmal zur Kenntnis genommen, was sie trug, ehe er die Tür schloss und sie wieder in Dunkelheit hüllte.

»So ist es.« Sie klang stolz, und er musste sich eingestehen, dass er eine gewisse Bewunderung für ihren Sinn fürs Detail aufbrachte. »Allerdings hatte ich nicht bedacht, dass sie auch das Symbol des Clubs hätte haben sollen.«

»Es wäre schwer nachzumachen gewesen, es sei denn, Sie hätten eine Schürze des Clubs entwendet.« Warum stand er hier in der Dunkelheit und unterhielt sich darüber mit ihr? Sie musste gehen! »Sie haben sich einen besonders ungünstigen Tag für Ihren verwegenen Plan ausgesucht. Es finden gerade Besprechungen statt, und mehrere Mitglieder der Gesellschaft sind anwesend. Die Chance, erwischt zu werden, steht heute viel höher als an jedem anderen Tag.«

»Verdammt perfekt«, murmelte sie. »Was soll ich tun?«

»Ich muss zum Ballsaal. Sehr wahrscheinlich werde ich bereits vermisst und muss mir eine Ausrede für meine Verspätung einfallen lassen. Alle werden dort für mindestens eine Viertelstunde versammelt sein, nehme ich an. Jetzt wäre die beste Zeit für Sie, zu gehen. Können Sie Ihren Weg hinaus finden?«

Sie zauderte. »Ich glaube nicht. Ich bin durch den Ballsaal

gekommen. Diesen Weg kann ich eindeutig nicht zurückkehren.«

»Nein, das können Sie auf keinen Fall. Wenn Sie den Wandschrank verlassen, dann wenden Sie sich nach links. Suchen Sie die Tür zur Terrasse und dann gehen Sie in den Garten hinunter. Es gibt eine Tür, die in der Mauer zur Linken verborgen ist. Sie führt auf die Bury Street.« Und dann was? Sie würde einfach eine Droschke anhalten? Wie konnte er die Tochter des Herzogs von Evesham allein durch London schicken? »Himmel, sind Sie *allein*?«

»Ja.« Ihre Antwort barg eine leichte Verzögerung, die ihn glauben machte, dass sie log. Aber ihm lief die Zeit davon und er würde nicht weiter nachbohren. »Ich sollte Sie nach Hause bringen. Ich werde Lucien sagen, ich hätte eine Verabredung vergessen.«

»Ich bin allein hergekommen, also werde ich auch allein wieder gehen«, sagte sie mit einer Überheblichkeit, die er von der Tochter des Herzogs von Evesham erwarten würde. »Sie müssen sich auf den Weg machen.«

Aus irgendeinem Grund war er wie auf dem Boden angewurzelt. »Ich hätte Sie nicht küssen sollen. Das hätte ich nicht getan, wenn ich gewusst hätte, wer Sie sind.« Dennoch fühlte er im Augenblick kein Bedauern.

»Wie ich vorhin sagte, sollten wir so tun, als wäre dies nie passiert.«

»Ja.« Genau das mussten sie tun. »Wir werden nie wieder davon sprechen. Nicht zu anderen und nicht zueinander.«

»Einverstanden.«

»Ich hoffe, Sie kommen ohne Zwischenfall davon.«

»Dazu ist es schon zu spät, nehme ich an«, meinte sie trocken.

Ruark konnte nicht anders als zu lachen. Er hatte Cassandra immer gemocht. Sie besaß einen überragenden Geist und Intelligenz. »Ich hoffe, Sie kommen ohne *weiteren*

Vorfall davon. Halten Sie den Kopf gesenkt und gehen Sie schnell.«

»Das werde ich, sobald *Sie* gehen.«

»Ich gehe jetzt. Bitte seien Sie vorsichtig. Lucien wird mir nie verzeihen, wenn Ihnen etwas zustößt.« Lucien würde ihm nie verzeihen, wenn er herausfände, was gerade passiert war.

Sie gab tief aus ihrer Kehle einen Laut von sich. »Er wird außer sich sein, wenn er mich erwischt.« Das war ganz sicher richtig.

»Beeilen Sie sich, Cassandra«, meinte Ruark, ehe er aus dem Wandschrank schlüpfte.

Der Treppenabsatz war leer und er eilte zum Ballsaal. Sein Körper vibrierte noch immer von glühender Leidenschaft, die von Cassandras Küssen entfacht worden war.

Cassandra.

Luciens Schwester.

Ruark *musste* vergessen, dass dies je passiert war. Als er endlich beim Ballsaal ankam, tauchte Bedauern an die Oberfläche seiner Gedanken. Leider deshalb, weil er sie kein drittes Mal geküsst hatte.

∽

Gegenwart ...

*D*er Schlag traf Ruark mitten in die Magengrube und als eine Schmerzwelle direkt zu seiner Wirbelsäule strahlte, krümmte er sich vornüber.

»Wo warst du?«, fragte Mort, sein Boxtrainer und Sparringpartner, als Ruark rückwärts taumelte.

»Nirgendwo. Ich bin die ganze Zeit hier gewesen, wie der

Treffer beweist, den du gerade gelandet hast.« Er rieb sich mit der bloßen Hand über seinen nackten Bauch.

»Nicht körperlich, du Dämlack. In deinem Kopf.« Mort tappte sich an die Schläfe. »Du warst nicht aufmerksam. Deine Gedanken waren woanders.« Mort war verdammt noch mal zu schlau. Das war einer der Gründe, warum Ruark ihn vor drei Jahren als Trainer angeheuert hatte.

Ruark war in die Erinnerung an Cassandras Umarmung versunken gewesen, was sich in den vergangenen Wochen als frustrierend regelmäßiges Vorkommnis herausstellte. »Ich bin nur erschöpft. Du lässt mich heute recht hart arbeiten.« Mit der Hand wischte er sich über die schweißtriefende Stirn.

»Pah, nicht härter als sonst.« Mit fünfzig Jahren war Mortimer Dodd in besserer Verfassung, als die meisten Männer jemals hoffen konnten. Mit Schultern so breit wie eine hundert Jahre alte Eiche und der Fähigkeit, Männern, die halb so alt waren wie er – einschließlich Ruark – davonzulaufen, war er perfekt dazu geeignet, junge Kämpfer zu trainieren, die hofften, ihr Glück im Ring zu finden. Er war auch gut geeignet, um mit untätigen Adligen zu arbeiten, die es genossen, Menschen zu schlagen. Nein, für Ruark war es mehr als das. Er schätzte die Strategie, sich einem Gegner zu stellen und sich bis zum Äußersten zu treiben.

»Du bist abgelenkt«, beharrte Mort, dessen breite Stirn und teilweise Glatze von Schweiß glänzte. »Das habe ich mindestens in den letzten beiden Wochen beobachtet.«

Ruark schnaubte, als er aus dem Übungsring kletterte. »Das bezweifle ich. Du verwechselst mich wahrscheinlich mit jemand anderem.«

Mort folgte ihm aus dem Ring. »Rede dir das nur weiter ein, Wexford.« Das Lachen des älteren Mannes besaß eine lästige Selbstsicherheit. Aber er hatte recht. Er würde Ruark ebenso wenig mit einem anderen verwechseln, wie Ruark sich einen neuen Trainer suchen würde. Weil Mort viel mehr als das war. In gewisser Weise war er wie der Vater, den Ruark zu haben wünschte.

»Ich könnte vielleicht ein bisschen abgelenkt sein. Ich habe eingewilligt, jemandem einen Gefallen zu tun, und es läuft nicht sehr gut.« Weil ihr Vater ein Schnösel war, und ihr Bruder eine Plage.

Mort griff nach dem Handtuch, das von einem Haken an der Wand hing und wischte sich das Gesicht trocken. »Wie heißt sie?«

Ruark zog ein weiteres Handtuch von einem Haken daneben. »Es ist keine Frau«, log er.

»Wir haben uns vor drei Jahren kennengelernt, als du hier in den Club meines Cousins gekommen bist, und darauf aus warst, etwas zu vergessen. Besser, *jemanden,* wie ich später erfahren habe. Ich erinnere mich noch immer an ihren Namen, und du?«

Natürlich tat er das. Ruark erinnerte sich an all ihre Namen. Und ihre Gesichter. Und eine Unzahl anderer Einzelheiten. Cassandra war allerdings anders. Jede Verbindung zwischen ihm und ihr war einzig für den Zweck inszeniert, andere Gentlemen zu ermuntern, ihr den Hof zu machen. Der Vorfall zwischen ihnen war nur … ein Vorfall. Der sich nicht wiederholen würde.

Verdammt, er hätte niemals einwilligen sollen, ihr zu helfen, nicht wenn er daran scheiterte sie, und noch wichtiger, den *Vorfall* aus seinen Gedanken zu bannen. Als er sie allerdings das nächste Mal nach ihrer Begegnung gesehen hatte, hatte er ihr seine Hilfe angeboten, sollte sie sie je brauchen. Seitdem fühlte er sich gebunden.

Wirklich? Du hattest ihr nicht nur helfen wollen? Hattest du genauer gesagt nicht nach einem Grund gesucht, in der Hoffnung, mit ihr in Verbindung zu bleiben?

»Warum machst du ein finsteres Gesicht?«, fragte Mort, dessen Lippen sich zu einem schiefen Grinsen formten.

Ruark brachte seine Züge unter Kontrolle und wischte sich mit dem Handtuch über den Nacken. »Weil du eine alte Geschichte aufwärmst.«

»Eine Geschichte, die sich gern wiederholt, wenn ich mich richtig erinnere. Nuala war nicht die erste Frau, die deine Aufmerksamkeit erregt hatte.«

»Offensichtlich habe ich dir zu viel von mir erzählt.«

»Das war nicht ich, sondern der Gin.« Er zwinkerte Ruark zu und sein Grinsen wurde noch breiter, wobei eine Lücke zum Vorschein kam, die von einem fehlenden Zahn stammte, der ihm bei einem Kampf ausgeschlagen worden war. »Das ist eine Wahrheitsdroge.«

»Ich werde mich umziehen«, knurrte Ruark. Er drehte sich weg und schritt auf den Umkleideraum zu.

»Tu, was immer du tun musst, um sie dir vor deinem nächsten Training aus dem Kopf zu schlagen«, rief Mort hinter ihm her. »Ein guter Fick würde die Sache in Ordnung bringen, möchte ich wetten.«

Als ob Ruark Cassandra einfach vögeln könnte und die Sache damit vorbei wäre. Das wäre der verdammte Anfang. Himmel, er hatte gefürchtet, sie heiraten zu müssen. Wenn ein Gentleman eine Lady kompromittierte, war das typischerweise die Folge. Aber er hatte nicht gewusst, dass sie eine Lady war!

Nicht, dass dieses Detail etwas ausmachte. Sie waren nicht gesehen worden, und damit hatte er sie, technisch gesehen, nicht kompromittiert. Abgesehen davon war es nur ein Kuss gewesen. Zwei Küsse. Viele junge Frauen küssten ein oder zweimal einen Galan. Oder nicht? Oder war das nur seine Erfahrung gewesen, weil der die Dinge mit Freya und Nuala ein bisschen zu weit getrieben hatte, ehe sie ihre Verbindung beendet hatten?

»Entschuldigung.«

Ruark blieb abrupt stehen. Blinzelnd erkannte er, dass er im Begriff gewesen war, direkt mit Viscount Glastonbury zusammenzustoßen. Gleichwohl Ruark ihn nicht näher kannte, begegneten sie sich hier im Club, da Glastonbury mit dem Besitzer, Morts Cousin Fred trainierte.

Glastonbury! Cassandra hatte gesagt, er hätte ihr einen Besuch abgestattet und Ruark hatte sie neulich Abend auf dem Ball mit ihm tanzen sehen. Einen Walzer, also war er vielleicht wirklich daran interessiert, ihr den Hof zu machen. Das hoffte Ruark, da es so schien, als würde Evesham ihn billigen.

»Es tut mir leid«, meinte Ruark mit einem Lächeln. »Ich hatte an mein Training mit Mort gedacht.« Er betrachtete den Aufzug des Viscounts oder besser dessen Mangel und kam zu dem Schluss, dass er auf dem Weg zu seinem Training sein musste.

Glastonburys heftete seinen Blick aus den hellen Augen auf Ruarks Kinn. »Wie ich sehe, hat er Sie ordentlich erwischt.«

Schmunzelnd rieb Ruark sich mit den Knöcheln über die empfindliche Stelle. »Heute war ich nicht schnell genug.«

»Es ist aber auch schwer, mit einem der Dodds mitzuhalten, gleichwohl ich mein Geld auf Fred setze.« Als der Quirligere der beiden, war Fred – an einem guten Tag – ein bisschen schneller.

»Ich werde auf Mort in dem Kampf setzen«, entgegnete Ruark. »Er kann einen Baum umhauen.«

Glastonbury lächelte. »Das kann er wirklich.«

»Sagen Sie, habe ich Sie neulich Abend mit Lady Cassandra Westbrook tanzen sehen?« Es war eine unelegante Einleitung, aber Ruark erkannte keine andere Möglichkeit, das Thema zur Sprache zu bringen.

»Wahrscheinlich. Ich habe einige Male mit ihr getanzt.«

Er zog die hellen Augenbrauen zusammen. »Haben Sie irgendeine Verbindung zu ihr?«

»Ihr Bruder, Lord Lucien, ist ein enger Freund.«

»Hat er Sie geschickt, um mich im Namen des Herzogs zu warnen?« Glastonbury runzelte die Stirn. »Ich dachte, ich hätte die Prüfung bestanden, als ich ihr einen Besuch abstattete.«

Ein paar junge Burschen schlenderten mit eifrigen Mienen auf sie zu. »Glastonbury, wir haben gehört, das Fred einen Preiskampf veranstaltet. Was wissen Sie darüber?«

Glastonbury lächelte. »Ihr werdet mit ihm sprechen müssen. Ich habe von diesem Gerücht nichts gehört.«

Die Jungen tauschten enttäuschte Blicke aus und dann gingen sie davon.

Glastonbury lehnte sich zu Ruark und senkte die Stimme. »Es gibt einen Preiskampf, aber Sie wissen ja, wie diese Dinge laufen.«

Geheim, bis zum letztmöglichen Augenblick, damit er nicht gestoppt werden konnte, weil diese Veranstaltungen nicht legal waren. »Wie kommt es, dass Sie darüber Bescheid wissen?«

»Weil ich kämpfen werde.« Glastonburys Augen leuchteten vor Aufregung.

Absurderweise fühlte Ruark sich ausgeschlossen. Warum war er nicht gefragt worden, ob er kämpfen wollte? Er war einer der besten in seinem Club. Und wenn das nicht das Widerwärtigste war, was Ruark je gedacht hatte, würde er seine Strümpfe verspeisen. »Wie ist es dazu gekommen?«

»Ich tue Fred damit einen Gefallen.«

»Sie könnten ernsthaft verletzt werden«, meinte Ruark, obgleich er einen stechenden Neid verspürte. Vor einen großen Menge zu kämpfen wäre etwas Besonderes.

Glastonbury zog eine Schulter hoch. »Das ist nicht sehr

wahrscheinlich. Ich bin ziemlich gut, wenn ich das so sagen darf. Und ich bin schnell. Wer würde das *nicht* tun wollen?«

»Ich hätte auch Ja gesagt.« Tatsächlich hatte er schon halb im Sinn, einen anderen Platz zu erbitten. Vielleicht würde er sogar gegen Glastonbury kämpfen.

»Das sollten Sie Mort oder Fred sagen. Oder beiden. Vielleicht ist in einem früheren Kampf noch eine Lücke.«

»Es gibt mehr als einen?«, fragte Ruark.

»Zwei für den Fall, dass einer rasch endet, vermute ich.«

»Glastonbury!«, brüllte Fred Dodd von dem riesigen Hauptraum. »Kommst du hier heraus oder nicht?«

»Ich komme!«, antwortete er, ehe er Ruark entschuldigend anlächelte. »Wir sehen uns, Wexford.« Dann ging er an Ruark vorbei.

»Bis bald.« Ruark ging zum Umkleideraum weiter.

Als er sich gewaschen und umgezogen hatte, war der Gedanke, vor einer Menge zu kämpfen immer noch beharrlich. Das hatte er noch nie getan und er musste zugeben, dass die Vorstellung aufregend war.

Die Idee wurzelte in seinem Verstand und drängte Cassandra erfolgreich beiseite. Genau bis zu dem Moment, als er den Umkleideraum verließ und einen Blick auf Glastonbury erhaschte, der mit Fred kämpfte.

Der Viscount *war* schnell. Und wendig. Mit zwei schnellen Geraden erwischte er Fred an der Schulter und in der Magengrube. Ruark war beeindruckt. Abhängig von Glastonburys Gegner könnte der Preiskampf sehr unterhaltsam werden.

Aber Glastonbury erinnerte ihn an Cassandra. Verdammt. Es klang, als ob der Viscount ihr den Hof machen *könnte*, wenn er wollte. Cassandra schien nicht abgeneigt und der Herzog hatte gemeint, er würde den Viscount Ruark vorziehen.

Der Herzog würde einer Kanalratte den Vorzug vor Ruark geben.

Ruark verließ den Club und schlenderte zu Covent Garden, wo er eine Droschke nach Mayfair anhielt. Morts Worte hallten in seinem Kopf nach. *Geschichte, die sich gern wiederholt, wenn ich mich richtig erinnere.*

Er irrte sich nicht, so sehr wie Ruark dies leugnen wollte. Weshalb er eine Wiederholung nicht erlauben konnte. Dieses Mal nicht. Nicht mit Cassandra.

Er musste sich von ihr distanzieren – und zwar schnell.

KAPITEL 5

*A*ls Cassandra am folgenden Abend am Fuß der Treppe ankam, wäre sie beinahe auf der untersten Stufe gestolpert, denn ihr Vater wartete auf sie. Die Arme hinter seinem Rücken verschränkt, den Speckbauch vorgestreckt und die scharfen Augen erwartungsvoll auf sie gerichtet, als sie auf sie trafen, machte er eine eindrucksvolle Figur. Oder das würde er für jemanden anderen. Für sie war er nur ihr Vater, der zwischen ihr und der Kutsche stand, die sie von seiner Einmischung fortbringen würde.

Sie setzte ein Lächeln auf, von dem sie hoffte, dass es seinem bevorstehenden Vortrag jeden möglichen Stachel nehmen würde, und sank in einen kurzen Knicks, denn sie wusste, dass er dies zu schätzen wüsste. »Guten Abend Papa. Du kannst doch nicht mit uns zum Empfang kommen wollen?« Er war zum Glück nicht dafür angezogen.

»Natürlich nicht, aber vielleicht sollte ich das.« Er schien über ihren, nun bedauerlichen, Kommentar nachzudenken.

»Aber Prudence und ich sind schon aufbruchbereit«, meinte Cassandra heiter und sah über die Schulter zu ihrer

Gesellschafterin, die über den unteren Teil der Treppe herunterkam.

»Ich wollte dich sehen, ehe Ihr aufbrecht.« Er ließ den Blick anerkennend über sie schweifen und Cassandra atmete erleichtert aus, weil sie scheinbar seine Erwartungen erfüllte und er nicht vorhatte, den Empfang mit ihnen zu besuchen. Er sah sich stirnrunzelnd um. »Wo ist meine Schwester?«

»Meine Mentorin sagte, sie würde uns bei dem Empfang treffen.« Cassandra machte sich nicht die Mühe, den knappen Tonfall ihrer Stimme zu vermeiden. Es machte ihr nichts aus, wenn er wusste, dass sie über das Benehmen ihrer Tante wütend war. Tatsächlich wünschte sie sich, er würde ihre Schwägerin Sabrina wieder als ihre Mentorin einsetzen.

»Das ist nicht akzeptabel«, stellte er mit großer Missbilligung fest.

»*Sabrina* würde hier sein«, murmelte Cassandra, die unfähig war, sich zu beherrschen.

Der Herzog machte ein finsteres Gesicht. »Welchen Grund hat Christina dir genannt, dass sie nicht hierherkommt, um dich zu eskortieren?«

Cassandra richtete ihren Blick auf ihn. »Keinen.«

Ihr Vater murmelte etwas vor sich hin und löste die verschränkten Hände, ehe er einen Schritt auf sie zuging. »Ich werde mit meiner Schwester sprechen. Wenn sie inzwischen nicht auf dem Empfang auf dich wartet, musst du umgehend nach Hause zurückkehren. Wahrscheinlich solltest du nicht einmal gehen.«

»Was ist mit meinen Heiratsaussichten?«, fragte sie mit gespielter Verzweiflung, als ob es ihr auch nur halb so viel ausmachen würde wie ihm, dass sie in dieser Saison einen Ehemann fände.

Seine Augen verengten sich. »Sei nicht so frech. Na schön, du gehst, aber du kommst sofort zurück, wenn Christina nicht auf dich wartet.« Er richtete seine Aufmerksamkeit auf Prudence. »Miss Lancaster, ich verlasse mich darauf, dass Sie diese Situation leiten.«

Prudence neigte den Kopf. »Ihr habt mein Wort, Euer Gnaden.«

Da Cassandra die Stellung ihrer Gesellschafterin niemals gefährden würde, fragte sie sich, ob es eine Dummheit war sich auf die Fahrt zum Empfang zu begeben, um dann kehrtzumachen und heimzukehren. Ihr kam eine Idee in den Sinn, und sie beschloss, die Gelegenheit zu nutzen, um eine Bitte vorzubringen, die ihr Vater ihr bisher aggressiv verweigert hatte.

»Hoffentlich wird sie dort sein«, meinte Cassandra sanft. »Wenn nicht, verpasse ich die Gelegenheit, zu sehen, ob Wexfords Besuch neulich noch jemanden ermutigt hat, sich vorzuwagen. In diesem Fall wäre es vielleicht klug, mir zu erlauben, am Freitag am Ball im Phönix Club teilnehmen zu lassen. Er wird gut besucht, und viele junge Ladys vom Heiratsmarkt sind dort.«

Cassandra hielt die Luft an. Er hatte ihr erlaubt, am ersten Ball der Saison teilzunehmen, nachdem der Club seine Regeln geändert hatte, um Angehörigen von Mitgliedern die Teilnahme an den Bällen zu ermöglichen. Dies hatte zur Folge, dass sich ein gut besuchter Heiratsmarkt in dieser Saison auf den Bällen entwickelt hatte. Da ihr Bruder der Besitzer war - und nun auch ihr anderer Bruder und dessen Frau Mitglieder – könnte Cassandra problemlos teilnehmen.

»Ich kann mir nicht vorstellen, dass die Aussichten dort sehr gut sind«, meinte ihr Vater mit einer Spur von Spott. Er war kein Befürworter des Unterfangens seines Sohnes und schien nicht zu wissen, wie beliebt der Club geworden war und wie begehrt die Einladungen.

»Woher willst du das wissen?« Cassandras Stimme blieb gelassen. »Was ich meine, ist, dass du noch nicht dort warst, aber Sabrina ist der Meinung, es sei von Vorteil, wenn ich teilnehmen würde. Würdest du es bitte wenigstens in Betracht ziehen?« Sie brachte ein weiteres Lächeln zustande und fügte hinzu: »Bitte, Papa?«

Seine Miene wurde weicher. »Ich werde es mir überlegen«, antwortete er schroff. »Aber ich mache keine Versprechungen.«

Cassandra stürzte auf ihn zu und stellte sich auf die Zehenspitzen, um ihm einen Kuss auf die Wange zu drücken. »Ich danke dir. Wir kommen umgehend nach Hause, wenn Tante Christina nicht bei dem Empfang ist.« Wieder lenkte sie ihren Blick zu Prudence und dann in Richtung Tür, um ihr stumm mitzuteilen, dass sie sofort aufbrechen sollten.

Prudence verneigte sich vor dem Herzog und folgte Cassandra aus dem Haus.

Sobald sie sich in der herzoglichen Kutsche niedergelassen hatten, atmete Cassandra aus. »Einen Moment lang dachte ich, er würde uns zwingen, zu Hause zu bleiben.«

»Dort könnten wir immer noch landen«, meinte Prudence ein wenig düster.

»Wohl wahr.« Denn Tante Christina war unzuverlässig und egozentrisch. »Ich habe Angst mir Hoffnungen zu machen, dass Papa mir erlaubt, am Freitag an der Versammlung des Phönix Clubs teilzunehmen.«

»Das ist klug von dir.«

»Aber wenn er mich gehen lässt, werde ich wohl das korallenrote Seidenkleid tragen.«

Prudence lachte leise. »Ich würde dir ja sagen, du solltest besser nichts überstürzen, aber ich weiß, dass ich auf verlorenem Posten kämpfe.«

Cassandra grinste, als die Kutsche sie zum Berkeley Square brachte, wo der Empfang stattfand. »Ich muss doch etwas haben, worauf ich mich freuen kann.« Eine bevorstehende Hochzeit war es gewiss nicht. Noch nicht.

Ihr Vater würde die Sache durchsetzen, so hatte er

zumindest gedroht. Im Juni könnte sie vor den Traualtar gezwungen werden. Nein, das würde sie nicht zulassen, und das würde ihr Vater ihr auch nicht antun. Oder doch?

Ein Schauder des Unbehagens jagte ihr über den Rücken. Sie drückte sich gegen die Rückenlehne und richtete den Blick aus dem Fenster, während die Kutsche Mayfair durchquerte.

»Du kannst dich auf vielerlei freuen«, meinte Prudence.

Cassandra erkannte, wie unsensibel sie sich angehört hatte. Jeder brauchte etwas, worauf er sich freuen konnte. »Worauf freust du dich, Pru?«, fragte sie leise und drehte ihren Kopf zu ihrer Begleiterin, die neben ihr auf der Sitzbank saß.

Prudence lächelte. »Auf den Ball des Phönix Clubs am Freitag. Auf den heutigen Abend. Auf dieselben Dinge wie du.«

Cassandra war sich nicht sicher, was sie davon halten sollte. Sie wollte nicht, dass Prudence nur das mochte, was ihr selbst gefiel. Vielmehr hoffte sie, dass Prudence nicht nur etwas sagte, wovon sie annahm, dass Cassandra es hören wollte. Aber nein, Cassandra glaubte, die andere gut genug zu kennen, um zu wissen, dass das nicht sein konnte. »Was ist mit der Ehe?«

»Für mich?« schnalzte Prudence verächtlich mit der Zunge. »Daran habe ich nie gedacht.«

»Du könntest aber heiraten.«

»Vermutlich. Aber wo soll ich diesen Gentleman kennenlernen? Niemand auf einem Empfang würde mich heiraten.«

Die Kutsche reihte sich in die Schlange ein, die zum Haus der Farrowsbys führte.

»Vielleicht jemand vom Phönix Club. Einige der Mitglieder sind in der Gesellschaft nicht willkommen. Der Besitzer von Luciens bevorzugtem Coffeeshop ist Mitglied und er würde niemals zum Empfang der Farrowsbys heute Abend eingeladen werden.«

»Dieser Besitzer des Coffee Shops ist auch sechzig Jahre alt, wenn meine Erinnerung mich nicht trügt«, entgegnete Prudence. »Es sei denn, du schlägst ihn nicht als potenziellen Ehemann vor.« Ihr Tonfall war trocken und von Humor durchsetzt.

»Das hatte ich wirklich nicht«, entgegnete Cassandra mit einem leisen Lachen. »Ich wollte bloß sagen, dass du dort jemanden kennenlernen könntest. Vielleicht lernst du ihn an den Samstagvormittagen kennen«, schlug sie mit einem schlauen Lächeln vor. In den paar Wochen, die Prudence Mitglied ihres Haushalts geworden war, hatte sie ihre Freizeit samstags außer Haus verbracht. Cassandra fragte sich, wohin sie ging, doch sie wusste auch, dass es sie wirklich nichts anging.

Prudence schürzte bei Cassandras Anspielung kurz die Lippen. Dann wich sie der Sache ganz aus. »Glaubst du, deinen Ehemann bereits kennengelernt zu haben?«

Cassandra stieß die Luft aus. »Möglicherweise.« Eine Parade von Gentlemen blitzte in ihren Gedanken auf, wobei Glastonbury und Wexford vorherrschend waren. Wexford verweilte.

Keiner von ihnen linderte die Qual, die aufkeimte, wenn sie an einen potenziellen Ehemann dachte. Sie sehnte sich danach, sich mit jemandem zu verbinden, um diese *Sache* zu entdecken und die sie vereinigen würde. Noch wichtiger war allerdings, dass sie fürchtete, es nicht zu finden. Einsamkeit war schrecklich. Einerseits wollte sie ihr entkommen, während sie andererseits jedoch alles tun und jeden Widerstand leisten würde, um sich vor Zurückweisung und Schmerz zu schützen.

Die Kutsche fuhr vor dem Haus vor. »Hoffen wir, dass Tante Christina im Foyer wartet.«

»Soll ich vorgehen und nachsehen«, fragte Prudence. »Das sollte ich wirklich tun.«

»Ja.« Cassandra machte sich nicht die Mühe, ihre Frustration über das Benehmen ihrer Tante zu verbergen.

Mit einem mitfühlenden Nicken stieg Prudence aus der Kutsche. Sie eilte zum Haus hinauf und einen Moment später kam sie wieder hervor, um ihr einladend zu winken.

Gott sei Dank. Cassandra stieg aus dem Gefährt und trat ein, wo sie sich zu Prudence gesellte. Tante Christina begrüßte sie mit einem breiten Lächeln.

»Ich bin so froh, dass du hier bist«, meinte Cassandra.

Tante Christina blinzelte sie aus Augen an, die von derselben dunklen Farbe waren wie die ihres Bruders. »Ich sagte, ich würde hier sein.«

»Du sagst eine Menge Dinge«, murmelte Cassandra. »Sei gewarnt. Papa war nicht erfreut, dass du nicht zum Haus gekommen bist, um uns zu begleiten. Das darf nicht noch einmal passieren.«

Nickend drehte sich Tante Christina zur Treppe um. »Natürlich. Es war eine besondere Situation heute Abend. Kommt, lasst uns nach oben in den Salon gehen.« Sie bedeutete Cassandra, ihr vorauszugehen.

»Hast du vor, mich sofort im Stich zu lassen oder wirst du schuldbewusst ein bisschen ausharren, weil du nicht mit uns angekommen bist?«, fragte Cassandra.

Tante Christina seufzte theatralisch. »Ich lasse dich nie *im Stich*. Kannst du wirklich behaupten, du wolltest mich bei diesen Veranstaltungen die ganze Zeit an deiner Seite haben?«

Frustrierenderweise hatte sie nicht ganz unrecht. Aber war es denn so schwierig, von Zeit zu Zeit nach ihr zu schauen? Um sich zu vergewissern, dass alles in Ordnung war? Um vielleicht die Anwesenheit von Bewerbern anzuregen?

Nicht, dass Cassandra verstanden hätte, wie das im Einzelnen vonstattengehen sollte. Wurde von Tante Christina in ihrer Rolle als ihre Mentorin erwartet, potenzielle Verehrer anzulocken und sie in Cassandras Richtung zu schicken? Das taten viele Mütter mit Töchtern auf dem Heiratsmarkt. Cassandra fragte sich zum hundertsten Mal, was ihre Mutter tun würde, wenn sie hier wäre.

Ein vertrauter Schmerz, nicht unähnlich dem, den sie in der Kutsche erlebt hatte, strahlte über ihre Rippen aus.

»Vielleicht könntest du mich auf den einen oder anderen potenziellen Bewerber aufmerksam machen?«, schlug Cassandra vor, als sie im Salon ankamen. Die Gäste schlenderten umher und betrachteten die verschiedenen Kunstwerke, welche die Farrowsbys für den heutigen Abend ausgestellt hatten.

»Ich werde es versuchen.« Tante Christina hatte ihre Aufmerksamkeit bereits auf etwas anderes gelenkt und Cassandra wusste, dass es wenig oder gar keinen Versuch geben würde.

Cassandra berührte ihre Tante kurz am Unterarm. »Ich hoffe, du begleitest uns zurück zum Grosvenor Square. Das würde meinen Vater gnädig stimmen.« Die Andeutung war klar.

»Gewiss! Wenn du mich jetzt entschuldigen würdest.« Tante Christina eilte davon und ließ Cassandra und Prudence wie immer allein zurück.

»Sollen wir versuchen, Lady Aldington oder vielleicht Lady Overton zu finden?«, fragte Prudence.

»Fiona wird es nicht gefallen, wenn du sie so nennst.« Cassandra hakte sich bei Prudence unter. »Ja, machen wir uns auf die Suche nach willkommenen Gesichtern.«

Als sie den Raum betraten, stießen sie beinahe mit einem ziemlich korpulenten Gentleman zusammen. Cassandra erinnerte sich. Sie war ihm schon früher in der Saison vorge-

stellt worden. Mr. Philip Trowley, ein Witwer um die vierzig
Jahre, verbeugte sich. Sein Schädel glänzte vor Schweiß und
seine Nase war ziemlich rosig.

»Guten Abend, Lady Cassandra. Welch eine Freude, Sie
hier zu sehen.« Er gönnte Prudence nicht einmal einen Blick,
doch seine Augen schweiften nach unten über Cassandras
Brust.

Cassandra biss kurz die Zähne zusammen. »Mr. Trowley,
erlauben Sie mir, Ihnen meine Gesellschafterin, Miss
Lancaster, vorzustellen.«

Sein Blick huschte zu Prudence. »Guten Abend.« Wieder
schenkte er Cassandra seine volle Aufmerksamkeit, wobei er
die Lippen zu einem jovialen Lächeln formte, das ebenmä-
ßige, aber verfärbte Zähne zeigte. Seine Augen jedoch hatten
etwas Anzügliches, vor dem Cassandras am liebsten fliehen
wollte. Oder ihn gegen das Bein treten, insbesondere, wenn
er sich wieder auf ihre Brüste konzentrierte. »Würden Sie
gern mit mir promenieren, Lady Cassandra?«

Cassandra warf Prudence einen verzweifelten Blick zu,
der leise, aber deutlich um Hilfe schrie. Prudence lehnte sich
dicht an sie heran und flüsterte: »Sag ihm einfach, du seist
bereits mit jemandem verabredet, würdest dich aber freuen,
ihn später zu treffen.«

»Brillant«, murmelte Cassandra, während sie den Salon
mit Blicken absuchte, in der Hoffnung diesen »Jemand« zu
finden.

Ihr Blick fiel auf Wexford, und ihr Herz schlug schneller,
während ein Schauer über ihre Schultern lief. Sie schenkte
Trowley ein entwaffnendes Lächeln. »Ich fürchte, ich bin im
Augenblick schon verpflichtet. Vielleicht sehen wir uns
später.«

Enttäuschung blitzte in seinen Zügen auf, doch er
kaschierte sie rasch. »Ich werde mich darauf freuen.« Er tat
einen Schritt auf sie zu und senkte seine Stimme. »Ich

dachte, ich könnte mit Ihnen über einen Besuch im Laufe der Woche sprechen. Ich glaube, wir haben viel gemeinsam.«

Cassandra konnte sich nicht vorstellen, was. »Nun, das klingt ... faszinierend. Guten Abend, Mr. Trowley.«

Zusammen mit Prudence ging sie an ihm vorbei, und Cassandra konnte Wexford nicht mehr finden. Sie drehte den Kopf und suchte nach seinem schwarzen Haar, aber es war, als ob er sich in Luft aufgelöst hätte.

»Suchen Sie jemanden?«, fragte Viscount Glastonbury mit einem Lächeln in der Stimme.

»Sie«, flunkerte Cassandra lächelnd.

»Ich fühle mich geschmeichelt.« Er blickte zu Prudence. »Guten Abend, Miss Lancaster.« Sein Blick huschte an ihnen vorbei hinter die beiden Frauen. »Ich sah, wie Trowley sich Ihnen genähert hat, und glaubte, Sie müssten gerettet werden. Aber Sie scheinen sich selbst gerettet zu haben.« Seine blaugrünen Augen leuchteten vor Anerkennung.

»Wie galant von Ihnen. Ja, Trowley hat mich gebeten, mit ihm zu promenieren, und ich fürchte, ich konnte mich nicht dazu durchringen.«

»Er ist auf der Suche nach einer Mutter für seine Brut. Aber das wissen Sie vermutlich. Wahrscheinlich haben Sie zu Hause eine Liste mit allen in Frage kommenden Junggesellen, in der ihre Daten aufgeführt sind.« Er zwinkerte ihr zu.

»Ich nicht, andere junge Damen schon, da bin ich sicher.« Sie rümpfte die Nase. »Oder besser gesagt, sind es ihre Mütter.«

Wieder dachte sie an ihre Mutter und daran, was sie jetzt tun würde. Cassandra wünschte sich so sehr, dass sie hier wäre. Stattdessen hatte sie einen Vater, der sie so lange nicht beachtet hat, und nun von ihr verlangte, zu heiraten, zwei Brüder, die sich immer um ihr eigenes Leben kümmerten, und eine eitle, zerstreute Tante. Wenigstens hatte sie eine fürsorgliche Gesellschafterin. Cassandra hoffte, dass

Prudence sie aufrichtig gern hatte, wenn sie auch dafür bezahlt wurde.

»Das ist wahrscheinlich richtig«, antwortete er lachend. »Aber Sie haben keine Mama, die alles arrangiert. Das allein dürfte Sie zur beliebtesten jungen Lady der Saison machen. Die Tochter eines Herzogs zu sein, schadet auch nicht.«

In ihrem Fall schon. »Mein Vater schüchtert Sie nicht ein?«

Glastonbury zog eine gut bemuskelte Schulter hoch. »Nicht besonders, aber ich habe mehr Verwandte als ich an beiden Händen zählen kann, also habe ich gelernt, zu allen zugänglich zu sein.«

Cassandra wusste nichts über seine Familie, außer dass sein Vater tot war, da Glastonbury nun den Adelstitel innehatte. »Ist Ihre Familie hier in der Stadt?«

Seine Augen weiteten sich kurz alarmiert. »Gott sei Dank nicht. Das wäre äußerst störend. Glücklicherweise bevorzugen sie Wiltshire.«

Er klang erleichtert, aber Cassandra dachte, dass eine große Familie eigentlich nach etwas Schönem klang. »Ich stelle mir vor, dass es nicht langweilig ist«, meinte sie. »Vielleicht sollten Sie mir eines Tages davon erzählen.«

»Das wird sie über Gebühr langweilen. Wenn wir das nächste Mal tanzen, werde ich Ihnen von meiner Großtante Flora und ihrem Faible Blumen und Pflanzen zu trocknen erzählen. Ja, sie hat ihren Namen als junges Mädchen sehr ernst genommen.«

Cassandra lachte. »Das klingt ganz und gar nicht ermüdend. Sie klingt sehr charmant.«

»O ja, sehr. Bis Sie getrocknete Blumen unter der Matratze finden und in fast jedem Buch in der Bibliothek. Und nicht etwa interessante und einzigartige Stücke, sondern hunderte ganz gewöhnliche Veilchen.«

»Ich fürchte, ich finde es weiterhin charmant.«

Jetzt lachte er kurz auf. Dann legte sich sein Blick auf sie. »Es steckt mehr in Ihnen, als man erwartet, denke ich«, sagte er leise.

Cassandra war nicht sicher, wie sie das aufnehmen sollte. »Was erwartet man denn?«

»Es tut mir schrecklich leid, aber Sie müssen mich entschuldigen. Ich entdecke gerade jemanden, mit dem ich sprechen muss, und dann muss ich leider zur nächsten Veranstaltung. Vielleicht treffe ich Sie diese Woche im Park, da das Wetter so angenehm ist?« Er verbeugte sich und war schon unterwegs, ehe Cassandra antworten konnte.

»Das war ein bisschen merkwürdig«, bemerkte Cassandra, als sie in die Richtung blickte, in die er davongegangen war. Er unterhielt sich nun mit einem älteren Gentleman.

»Die Art und Weise, wie er so schnell gegangen ist?«, fragte Prudence.

»Und sein Kommentar darüber, was man von mir erwartet.« Cassandra drehte den Kopf zu Prudence. »Was könnte das bedeuten? Gibt es irgendwelches Gerede über mich?«

»Nicht, dass ich davon gehört hätte.«

»Vielleicht solltest du versuchen das herauszufinden.« Cassandra runzelte die Stirn. Wenn es Gerede gab, das ihren guten Ruf beeinträchtigte, dann könnte das der Grund dafür sein, warum sie keine Bewerber hatte. Und sie hatte gedacht, es sei die Schuld ihres Vaters.

Was könnte das sein? Sie hatte sich die ganze Saison sittsam benommen – mit Ausnahme des Tages, an dem Fiona und sie sich in den Phönix Club gestohlen hatten. Aber niemand wusste davon. Niemand, außer Mrs. Renshaw, eine der Schirmherrinnen des Clubs, die ihnen geholfen hatte, ungesehen zu entkommen. Und natürlich Wexford.

Sobald sie seinen Namen gedacht hatte, tauchte er wieder auf und zwischen all den anderen im Raum war sein dunkles

Haar gut erkennbar. Vielleicht wäre er in der Lage, herauszufinden, ob ein Gerücht über sie im Umlauf war.

»Sprechen wir mit Wexford«, meinte sie zu Prudence, ehe sie in seine Richtung strebte.

Scheinbar spürte er ihr Herannahen, denn er drehte den Kopf und stellte Augenkontakt her. Dann ging er auf sie zu und fing sie bei der Tür ab.

Er präsentierte sein elegantes Bein in einer Verbeugung. »Guten Abend, Lady Cassandra, Miss Lancaster.«

»Guten Abend, Lord Wexford. Ich bin sehr erfreut, Sie heute Abend zu treffen. Wir haben Dinge zu besprechen.«

Erstaunt zog er eine Augenbraue hoch. »Haben wir das?«

Sie rückte näher zu ihm und sprach mit leiser Stimme. »Der Besuch, den Sie mir neulich abgestattet hatten?«

»Ach ja, diese glänzende Begegnung, bei der Ihr Vater mich wiederholt beleidigt hat?« Er brachte seine Worte mit einem Lächeln hervor, aber sein Tonfall barg eine Schärfe, die darauf schließen ließ, dass er beleidigt *war*. Und warum auch nicht? Ihr Vater hatte ihn grauenhaft behandelt.

»Sollen wir promenieren?«, fragte sie.

»Ich habe erfahren, dass im Garten mehr Kunstgegenstände ausgestellt sind, da es solch ein schöner, warmer Abend ist. Lassen Sie uns nachschauen.« Er bot ihr seinen Arm.

Cassandra sah zu Prudence. »Möchtest du mitkommen oder hier warten?«

Ich werde mit nach unten gehen, aber im Haus bleiben.«

Cassandra, die gerade ihre Hand um Wexfords Ärmel schloss, ignorierte, die aufflammende Hitze, die sich über ihren Arm und durch ihren restlichen Körper zog. »Ich entschuldige mich für meinen Vater.«

»Ich weiß das zu würdigen, gleichwohl ich verstehe, dass Sie ihn nicht kontrollieren können. Und seien Sie versichert, ich habe bekannt gemacht – nach meinen besten Kräften –

dass es ein entzückender Besuch war und ich den Herzog barsch aber gastfreundlich gefunden habe.«

»Tatsächlich? Sie müssen ein begnadeter Lügner sein.«

Etwas flackerte in seinen Augen auf, aber es war so schnell verschwunden, wie es gekommen war. »Ich kann schlecht sagen, dass alles nur heiter war, und die Unterhaltung herzlich.«

Cassandra lachte, als sie den Salon verließen und die Treppe hinuntergingen. Die Gäste flanierten durch das Erdgeschoss, und durchquerten die Halle, auf dem Weg zu den geöffneten Türen, die in den Garten führten. Mehrere Personen standen draußen und betrachteten die Statuen, sowie ein paar Gemälde, die auf Schemeln ausgestellt waren, sowie eine Auswahl kleinerer Gegenstände auf einem Tisch.

»Ich verspüre ehrlich gesagt kein dringendes Bedürfnis, mir die Kunstgegenstände anzuschauen. Können wir vielleicht einfach im Garten umhergehen?«

»Aber sicher.« Er führte sie nach rechts um eine Menschentraube herum, die ein eher bizarres Gemälde betrachtete, das das Gesicht eines grinsenden Mannes in einer Schale Obst zeigte. »Was zum Teufel?« Er schüttelte den Kopf mit einem Lachen. »Ich denke, ich wäre entsetzt, wenn meine Obstschale so aussähe.«

»Ich würde ganz bestimmt den Appetit verlieren.« Cassandra fasste seinen Arm noch fester und zog seine Aufmerksamkeit auf sich. Ihre Blicke verbanden sich für einen Augenblick und als sie sich zu einem Teil des Gartens bewegten, in dem weniger Licht war, da sie sich weiter entfernt vom Haus befanden, wurde sie daran erinnert, dass sie mit ihm im Dunkeln war, und was passieren konnte.

In dem Moment erkannte sie, dass sie hoffte, es würde noch einmal geschehen.

»Gibt es Gerüchte über mich?«, platzte sie ohne Vorrede heraus.

Er legte die Stirn in Falten. »Nicht, dass ich etwas gehört hätte. Etwas Abwertendes, meinen Sie?«

»Ich weiß nicht. Glastonbury sagte, dass mehr an mir ist, als man erwarten würde. Was würde man erwarten? *Gibt* es eine Erwartung an mich?«

Wexford hielt inne und drehte sich ihr zu. »Ich vermute, Sie denken da zu viel hinein. Vielleicht hat er einfach zu sagen versucht, dass mehr an Ihnen ist, als das Auge erfasst, was bedeutet, dass Sie mehr sind als nur die schöne Tochter eines Herzogs.«

Sie war von seinem Blick in Bann geschlagen und wollte nirgendwo anders sein. »Glauben Sie das?«

»Das tue ich.«

Cassandra rückte näher zu ihm und ihre Hand war noch immer auf seinem Ärmel. Sein Duft hüllte sie ein – Frucht und Würze, was einen verlockenden und angenehmen Duft ergab, an den sie sich von ihrer gemeinsamen Zeit im Wandschrank des Phönix Clubs erinnerte.

»Sie sollten mich nicht so anschauen.« Seine Stimme war leise und rau.

»Ich weiß. Wir haben eine Vereinbarung, nicht darüber zu reden.«

»Wir reden nicht ›darüber‹. Sie denken aber eindeutig ›daran‹.«

»Und Sie nicht?«

Er murmelte einen Fluch. »Manchmal denke ich, wir sollten uns einfach noch einmal küssen, um diese Sache aus unseren Gedanken zu bekommen. Vielleicht können wir den Vorfall dann vergessen.«

O ja, diese Idee gefiel ihr sehr gut. Ihr Blick glitt an ihm vorbei, ehe sie ihn wieder ansah. »Etwa fünf Schritte hinter Ihnen ist ein Gebüsch.«

»Cassandra, wenn es noch kein Gerede über Sie gibt, versuchen Sie dann, dafür zu sorgen, dass es welches gibt?«

»Ich bin bloß einer Meinung mit Ihnen über den Vorschlag mit dem Küssen. Es scheint mir eine vernünftige Idee.«

»*Vernünftig?*« Mit seiner freien Hand fasste er sie um die Taille. »Es ist ein verdammter Wahnsinn.«

KAPITEL 6

*W*ahnsinn, und doch war er hier und gab sich dem Gedanken an das seidige Gefühl ihrer Lippen unter seinen hin. Er drückte seine Handfläche noch fester an ihre Seite und sein Körper gewann den Kampf über seinen Verstand.

Küss sie einfach. Einmal. Und dann nie wieder.

Himmel. Cassandra war so fest unter seiner Haut eingebettet, dass er sie operativ würde entfernen müssen. Zeit und Abstand konnten dies jedoch wieder in Ordnung bringen. Das hatte es schon zuvor getan.

Er ließ ihre Taille los und zog seinen Arm aus ihrem Griff, ehe er einen Schritt zurückwich. »Vergessen Sie meinen Vorschlag. Er war weder vernünftig noch real – er war als Scherz gemeint.«

Ihre Augen verengten sich ein wenig, als die Skepsis ihren betörenden Blick verhängte. Dann verbarg sie, was immer sie gefühlt hatte, schnell hinter einem Schutzschild aus Gelassenheit. »Gut. Nun, über dieses besagte Gerücht. Werden Sie herausfinden, was Sie können, und mich dann, wenn es Ihnen eine Annehmlichkeit ist, in Kenntnis setzen?«

Er kannte keine Annehmlichkeiten, was sie anbelangte. Sie war die Verkörperung von *Un*annehmlichkeiten. »Ich kann Ihnen nicht helfen.«

Ihr Blick wurde besorgt. »Überhaupt nicht? Ich hatte gehofft, dass Sie mich weiterhin gelegentlich zum Tanzen auffordern. Oder, dass ich Sie überzeugen könnte, mir in einer Woche noch einmal einen Besuch abzustatten. Es sei denn, ein Bewerber, der keine Angst vor meinem Vater hat, würde in der Zwischenzeit vom Himmel fallen.«

Ruark hasste es, sie zu enttäuschen, insbesondere, da er nichts mehr wollte, als sie an sich zu ziehen, sie zu küssen und ihr zu versichern, dass alles gut würde. Das konnte er nicht noch einmal passieren lassen. Nicht mit ihr. Er musste ihre Verbindung beenden, ehe sie sich zu sehr verstrickten.

»Ich bedaure, das kann ich nicht.«

Sie schürzte die Lippen und wandte den Blick ab. »Mein Vater hat Sie abgeschreckt. Es tut mir so leid wegen der Dinge, die er zu Ihnen gesagt hat. Ich kann es Ihnen nicht verübeln, dass Sie seinen Zorn nicht reizen wollen.«

In Wahrheit hatte er alles andere im Sinn. Was ihn betraf, konnte ihr Vater zum Teufel gehen. Und doch war es wahrscheinlich leichter – und besser –, wenn sie das dachte. Er wollte ihr nicht sagen, dass er vollkommen von ihr fernbleiben musste, ehe er etwas Dummes tat, wie etwa, sie zu küssen oder ihr Gedichte zu schicken oder sich in sie zu verlieben.

Sie hatten eine Vereinbarung getroffen den *Vorfall* zu vergessen und obwohl sie beide scheinbar recht spektakulär darin scheiterten, bedeutete das nicht, dass sie ihr Wort brechen sollten.

»Verzeihen Sie mir, Cassandra.« Sein Verstand schrie: *Lady Cassandra, verdammt!* »Ich weiß, ich hatte Ihnen meine Hilfe angeboten, wann immer Sie sie brauchen, aber in dieser Angelegenheit sollte ich Ihnen nicht mehr weiterhel-

fen. Vielleicht kann Lucien Ihnen seine Dienste zur Verfügung stellen?« Ruark hatte nicht mehr mit ihm gesprochen,
seit sie sich neulich vor dem Haus seines Vaters begegnet
waren. Vermutlich hatte er mit seiner Schwester darüber
gesprochen, wie sie mehr Bewerber ermuntern könnte, da er
das gesagt hatte.

Sie machte ein missbilligendes Geräusch. »Das hat er
bislang noch nicht. Ich denke, er ist zu beschäftigt damit,
anderen zu helfen.«

Ruark verspürte einen plötzlichen Drang, seinen besten
Freund in den Hintern zu treten. »Ich werde dafür sorgen,
dass er für Sie da ist.« Er bot ihr seinen Arm und hasste es,
sie im Stich lassen zu müssen.

Sie zauderte einen Augenblick und legte ihm leicht die
Hand auf den Arm. Es war nicht mehr dasselbe wie vorher –
sie berührte ihn kaum. »Gehen wir zum Haus zurück.«

Nachdem er sie bei Miss Lancaster abgeliefert hatte,
verschwand Ruark so schnell wie möglich von dem
Empfang. Er strebte direkt zum Phönix Club – sowohl auf
der Suche nach Cassandras Bruder als auch Vergessen
inmitten seiner Freunde mit seinem bevorzugten irischen
Whiskey zu finden.

Sobald er das Foyer betrat, atmete er auf, als ein
vertrautes Wohlbehagen ihn überkam. Er sah zu dem großen
Bacchanal Gemälde mit Pan auf. Was niemand erkannte, war
der Umstand, dass Lucien die Künstlerin – eine talentierte
Flämin – bei Erteilung des Auftrags instruiert hatte, eine
gewisse Ähnlichkeit seiner selbst und einigen seiner Freunde
einzuarbeiten. Ruark versäumte nie, den Blick zu den
Zechenden in der linken Ecke der Szene schweifen zu lassen.
Dort war nicht nur der Eigentümer des Clubs, sondern auch
seine drei engsten Freunde zu finden, die nicht nur Gründungsmitglieder des Clubs waren, sondern auch ihren Sitz
im Mitglieder-Komitee hatten.

Ruark suchte sich seinen Weg nach oben in das Mitgliederrefugium. Er hatte kaum einen Fuß hineingesetzt, als ein
Diener ihm ein Glas seines bevorzugten Whiskeys offerierte,
wofür Ruark ihm überschwänglich dankte. Nachdem er
einen Schluck getrunken hatte, schloss er die Augen, um die
leichte, fruchtige Süße auszukosten, welche das Aroma von
Eiche und Gerste verfeinerte. Es war überragend besser als
die schottische Version, worüber er regelmäßig mit den
anderen Männern auf dem Bild in Disput geriet.

Als er die Augen öffnete, suchte er den Raum nach
seinem schottischen Freund, Dougal MacNair, ab, aber er
konnte ihn nicht sehen. Stattdessen traf sein Blick auf Mort.
Ruark schlenderte zu dem Platz, an dem der Mann vor dem
Kamin saß und nahm im Sessel gegenüber von ihm Platz.

»Guten Abend, Mort.«

Der bullige Mann sah Ruark aus zusammengekniffenen
Augen an. »Ich hatte gehofft, dich heute Abend zu sehen. Ist
das dein erster Whiskey?«

Ruark trank noch einen kleinen Schluck. »So ist es.
Warum?«

»Ich werde warten, bis du einen weiteren gehabt hast.« Er
trank einen großen Schluck von seinem Ale.

»Wenn meine Zunge vielleicht etwas lockerer ist?«, lachte
Ruark. »Was willst du wissen?«

»Ihren Namen.« Mort schaute ihn mit offener Neugier an
und forderte Ruark heraus, sich zu offenbaren.

Stattdessen schnaubte Ruark: »Es gibt niemanden.«

»Unsinn. Ich werde weiter fragen, bis du es mir sagst.«

»Wann bist du eine Mutterhenne geworden? Hör auf,
mich zu fragen, weil sie kein Thema ist.«

»Das heißt, sie war es?«

»Ich spreche nicht über sie.« Das bedeutete, an sie zu
denken und er würde verdammt noch mal alles tun, um das
zu vermeiden. Nachdem er ihren Bruder gefunden, und sie

zu *seinem* Problem gemacht hätte. »Was ich diskutieren *werde*, ist der Preiskampf, den Fred plant. Ich habe erfahren, dass Glastonbury kämpft. Warum bin ich nicht gefragt worden?«

Mort zuckte mit den Schultern und trank noch einen Schluck. »Das musst du meinen Cousin fragen.«

»Das werde ich.«

»Bist du beleidigt? Das würde ich sein, wenn ich du wäre. Du bist als Kämpfer mindestens ebenso gut wie Glastonbury. Wahrscheinlich besser, wenn ich eine Wette abgeben sollte.«

»Nun, vielen Dank.«

»Wenn du willst, werde ich ein Wort bei Fred einlegen. Ich nehme an, das möchtest du?« Den letzten Teil sagte er mit einem halben Lächeln.

»Ich hätte nichts dagegen. Möchtest du nicht, wie einer deiner besten Schüler demonstriert, was für ein effizienter und versierter Trainer du bist?«

Mit demselben schiefen Grinsen schüttelte er den Kopf. »Es ist nicht nötig, dass du mir schmeichelst.« Sein Gesichtsausdruck wurde ernst. »Ein Preiskampf ist nicht das Gleiche wie ein Sparring. Er ist lang und ermüdend und er kann grausam sein. Einige Männer haben schreckliche Verletzungen davongetragen. Einige sind nie wieder wie vorher gewesen.«

»So schlimm wird es sicher nicht, insbesondere wenn ich gegen Glastonbury kämpfe. Ich würde annehmen, dass wir beide unser Bestes tun, um den anderen davongehen zu lassen, ohne ihn zu sehr zu verletzen.« Aus dem Augenwinkel erspähte er Lucien und stand auf. »Entschuldige mich, Mort. Ich muss mit Lord Lucien sprechen.«

Mort neigte den Kopf und Ruark schritt durch die Menge auf den Eingang zu, um seinen Freund dort abzufangen.

Lucien dunkle Augen leuchteten auf. »Wex, ich bin froh, dich zu sehen. Kann ich dich kurz sprechen?« Er nickte zur

Tür oder wahrscheinlich auf das private Besprechungszimmer, das dahinter lag.

»Ja, bitte.« Ruark folgte ihm aus dem Mitgliederrefugium und in das Heiligtum des Mitglieder-Komitees,

Mit einem langen Tisch möbliert, war der Raum in üppigem Grün dekoriert, der charakteristischen Farbe des Clubs. Lucien strebte auf die Sitzecke zu, die sich in der Nähe des Kamins befand, und schenkte sich einen Drink von dem Spirituosenschrank in der Ecke ein.

»Ich bedaure, dich informieren zu müssen, dass mein Vater Cassandra ausdrücklich verboten hat, dich als Bewerber in Betracht zu ziehen.«

»Ich fühle mich zutiefst beleidigt«, entgegnete Ruark in spöttischem Affront.

»Es ist wegen der irischen Abstammung«, erklärte Lucien, wobei er die Augen verdrehte.

»Vergiss nicht meine zuvor katholische Mutter. Und ihren geringgestellten Ehemann.«

»Ja, diese beiden auch.« Lucien sah seinen Brandy mit finsterer Miene an, ehe er einen Schluck trank.

Ruark hatte seine frühere Verärgerung auf seinen Freund nicht vergessen. »Es ist nicht so, dass du mir nicht bereits verboten hättest, überhaupt mit ihr zu tanzen.«

»Du weißt, warum«, meinte Lucien und ließ sich in einem der anderen Sessel nieder.

»Du glaubst, es gibt einen guten Grund, aber ist das wirklich so?«

»Mal sehen, da war das Mädchen in Oxford. Und deine erste Mätresse. Und auch die Frau in Irland. Das sind nur die paar, von denen ich weiß.«

Es gab keine anderen, zumindest keine, die dazu geführt hatten, dass er sein Herz verlor. Ruark ... nun er verliebte sich, er löste sich, er entliebte sich und er zog weiter.

»Glaube nicht, dass ich mir nicht dieses dreijährigen

Fluches bewusst wäre«, fuhr Lucien fort. »Davon ausgehend, dass sie die Einzigen sind. Vielleicht ist es ein jährlicher Fluch. Wie dem auch sei, habe ich guten Grund genau auf dich aufzupassen, wenn es um Cassandra geht. Ich werde nicht zulassen, dass du sie verletzt, wie du das Mädchen in Oxford verletzt hast – und ich nehme an, auch die in Irland.«

Er hatte natürlich recht, aber andererseits bezweifelte Ruark es auch nicht. Er hatte es erwartet, seit er sechs Jahre alt war. »Du brauchst dir um mich und deine Schwester keine Sorgen zu machen.« Nicht mehr. »Ich hatte nur zu helfen versucht und mit diesem Vorhaben bin ich fertig.«

»Weiß sie das?«

»Ja. Wie sie auch weiß, dass ich mit dir darüber sprechen werde, ihr zu helfen. Es scheint, als hättest du neulich, nachdem wir uns vor deinem Haus getroffen hatten, nicht mit ihr unterhalten.«

Lucien wirbelte den Brandy in seinem Glas. »Ich hatte keine Chance. Ich hatte mich mit meinem Vater besprechen müssen, und als ich mit ihm fertig war, war sie bereits mit Miss Lancaster zu einem Spaziergang aufgebrochen.«

»Darf ich so kühn sein und einen Vorschlag machen? Betrachte deine Schwester als Priorität. Ich glaube nicht, dass du erkennst, wie einsam sie ist.« Ruark hatte gerade erst selbst angefangen, das zu erkennen.

»Sie ist nicht allein. Sie hat Miss Lancaster.«

Ruark legte den Kopf schief. »Wie lange sind sie schon miteinander bekannt?«

Luciens Lippen flachten sich zu einer dünnen Linie ab. »Sie hat mich und Con gehabt«, sagte er leise und recht wenig überzeugend. Dann trank er einen ordentlichen Schluck. »Ich werde so bald wie möglich mit ihr reden. Das verspreche ich.« Er schaute Ruark überrascht an. »Du bist ihr ein guter Freund. Ich entschuldige mich dafür, dass ich das Schlimmste angenommen hatte.«

Eine Grimasse unterdrückend, nippte Ruark an seinem Whiskey. Die Dinge hätten noch viel schlimmer als ein paar gestohlene Küsse sein können. »Ich hoffe, du wirst deinem Vater sagen, dass er sich um seine eigenen Angelegenheiten kümmern und Lady Cassandra gestatten soll, sich ihren eigenen Ehemann auszusuchen, selbst wenn es ein Ire ist, mit einer Mutter die früher einmal Katholikin war.« Luciens Kopf schnellte zu ihm herum und Ruark lachte. »Ich scherze.«

Lucien verzog das Gesicht und massierte sich die Stirn. »Ich fühle mich schrecklich. Ich habe mich so auf andere konzentriert, und mich sogar in die Ehe meines Bruders eingemischt, dass ich vollkommen übersehen habe, wie bedürftig meine arme Schwester ist.« Er setzte sich in seinem Sessel aufrechter. »Mist, ihr Geburtstag ist nächste Woche. Ich sollte ein Fest planen.«

Ruark war froh über die gewisse Reue, die Lucien zeigte. »Wird der Herzog das erlauben?«

»Wir werden sie bei Con veranstalten. Ich werde Deane und Fiona einladen.« Deane war nun der Earl of Overton und einer der Freunde auf dem Bacchanal Gemälde. Aus Gewohnheit nannten ihn alle noch immer bei seinem Ehrentitel und Deane war das auch lieber so. Fiona war seine frisch angetraute Ehefrau und Cassandras engste Freundin. Ruark erkannte, dass auch sie beide sich noch nicht lange kannten – es war nur seit dieser Saison, denn Fiona war erst im Februar nach London gekommen. Wer waren vorher Cassandras Gefährtinnen und Vertraute gewesen?

Ruark war sich nicht sicher, ob er ein Freund für sie gewesen war, aber das würde er gern sein. Was verdammt schwierig sein würde, da er sich gelobt hatte, von ihr fernzubleiben.

Plötzlich war er in seiner Fantasie wieder am heutigen Abend im Garten mit ihr, aber anstatt seine Hand von ihrer

Taille zu nehmen, führte er sie hinter das Gebüsch, auf das
sie hingewiesen hatte. Sobald sie dort waren, zog er sie an
sich. Sie legte den Kopf in den Nacken und ihre Augen
verengten sich auf eine bezaubernd provokative Weise. Als
ob er noch Ermunterung gebraucht hätte. Er hatte sie in der
Dunkelheit begehrt, als er sie nicht erkannt und nur ihren
Duft nach Rosen und Lavendel gerochen und ihrer verführerischen Stimme gelauscht hatte – die er, wie ihm jetzt
aufging, hätte erkennen müssen. Aber warum hätte er je von
der Schwester seines besten Freundes erwartet, sich in einem
Wandschrank zu verstecken und sich als Dienstmädchen
auszugeben?

Wieder im Garten – in seiner Fantasie – würde sie ihn
einladen sie zu küssen, da sie ein kesses Luder war. Und weil
er ein Wüstling war, und sie ihn so absolut in ihren Bann
gezogen hatte, würde er sie anlächeln, während er eine Hand
an ihre Wange hob, sodass er mit seinem Daumen über ihre
Lippe streifen konnte. »Dazu bin ich bereit«, hätte er ihr
geantwortet, ehe er einfach ihren Mund erobert hätte.

»Du bist wozu bereit?«, fragte Lucien, der damit die
Träumerei in Ruarks Gedanken zunichtemachte. Himmel, er
saß hier halb erregt mit dem Bruder der Frau, über die er
fantasierte. Er war schlimmer als ein Tier.

Dann trank er den Rest seines Whiskys. »Ich bin bereit zu
spielen.«

»Ich begleite dich.«

Sie standen auf und Lucien fasste Ruark am Unterarm.
»Danke für deinen Rat. Ich werde gehen und Cassandra
morgen besuchen. Am Montag ist ihr Geburtstag. Ich
erwarte von dir, dass du kommst – sie wird all ihre Freunde
dort haben wollen.«

Lucien ging an ihm vorbei. Als Ruark folgte, sinnierte er
über die Weisheit, nicht nur an Cassandras Feier teilzuneh-

men, sondern eine Freundschaft mit ihr zu kultivieren. Die Schwierigkeit war, dass er noch nie besonders klug gewesen war, wenn es um Frauen ging.

≈

*D*ie Tulpen von Wexford waren noch immer frisch und schön, wie sie auf dem Ehrenplatz des runden Tisches standen, an dem Cassandra ihr Frühstück einnahm. Sie schaute sie gerade an, und ließ sich von ihrem Buch ablenken, wie es ihr immer wieder passierte, seit sie sich vor einer halben Stunde hier hingesetzt hatte.

In ihrer Fantasie, zog Ruark sie an jenem Abend hinter das Gebüsch im Garten der Farrowsbys und tat, was er vorgeschlagen hatte – er küsste sie noch einmal, um den Vorfall aus ihren Gedanken zu bannen.

Ehe sie sich vorstellen konnte, ob ihr Trick erfolgreich war, oder in der Erinnerung seiner Lippen auf den ihren schwelgen zu können, trat ihr Vater ein und riss sie in die Gegenwart zurück.

»Guten Tag meine Liebe«, begrüßte er sie recht freundlich. »Es ist solch ein schöner Tag, dass wir einen Ausflug in den Park unternehmen werden. Triff mich gleich unten.«

Ein Ausflug in den Park klang wundervoll, aber mit ihrem Vater? Vermutlich würde sie seine Gesellschaft aushalten können. Sie hoffte nur, dass er nichts tat, um sie in Verlegenheit zu bringen. Dann stand sie auf und legte ihr Buch auf den Tisch. »Ich werde mich umziehen müssen und Prudence wahrscheinlich auch, aber wir werden nicht lange brauchen.«

»Ja, beeilt euch. Wir wollen nicht die modische Stunde versäumen.« Er drehte sich um und verließ den Salon.

Cassandra ging in ihr Zimmer und läutete nach ihrer

Zofe, als Prudence eintrat. »Habe ich gerade den Herzog gehört?«, fragte sie.

»Ja, wir werden einen Ausflug in den Park unternehmen. Ich werde mich umkleiden und ein Ausgehkostüm anziehen. Schnell. Kannst du das auch tun?«

»Du möchtest, dass ich mitkomme?«

»Natürlich. Wie kann ich in das Schlachtfeld ziehen, ohne meine Adjutantin bei mir zu haben?«, fragte sie mit einem Lächeln.

»Ist der Park jetzt im Kriegszustand?«, fragte Prudence mit einem schelmischen Ausdruck, der in ihren Augen funkelte.

»Ja. Wenn ich mit meinem Vater losziehen muss. Deshalb müssen wir uns wirklich beeilen.«

In weniger als einer Viertelstunde trafen sie sich unten mit dem Herzog und waren bald auf dem Weg zum Hyde Park. Sie würden kurz vor fünf Uhr ankommen. Modischer ging es nicht mehr.

»Ich denke, ich sollte anfangen, mehr Veranstaltungen mit dir zu besuchen«, meinte der Herzog, als die Kutsche das Grosvenor Gate passierte.

Damit hätte Cassandra nach dem Betragen ihrer Tante neulich Abend rechnen sollen. »Ist es, weil Tante Christina mich nicht zu dem Empfang begleitet hat?«

»Zum Teil. Es zeigt, dass ich mehr Anteil nehmen sollte. Ich kann von meiner Schwester nicht erwarten, dass sie nach deiner Pfeife tanzt.«

Verblüfft und mehr als leicht gereizt richtete Cassandra ihren Blick auf ihn. Es war nicht die Pflicht einer Mentorin, auf Abruf zur Verfügung zu stehen, und Cassandra erwartete oder verlangte das auch keineswegs. Es war jedoch Christinas Pflicht, ihren Schützling zu Veranstaltungen zu begleiten.

»Versprich mir bitte, dass du niemanden mit finsterer

Miene ansehen oder mögliche Bewerber auf andere Weise einschüchtern wirst.« Der Gedanke, dem Herzog gegenüberzutreten, hatte vielleicht schon genügt, um die Gentlemen davon abzuhalten, ihr den Hof zu machen, aber ihn höchstpersönlich an Cassandras Seite zu sehen, konnte sehr wohl zur Folge haben, dass ihr für den Rest der Saison niemand auch nur einen Blick erübrigte.

»Ich mache keine finstere Miene.«

Cassandra warf Prudence, die ihnen auf der anderen Sitzbank gegenüber saß, einen verärgerten Blick zu. Ihre Gesichtszüge waren eine perfekte Maske der Teilnahmslosigkeit. Cassandra bemühte sich, die Fähigkeit zu imitieren, immer kühl und reserviert zu bleiben. Leider scheiterte sie gewöhnlich dabei.

»Du gibst zumindest zu, dass du einschüchternd sein kannst«, meinte Cassandra und schnippte sanft ein rosafarbenes Blütenblatt von ihrem Schoß, das gerade in der Brise herabgeweht war.

»Ich habe nichts dergleichen zugegeben. Wenn mich jemand einschüchternd findet, ist er deiner Hand nicht würdig.«

»Lord Wexford hat sich nicht einschüchtern lassen, aber du hast ihn trotzdem für unwürdig befunden.« Sie stachelte seinen Zorn an, doch sie konnte sich nicht beherrschen. Er schien sich seiner Wirkung auf die Menschen überhaupt nicht bewusst zu sein.

»Wenn man vom Teufel spricht«, murmelte der Herzog und ließ seinen Blick nach links schweifen.

Cassandra folgte seinem Blick und entdeckte Wexford sofort, der mit einer kleinen Gruppe zusammenstand. Die anderen hätten auch Trolle sein können, ohne dass sie es bemerkt hätte. Wexford war die einzige Person, die sie wahrnahm.

Er trug einen dunkelgrünen Frack und eine wunderbar

geschnittene Reithose, womit er ein höchst verführerisches Bildnis der Männlichkeit abgab. »Findest du ihn wirklich so abscheulich?«, fragte sie.

»Er ist absolut intolerabel. Aus einem Übermaß an Gründen.«

Sie wollte ihm widersprechen, aber was hätte das für einen Sinn? Es war ja nicht so, als wäre er ein echter Bewerber.

»Ach, *dort* ist ein akzeptabler Verehrer.« Sein Blick fiel auf Glastonbury, der etwas abseits des Weges stand. Der Viscount nahm Blickkontakt mit ihnen auf und neigte den Kopf.

Der Herzog wies den Kutscher an, stehen zu bleiben, und Glastonbury kam auf sie zu.

»Guten Tag, Euer Gnaden, Lady Cassandra, Miss Lancaster. Ich hatte gehofft, Sie heute zu sehen.« Letzteres sagte er direkt zu Cassandra.

»Das haben Sie schon neulich bei dem Empfang erwähnt.« Bevor er ziemlich schnell gegangen war.

»Ja, das habe ich. Was für ein Glück, dass das Wetter milde geblieben ist.«

»Was höre ich da von Ihnen bei einem Preiskampf?«, fragte Cassandras Vater.

Überraschung blitzte in Glastonburys klaren blauen Augen auf. »Sie haben Wind davon bekommen? Ich nehme an einem Kampf teil, um dem Besitzer meines Boxclubs einen Gefallen zu tun. Ich habe jahrelang mit ihm trainiert, und er wollte eine ›Berühmtheit‹ für den Kampf haben.«

Der Herzog lehnte sich über die Seite des Landauers zu Glastonbury. »Taugen Sie etwas?«

Glastonbury lachte. »Wie soll ich darauf antworten, ohne völlig unerträglich zu klingen?«

Cassandra hatte nicht gewusst, dass Glastonbury Boxer

war. Sie mochte diesen Sport nicht, da er normalerweise mit Blut verbunden war. Schon beim Gedanken an Blut wurde ihr mulmig.

»Seien Sie ehrlich, wenn Sie die Güte hätten«, antwortete der Herzog. »Ich muss wissen, auf wen ich wetten soll.« Sein Mund verzog sich fast zu einem Lächeln, und Cassandra hätte beinahe mit offenem Mund gestaunt.

»Dann muss ich gestehen, dass ich recht versiert bin.« Er zwinkerte Cassandra zu, und sie musste sich erneut zusammenreißen, um nicht mit offenem Mund dazusitzen. Dass der Viscount die Frechheit besaß, vor ihrem Vater so zu flirten, war mehr als schockierend.

Sie wartete, dass ihr Vater etwas Unausstehliches sagen würde. Stattdessen lachte er.

Er *lachte*.

»Sie gefallen mir, Glastonbury. Ein Mann mit Selbstvertrauen ist ein Mann, der sich selbst und seinen Wert kennt. Ich freue mich schon auf Ihren Kampf. Enttäuschen Sie mich nicht, ja?«

»Das würde ich nie.«

Cassandra hatte das Gefühl, als ob sie etwas sagen sollte, doch sie konnte einfach nicht. Das Verhalten ihres Vaters war zu verblüffend.

»Ich hoffe doch, Sie statten bald einen Besuch ab«, meinte ihr Vater barsch. »Bummeln Sie nicht zu lange, denn sonst verpassen Sie Ihre Chance. Es gibt einiges zu besprechen.« Dann wies er den Fahrer an, weiterzufahren.

Glastonbury verbeugte sich galant vor ihr. »Ich werde Sie bald besuchen, Mylady.«

Cassandra wartete, bis sie nicht mehr in Glastonburys Hörweite waren, bevor sie sich ihrem Vater zuwandte. «Was soll das heißen, ›Es gibt einiges zu besprechen‹? Das klang so, als wolltest du über Bedingungen verhandeln.«

»Das will ich. Ich meinte, was ich sagte – er darf nicht bummeln. Wenn er dich heiraten will, sollte er sich dazu bekennen.«

»Wir kennen einander kaum, Papa. Ich habe noch nicht einmal entschieden, ob ich ihn heiraten will.«

»Dann solltest du ihn besser kennenlernen. Vielleicht hättet ihr einen Spaziergang machen sollen.«

Cassandra drehte den Kopf, um sich zu vergewissern, ob der Viscount noch immer dort war, aber er war zu einer neuen Stelle geschlendert und unterhielt sich mit einer anderen jungen Lady. *Verflixt.*

»Ich würde dich bitten, dich nicht zu sehr einzumischen«, meinte sie ernst. »Du hast mir versprochen, dass ich mir meinen Ehemann selbst aussuchen kann.« Und genau das hatte er bereits verhindert, indem er gesagt hatte, dass sie Wexford nicht heiraten könnte. Was also, wenn er es wäre, auf den ihre Wahl fiel?

»Bislang hast du noch keine großen Fortschritte gemacht. An einem Nachmittag im Park habe ich bereits mehr Bewegung in deine Jagd auf einen Ehemann gebracht als du in der ganzen Saison.«

»Das ist eine grobe Übertreibung.«

»Du machst ein finsteres Gesicht. Und du hast *mir* gesagt, ich soll kein finsteres Gesicht machen.« Sein Tonfall war unbeschwert und … heiter. Er genoss dies.

»Wenn du ›Bewegung‹ bei meinem Heiratsvorhaben sehen möchtest, solltest du mir erlauben, am Freitag zum Ball im Phönix Club zu gehen.«

Er fuhr sich mit der Hand durchs Haar. »Bah. Das wird nicht nötig sein, da Glastonbury scheinbar kurz davor ist, zuzuschlagen.« *Wieder* lachte er. »Siehst du, was ich da gemacht habe? Ich habe ein bisschen Boxerhumor beigefügt.«

Cassandra starrte ihn an, während ihre Wut zunahm. »Ich möchte nicht, dass du dies für mich verhandelst. Ich möchte einen Ehemann, der … Zuneigung demonstriert.« Sie wünschte sich jemanden, den sie lieben konnte und der sie im Gegenzug liebte. Und sie wusste noch nicht, ob Glastonbury dieser Mann war. »Wenn du mich in eine Verbindung zwingst, wie du es mit Con getan hast, werde ich nach Schottland flüchten. Oder schlimmer noch *Irland*. Warum hast du überhaupt solch eine Eile, mich zu verheiraten? Es bleibt noch reichlich Zeit in dieser Saison.«

Seine dunklen Augen verengten sich, aber ehe er sprechen konnte, rief Cassandra dem Kutscher zu, anzuhalten. »Prudence und ich werden einen Spaziergang machen. Wir treffen dich hinten beim Weg wieder, in der Nähe vom Tor.«

Der Diener sprang hinten von der Kutsche und öffnete die Tür, damit Cassandra und Prudence aussteigen konnten.

»Ich freue mich schon, von den potenziellen Bewerbern zu hören, denen du begegnen wirst, meine Liebe.« Der Herzog würdigte sie keines Blickes, als der Landauer weiterfuhr.

»Du schaust immer noch finster drein«, meinte Prudence leise.

Cassandra drückte die Hände an ihre Wangen und zwang sich, ihre Züge zu entspannen. »Er ist so gemein.«

»Ich glaube nicht, dass ich ihn zuvor je habe lachen sehen.«

»Es ist ein seltenes Ereignis.« Cassandra hakte sich bei Prudence unter und dann fingen sie an, zurück zum Tor zu schlendern. Für ihren Spaziergang würden sie fast ebenso lange brauchen wie der Landauer für seine Rückkehr, wenn er die Runde in einem gemächlichen Tempo absolvierte.

»Er scheint Glastonbury wirklich zu mögen«, stellte Prudence gutmütig fest.

»Ja. Aber mag Glastonbury *mich?* Bislang ist er oberflächlich.«

»Vielleicht musst du mehr Zeit mit ihm verbringen. Es
kann schwierig sein, sich beim Tanzen zu unterhalten.« Das
stimmte sicherlich. »Du könntest ihn bitten, mit dir zu
promenieren, wie du es neulich bei Wexford gemacht hast.«

»Tatsächlich hatte ich Wexford gebeten, mit mir zu
tanzen und er hat vorgeschlagen, in der Zwischenzeit zu
promenieren.« Er würde sie für tollkühn halten, wenn sie so
etwas machte. Aber andererseits hatte er auch mit ihr geflir-
tet. Dessen war sie sicher.

Cassandra schaute sich um und versuchte, ihn in der
Menge zu entdecken. Es war bislang der schönste Früh-
lingstag und der Park war überlaufen. Es war unmöglich, ihn
zu entdecken.

»Suchst du nach Wexford?«, fragte Prudence.

»Warum fragst du das?«

»Weil du oft nach ihm Ausschau hältst. Und erspar dir die
Mühe, zu widersprechen. Ich bin nicht dumm.«

»Das würde ich niemals denken«, entgegnete Cassandra
und drückte Prudence den Arm mit ihrer freien Hand. »Du
bist sehr aufmerksam. Ich wage zu behaupten, dass du in
deinem bewundernswerten Gehirn eine Menge Leckerbissen
aufbewahrst. Wahrscheinlich könntest du eine Skandal
Kolumne verfassen.« Sie drehte den Kopf zu Prudence, die in
den Abendstunden manchmal schrieb. »Ehrlich ... tust du
das?«

Prudence brachte ein seltenes Lachen hervor. »Ich bin
mir nicht sicher, ob ich über derart interessantes Wissen
verfüge. Zwar beobachte ich das Verhalten anderer
Menschen, doch bei allen Schlüssen, die ich daraus ziehe,
handelt es sich nur um Vermutungen.«

»Und was vermutest du über Wexford und mich?«

Cassandra war neugierig, ob ihre Gesellschafterin die Anziehungskraft zwischen ihnen richtig erkannt hatte.

Prudence zauderte mit ihrer Antwort. »Ich bin mir nicht sicher. Du scheinst ... an ihm interessiert zu sein, aber ich kann nicht sagen, ob es romantischer Gesinnung ist.«

»Mein Bruder wäre entsetzt.«

»Wie auch der Herzog«, fügte Prudence augenzwinkernd hinzu. »Vielleicht solltest du ihn wählen, nur um ihnen eins auszuwischen.«

Jetzt war Cassandra an der Reihe zu lachen. »Du hast einen herrlichen Sinn für Humor, Pru. Ich danke dir, denn ich hatte ein wenig Aufheiterung nötig.«

Für einen Moment gingen sie schweigend weiter, ehe Prudence wieder das Wort ergriff. »Hoffentlich hältst du mich nicht für zu dreist, aber ist Liebe für dich die wichtigste Anforderung für eine Ehe? Ich denke, du musst in dieser Hinsicht ehrlich sein – zu dir selbst, niemandem sonst.«

Cassandra brauchte eine Weile für ihre Antwort, und zwar nicht, weil sie diese nicht kannte, sondern weil Prudence ins Schwarze getroffen hatte. »Ja. Ich wünsche mir jemanden, der mich bedingungslos liebt, so wie meine Mutter das getan hat.« Ihre Stimme wurde weicher, als sie die letzten Worte sagte, als die Erinnerungen an die einzigartige Fürsorge und Zuneigung ihrer Mutter sie überkamen.

»Ich verstehe, wie du dich fühlst.« Prudence sprach sanft. »Meine Mutter hat mich genauso geliebt. Ich fürchte, die Liebe einer Mutter ist unvergleichlich. Auch wenn wir Liebe von anderen erfahren, wird es nie dieselbe sein. Sie wird niemals ... die Leere dessen füllen, was wir verloren haben.«

Cassandra wurde die Kehle eng. »Du verstehst es.«

Sie vermieden es, mit irgendjemandem ins Gespräch zu kommen, und setzten ihren Weg schweigend fort, bis sie bei ihrem Vater ankamen, der in der Kutsche wartete. Als sie einstieg und sich wieder neben ihn setzte, versuchte sie, sich den Mann vorzustellen, in den ihre Mutter sich verliebt hatte. Das war schwierig, aber sie konnte den Papa heraufbeschwören, der Cassandra ihre allererste Tanzstunde gegeben hatte, während Mama mit Freude zugesehen hatte. Das war die klarste Erinnerung, die ihr an sie drei geblieben war, eine glückliche Familie.

Sie lächelte ihn an. »Ich hoffe, ich werde einen Ehemann finden, der uns beiden zusagt, Papa.«

Er hüstelte. »Ja, nun, ich habe beschlossen, dir die Teilnahme an diesem Ball am Freitag zu erlauben.« Es war typisch für ihn, dass er den Namen von Luciens »infernalischem« Club nicht aussprach.

Freude keimte in ihrer Brust auf. »Ich danke dir.«

»Es gibt einen Vorbehalt.« Natürlich gab es den. Sie wappnete sich für das, was da kommen mochte. »Du musst mit Glastonbury tanzen und dafür sorgen, dass er dich bald besucht.«

Verdammt, sie glaubte nicht, dass Glastonbury überhaupt Mitglied war. Sie wollte gerade etwas sagen, als ihr Blick auf Prudence traf, die mit einem winzigen Kopfschütteln zu verstehen gab, nichts einzuwenden.

Cassandra presste die Lippen zusammen. Sie würde mit Lucien sprechen. Vielleicht konnte er dem Viscount vor dem Ball eine Einladung aussprechen, also vor ... morgen.

Das war *unmöglich*.

»Ich werde mein Bestes tun«, entgegnete sie und hoffte, ihr Vater würde nicht herausfinden, dass Glastonbury gar kein Mitglied war oder sie über diese Tatsache Bescheid gewusst hatte.

Und selbst wenn er es herausfände, was konnte schlimmstenfalls passieren?

»Wenn du gehst und nicht mit Glastonbury tanzt, wird es keine Bälle mehr in diesem *Etablissement* geben, und du wirst auch nicht danach fragen. Außerdem werde ich für den Rest der Saison jeden Ball mit dir besuchen und dafür sorgen, dass du eine Schar von Gentlemen hast, die um deine Zuneigung buhlen.«

Eine Schar? Die Aussicht, die Verkupplungskünste ihres Vaters erdulden zu müssen, während er ihre Verehrer mit Gänsen in Bezug setzte, reichte aus, ihr Angst einzujagen.

Sie musste unverzüglich mit Lucien sprechen.

KAPITEL 7

»Oh, gut, dass du gekommen bist.« Cassandra betrat den Salon, sobald sie von Luciens Ankunft gehört hatte. Er trug eine elegante Abendgarderobe und war offensichtlich auf dem Weg zu einem bestimmten Ziel. Sie hingegen verbrachte den Abend zu Hause, was ihr nichts ausmachte. Der gesellschaftliche Wirbel konnte schwindelerregend sein. »Ich werde dich nicht lange aufhalten.«

»Schon gut. Deine Nachricht war in ihrer Kürze recht beunruhigend.«

Als sie vorhin aus dem Park heimgekehrt waren, hatte sie unverzüglich eine kurze Nachricht an ihren Bruder geschickt, in der es schlicht und einfach hieß: *Du musst zu mir kommen. Und zwar jetzt.*

Sie blickte mit hochgezogener Augenbraue zu ihm auf. »Und trotzdem hast du über eine Stunde bis hierher gebraucht.« Ihre Worte waren sarkastisch gemeint und er wusste es.

»Ich war unterwegs, als deine Nachricht eintraf, und ich gebe zu, ich habe mich erst für den Club angekleidet, um dann auf dem Weg dorthin hier einen Zwischenstopp einzulegen. Es war *kaum* mehr als eine Stunde, wenn du es genau nehmen willst.«

Da sie gesagt hatte, sich wolle sich kurzfassen, machte sie ihm ein Zeichen, in einem der Sessel beim Kamin Platz zu nehmen, und setzte sich ihm dann gegenüber. »Ich brauche deine Hilfe.«

Kaum waren die Worte über ihre Lippen gekommen, antwortete er: »Alles.«

»Das sagst du so, aber du hast meine Bitte noch nicht gehört.« Sie schätzte seine Bereitschaft, ihr zu helfen, ohne überhaupt zu wissen, was sie wollte.

Er lehnte sich in seinem Sessel vor, und sein Körper spannte sich vor Energie. Oder vielleicht war es auch Nervosität, was merkwürdig für ihn war. »Das macht nichts. Ich werde alles in meiner Macht Stehende tun, damit sie erfüllt wird.« Er hielt ihren Blick, während er die Lippen leicht schürzte. »Ich muss mich entschuldigen, dass ich nicht für dich da gewesen bin. Ich war so damit beschäftigt, anderen zu helfen – oder mich einzumischen, wie Con es auslegt –, dass ich das Bedürfnis nach Unterstützung meiner eigenen Schwester nicht erkannt habe. Es tut mir leid, Cass.«

Damit hatte sie nicht gerechnet, und sie brauchte einen Augenblick für ihre Antwort. »Danke. Warum sagt Con, dass du dich einmischst?«

»Weil ich das von Zeit zu Zeit mache. Ich fürchte, ich, ähm, habe mich ein bisschen in seine Ehe eingemischt. Zu meiner Verteidigung muss ich sagen, dass er und Sabrina allerdings Hilfe gebraucht hatten. Dennoch habe ich eine Grenze überschritten und ich hätte das nicht tun dürfen.«

»Dies klingt wie eine Geschichte, die ich von dir hören möchte, wenn du mehr Zeit hast. Bei den guten Dingen werde ich nie beteiligt.« Das war das Leid einer viel jüngeren Schwester. Lucien war sieben Jahre älter als sie und Constantine neun.

»Das ist eine Geschichte, die du aus Con herausquetschen musst, fürchte ich.« Er zog eine Grimasse. »Ich habe genügend Schaden angerichtet.« Cassandra war neugieriger denn je. »Bitte erzähle mir, wie ich dir helfen kann und ich verspreche dir, es nicht zu übertreiben.«

»Wie du weißt, besteht Papa darauf, dass ich heirate, und er hat angefangen sich in den Prozess einzumischen. Er hat mich heute dazu gebracht, mit ihm in den Park zu gehen.«

Lucien verzog das Gesicht. »Du hast mein tiefstes Mitgefühl. War es schlimm?«

»Wenn du über seine Verunglimpfungen von Wexford hinwegsehen kannst, nicht vollständig.«

»Warum habt ihr über Wexford gesprochen?«

»Wir haben ihn gesehen und Papa konnte nicht widerstehen, mir zu sagen, wie *intolerabel* er als Ehemann wäre. Er weiß nicht, dass Wexfords Besuch eine Schau war, aber selbst wenn es das nicht war, kann ich mir kaum denken, dass der Earl mich nach Papas Auftritt heiraten wollte.«

»Ich habe erfahren, dass er sehr gehässig gewesen ist.«

»In jeder Weise, die du dir vorstellen kannst. Bei Glastonbury ist er das genaue Gegenteil. Tatsächlich wage ich zu sagen, dass er uns höchstpersönlich nach Gretna Green eskortieren würde.« Es würde ihm recht geschehen, wenn sie durchbrannte, mit wem auch immer sie für richtig hielt. Das würde sie sich merken.

Schmunzelnd lehnte Lucien sich in seinem Sessel zurück und überkreuzte die Beine. »Wenn er das nicht macht, werde ich es tun. Du musst es nur sagen.«

»Du kannst nicht so lange von London fort. Was ist mit dem Club? Übrigens hat Papa mir erlaubt, an dem Ball morgen Abend teilzunehmen.«

»Ich fasse es nicht.« Lucien schnalzte mit der Zunge. »Wie hast du ihn dazu gebracht, seine Meinung zu ändern?«

»Ich habe ihm versprechen müssen, dass ich mit Glastonbury tanze und mir seine Zusicherung verschaffe, mir bald einen Besuch abzustatten.«

Stirnrunzelnd stellte Lucien seine Beine wieder nebeneinander und fasste die Armlehnen. »Glastonbury ist kein Mitglied.«

»Ich weiß.« Sie sah ihn mit einem erwartungsvollen Blick an. »Und deshalb brauche ich diesen Gefallen.«

»Himmel, Cass. Das kann nicht gehen. Nicht bei so kurzer Ankündigung. Der Ball findet morgen Abend statt.«

»Ich bin mir bewusst, dass es eine schwierige Bitte ist, aber es ist dein Club. Sicher kannst du ihm vorher eine Einladung zukommen lassen.«

»Gleichwohl es mein Club ist, treffe ich die Entscheidungen über die Mitgliedschaft nicht allein. Es gibt einen … Prozess dafür.«

»Wenn es dein Club ist, kannst du den Prozess umgehen.«

Er stieß die Luft aus und seine Züge formten sich zu einem ernsten Ausdruck. »Es ist nicht so einfach. Ich kann mich nicht in Einzelheiten ergehen. Es tut mir leid.«

»Wirst du es nicht wenigstens versuchen? Wenn ich nicht mit ihm tanze, hat Papa mir verboten, für den Rest der Saison weitere Bälle dort zu besuchen und er wird mich zu allen anderen Bällen begleiten.« Sie beugte sich vor. »Stell dir nur vor, wie das sein wird.«

Er wischte sich mit der Hand über das Gesicht. »Das kann ich.« Er murmelte etwas Unverständliches und drehte den Kopf zu den Fenstern, um den Blick für einen Moment in eine mittlere Entfernung zu richten. Dann traf sein Blick wieder auf ihren, doch in der Tiefe lag ein Zaudern. »Ich werde es versuchen.«

»Du schienst nicht sehr enthusiastisch zu sein. Oder optimistisch.«

»Ich werde mein Bestes tun, aber du weißt, dass es eine

nahezu unmögliche Aufgabe ist. Wie wäre es, wenn ich mit Vater spreche und ihm erkläre, dass Glastonbury kein Mitglied ist?«

»Dann wird er einfach sagen, dass ich nicht zu dem Ball gehen kann.« Sie konnte in Luciens Augen sehen, dass er sich fragte, ob das die bessere Herangehensweise war. »Ich bin auf dem Heiratsmarkt bislang nicht erfolgreich, und die Auswahl an Gentlemen im Phönix Club ist anders als überall sonst.«

»Das stimmt«, antwortete er zurückhaltend. »Aber es gibt Überschneidungen. Viele der Gentlemen, die du auf anderen Bällen und Soireen siehst, werden auch auf unserem Ball im Phönix Club sein.«

»Ja, und vielleicht kannst du die Gelegenheit wahrnehmen und sie wissen lassen, dass sie sich von unserem Vater nicht eingeschüchtert fühlen müssen.«

Wieder verzog Lucien das Gesicht. »Das hätte ich die ganze Zeit schon tun sollen. Ich habe es beabsichtigt und … nun, ich habe keine gute Entschuldigung dafür, dass ich in dieser Saison ein miserabler Bruder gewesen bin.«

Diese Saison. Nein, seit Jahren. Er war kein schrecklicher Bruder, sondern nur einer, der einfach nicht da war.

Und das würde er jetzt versuchen, wofür sie sehr dankbar war. »Lass mich wissen, ob du Glastonbury nicht einladen kannst. Ich werde zuhause bleiben. Es ist nicht so, als ob ich morgen Abend einen Ehemann finden würde.« Wahrscheinlich nicht.

Seine Mundwinkel zuckten. »Cass? Hoffst du wirklich, einen Ehemann zu finden, oder versuchst du nur, Vater zufriedenzustellen?«

Es war beides. »Macht das einen Unterschied?«

»Das macht es für mich«, meinte er leise. »Bist du wirklich an Glastonbury interessiert?«

»Ich mag ihn. Aber ich kenne ihn noch nicht gut genug.

Das muss ich aber, ehe Papa ihn zwingt, um meine Hand anzuhalten. Dann wird es für mich zu spät sein, mich in eine andere Richtung zu wenden.«

»Du wünschst dir einen Ehemann, der dich mag.« Es war keine Frage, aber die Aussage verlangte nach Bestätigung.

»Mindestens«, entgegnete sie fest. »Ich möchte nicht etwas haben, dass ohne mein Zutun arrangiert wird. Wie es bei Con passiert ist.«

»Die Dinge haben sich sehr gut für ihn entwickelt.«

»Weil du dich offenbar eingemischt hast.«

Lucien lachte. »Sie könnten sich auch von selbst so weit entwickelt haben. Irgendwann. Wenn du möchtest, dass ich mich in deine Ehe einmische, könnte ich mich eventuell überzeugen lassen.«

»Ich hoffe doch, dass du mir die gleiche Unterstützung zukommen lässt wie Con.« Das sagte sie mit mehr Geringschätzung, als sie beabsichtigt hatte. Tatsächlich hatte sie es gar nicht beabsichtigt, aber der lang versteckte Neid, den sie über die Kameradschaft zwischen ihren beiden älteren Brüder hegte, selbst wenn sie sich stritten, schien größer, als sie gedacht hatte.

»Das werde ich absolut. Du hast mein Wort.« Er erhob sich. »Ich werde mich in dieser Sache engagieren. Was, wenn du feststellst, dass du nicht mit Glastonbury harmonierst?«

»Machst du dir Sorgen, dass ich deinem Club ein Mitglied verschafft habe, das du nicht wirklich willst?«

»Das war mir gar nicht in den Sinn gekommen, aber jemand anders aus dem Mitglieder-Komitee wird das Thema bestimmt zur Sprache bringen.«

»Wäre das Wexford oder Mrs. Renshaw? Mach dir nicht die Mühe, ihre Präsenz im Komitee zu leugnen. Ich passe auf.« Sie wusste nicht mit Bestimmtheit, ob die beiden im Mitglieder-Komitee saßen, aber es war nachvollziehbar, dass sie es täten.

»Ich habe schon immer gesagt, dass du zu klug für dein eigenes Wohl bist. Ich werde nichts bestätigen.«

»Du leugnest es auch nicht.«

»Behalte das für dich.« Lächelnd schüttelte er den Kopf.

Sie erhob sich und er überraschte sie, indem er ihre Hand nahm. »Ich verspreche dir, dass ich mein Bestes tun werde, Cass. Bereite dich einfach vor, als ob du morgen Abend ausgehen würdest.«

»Jetzt klingst du zuversichtlich. Darf ich zu hoffen wagen?«

»Ich denke, das tust du bereits, denn sonst hättest du mich nicht herbeordert.« Er grinste und drückte ihr die Hand, ehe er sie losließ. »Über diese spezifische Aufgabe hinaus, kannst du auf mich zählen. Wenn du in dieser Saison nicht heiraten willst, dann tu es nicht. Con und ich werden bei Vater für dich eintreten.«

»Danke, das weiß ich sehr zu schätzen. Und nun geh und tu, was immer du tun musst, um die Leute zu überzeugen, dir zu folgen.«

»Ich bin einfach ich selbst, Cass.« Mit einem Schulterzucken ging er hinaus.

Dies war eine große Anstrengung, nur damit sie an dem Ball teilnehmen konnte, der ihr keinen Erfolg auf dem Heiratsmarkt garantierte. Es *konnte* sie allerdings an einen bestimmten Vorfall und auch an einen Tanz erinnern, als sie von unerwünschter Aufmerksamkeit gerettet worden war.

Sie hoffte, Wexford zu treffen. Und vielleicht, wenn sie Glück hatte, würden sie in einem dunklen Wandschrank landen.

~

*R*uark schlenderte in die Gentlemen Bibliothek des Phönix Clubs. Allmählich trafen die Gäste für den Ball ein, doch in der nächsten Stunde oder zwei würden sie noch nicht in Scharen kommen. Es war noch reichlich Zeit, zuerst noch etwas mit seinen Freunden zu trinken.

Dougal MacNair saß in einem Sessel bei den Fenstern mit Blick auf die darunterliegende Ryder Street. Er hatte die langen Beine vor sich ausgestreckt, während er an einem Glas schottischen Whiskys nippte. Als Highlander trank MacNair selten etwas anderes.

»Ich schenke einen hervorragenden Whisky ein, wenn du die Pisse, die du trinkst, eintauschen willst«, bot Ruark großmütig an, während er zum Spirituosenschrank neben MacNairs Sessel ging.

Leben trat in MacNairs graubraune Augen, als er sich zu Ruark an den Spirituosenschrank lehnte. »Gibt es da drüben noch einen Highland-Whisky?«

Ruark schnaubte und als er seinen Whisky fertig eingeschenkt hatte, ging er zu MacNair um sich auf einem benachbarten Sessel niederzulassen. »Zum Wohl.« Er nippte an dem köstlichen irischen Whisky. »Ich habe gerade erfahren, dass meine Mutter und zwei meiner Schwestern nächste Woche in die Stadt kommen.«

»Du siehst nicht gerade begeistert aus.«

»Vermutlich ziehe ich eine Grimasse.« Und warum auch nicht? Seine Mutter würde ihn bei fast jeder Gelegenheit bedrängen, endlich zu heiraten. Gern wies sie darauf hin, dass sein Vater in Ruarks Alter bereits sechs Jahre verheiratet war. Ruark sprach allerdings nie über die Reue, die er darüber anscheinend empfunden hatte. Nie hatte sie eine Andeutung gemacht, ob dies eine glückliche oder unglückliche Verbindung gewesen war. »Meine älteste Schwester wird offenbar an der Saison teilnehmen. Sie haben sich gerade erst entschieden. Ich will sie überreden, bis zum nächsten Jahr zu warten, aber die Meinung meiner Mutter zu ändern, lässt sich mit dem Versuch vergleichen, den Wind in eine andere Richtung wehen zu lassen.«

Dougal grinste. »Deine Mutter klingt charmant. Ich freue mich, sie und auch deine Schwestern kennenzulernen.«

Plötzlich verstand Ruark Luciens Nervosität. Die Vorstellung, MacNair oder einer seiner Freunde könnte einer seiner Schwestern den Hof machen, verursachte ihm eine gewisse … Unruhe.

Deane kam herein und lächelte, wie er es seit der Rückkehr nach seiner Eskapade fast ständig zu tun schien. Sein Blick fand Ruark und MacNair, und er kam auf sie zu.

»Schwebt er?«, fragte Ruark.

»Ich glaube schon«, antwortete MacNair. »Wenn er nicht irgendwann aufhört zu lächeln, wird sein Gesicht mit diesem Ausdruck erstarren.«

»Das hat mir meine Mutter auch immer gesagt, wenn ich die Stirn gerunzelt habe. Vermutlich funktioniert dies für beides.«

MacNair musterte ihn einen Moment. »Ich kann mir nicht vorstellen, dass du oft die Stirn runzelst. Du bist immer so heiter.«

»Meine Mutter konnte es nicht ertragen, wenn ich die Stirn runzelte, also habe ich es durch ein anstößig freundliches Gebaren überkompensiert.«

»Dem anstößigen Teil kann ich nur beipflichten.«

Deane blickte von Ruark zu MacNair. »Was ist denn so anstößig?«

»Deine ungetrübte Schwärmerei.« MacNair hob sein Glas zu einem Toast. »Prost.«

Ruark kicherte, als er ebenfalls das Glas erhob, bevor er trank.

»Scherzt nur, so viel ihr wollt«, meinte Deane. »Wenn ihr

beide heiratet, werdet ihr dasselbe empfinden wie ich. Das hoffe ich zumindest. Ich lege euch ans Herz, euch zu verlieben. Ich kann gar nicht sagen, wie wunderbar das ist.« Sein Lächeln war breit und unverfälscht, und Ruark wusste genau, was er empfand. Das dachte er jedenfalls. Der Grund, warum er mit dem Heiraten warten würde, bis er dreißig war, bestand allerdings darin, sicherzugehen, dass er *wusste*, wie die Liebe sich anfühlte.

»*Wenn* wir heiraten«, wiegelte MacNair ab, und wölbte seine ebenholzfarbenen Brauen dabei kurz. »Nun, ich denke, Wexford muss heiraten - da er einen Erben braucht und so weiter. Dieses Bedürfnis habe ich nicht, da mein Bruder jetzt der Earl of Stirling ist.« Er lehnte sich in seinem Sessel zurück und grinste zufrieden. Er genoss ein Leben von häufigen Reisen und faulem Nichtstun.

»Irgendwann werde ich so weit sein.« Ruark nippte an seinem Whiskey. Über den Rand seines Glases spähte er zu MacNair. »Vielleicht wirst du dich kopfüber verlieben. Wer kann das schon sagen?«

»Wahrhaftig, und ich kann dir persönlich bestätigen, dass unsere Pläne sich nicht immer so entwickeln, wie wir das vorgesehen haben«, bemerkte Deane. »Sonst wäre ich mit Jessamine Goodfellow verheiratet.«

»Vielleicht wird Wexfords Plan, zu warten, bis er dreißig ist, am Ende fehlschlagen.« MacNair warf Ruark einen neckenden Blick zu. »Besteht irgendeine Möglichkeit darauf?«

»Keine.« Er hatte nur drei Jahre vor sich.

MacNair nagelte ihn mit einem eindringlichen Blick fest. »Warum wartest du bis zu dieser Zeit?«

Nie hatte Ruark etwas über das Versprechen preisgegeben, das er seinem Vater gegeben hatte – weder Lucien gegenüber noch seinen engsten Freunden. Und nicht gegenüber den Frauen, deren Herzen er gebrochen hatte. Er krümmte sich innerlich. Es war besser gewesen, sie zu verlassen, so wie er es getan hatte, anstatt sie zu heiraten und ein Leben lang in Misere miteinander zu fristen, wenn seine Frau und er sich unweigerlich entlieben würden.

»Ich denke, es ist am besten, wenn man weiß, was man will, ehe man solch eine Verpflichtung eingeht. Ich nehme eine Heirat nicht auf die leichte Schulter.«

»Und dreißig ist das Alter, das du dir ausgesucht hast? Das scheint recht willkürlich.«

Ruark zuckte mit den Schultern und hoffte, sie könnten das Thema bald wieder wechseln. »Vielleicht heirate ich dann noch nicht einmal. Es ist bloß eine Mindestgrenze. Vielleicht fühle ich mich nicht bereit, bis ich fünfunddreißig bin.« Oder vielleicht würde er sich nie bereit fühlen. Er verbannte diesen düsteren Gedanken in die Tiefen seines Verstandes.

Tobias sah ihn amüsiert an. »Was ist, wenn du dich vorher verliebst?«

Ruark zwang ein Lachen hervor. »Dieses ganze Gerede von Liebe. Ich brauche mehr Whiskey.« Er stand auf, um sein Glas wieder zu füllen, obwohl es noch nicht ganz leer war.

Als er wieder zu seinem Sessel schlendern wollte, marschierte Lucien direkt auf den Spirituosenschrank zu, wo Ruark stand.

Mit einem herzlichen Lachen nickte Ruark zu Luciens Glas. »Du trinkst irischen Alkohol, das weißt du?«

»Tue ich das?« Sein Blick wirkte gehetzt, als er einen großen Schluck trank, ehe er sich in den letzten freien Sessel des Sitzbereichs fallen ließ.

»Warst du erfolgreich?«, fragte MacNair, der sich unzweifelhaft auf die Sache bezog, die Lucien den ganzen Tag – und den gestrigen Abend – beschäftigt hatte.

»Das war ich, Gott sei Dank. Die Einladung ist Glastonbury vor einer Stunde überbracht worden.«

Sie alle waren in dem geheimen Mitglieder-Komitee des Clubs, das Lucien gestern Abend noch zu später Stunde einberufen hatte, um eine Einladung an Viscount Glastonbury zu besprechen. Als Evie Renshaw, eine der Schirmherrinnen auf der Seite der Ladys und gewissermaßen Luciens Assistentin in der Leitung des Clubs, nach dem Grund gefragt hatte, hatte Lucien gezögert. Normalerweise lud der Club Menschen ein, die eine Art von großzügiger Natur besaßen, oder die oft von der Gesellschaft oder anderen Clubs ausgeschlossen waren, aber die in Bezug auf Liebenswürdigkeit und Kameradschaftsgeist viel zu bieten hatten. In diesem Fall allerdings hatte Lucien unverhohlen zugegeben, dass er Glastonbury im Rahmen einer Eheanbahnung mit seiner Schwester einlud. Er hatte hinzugefügt, dass Glastonbury von leutseliger Art war.

Evie hatte mit gerunzelter Stirn entgegnet, dass diese Empfehlung nicht aussagekräftig genug war. Die andere Frau unter den Anwesenden, Ada Treadway, die sich um die Buchhaltung des Clubs kümmerte, hatte zugestimmt.

Die unumstößliche Regel für eine Einladung sah eine einstimmige Befürwortung der Mitglieder vor. Dazu gehörten auch die Stimmen zweier Mitglieder, die nicht an den Sitzungen teilnahmen und deren Identität auch vor den anderen Mitgliedern des Komitees geheim gehalten wurde. Außer für Lucien.

In der Vergangenheit hatte der Ausschuss getagt, abgestimmt und wenn alle Anwesenden für die Aufnahme des in Frage kommenden Mitglieds stimmten, legte Lucien den Vorschlag den beiden geheimen Mitgliedern vor. Bisher hatten sie bei fast jeder Gelegenheit mit dem Rest des Ausschusses gestimmt.

Nachdem Evie und Ada ihre Zweifel geäußert hatten, war Lucien bemüht gewesen, Glastonburys Tugenden zu preisen, was nur bewiesen hatte, dass er den Mann nicht gut genug kannte. Er hatte sich bereit erklärt, weitere Erkundigungen über den Viscount anzustellen, und sie hatten ein erneutes Treffen für heute Morgen verabredet. Dann hatte Lucien seine drei Freunde, die jetzt hier saßen, gebeten, ihm behilflich zu sein, die Argumente für die Aufnahme von Glastonbury als Mitglied vorzubringen.

Ruark und MacNair waren zum Black Boar gegangen, wo Glastonbury ebenfalls Mitglied war, und hatten sich mit so vielen Personen wie möglich über ihn unterhalten. Alle sagten, er sei charmant und witzig – und ein hervorragender Boxer –, aber niemand konnte Genaueres verraten, was beispielsweise seine Familie von ihm hielt oder wie er sich anderen gegenüber verhielt, abgesehen davon, dass er, nun ja, charmant und witzig war.

Deane hatte seine neue Position im Oberhaus genutzt, um zu sehen, was er in Erfahrung bringen konnte. Leider war Glastonbury fast ebenso neu wie Deane, denn er hatte seinen Sitz erst im vorigen Sommer geerbt. Er nahm nicht so regelmäßig an den Sitzungen teil wie manche, aber er war besser als andere. Weder führte er den Vorsitz in einem Ausschuss, noch schien er spezielle Anliegen zu haben, was seine Interessen im Hinblick auf die Regierungsgeschäfte betraf.

Im Großen und Ganzen hatten sie weder etwas Schlechtes an ihm finden können, aber auch nichts Außergewöhnliches entdeckt. Es reichte jedoch aus, dass Evie und Ada an diesem Morgen für seine Mitgliedschaft stimmten. Dann musste Lucien die beiden anderen Mitglieder aufsuchen und sie überzeugen. Eines hatte sofort zugestimmt, das andere hatte bis vor einer Stunde gezaudert.

»Ich hoffe doch sehr, dass er nach all dem zugestimmt hat«, meinte MacNair mit einem Schmunzeln.

Ruark konnte nicht anders, als zu hoffen, er würde ablehnen. Aber das war völlig egoistisch und furchtbar von ihm.

Es war, als wollte er Cassandra für sich. Er musste einfach seine Eifersucht überwinden.

»Das hat er, zum Glück«, entgegnete Lucien. »Und er hat vor, später zu kommen, damit meine Schwester unseren Vater besänftigen und mit ihm tanzen kann.«

»So viel Aufwand für einen Tanz.« Deane schüttelte den Kopf. »Meinst du, sie werden zusammenpassen?«

»Das kann ich nicht sagen. Das hängt ganz von Cassandra ab, und bisher ist sie noch unentschlossen. Sie möchte ihn besser kennenlernen, aber nach dem letzten Tag, an dem ich versucht habe, etwas über ihn zu erfahren, frage ich mich, ob ihn *überhaupt jemand* kennt.«

Ruark runzelte die Stirn. »Das spricht nicht für ihn.«

»Oder er gehört einfach zu den Menschen, welche andere nicht sehr nah an sich heranlassen«, gab Lucien zu bedenken. »Mein Bruder ist ein bisschen so.«

»Mehr als ein bisschen«, murmelte Deane.

»Du hast recht«, willigte Lucien ein. »Aber unter dieser Fassade von Herrschsucht besitzt Con eine Tiefe von Gefühl und Sorge, die ihm alle Ehre macht.«

»Dann wollen wir hoffen, dass Glastonbury ähnlich veranlagt ist. Wie du schon sagtest, ist es ohnehin Sache deiner Schwester. Wir verschaffen ihr lediglich die Gelegenheit dazu.«

»Ja, und zu diesem Zweck wäre ich euch dankbar, wenn ihr alle euer Möglichstes tun könntet, um die beiden zusammenzubringen. Vielleicht habt ihr keine Chance, aber wenn sich eine bietet, dann ergreift sie bitte.«

Alle nickten zustimmend. Alle außer Ruark, der sich mit seinem Whisky beschäftigte.

»Wex?«, fragte Lucien drängend. »Willst du nicht helfen?«

»Gewiss.« Ruark hoffte, dass es keine Gelegenheit geben würde. Er würde ihr zwar nicht selbst nachstellen, aber er konnte sich auch nicht dazu durchringen, sie zu einem anderen Mann zu drängen.

»Ich weiß deine Unterstützung zu schätzen.« Lucien hob sein Glas. »Auf die besten Freunde, die ein Mann haben kann.« Sein Blick landete auf Deanes leeren Händen. »Deane, wo ist dein Drink?«

»Er war zu sehr beschäftigt, von seiner Frau zu träumen, um sich einen einzuschenken«, bemerkte MacNair.

»Moment.« Deane sprang auf und ging, um sich einen Brandy einzuschenken. Als er sich wieder auf seinen Sessel gesetzt hatte, hob er sein Glas und alle stießen auf ihre Freundschaft an.

Die Unterhaltung um Ruark nahm seinen Lauf, während seine Gedanken zu dem Gespräch zurückkehrten, dass sie geführt hatten, bevor Lucien gekommen war. Über die Ehe und die Liebe. Letzteres war ihm nicht fremd, aber Ersteres würde er noch mindestens drei Jahre lang verhüten.

Er würde das Gelübde nicht brechen, das er vor seinem Vater gegeben hatte. Das hatte er bislang nicht getan, und er würde es auch jetzt nicht tun. Nicht einmal für Cassandra. Insbesondere nicht für sie. Er würde alles Erdenkliche tun, um ihr Herz vor seiner Untreue zu schützen.

KAPITEL 8

Cassandra kam mit Prudence und Fiona zum Ball des Phönix Clubs. Dieser Club hatte etwas Aufregendes an sich. Gewiss war es die Exklusivität, aber auch das opulente Interieur mit seinen funkelnden Kronleuchtern, den prächtigen Kunstwerken und dem schönen Dekor. Dass es sich um einen privaten Club handelte, in dem sowohl Männer als auch Frauen zugelassen waren, trug ebenfalls zu seiner unbeschreiblichen Anziehungskraft bei. Doch was Cassandra wahrscheinlich am meisten lockte, war die Zeit, die sie mit dem Earl of Wexford in einem dunklen Wand-schrank verbracht hatte.

Sie hatte sich fest vorgenommen, nicht daran zu denken, und innerhalb von zwei Minuten, nach Betreten des Clubs hatte der Vorfall bereits ihren Verstand erobert.

»Wie absurd es ist, das mir gestattet wird, deine Anstandsdame zu spielen«, bemerkte Fiona mit einem Kichern, als sie sich durch das Foyer auf den Ballsaal zu bewegten. »Letztes Mal, als wir hier waren, waren wir beide unverheiratet.«

»Die Regeln der Gesellschaft sind oft absurd«, stellte Prudence fest.

Cassandra nickte zustimmend. »Das ist nur zu wahr.« Sie blickte zu Fiona. »Ich bin so froh, dass ich heute Abend mit dir kommen konnte. Ich gestehe, ich wäre vor Neid geplatzt, wenn du ohne mich gegangen wärst. Das wirst du leider irgendwann tun, denn im Gegensatz zu mir bist du Mitglied.«

»Vielleicht erlaubt dir dein Vater, jede Woche zu kommen«, meinte Fiona.

Alle drei Ladys schauten sich an und brachen dann in Gelächter aus. Sie schlenderten in den Ballsaal – die Hälfte, die dazu vorgesehen war sich unter die Gäste zu mischen und Erfrischungen zu genießen. Die andere Hälfte – auf der Seite der Gentlemen – war die Tanzfläche. Musik drang durch die Türen, die sich öffneten, um beide Seiten zu einem großen Raum zu verbinden.

Fiona hielt sich dicht an Cassandra. »Ich kann mich noch gut daran erinnern, wie wir an jenem Tag hier waren und so getan haben, als würden wir den Fußboden wischen. Nun, *du* hast nur so getan. Ich habe ihn tatsächlich ein bisschen geputzt.« Sie versuchte nicht, Prudence am Mithören zu hindern, da diese bereits im Bilde war. Tatsächlich war sie diejenige gewesen, die sie auf die Idee mit den Dienstmädchenkostümen gebracht hatte – dem grauen Kleid mit der grünen Schürze.

»Tatsächlich?« Cassandra lachte leise. »Ich war viel zu sehr von der Pracht abgelenkt, fürchte ich. Dass Lucien keine Kosten gescheut hatte, wusste ich ja, aber mir war nicht klar, wie schön es sein würde.«

Den Club von innen zu sehen, war der Hauptgrund für ihr Täuschungsmanöver gewesen. »Ich kann immer noch nicht glauben, dass wir uns als Dienstmädchen verkleidet haben.« Fiona hielt sich kurz die Hand an ihre Wange. »Das kommt mir jetzt so töricht vor, und doch hätte ich Tobias nicht im Garten geküsst, wenn wir das nicht getan hätten. Vielleicht wären wir nicht einmal verheiratet.«

Und Cassandra hätte Wexford nicht geküsst. Eine heiße Woge stieg ihr in den Nacken, und sie hoffte nur, dass keine ihrer Begleiterinnen etwas bemerkte. Sie hatte keiner der beiden von dem Vorfall erzählt, da sie mit Wexford ein Versprechen ausgetauscht hatte. Sie würde ihre Abmachung nicht brechen. Es sei denn, sie würde ihn noch einmal küssen, was zu unterlassen, sie ebenfalls stillschweigend vereinbart hatten.

Sie hatte mehrmals erwogen, Fiona ihr Geheimnis zu verraten, vor allem als diese ihr gestanden hatte, dass sie Overton geküsst hatte – und das war auch nicht sofort geschehen. Aber Cassandra hatte geschwiegen und würde das auch weiterhin tun. Jetzt fühlte sie sich schlecht, da sie ihrer Freundin nichts gesagt hatte. Und doch bezweifelte sie, dies jemals zu tun. Was hätte das für einen Sinn? Es war eine schöne Erinnerung und weiter nichts. Sie musste sich auf Glastonbury konzentrieren.

Würde er überhaupt kommen? Von Lucien hatte sie nichts gehört, außer dass er daran arbeitete, was er ihr am Nachmittag in einer schriftlichen Notiz mitgeteilt hatte. Er hatte ihr auch geschrieben, sie solle einfach zum Ball kommen, er würde sich notfalls mit ihrem Vater auseinandersetzen. Cassandra hoffte nur, nicht für den Rest der Saison durch das Beisein des Herzogs auf jedem Ball belastet zu werden.

Fiona und Prudence waren natürlich über den ›Glastonbury Plan‹, wie Cassandra ihn zu nennen pflegte, bestens informiert. Sie suchte den Ballsaal ab, doch sie konnte ihn nicht entdecken. Auch Wexford konnte sie nicht ausfindig machen. Oder Lucien.

Sie sah jedoch ihre Schwägerin Sabrina und Mrs. Renshaw. Die beiden Damen kamen direkt auf sie zu.

»Wie zauberhaft du in diesem korallenroten Kleid aussiehst«, schwärmte Sabrina.

»Nicht so prachtvoll wie du. Das Pfauenblau ist umwerfend. Deine Garderobe ist in dieser Saison weitaus besser als die der anderen. Das weißt du doch, oder?«

Sabrina hatte mit der Aufmerksamkeit zu kämpfen, die ihr als Komtess zuteilwurde, und sie errötete. Sie hatte daran gearbeitet, ihre Angst vor großen Menschenansammlungen zu überwinden, was sie Cassandra erst vor kurzem anvertraut hatte. »Das sagt Evie mir auch immer wieder.«

»Sie versichert mir, dass ich mich irre«, sagte Evie mit einem Lächeln. »Unsere Sabrina ist so bescheiden – und aufrichtig so – wie es nicht besser geht. Sie sehen auch reizend aus, Lady Overton.« Ihr Blick huschte zu Fiona, die den Kopf neigte.

»Vielen Dank, Mrs. Renshaw. Es ist mir ein Vergnügen, Sie wiederzusehen.«

»Ich hoffe, Sie hatten eine wundervolle Hochzeitsreise.«

Cassandra grinste. »Was für eine clevere Art, Durchbrennen zu umschreiben.«

Lucien kam auf sie zu und stellte sich zwischen Prudence und Sabrina zu ihrer Gruppe. »Guten Abend, Cass. Ich freue mich, sagen zu können, dass Glastonbury seine Einladung erhalten und angenommen hat.«

»Er wird hier sein?« Cassandra spürte einen Anflug von Erleichterung.

»Er sagte, er würde kommen.« Lucien stellte sich neben sie. In leisem Ton fügte er hinzu: »Es ist geplant, dass du und Glastonbury heute Abend tanzt und etwas Zeit miteinander verbringt, damit du ihn besser kennenlernen kannst.«

»Tatsächlich?«

»Das wolltest du doch, nicht wahr?«

Das stimmte, aber aus dem Augenwinkel sah sie Wexford, und ein Anflug von Enttäuschung lief ihr kalt über den Rücken. »Danke, Lu. Es klingt, als wäre der Glastonbury-Plan in vollem Gange.«

Er sah sie fragend an. »Der Glastonbury-Plan?«

»Ja.«

»Hoffentlich mit Erfolg, meine liebe Schwester. Bitte lass mich wissen, wie ich dir weiter helfen kann.« Er küsste sie auf die Wange und überraschte sie mit dieser zärtlichen Geste. »Ich muss mich unter die Leute mischen, doch ich werde dich später suchen, um mich zu überzeugen, wie die Dinge vorankommen. Ich werde auch im Auge behalten, wann Glastonbury eintrifft.«

Er verabschiedete sich, und auch Sabrina und Mrs. Renshaw setzten ihren Weg fort. Cassandra warf einen Blick auf Wexford, der bei den zum Garten hin offenen Türen stand. Auch er schaute sie an, und ein Schauder der Wahrnehmung überlief ihren Nacken.

Wexford trug Schwarz mit einer Weste in einem satten Dunkelgrün und er war untadelig gut aussehend, was sowohl seine Garderobe als auch seine Person anbelangte. Sein tintenschwarzes Haar fiel ihm kunstvoll über die Stirn und ein kleines, heimliches Lächeln umspielte seinen Mund, als würden sie über den sehr bevölkerten Raum hinweg eine Art von intimen Moment teilen.

Oh, um Himmels willen, sie musste aufhören, ihn anzustarren. Ihr Vater befürwortete ihn nicht und er hatte ihr nicht den leisesten Hinweis gegeben, dass er sie für irgendetwas anderes als gestohlene Küsse begehrte.

Aber gestohlene Küsse sind aufregend und wundervoll ...

Dann kam er auf sie zu und sein Gang hatte etwas Raubtierhaftes, wie eine Katze, die einen Vogel jagte. Allerdings hatte Cassandra nicht wie der Vogel die Absicht, davonzufliegen, um sich in Sicherheit zu bringen. Sie bevorzugte sehr viel mehr die Gefahr seiner Gesellschaft.

»Guten Abend, Ladys.« Er verneigte sich vor den Dreien, ehe er seinen Blick auf Cassandra fixierte. »Ich habe mich gefragt, ob Sie vielleicht mit mir promenieren wollen, Lady Cassandra.«

Sie konnte kaum glauben, dass er fragte. Er hatte deutlich gemacht, dass er sich nicht mehr an dem Täuschungsmanöver beteiligen würde, ihr den Hof zu machen. »Das würde ich, danke.«

Er nickte zu Fiona und Prudence, die ihn beide mit unverhohlener Neugier anschauten, während Cassandra ihre Hand auf Wexfords Arm legte. Er führte sie den Weg zurück, den er gekommen war, auf den Garten zu.

»Sind Sie ein Teil von Luciens Plan, mich mit Glastonbury zusammenzubringen?«

»Ähm, ja. Aber ich glaube nicht, dass Glastonbury schon angekommen ist.«

»Welchem Anlass habe dich dann diese Promenade zu verdanken? Sie geben nicht vor, mir den Hof zu machen.«

»Ich helfe. Indem ich Sie jetzt belege, halte ich Sie für Glastonbury frei, sobald er ankommt. Sie werden nicht mit jemand anders beschäftigt sein.«

»Das scheint eine eher schwache Erklärung.«

Er schaute sie verwirrt an und seine Züge spiegelten seine Unschuld. »Ist das so? Wäre es Ihnen lieber, wenn ich sie in Ruhe ließe? Auf diese Weise können Sie andere, geeignete Gentlemen treffen.«

»Das war mein Ziel, weshalb ich heute Abend hierhergekommen bin – nicht nur wegen Glastonbury. Mit ihm zu tanzen ist der Erlass meines Vaters.«

»Ist der Viscount wirklich ein Kandidat für Sie oder kommen Sie bloß der Forderung Ihres Vaters nach?«

»Beides, vermutlich. In Wahrheit kenne ich Glastonbury

nicht gut genug, um zu entscheiden, ob wir zusammenpassen werden. Ich kann wohl sagen, dass mir nichts daran liegt, dass er boxt. Das ist so eine krasse Beschäftigung.«

Mit einem leisen Lachen führte Wexford sie in den Garten hinaus. »Haben Sie vergessen, dass ich diesen Sport ebenfalls ausübe? Tatsächlich sind Glastonbury und ich im selben Boxclub angemeldet.«

Sie schlenderten zu dem ovalen Wasserbecken hinüber, um den Dutzende von Kerzenleuchtern aufgestellt waren, deren Schein sich im Wasser spiegelte. »Das hatte ich wirklich vergessen.«

»Warum finden Sie es krass?«, fragte er und führte sie an dem Becken vorbei zu einem Pfad, der weniger hell erleuchtet war.

»Es ist so brutal. Es macht mir keine Freude, Menschen dabei zuzusehen, wie sie einander aus Spaß verletzen.«

»Ja, es kann brutal sein, wie meine einstmals perfekte Nase beweist.« Er seufzte. »Man sollte meinen, ich hätte danach aufgehört, aber ich fürchte, ich genieße es, Leute zu verprügeln. Aus Spaß.«

Sie blieb stehen und zog ihn vom Weg herunter. Dann drehte sie sich zu ihm und blickte in sein Gesicht, um seine Nase zu mustern. »War sie vorher wirklich perfekt?«

Er lachte. »Meine Mutter behauptete das.«

»Müttern kann nicht getraut werden, wenn es um ihre Kinder geht. Sie sind äußerst voreingenommen. Das weiß jeder.« Ihre eigene Mutter hatte Cassandra immer versichert, sie sei das schönste Mädchen auf Erden.

»Sie könnten recht haben. Meine Nase war gewiss gerader.«

Sie hob die Hand, und fuhr mit den Fingerspitzen sanft zwischen seinen Augen entlang, ehe sie über den leichten Höcker strich. »Das also hat Ihr Gesicht ruiniert?«, fragte sie leise und sah ihm dabei in die Augen.

»Das dachte ich, aber sagen Sie es mir. Bin ich hässlich?«

»Überhaupt nicht. Ich finde diesen Höcker ziemlich charmant.« Sie drückte die Finger leicht auf die Stelle.

Ihre Arme – sie hielt noch immer seinen Ärmel – waren zwischen ihnen, aber wenn dieses Hindernis nicht wäre, würden sie wahrscheinlich Brust an Brust voreinander gestanden haben. Ihr Puls wurde schneller und ihre Atmung flacher. Sie ließ ihre Finger an seiner Nase weiter herabgleiten und berührte beinahe seinen Mund. Die Versuchung, das zu tun und so viele andere Dinge, war beinahe überwältigend.

Er blinzelte und rückte nur ein wenig zurück. »Es hatte höllisch weh getan, als es passiert war. Ich wusste sofort, dass die Nase gebrochen war. Da war so viel Blut.«

Bei der Erwähnung von Blut, erstarrte Cassandra. Ihr Atem stockte vollkommen und es rauschte in ihren Ohren.

»Es floss aus meiner Nase und in meine Kehle, was mich zum Würgen brachte«, fuhr er fort. »Ich konnte kaum Luft bekommen!«

Würgen ... ihre Kehle schnürte sich zu und der Blick verschwamm. Sie versuchte, Luft zu holen und konnte nicht. Dann verengte sich ihr Blickfeld. Sie konnte nur noch den Höcker auf seiner Nase sehen und sie stellte sich vor, wie ein blutroter Strom über seinen Mund und an seiner Vorderseite herunterfloss.

Die Welt kippte zur Seite. Und dann wurde sie schwarz.

∽

*R*uark hatte ihre kränkliche Farbe kurz vor dem Moment bemerkt, in dem sie gegen ihn sackte und war sofort alarmiert. Den Anstand in den Wind schlagend, hob er sie hoch und trug sie zu einer Bank, vor der er sich hinabbeugte, um sie darauf zu legen. Glücklicherweise rührte sie sich bereits in seinen Armen.

Er setzte sich zu ihr und lehnte sie an seine Seite, um sie zu stützen. Dann legte er den Arm um ihren Rücken, um sie mit der Hand fest um die Seite zu halten. Sie waren dem Club zugewandt und bislang schien es nicht, als ob irgendjemand ihren Zusammenbruch bemerkt hätte. Die Bank war strategisch von den Laternen entfernt platziert und bot einen schummrigen Ort für ein Paar, um sich dort niederzulassen.

»Sind Sie wohlauf?« Was für eine törichte Frage. Natürlich nicht.

Sie lehnte sich gegen ihn und ihr Atem ging schnell und flach. Er hielt sie fest und zog sie sogar noch fester an seine Seite. Mit seiner freien Hand berührte er ihre Wange. Sie fühlte sich recht kalt an und sah immer noch blass aus – nicht, dass er die beste Beleuchtung hatte, um sie zu sehen.

»Cassandra, können Sie sprechen?«

»I–ich denke ja. Ich mag kein Bl–blut. Sie erschauderte in seiner Umarmung und er liebkoste ihr Gesicht mit beschwichtigenden Berührungen.

»Das tut mir leid. Ich hatte keine Ahnung.« Sie war eine der stärksten, lebhaftesten Personen, die er je gekannt hatte. Stärkste? Weil sie furchtlos war – oder so schien. Musste sie es nicht sein, mit ihrem Vater und ihren Brüdern?

»Das konnten Sie nicht –« Ihre Zähne klapperten kurz, als sie erschauderte. »Das konnten Sie nicht wissen.«

»Ich sollte Sie nach Hause bringen.« Er sah zum Club und fragte sich, wie er sie heimlich von hier fortbringen könnte, ohne gesehen zu werden. Oder vielleicht sollte er sie hineinbringen und einem ihrer Brüder – oder beiden – überantworten.

Sie schüttelte den Kopf. »Mir geht es gut. Ich brauche nur einen Augenblick. Mehrere Augenblicke.« Sie streckte die

Hand nach seinem Frack aus und fasste den Stoff am Revers, um Ruark zu sich zu ziehen. »Verlassen Sie mich nicht.«

»Kein Mensch auf der Welt könnte mich von hier loseisen«, meinte er leise, und gestattete seiner Hand auf ihre Schulter zu gleiten, als er die Oberseite ihres Kopfes liebkoste.

»Es ist wegen meiner Mutter.« Ihre Stimme war klein und leise und ganz anders als sie sonst war. »Das Blut, meine ich.«

Er schaute ihr ins Gesicht, das sie zu ihm hochhob. »Sie müssen mir nichts erzählen. Ich will Ihnen keinen Unbehagen verursachen.« Er runzelte die Stirn und war wütend auf seine mangelnde Sensibilität. »Mehr als ich bereits getan habe.«

»Das hätten Sie nicht wissen können«, wiederholte sie. »Niemand weiß das.« Das letzte war nur noch ein Flüstern und ihr Blick fuhr zum Club herum.

»Als ich sieben war, wurde meine Mutter sehr krank. Meine Brüder waren fort im Internat und Vater war immer beschäftigt. Er besuchte Mama, aber ich saß bei ihr. Ich habe ihr Haar gebürstet und sie gefüttert, wenn sie nicht essen konnte.«

Das waren keine Dinge, die eine Siebenjährige tun sollte. »Das ist eine große Bürde für jemanden, der noch so jung ist.«

»Das hat das Kindermädchen auch gesagt, aber ich ließ mich nicht abbringen. Niemand konnte mich von ihrem Bett wegzerren, nicht einmal, als der Arzt kam, um sie alle paar Tage zur Ader zu lassen.«

O Gott, das hatte sie beobachtet?

»Cassandra.« Er wusste nicht, was er darauf sagen sollte. Flüchtig berührte er ihre Stirn mit seinen Lippen und hielt sie bei sich.

»Immer wenn er kam, war es, als würde er zusammen mit

ihrem Blut auch ihre Seele ausbluten. Dann starb sie. Seitdem löst der Anblick – oder anscheinend sogar das Gespräch über Blut – dieses Entsetzen in mir aus.«

»Ich kann verstehen, warum.« Er streichelte ihre Schulter, ihren Unterarm.

Sie streckte die Hand an seinem Frack und legte die Handfläche flach gegen seine Brust. »Bitte erzählen Sie es niemandem. Es ist peinlich.«

»Es gibt nichts, wofür Sie sich schämen müssten. Das ist nicht ungewöhnlich.« Er dachte an den jungen Burschen, der zum Trainieren in den Club gekommen war, um dann beim Anblick eines anderen blutenden Kämpfers in Ohnmacht zu fallen. Er war nie wiedergekommen. Ruark entschied allerdings, diese Geschichte für sich zu behalten.

»Ach nein?«

»Ich kenne mindestens eine andere Person, die genauso reagiert – ein Gentleman.«

Sie atmete aus und die Luft entwich ihr stockend. »Das ist ein kleiner Trost.«

»Ich wünschte, ich könnte Ihre Furcht gänzlich bannen.«

Wieder trafen sich ihre Blicke und ein leichtes Lächeln umspielte ihren Mund. »Das weiß ich zu schätzen. Aber ich werde schon seit fünfzehn Jahren von diesem irrationalen Terror verfolgt.«

Verzweifelt gern wollte er ihre Stimmung aufhellen, damit sie sich wirklich entspannen und die Verkrampfung aus ihrem Körper entweichen lassen konnte. »Ich könnte Sie zur Ablenkung küssen, aber Ihre Brüder sind dort drin und wer weiß, ob wir gesehen werden. Diese – diese Art und Weise, wie wir hier sitzen und uns praktisch umarmen – ist skandalös genug.«

»Alles an Ihnen ist skandalös«, murmelte sie. Die Atmosphäre veränderte sich und wo Furcht und Besorgnis gewesen war, herrschte nun Hitze und Verlangen.

»Was Sie anbelangt, ja.«

»Das ist ein Problem, denke ich.« Sie hob das Kinn und brachte ihren Mund damit näher an seinen.

Die Notwendigkeit, sie wieder zu küssen, war überwältigend. Seine Finger gruben sich in ihre Seite, während er seine andere Hand um ihren Nacken legte. Sie sollte ihm sagen, aufzuhören. Nein, er sollte einfach aufhören. Er sollte sie loslassen, ihr aufhelfen, und sie ins Haus führen.

Aber sie waren in der gleichen Position – mehr oder weniger – wie damals, als sie sich zum ersten Mal geküsst hatten. Er konnte sich des Eindrucks nicht länger erwehren, der dieser Vorfall bei ihm hinterlassen hatte. Er konnte die Anziehung, die er zu ihr verspürte nicht länger ignorieren, und dabei ging es nicht nur um das Küssen. Er genoss ihren Humor, bewunderte ihren Scharfsinn und in diesem Moment verspürte er ein verzweifeltes Bedürfnis, sie zu beschützen.

Sie zu besitzen.

Nein. Das durfte nicht noch einmal passieren. Sie war Luciens Schwester. Ruark kannte sie seit Jahren. Sich von ihr zurückzuziehen, von seinen Gefühlen für sie, würde nicht so leicht sein, wie in der Vergangenheit. Himmel, es war nie leicht gewesen.

Aber er war noch nicht bereit, sich in die andere Richtung zu wenden – um etwas zu verfolgen, das zu einer Heirat führen könnte. Es war noch nicht so weit. Ganz gleich, wie er für sie empfand oder für irgendeine Frau in der Vergangenheit, könnte ihn nichts dazu bewegen, seinen Schwur zu brechen.

Er nahm seine Hand von ihrem Nacken und lockerte den Griff um ihre Seite. »Besser?«

Sie blinzelte und nahm die Hand von seiner Brust. Dann straffte sie sich, um auf der Bank von ihm abzurücken und er zog seinen Arm weg, den er um sie gelegt hatte.

»Ja, danke. Wir sollten wieder hineingehen. Wahrscheinlich sind wir schon zu lange fortgeblieben.«

»Es war gar nicht so lange, aber ja, gehen wir wieder hinein.« Er stand auf und bot ihr seine Hand, um ihr aufzuhelfen. Sie strich die Falten glatt, die sich vom Sitzen in ihrem Kleid gebildet hatten. »Danke für die Hilfe im Augenblick meiner … Not.«

Er lachte sarkastisch auf. »Das ist das Mindeste, was ich tun konnte, weil ich die Sache ja verursacht habe.«

Das Lächeln, das sie ihm zur Antwort schenkte, war schüchtern und charmant, und so sehr die Cassandra, die er kannte. Er war froh, dass er es nicht zerstört hatte, aber vermutete, dass es *viel mehr* brauchte, um das zu bewerkstelligen.

»Es ist Zeit für den Glastonbury Plan«, verkündete sie. »In welcher Weise helfen Sie mir genau?«

»Ich stelle lediglich sicher, dass Sie die Gelegenheit haben, mit ihm zu tanzen und Zeit zu verbringen.«

»Was mir nicht möglich ist, wenn ich draußen mit Ihnen spazieren gehe.« Sie lachte mahnend, während sie ihm gegen den Oberkörper tippte. »Ich glaube, Sie haben mich hierher gelockt, um mich wieder zu küssen.«

Er wusste in seinem Herzen, dass es stimmte, auch wenn sein Verstand sich dessen nicht bewusst gewesen war. »Sie sind sehr verführerisch, Lady Cassandra.«

»Nicht verführerisch genug«, flüsterte sie und blickte in Richtung Club.

Er wollte ihr entgegnen, dass sie mehr als verführerisch genug war und er seine Leidenschaft kaum noch zügeln konnte. Dass er sie in die Arme nehmen und bis zur Besinnungslosigkeit küssen wollte. Unter anderem. »Wenn Sie lieber nach Hause gehen wollen, können Sie das tun.«

»Mein Vater wird wütend sein, wenn ich nicht mit Glastonbury tanze. Und Lucien hat sich große Mühe gegeben, den

Viscount heute Abend hierher einzuladen.« Sie sah ihn von der Seite an. »Aber ich vermute, dass Sie das alles wissen, da Sie im Mitglieder-Komitee sind.«

Er presste die Lippen zusammen und gab keine Antwort darauf. Stattdessen konzentrierte er sich auf Glastonbury. »Wenn Sie wirklich nicht daran interessiert sind, Glastonbury zu heiraten, sollten Sie sich mit all dem nicht beschäftigen.«

»Das ist es nicht. Ich kenne ihn nicht.«

»Sie wissen, dass er Boxer ist, und angesichts dessen, was ich heute Abend über Sie erfahren habe, bin ich mir nicht sicher, ob er eine kluge Wahl ist. Irgendwann würde er wahrscheinlich blutig heimkehren und wie würden Sie darauf reagieren?«

»Vielleicht gibt er es für mich auf. Kommen Sie, suchen wir ihn.«

Ruark bot ihr seinen Arm an, und auf dem Rückweg zum Club fühlten sich seine Füße an, als steckten sie in Beton. Männer gaben ihre Leidenschaften nicht auf und änderten ihr Verhalten nicht für Frauen. Das wusste er aus eigener Erfahrung. Die Liebe hatte ihn nicht bewogen, seine Pläne zu ändern, und er bezweifelte, dass sie Glastonbury veranlassen würde, etwas aufzugeben, das ihm so viel Spaß machte wie das Boxen. Doch das würde er ihr nicht sagen. Er musste seinen Glauben daran aufgeben, dass sie enge Freunde waren und seine Meinung sie interessierte. Er sollte sich von ihr distanzieren, verflixt.

Sie betraten den Ballsaal, wo sie ihn verlassen hatten, und sofort fiel sein Blick auf den Viscount auf der gegenüberliegenden Seite. *Spektakulär.* Er stand mit Cassandras beiden Brüdern zusammen, die sich fragen würden, wo zum Teufel sie gewesen war.

»Dort drüben ist er.« Cassandra zeigte mit dem Kopf in die Richtung, in die Ruark bereits blickte.

»Ich sehe ihn. Soll ich Sie begleiten?«

Sie nahm die Hand von seinem Arm. »Es ist besser, wenn Sie das nicht tun.« Sie sah zu ihm auf, und ein Gefühl lag in ihrem Blick verborgen, ein Schimmer von Erwartung. Vielleicht. »Ich danke Ihnen nochmals für Ihre Fürsorge und Ihre ... Freundschaft. Sie sind ein guter Mann, Wexford. Für einen Iren.«

Ehe sie davonging, zwinkerte sie ihm noch einmal zu, und beinahe hätte er sie zurückgezogen. Stattdessen nahm er ein Glas von einem Tablett, das ein vorbeigehender Diener herumtrug, ohne eine Ahnung zu haben, was es war. Als er einen Schluck trank, registrierte er vage, dass es sich um einen Likörwein handelte, Marsala vielleicht.

Seine Aufmerksamkeit war ganz auf Cassandra gerichtet, die sich mit ihrer Gesellschafterin und Lady Overton zusammenschloss. Einen Augenblick später kamen ihre Brüder und Glastonbury bei den Ladys an. Sie unterhielten sich fröhlich, alle sechs lächelten oder lachten, sogar die stets ernste Miss Lancaster.

Dann bot Glastonbury Cassandra seinen Arm, und sie verließen die Gruppe. Ruark trank den Rest seines Weins in einem großen Schluck aus.

»Genießen Sie den Abend, Wexford?« Die Frage kam von Evie, die sich an ihn herangeschlichen hatte, ohne dass er es bemerkt hatte.

Aufgeschreckt wandte er sich ihr zu. »Ja, und Sie?«

»Immer. Der Club vermittelt mir stets das Gefühl, wohlig und willkommen zu sein, aber das war ja auch Luciens Absicht. Ich hoffe, es ist für alle Mitglieder so.«

Ruark fühlte sich erhitzt, aber das lag an einer Mischung aus Erregung und unterdrücktem Verlangen. Er stellte sein leeres Glas ab, als ein anderer Diener mit einem Tablett vorbeikam, und nahm sich das nächste Glas Wein.

»Ah, da kommen Lord Aldington und Lucien.«

Um einem Verhör darüber zu entkommen, wo Cassandra und er gewesen waren, verbeugte sich Ruark vor Evie. »Wenn Sie mich entschuldigen würden.« Dann drehte er sich um und schlenderte in den Garten zurück, wo er beabsichtigte, die Geheimtür zum Garten der Gentlemen zu benutzen und die Treppe hinauf zum Mitgliederrefugium zu nehmen. Dort konnte er sich entspannen und seinen Whiskey in aller Ruhe trinken.

Und er würde Cassandra mit dem Mann, den sie wahrscheinlich heiraten würde, nicht sehen müssen.

KAPITEL 9

Cassandra saß am Tisch in ihrem Wohnzimmer, an dem sie fast immer frühstückte, und nippte an ihrer heißen Schokolade. Die Tulpen von Wexford wurden langsam welk, aber sie wollte sich noch nicht von ihnen trennen.

In der Regel nahm sie das Frühstück mit Prudence ein, mit Ausnahme der Samstage, wie heute, in denen sie es allein einnahm. Wie jeden Samstag war sie früh ihren Geschäften nachgegangen , gleichwohl sie letzte Nacht bis zwei Uhr auf dem Ball geblieben waren.

Cassandra hatte Mühe gehabt, einzuschlafen, während sich die Erinnerung an die Geschehnisse im Garten mit Wexford in einer Endlosschleife in ihrem Kopf wiederholten. Immer wieder, wenn sie zu der Stelle kam, an der sie sich fast geküsst hatten, durchströmte sie die Hitze und eine Sehnsucht, die sie noch nie zuvor empfunden hatte. Sie lenkte ihre Gedanken auf den charmanten Viscount Glastonbury, doch unweigerlich musste sie immer wieder an Wexford denken.

Glastonbury, dachte sie fest entschlossen.

Nach einem entzückenden Spaziergang durch den Ballsaal am Abend zuvor, hatte Cassandra mit dem Viscount
Walzer getanzt. Er war ein begnadeter Tänzer, und sie fragte
sich, wie jemand, der sich mit solcher Anmut und Schönheit
bewegte, auch an so etwas Gewalttätigem wie Boxen
Gefallen finden konnte. Aber Wexford war ja ebenfalls ein
hervorragender Tänzer und Boxer.

Und genau das hatte sie den ganzen Abend auf dem Ball
getan – sie hatte die beiden Männer verglichen.

Endlich hatte Glastonbury ein wenig mehr von sich
erzählt. Neben seiner blumenpressenden Großtante Flora
hatte er eine weitere Großtante, Minerva, die eine produk-
tive Aquarellmalerin war. Sie malte drei Dinge: ihren Spaniel
aus Kindertagen namens Apple, ein Gewässer, auf dem ein
leeres Boot schwamm, und Feuer. Die Bilder variierten in
Größe, Farbe und Komposition. So befand sich das Boot
manchmal auf einem Teich, manchmal auf einem Fluss und
gelegentlich sogar auf dem Meer. Der Spaniel konnte auf
einem Stuhl sitzen, im Gras liegen oder vor den Stallungen
stehen. Wie seine Großtante das Feuer darstellte, hatten sie
nicht weiter besprochen und Cassandra hielt das vielleicht
für das Beste.

Glastonbury sprach mit Zuneigung und Humor von ihr.
Ihm schien viel an seiner Großfamilie zu liegen, wenn er sich
auch von ihr bedrängt fühlte. Dann hatte sie sich gefragt, wie
Wexfords Familie wohl war, denn ihr Verstand konnte es
offenbar nicht zulassen, dass einzig Glastonbury präsent
war. Er konnte sich jedoch gänzlich Wexford widmen und
beispielsweise der Frage, warum er beschlossen hatte, sie
gestern Abend nicht zu küssen, obwohl er offensichtlich
kurz davor gewesen war.

Weil er sich benahm, wie es sich für einen Gentleman gehörte.

Das war auch gut so, denn wenn sie sich in Erinnerung
rief, wie sie bei seiner Erwähnung von Blut in Ohnmacht

gefallen war, konnte sie nur erschaudern. Sie war ehrlich nicht überrascht, dass er sich von ihr distanzieren wollte, insbesondere nachdem sie ihm von ihrer Mutter erzählt hatte. Er musste sie für ein törichtes Kind halten.

Diesen Eindruck hatte er allerdings nicht erweckt. Er war freundlich, rücksichtsvoll und aufrichtig um ihr Wohlergehen besorgt gewesen.

Sie wollte es nicht bedauern, ihm alles erzählt zu haben, auch wenn sie sich fragte, warum sie sich ausgerechnet ihm anvertraut hatte, und sonst niemandem. Weder ihrem Vater noch ihren Brüdern, weder Fiona noch Prudence. Niemandem.

Ihr Vater kam durch die offene Tür in ihr Wohnzimmer und riss sie aus ihren Gedanken. »Guten Morgen«, begrüßte er sie recht freundlich. »Wie war der Ball gestern Abend?«

Sie blickte von ihrem Platz zu ihm auf. »Guten Morgen, Papa. Es war schön. Ich habe eine Promenade und einen Tanz mit Lord Glastonbury genossen.« Sie sagte nicht Walzer, da ihr Vater das wahrscheinlich missbilligen würde.

Bevor er sich weiter erkundigen konnte, fragte sie: »Vermisst du Mama?«

Sie hielt den Atem an, als ein kleiner Teil der Farbe aus seinem Gesicht wich. Er erwähnte sie nie, und Cassandra erkundigte sich auch nie nach ihr.

Schließlich sagte er unwirsch: »Ja, das tue ich. Ich ziehe es allerdings vor, nicht daran zu denken.« Sein Blick war von ihr abgeschweift und zu einem unbestimmten Punkt rechts von ihr gewandert.

Sie konnte sehen, wie schmerzhaft es für ihn war, an seine Frau zu denken. Cassandra verstand den Vorzug, der darin lag, an jemanden nicht zu denken. Wozu half das? Das würde sie weder zurückbringen, wie im Fall ihrer Mutter, noch würde es ihn in ihr Leben rufen, wie in Wexfords Fall, an den zu denken sie, trotz aller Bemühungen, nicht aufhören konnte.

Nicht, dass sie dies wirklich vergleichen könnte. Die Gedanken an ihre Mutter waren liebgewonnene Erinnerungen. Mehr war ihr nicht geblieben. Wexford war sehr lebendig. Doch sie hatte nur die Erinnerung an seine Küsse. Und jetzt konnte sie zugeben, dass sie mehr wollte.

»Wird Glastonbury dich besuchen?« Der unangenehme Augenblick war vorüber, und der Herzog hatte seine Farbe wiedergewonnen.

»Ja.«

»Wann?«

»Nächste Woche. Er hat keinen Tag genannt.«

Er runzelte die Stirn. »Nun ja. Das geht wohl noch. Gestern Abend hat mich Philip Trowley bei White's angesprochen. Er möchte dir einen Besuch abstatten.«

Cassandra schob ihren Stuhl vom Tisch zurück und sprang auf. »Mir wäre es lieber, er würde das nicht tun.«

»Was stimmte denn mit Trowley nicht?«

Außer seinem anzüglichen Blick? »Er hat Kinder, Papa, und ich würde lieber einen Mann heiraten, der keine Kinder hat.« Sie wollte nicht sofort Mutter werden. »Außerdem fühle ich mich bei ihm unbehaglich.«

»Ich verstehe. Nun, du musst dich mit deinem Mann wohlfühlen. Ich kann verstehen, wie du dich mehr zu dem gut aussehenden und charmanten Glastonbury hingezogen fühlst.«

»Charmant?« Cassandra lachte leise. »Hör dir nur zu, Papa.«

»Außerdem solltest du jemanden mit einem Titel heiraten, und Trowley hat keinen. Wenn die Dinge mit Glastonbury nicht vorankommen, habe ich an Lord Gregory Blackmore gedacht.«

»Trauert er nicht?« Sein Vater war vor etwa einem Monat

verstorben und er hatte sich aus der Gesellschaft zurückgezogen. Sein älterer Bruder allerdings, der Marquess of Witney, war diese Woche an verschiedenen Schauplätzen zugegen gewesen. Fiona und sie hatten dies gestern Abend besprochen, da Lord Gregory sie für sehr kurze Zeit umworben hatte, ehe sie festgestellt hatte, dass sie in ihren Vormund verliebt war.

»Ja, aber das wird nicht ewig dauern. Ich erwarte, dass er vor dem Ende der Saison wieder auf dem Heiratsmarkt sein wird. Es ist zu dumm, dass sein Bruder bereits verheiratet ist, denn sonst hättest du eine Marchioness sein können.«

Cassandra war überrascht, dass ihr Vater Glastonbury scheinbar abgeschrieben hatte. »Ich dachte, du wärst sehr auf den Viscount fixiert. Ich fühle mich ermuntert zu hören, dass du das nicht bist.«

Ihr Vater zog die Augenbrauen hoch. »Heißt das, du hast entschieden, dass ihr beiden nicht zusammenpasst?«

»Überhaupt nicht.« Nur, dass sie lieber mit Wexford zusammenkommen würde. Doch das würde ihr Vater niemals befürworten. Und dennoch hatte er ihr in vielen Dingen nachgegeben. Wenn sie jemanden liebte, den er nicht guthieß, würde er ihr trotzdem erlauben, ihn zu heiraten?

Es war eine sinnlose Frage, da sie niemanden liebte. Nicht einmal Wexford. Sie fühlte sich zu ihm hingezogen und war von ihm in Bann geschlagen. Das würde vorübergehen. Sie musste ihn nur dauerhafter aus ihrem Verstand tilgen.

In dem Moment kam Prudence herein, die abrupt stehen blieb. »Ich bitte um Entschuldigung. Ich werde später wiederkommen.«

»Komm herein, Pru«, forderte Cassandra sie auf. »Papa und ich haben gerade über die Veranstaltung gesprochen, und dass Glastonbury nächste Woche einen Besuch abstatten will.«

»Darauf freue ich mich«, meinte der Herzog und wandte sich zur Tür um. »Halte mich in der Zwischenzeit auf dem Laufenden, ob du heute Abend auf dem Ball wieder mit ihm tanzt.« Mit einem Nicken zu ihr und Prudence ging er hinaus.

Prudence hatte ihre Handschuhe ausgezogen und band nun ihre Haube auf. Sie legte die Haube und Handschuhe auf einen Stuhl, ehe sie zu Cassandra an den Tisch kam.

Cassandra, die sich wieder auf ihren Stuhl setzte, schenkte eine Tasse Schokolade für Prudence ein. »Papa sagt, Trowley hätte darum gebeten, mir heute einen Besuch abzustatten.« Mit einem Schauder setzte sie sich auf ihrem Stuhl zurück und zog ein Gesicht.

»Wie bedauerlich.«

»Gott sei Dank, hat Papa meine Vorbehalte verstanden. Er sagte, er könnte verstehen, warum ich Glastonbury vorziehen würde. Er hat ihn tatsächlich als *charmant* bezeichnet. Kannst du dir das vorstellen?« Sie kicherte.

Prudence lächelte, ehe sie an ihrer Schokolode nippte. »Nun, das ist er. Hast du dem Herzog erzählt, dass ihr Walzer getanzt habt?«

»Himmel, nein. Er wäre entsetzt, selbst wenn es mit dem Gentleman wäre, mit dem er mich so gern verheiraten möchte.« Cassandra schürzte die Lippen. »Oder nicht. In Bezug auf den Herzog meinte er heute, wenn die Dinge nicht vorankämen, sei er für andere Möglichkeiten offen. Dabei erwähnte er Lord Gregory Blackmore.«

»Aber er ist in Trauer.«

»Papa glaubt, dass er bald wieder auf dem Heiratsmarkt ist. Ich kann mir eine Brautwerbung mit ihm nicht vorstellen. Nicht, nachdem er meiner besten Freundin den Hof gemacht hatte.«

»Ja, das würde ein bisschen merkwürdig sein. Aber andererseits flirtest du auch mit dem besten Freund deines

Bruders.« Prudence schaute zu den Tulpen hinüber, ehe sie ihr einen fragenden Blick zuwarf.

»Hast du eine Frage?«

»Du warst gestern Abend für einige Zeit mit ihm im Garten. Ich gebe zu, dass ich irgendwann aus dem Fenster geschaut habe und dich nicht sehen konnte.«

Cassandra, die amüsiert ein halbes Lächeln aufgesetzt hatte, zog eine Augenbraue hoch. »Tatsächlich?«

»Als deine Gesellschafterin ist es meine Aufgabe, dafür zu sorgen, dass du die Regeln der Gesellschaft verfolgst.« Prudence schaute auf ihre Tasse hinab. »Ich erkenne, dass ich nicht immer Erfolg damit habe und entschuldige mich dafür.«

»Es besteht keine Notwendigkeit für eine Entschuldigung. Du bist eine ausgezeichnete Gesellschafterin, Pru. Ich war gestern Abend so lange draußen, weil ich, ähm, ohnmächtig geworden bin. Kurz.«

Prudence´ Blick aus den hellen Augen fuhr zu Cassandra herum. »Was ist passiert? Warum hast du nichts gesagt? Wir hätten direkt in den Ruheraum gehen sollen. Ich bin eine schreckliche Gesellschafterin.«

»Nun, du kannst keine Gedanken lesen, oder?« Cassandra lachte. »Hör bitte auf zu glauben, du seist nicht wundervoll. Wexford hat mir über das Boxen erzählt – Glastonbury ist Boxer – und er hat Blut erwähnt.« Aller Humor verflog, als Cassandra den inneren Aufruhr herunterschluckte, der in ihrer Kehle aufstieg. »Ich, ähm, kann den Anblick von Blut nicht ertragen und offensichtlich kann auch schon die Erwähnung eine ähnliche unwohle Reaktion herbeiführen.«

Prudence schaute sie mitfühlend an. »Ich hatte keine Ahnung. Das ist schrecklich. Was ist passiert, als du in Ohnmacht gefallen bist?«

»Lord Wexford hat mich zu einer Bank getragen – das

habe ich wahrgenommen. Es war nicht sehr gut beleuchtet, weshalb du uns wahrscheinlich nicht sehen konntest. Als ich mich besser gefühlt habe, sind wir wieder hereingekommen.«

»Ich bin froh, dass du nicht gestürzt bist. Du hättest dich verletzen können.«

Cassandra konnte sich nicht vorstellen, dass Wexford dies zugelassen hätte. Er hatte sich in jeder Hinsicht heroisch verhalten. Deshalb war sie sogar noch mehr von ihm besessen, wie sie erkannte. Jetzt konnte sie noch heroisch zu der ohnehin schon recht langen Liste von Attributen hinzufügen: charmant, gut aussehend, geistreich, fürsorglich, rücksichtsvoll, gütig … *halt!*

»Mir hat nichts gefehlt«, versicherte Cassandra ihr.

»Du hast zweifelsfrei normal gewirkt, als du wieder hereingekommen bist. Ich hätte nie geglaubt, dass so etwas passiert ist, als ich dich anschließend mit Glastonbury habe promenieren sehen. Tatsächlich hattest du den Anschein erweckt, als ob du eine wunderbare Zeit hast. Glaubst du, ihr passt zusammen?«

»Ich weiß es immer noch nicht.« Weil Wexford so viel Raum in ihrem Gehirn einnahm!

Prudence zog kurz eine Grimmasse. »Wenn er bei seinem Besuch diese Woche in Verhandlung mit dem Herzog tritt, könntest du dich auf einem Weg befinden, der nur in eine Richtung führt.«

»Eine Heirat mit Glastonbury.« Cassandra dachte darüber nach. »Warum muss das alles so rasch vonstattengehen? Kann ich nicht eine schöne, lange Brautwerbung haben? Es sind noch gut zwei Monate – oder mehr – von der Saison übrig.«

»Ich denke nicht, dass dies unvernünftig ist.«

»Ich auch nicht.« Cassandra nahm sich ein Brötchen aus dem Korb und knabberte an einer Ecke.

Wenn sie Glastonbury das nächste Mal sah, was vielleicht heute Abend wäre, würde sie ihren Wunsch für eine ausgiebige Brautwerbung zum Ausdruck bringen – auf indirekte Weise natürlich. Sie wollte ihm nicht die Vorstellung vermitteln, dass ihre Verbindung unausweichlich sei.

Nicht, wenn sie immer wieder daran dachte, sich von jemand anderem hofieren zu lassen.

～

Fred, der Besitzer des Black Boar, fing Ruark ab, als er aus dem Umkleideraum trat. »Mir ist zu Ohren gekommen, dass du in meinem Preiskampf antreten willst.« Er sprach mit leiser Stimme, die tief und heiser war.

Mort musste mit ihm geredet haben. Ruark nickte. »Ich bin interessiert.«

»Du kannst in dem früheren antreten.«

Überrascht fragte Ruark: »Wer ist der Gegner?«

»Abe Garnham. Bist du dafür bereit?«

Ruark kannte den Boxer, aber er hatte noch nicht gegen ihn gekämpft. Garnham, der ein paar Jahre älter als Ruark war, hatte mehrere eindrucksvolle Kämpfe gewonnen. Er würde eine Menschenmenge anziehen, sobald das Datum näher rückte. »Das wird dir eine Menge Geld einbringen.«

Fred grunzte zur Antwort. »Der Gewinner bekommt vier Prozent vom Eintrittsgeld.«

Es würde sogar noch mehr Geld von den Wetten eingehen. Aber Ruark ging es nicht ums Geld. *Warum* tat er das?

Ihm war an einer Herausforderung gelegen.

Oder vielleicht lag es daran, dass sein Vater Boxer in Irland gewesen war.

»Sicher. Ich werde für dich kämpfen. Was hat zu der Veranstaltung geführt?« Soweit Ruark wusste, hatte Fred so etwas noch nie zuvor ausgerichtet.

Fred starrte ihn einen Augenblick an. »Der Kampf findet in weniger als zwei Wochen statt.«

»Du kannst mir das genaue Datum nicht sagen?«

»Ich kann diese Information, wann oder wo er stattfindet, noch nicht publik machen – aber nicht in London.«

Ruark nickte verstehend. »Ich erwarte, dass du es mir sagst, sobald du kannst.«

»Ich werde dich den Gefährlichen Iren nennen, denke ich.« Fred ging Ruark in den Boxbereich voraus.

Ruark strebte auf einen der vier Ringe zu, wo der mit Mort trainierte. »Es ist erstaunlich, dass Fred und du Cousins seid.« Fred mangelte es an Morts Charme und Herzlichkeit.

Mort schmunzelte. »Fred musste sieben jüngere Geschwister bei der Stange halten. Das hat ihn griesgrämig gemacht.«

»So eine Untertreibung«, murmelte Ruark. »Wusstest du, dass er Pläne hat, mich den Gefährlichen Iren zu nennen?«

»Das war meine Idee«, entgegnete Mort grinsend. »Ich bin froh, dass es dir gefällt.«

Ruark verdrehte die Augen und lachte. »Ich werde mein Bestes tun, um gefährlich zu wirken.«

»Bah, das könntest du nicht, wenn ein Straßendieb dich mit vorgehaltenem Messer bedrohte.«

»Wie kannst du das wissen?« Nie hatte sich Ruark in dieser Situation befunden. »Ich kann durchaus furchterregend sein, wenn ich bedroht werde – oder wenn jemand, an dem mir liegt, in Gefahr ist.«

»Ach, genau das ist vonnöten. Wenn eine deiner Ladys in Gefahr wäre. Was ist mit der derzeitigen?«

»Es gibt keine derzeitige.« Ruark schritt in die Ringmitte und schüttelte seine Schultern locker. »Sparren wir oder plaudern wir?«

Mort bewegte sich so, dass er Ruark gegenüberstand. Sie

nahmen ihre Positionen ein und Mort verkündete, dass sie anfangen würden.

Zuerst gab Ruark im Ring den Ton an und erwischte Mort mit einigen gut platzierten Geraden in die Seiten und Schultern. Mort gelang ebenfalls ein Treffer auf Ruarks Brust.

Warum erkundigte er sich beharrlich nach einer Frau?

Weil es eine Frau *gab*.

Mort landete einen zweiten Treffer gegen Ruarks Arm. Mit einer aggressiven Folge von Schlägen trieb Ruark sein Gegenüber zurück.

Es *gab keine* Frau. Nicht wirklich. Er hatte sie gestern Abend aus seinen Gedanken getilgt.

Ist sie jetzt nicht in deinen Gedanken?

Der Schlag traf Ruark hart in die Seite und brachte ihn ins Schwanken. Er verlor den Bodenkontakt und stolperte zur Seite.

Dann verdoppelte er seine Bemühungen, klärte seine Gedanken und biss die Zähne zusammen. Er machte einen Satz vorwärts und wollte Morts Brust mit einer Geraden treffen, um dann festzustellen, dass der Trainer seinem Schlag perfekt auswich.

Als ob es so einfach wäre.

Die Stimme in Ruarks Kopf gehörte ihr. Sie neckte und lockte ihn während ihre Lippen sich zu einem verführerischen Lächeln formten.

Mort traf ihn erneut – mit voller Wucht – in den Magen. Ruark grunzte, als er rückwärts taumelte.

»Du kannst in Freds Preiskampf nicht antreten, wenn du dermaßen abgelenkt bist.« Mort blieb stehen und auf seiner Stirn zeigten sich Furchen, als er den Mund zu einem enttäuschten Strich zusammenpresste.

Ruark legte die Hände an die Hüften und atmete schwer. Nein, das konnte er nicht. Augenscheinlich hatte er

Cassandra nicht aus seinen Gedanken verbannt. Aber das würde er noch. Er brauchte immer Zeit, wenn er über … solche Dinge hinwegkommen musste.

»Wird das ein Problem darstellen?«, fragte Mort. »Der Kampf ist am achtzehnten.«

Himmel. Wie konnte er über Cassandra hinwegkommen, wenn er nicht einmal zugeben wollte, was er für sie empfand?

Nein, er fühlte nicht das Gleiche. Das würde er nicht. Das konnte er nicht. Sie war Luciens Schwester.

Das war es. Er hatte sich zurückgehalten, anstatt der Emotion zu erlauben, über ihn hinweg zu spülen. Er war in diesen Kuss gestolpert und hatte seither jeden Augenblick damit verbracht, sie von sich fernzuhalten.

»Hast du überlegt, diese hier zu erobern?«, fragte Mort leise. »Oder ist sie nicht jemand, den du heiraten kannst?«

Mit einundzwanzig hatte er sich in seine erste Mätresse verliebt. Selbst wenn er sie hätte heiraten wollen, hätte er sie nicht zur Frau nehmen können. Das hatte ihn jedoch nicht davon abgehalten, sich wie ein liebeskranker Idiot zu benehmen – die Warnungen seines Vaters waren sehr akkurat gewesen.

Cassandra war allerdings keine Kurtisane. Er *konnte* sie heiraten. Außer zwei kritischen Einzelheiten, die es unmöglich machten: Sie war die Schwester seines besten Freundes und ihr Vater hatte ihm verboten, ihr den Hof zu machen.

»Nein, das ist sie nicht«, bestätigte Ruark. »Ich würde es zu schätzen wissen, wenn du Abstand davon nimmst, sie zu erwähnen, oder nach ihr zu fragen. Ich gebe mir alle Mühe, um sie mir aus dem Kopf zu schlagen.«

»Verzeihung.« Mort senkte den Kopf. »Bist du sicher, dass es keine Möglichkeit gibt, die Sache voranzubringen?«

»Keine.« Ruark holte tief Luft und straffte die Schultern. »Können wir es jetzt noch einmal versuchen?«

Mort schüttelte seine Hände aus. »Wann immer du sagst.«

Trotz seiner besten Bemühungen war Ruark nicht imstande, sich richtig zu konzentrieren und sie beendeten die Trainingseinheit frühzeitig. Mort ermunterte ihn, sich von dem Preiskampf zurückzuziehen, wenn er sich innerhalb der nächsten Tage nicht in den Griff bekäme. Es sei denn, es kümmerte ihn nicht, Prügel von Garnham einzustecken.

Ruark verließ den Club steifen Schrittes und sein Inneres rumorte vor Anspannung. Er wollte sich nicht zurückziehen, aber er glaubte auch nicht, sich Cassandra vor dem Kampf aus dem Kopf schlagen zu können.

Er musste einfach eine Möglichkeit finden, damit klarzukommen. Wenn er sie nur nicht so sehr begehren würde. Gestern Abend, als sie ihm ihre Gefühle offenbart hatte, und den Schmerz über den Verlust ihrer Mutter, hatte er nichts mehr gewollt, als sie an sich zu drücken und nie wieder loszulassen.

Als er auf Mayfair zuschlenderte, da er zu aufgewühlt war, um eine Droschke anzuhalten, verfluchte er seine Natur. Warum war er so? Sein Vater schien gewusst zu haben, wie er werden würde. Warum sonst hätte er Ruark schwören lassen, bis zum dreißigsten Lebensjahr unverheiratet zu bleiben? Weil sein Vater genauso gewesen war. Rasch hatte er sich verliebt – in Ruarks Mutter. Allerdings hatte er sie geheiratet und schien es später zu bereuen. Er hatte sich, wie Ruark annahm, *ent*liebt. Die Tatsache, dass Ruark sich an die beiden nur streitend erinnern konnte, schien diese Theorie zu unterstützen.

Ruark hatte seine Mutter nie danach gefragt. Warum sollte er eine möglicherweise schmerzvolle Vergangenheit wieder aufleben lassen, um diese Vermutung zu bestätigen?

Allerdings würde sie in wenigen Tagen hier sein und er *könnte* sie fragen.

Vielleicht konnte sie ihm erklären, warum er so war. Warum es so verdammt leicht für ihn war, sein Herz zu verlieren.

Wie würde er dann wissen, wann es an der Zeit wäre, es der richtigen Person zu schenken?

KAPITEL 10

»*N*och einmal danke für den Anhänger, Vater.«
Cassandra berührte die aus Granaten gefertigte Blume, die an einer funkelnden Goldkette hing. Er hatte ihr das Geschenk vorhin anlässlich der Feier zur Vollendung ihres zweiundzwanzigsten Lebensjahres geschenkt. Sie hatte sich entschieden ein elfenbeinfarbenes Kleid mit scharlachroten Verzierungen zu tragen, damit die roten Akzente mit den Granaten harmonieren würden.

Er schenkte ihr ein seltenes Lächeln, während er neben ihr saß. »Gern geschehen, meine Liebe. Er sieht wunderbar an dir aus.«

Die Kutsche blieb vor Constantines und Sabrinas Haus stehen und ein Diener kam herbei, um die Tür zu öffnen und Cassandra beim Aussteigen behilflich zu sein. Der Herzog folgte und dann half der Diener Prudence auf den Bürgersteig.

»Ich gebe zu, dass ich von der Einladung deines Bruders zum Dinner überrascht bin«, stellte der Herzog fest.

»In letzter Zeit ist er ein ganz anderer Mensch«, entgegnete Cassandra. »Er ist glücklicher als ich ihn je zuvor gekannt habe.«

Sie traten gerade in das Foyer und ihr Vater antwortete nicht darauf. Ein Diener nahm ihren Umhang und auch den von Prudence, und wie der Blitz schoss ein weißes Fellbündel vorbei, das gleich darauf von einem grauen verfolgt wurde.

Cassandra lächelte. »Das muss das neue Kätzchen sein, das Grayson dort verfolgt.«

»Verdammter Unfug«, murmelte ihr Vater.

Cassandra warf ihm einen ungeduldigen Blick zu und stemmte die Hand in die Hüfte. »Es ist nicht anders als deine Hunde auf Woodbreak.«

»Das sind Jagdhunde – sie verdienen ihren Unterhalt.«

»Ich bin sicher, dass Grayson und sein neuer Freund es ebenso halten. Ich vermute, dass keine Mäuse mehr in der Küche oder der Vorratskammer zu finden sind.«

Als ihr Vater daraufhin etwas Unverständliches brummte, rauschte Sabrina mit einem strahlenden Lächeln ins Foyer.

»Herzlichen Glückwunsch zum Geburtstag, Cassandra! Komm in den Salon. Constantine schenkt für diesen Anlass einen ausgezeichneten Sherry ein.«

Sie folgten Sabrina in den Salon und in dem Moment, als sie die Schwelle erreichten, war ein lautstarker Chor von »Überraschung!« zu hören. Darauf folgten mehrere Geburtstagswünsche und viel Gelächter.

Cassandra sorgte sich, dass ihr die Kinnlade vielleicht offen stehen könnte. Dies war vollkommen unerwartet. Ihr Blick schweifte zu Sabrina, die neben ihrem Ehemann stand. Cassandra hatte ihn noch nie mit so einem breiten, fröhlichen Grinsen erlebt. Ihr wurde die Kehle eng. Das war für sie.

Blinzelnd ließ sie den Blick über die anderen Gäste schweifen. – Lucien natürlich, und Fiona mit Overton. Aber auch Luciens Freunde Dougal MacNair, Mrs. Renshaw, die Cassandra sehr mochte, und zu ihrer vollkommenen Überraschung und Freude, Wexford.

Oh, du liebe Güte. *Wexford.*

Sie schaute zu ihrem Vater, um zu sehen, ob er es bemerkt hatte, aber der Herzog stand mit hinter dem Rücken verschränkten Händen auf der anderen Seite neben Prudence. Cassandra beugte sich zu ihrer Gesellschafterin. »Hast du davon gewusst?«

»Freilich. Ist das nicht entzückend? Es war Luciens Einfall.« Manchmal vergaß Cassandra, dass Prudence Lucien bereits vor Monaten kennengelernt hatte und er der Grund war, warum sie von Overton als Fionas Gesellschafterin eingestellt worden war. Prudence war einer der zahlreichen Menschen, denen ihr Bruder geholfen hatte.

»Es ist entzückend«, murmelte Cassandra, deren Blick zu Wexford schweifte, welcher ihn erwiderte. Sie flatterte innerlich und ihr Puls wurde schneller.

Fiona eilte zu Cassandra und umarmte sie. Dann trat sie zurück und bewunderte den Anhänger um Cassandras Hals. »Ist der neu?«

»Ja, mein Vater hat ihn mir geschenkt.« Sie sah zu der Stelle, wo er in einer Unterhaltung mit Constantine stand. Sie bemerkte auch den finsteren Blick, den er Wexford zuwarf.

»Er ist wunderschön.« Fiona schaute in die Richtung von Cassandras Aufmerksamkeit. »Stimmt etwas nicht?«

»Ich bin nur wachsam, um sicherzustellen, dass Vater nicht irgendetwas unausstehliches in Bezug auf Wexford unternimmt.«

Lucien war auf sie zu gekommen und hatte gehört, was sie gesagt hatte. Nachdem er sie umarmt und auf die Wange geküsst hatte, schaute er ebenfalls in Richtung ihres Vaters.

»Er wird sich benehmen. Vorher hatte er noch nie irgendwelche Probleme mit Wex.«

»Nein, erst seit er mir den vorgetäuschten Besuch abgestattet hat.« Cassandra schüttelte den Kopf. »Ich hätte ihn
nie bitten sollen, das zu tun.« Aus *so* vielen Gründen.

»Er wird es vergessen«, meinte Lucien zuversichtlich.

»Vielleicht nachdem ich geheiratet habe. Jedenfalls sollte
es nichts ausmachen. Er war unverhohlen rüde und das ohne
guten Grund. Er hat kein Recht, Wexford zu verurteilen oder
mangelhaft zu finden.«

Ein leichtes Stirnrunzeln zog sich über Fionas Züge. »Er
weiß, dass Wexford keine Pläne hat, dir den Hof zu machen,
nicht wahr?«

»Das wurde ihm gesagt, aber das heißt nicht, dass er nicht
denkt, was immer er will.« Cassandra fasste die Hand ihres
Bruders. »Komm, Lu, beruhigen wir ihn.« Aus welchem
Grund auch immer, wollte sie nicht dass er Wexford schlecht
behandelte. Das hatte Wexford nicht verdient. Außerdem
war es einfach falsch von ihrem Vater, sich so zu benehmen.

Als sie weiter auf den Herzog zugingen, blieben sie kurz
stehen, um mit Mr. MacNair und Mrs. Renshaw zu reden,
die Cassandra beide zum Geburtstag gratulierten. Sabrina
gesellte sich just in dem Moment zu Cassandra und Lucien,
als sie den Herzog und Constantine erreichten.

»Herzlichen Glückwunsch, Schwester.« Constantine
küsste sie auf die Wange und lächelte herzlich. Ja, er hatte
sich sehr verändert. Und zum Besseren. Es war schwer, auch
nur einen Blick auf die überaus reservierte Person zu erha-
schen, die er so lange gewesen war, wie sie sich erinnern
konnte.

»Papa, ich bin gekommen, um sicherzustellen, dass du
freundlich zu Lord Wexford sein wirst. Er wirbt nicht um
mich und hat auch keine Absichten, das zu tun. Wir sind

einfach Freunde – als Erweiterung seiner Freundschaft mit Lucien.«

»Das sagst du«, meinte der Herzog, ehe er an seinem Sherry nippte. »Aber wer kann schon sagen, was er im Schilde führt?«

»Er ist kein Schurke mit einem üblen Plan, mich nach Gretna Green zu entführen.« Cassandra versuchte, ihn nicht wütend anzustarren. »Versprich mir nur, dass du meinen Geburtstag nicht ruinieren wirst.«

»Ich bitte um Entschuldigung, aber ich konnte nicht verhindern, meinen Namen zu hören.«

Beim Klang von Wexfords Irischem Tonfall drehte Cassandra den Kopf und sah ihn hinter ihr herankommen. Wieder beschleunigte sich ihr Puls und ihr Magen schlug einen Salto.

Wexford lächelte Cassandra funkelnd an, ehe er eine wunderschöne Verbeugung vollführte. »Darf ich Ihnen einen sehr glücklichen Geburtstag wünschen, Lady Cassandra?«

»Danke, Mylord.« Wie sie sich wünschte, er hätte ihre Hand genommen, während sie auch die vielen Gründe verstand, warum er das nicht getan hatte.

»Dann lass uns das klarstellen«, meinte der Herzog und schreckte Cassandra aus ihrer Schwärmerei auf. »Cassandra erzählt mir, dass Sie kein Interesse haben, ihr den Hof zu machen. Ich gehe davon aus, dass ich Sie erfolgreich verwarnt habe?«

Cassandra sog die Luft ein und starrte ihren Vater an.

Schmunzelnd schüttelte Wexford den Kopf. »Überhaupt nicht. Seien Sie versichert Euer Gnaden, wenn ich Cassandra den Hof machen wollte, würde ich das tun. Wir haben allerdings – zusammen – entschieden, dass wir nicht zusammenpassen. Ihre Tochter ist eine intelligente und kluge junge Frau. Sie sollten ihr zugestehen, dass sie es verdient hat, sich ihre Bewerber selbst auszusuchen und schon gar einen Ehemann.«

Lucien gab ein Geräusch von sich und wandte den Kopf ab. Die Form seiner Lippen verriet, dass er versuchte, nicht zu lachen.

Constantine nickte Wexford zu. »Das hätte ich nicht besser ausdrücken können.«

Das reichte Cassandra nicht. Und da es ihr Geburtstag war, fühlte sie sich mutig genug, um das zu bitten, was sie sich wünschte. »Ich denke, du schuldest Lord Wexford eine Entschuldigung für neulich, als er mich besucht hat, Papa.«

Es blitzte in den dunklen Augen des Herzogs und alle verstummten. Sabrina packte ihren Ehemann am Arm und Cassandra tat es leid, sie nervös gemacht zu haben. In gewissen Situationen litt sie unter Angstzuständen und ihr Schwiegervater unternahm nichts, um diese Befürchtungen zu zerstreuen. In Wahrheit verstärkte er sie oft noch.

»Ich glaube nicht, dass Wexford eine Entschuldigung benötigt.« Ihr Vater hatte den Blick mit Wexford verhaftet.

»Er versteht solcherlei Dinge.« Mit einem schwachen Lächeln drehte er sich zu Cassandra. Ein Lächeln? »Wenn du mich jetzt entschuldigen möchtest, meine Liebe. Ich denke, das Fest wird lebhafter, wenn ich mich verabschiede. Es ist am besten, euch junge Leute unter sich zu lassen.« Er sah zu Constantine und Sabrina und ein merkwürdiger, fast liebevoller Ausdruck trat in seine Augen, als er seinen Sherry austrank. Constantine nahm sein leeres Glas.

Ehe Cassandra überlegt hatte, was sie sagen sollte, hatte er sich herabgebeugt und sie auf die Wange geküsst. »Einen schönen Geburtstag meine Liebe.« Er sah zu Constantine. »Du wirst sie mit Miss Lancaster in deiner Kutsche nach Hause bringen?«

»Ich kann sie absetzen«, bot Lucien an, über dessen Gesicht ein verwirrter Blick huschte.

»Sehr gut.« Dann drehte er sich um und ging.

Cassandra drehte sich sofort zu Wexford. »Bitte nehmen Sie meine Entschuldigung anstelle von seiner an.«

»Das ist nicht notwendig.« Seine lebhaften blauen Augen blickten in die ihren und fachten ihre bereits vorhandene Sehnsucht nach ihm an. Aber da war noch mehr – sie beide teilten etwas. Es war nicht nur die Verbindung durch den Vorfall. Es gab eine Vertrautheit. Sie wusste, wie er aussah, wenn er verschiedene Mienen aufsetzte, wie er roch, und sie kannte die Geräusche, die er machte, wenn er amüsiert, interessiert oder … erregt war.

»Werdet ihr mich für einen Augenblick entschuldigen?«, bat Constantine und übergab seines Vaters Sherryglas an Sabrina.

Sie nickte. »Gewiss.«

Constantine sah zu Lucien, der Cassandra sanft am Arm berührte. »Komm mit uns in Cons Arbeitszimmer.«

Überrascht begleitete Cassandra ihre Brüder in den angrenzenden Raum, wo Con die Tür zumachte. »Beachte Vater nicht«, sagte Con, der um sie herum auf seinen Schreibtisch zuging, von dem er eine Schachtel mit einem Band nahm und sie Cassandra überreichte.

Lucien trat zu ihr und schaute sie an. »Das ist von uns beiden.«

»Oh. Wie … zauberhaft.« Und unerwartet. Sie war nicht sicher, ob die beiden ihr nach ihrem, wievielten – zwölften? – Geburtstag je ein Geburtstagsgeschenk gemacht hatten.

Sie schnürte das Band auf und stellte die Schachtel auf Constantines Schreibtisch, um sie zu öffnen. In Samt gebettet, lag dort eine Miniatur von ihr selbst und ihrer Mutter. Die Tränen traten Cassandra in die Augen, und sie musste blinzeln, weil sie nicht durch den feuchten Schleier schauen konnte.

Als ihre Sicht sich klärte, nahm sie das Portrait

vorsichtig aus der Schachtel und studierte das Gemälde. Sie
saß darauf im Profil mit ihrer Mutter, die sie bewundernd
anblickte. Das Erstaunliche war, dass Cassandra aussah,
wie sie jetzt aussah – eine erwachsene Frau. Und ihre
Mutter sah genauso aus, aber anders. »Glaubst du, sie
würde jetzt so aussehen?« Ihre Stimme war klein und unsicher. Es war die Stimme eines Kindes, das seine Mutter
verloren hatte.

Constantine hüstelte. »Das war die Absicht, ja.«

Es gab nur ein paar Gemälde von Cassandra mit ihrer
Mutter – nur mit ihnen beiden. Aber es gab jedoch mehr als
doppelt so viele von ihr mit ihren Söhnen. Und sie beide
hatten Miniaturen mit ihr bekommen, als sie zehn waren.
Das hatte Cassandra nicht, denn als sie dieses Alter erreichte,
war ihre Mutter bereits verstorben.

Lucien trat näher. »Es bringt sie nicht zurück, aber wir
dachten, dass du gern etwas von ihr und dir haben möchtest.
Wir alle haben sie verloren, aber Con und ich hatten sie so
viel länger.«

»Ich weiß nicht, was ich sagen soll.« Sie schaute zu den
beiden auf. »Wie habt ihr das gemacht?«

»Die Frau, welche die großen Gemälde in den Foyers des
Phönix Clubs gemalt hat, ist eine einzigartige Künstlerin«,
antwortete Lucien. »Sie hat eine Serie von Gemälden ihrer
eigenen Mutter, die sie in der Kindheit verloren hatte, auf
dem sie sie alternd darstellt. Jedes Jahr malt sie ein neues
Portrait, wie sie sich das Aussehen ihrer Mutter vorstellt. Das
hat mich auf die Idee gebracht.«

Cassandra konnte nicht aufhören, die Miniatur anzuschauen. »Es ist verblüffend. Ich danke euch beiden. So
sehr.« Eine Träne löste sich aus ihrem Auge und tropfte auf
das Gemälde. Sie keuchte.

Constantine eilte an ihre Seite. »Es ist schon gut. Du
wirst es nicht ruinieren.«

Sie legte den Deckel auf die Schachtel zurück. »Das ist das schönste Geschenk, das ich je erhalten habe.«

»Das freut mich.« Constantine berührte sie am Arm. »Es kann die Jahre nicht wiedergutmachen, während derer ich ein lausiger Bruder gewesen bin, aber mein Versprechen an dich ist, dass ich mich bessern will.«

»Ich weiß, dass es auch für dich schwer gewesen war, sie zu verlieren.« Ihr ging auf, dass er mehr gelächelt und gelacht hatte, als sie noch ein Kind gewesen war. Ehe ihre Mutter gestorben war.

Sein Lächeln zur Antwort war traurig. »Ich habe mir selbst lange Zeit Vorwürfe gemacht, und vielleicht werde ich das auch immer tun. Wenn ich nicht im Internat gewesen wäre, hätte ich vielleicht verhindern können, was passiert ist. Dieser verdammte Arzt –« Er verstummte und lenkte den Blick weg, ehe er seine Hand von ihrem Arm sinken ließ. »Entschuldigung.«

»Genug davon«, gebot Lucien. »Keiner von uns hätte irgendetwas tun können. Sie war krank und Vater hatte, seinen Unzulänglichkeiten zum Trotz, versucht, ihr die beste Pflege zukommen zu lassen.«

Cassandra fing an zu zittern. Es war unmöglich, diese Unterhaltung zu führen, und nicht an den Arzt zu denken, der sie zur Ader gelassen hatte. Und die Gedanken daran, nun … Plötzlich wünschte sie sich Wexfords tröstende Arme. Er verstand ihre Angst und konnte ihren Schmerz lindern.

Glücklicherweise lenkte Constantine die Unterhaltung in eine andere Richtung. »Und nichts davon entschuldigt meine Selbstbezogenheit und generelle Arroganz. Ich hatte einen Wall um mich aufgerichtet, der so hoch war, dass ich nicht darüber hinwegsehen konnte, einmal ganz abgesehen davon, euch zu erlauben, mich zu sehen.«

»Sabrina war solch ein Segen für dich«, meinte Cassandra.

»Liebe kann alles verändern«, entgegnete er sanft. »Wenn du es zulässt.« Er sah zu Lucien, der blinzelte und die Hände emporhielt.

»Was?« Lucien schaute zwischen den beiden hin und her. »Ich liebe euch beide.«

Cassandra stieß ein heiteres Lachen aus und sah zu Constantine zurück, der nur sanft lächelnd mit dem Kopf schüttelte.

Lucien schaute sie ernst an. »Wir versprechen, bessere Brüder zu sein, und dazu gehört auch, Vater nicht zu erlauben, deinen Ehemann auszusuchen.«

»Ja, stimmte Constantine zu. »Wenn du Wexford heiraten willst, sorgen wir dafür, dass du das könntest.«

»Ähm, nein.« Lucien ließ seinen Mund zuschnappen. Es war, als ob er nicht imstande gewesen wäre, an sich zu halten.

Constantine drehte den Kopf zu Lucien. »Ich verstehe deinen Einwand nicht.«

»Er ist nur … noch nicht bereit zu heiraten. Er hat eine Regel, dass er nicht heiraten wird, bis er dreißig ist.«

»Tatsächlich?« Das hatte Cassandra nicht gewusst. Was war der Sinn dieser Regel? Sie hatte so viele Fragen und sie überlegte bereits, wie sie die Antworten finden könnte.

»Ja. Offenbar.« Lucien verlagerte unbehaglich das Gewicht, was Bände sprach, weil er fast immer gelassen wirkte. Es war wirklich beunruhigend.

»Weißt du, warum?«, fragte Cassandra.

Lucien zog eine Schulter hoch. »Nur dass er bis dahin nicht glaubt, zu wissen was er will. Jedenfalls macht er dir nicht den Hof. Glastonbury jedoch schon, nicht wahr?«

»Das nehme ich an. Verhalten«, fügte sie hinzu. »Er hat angedeutet, dass er diese Woche wieder zu Besuch kommen würde.«

»Wexford ist klug, wenn er sich erst kennen will«, meinte

Constantine. »Heirate niemanden, weil du glaubst, du müsstest.«

»Es ist alles gut für dich geworden«, stellte Cassandra fest. »Sabrina und du, ihr scheint jetzt sehr glücklich.«

»*Jetzt.*« Constantines haselnussbraune Augen, die denen ihrer Mutter so ähnlich waren, kräuselten sich an den Seiten. »Es war allerdings nicht leicht. Der eigentliche Schlüssel liegt darin, dass man über seine Gefühle und Erwartungen ehrlich ist. Wenn du mitteilst, was du dir erhoffst, wird man viel besser miteinander auskommen.«

Das war alles schön und gut, wenn man wusste, was man wollte. Cassandra war nicht sicher, ob sie das tat, abgesehen davon, dass sie Wexford wieder küssen wollte. Dann würde sie vielleicht *wissen* ...

Lucien zeigte zur Tür. »Wir sollten zur Feier zurückkehren.«

»Ja.« Cassandra holte tief Luft. »Ich danke euch so sehr für das Geschenk. Ich werde es in Ehren halten – und euch beide.«

Sie umarmte ihre Brüder fest, erst Constantine und dann Lucien. »Ach, ich wünsche mir noch eine Sache zu meinem Geburtstag.«

»Heraus mit der Sprache«, ermunterte Constantine sie.

»Ich möchte nach dem Abendessen Verstecken spielen.«

Lucien brach in schallendes Gelächter aus. »Ist das die Strafe für die vielen Male, die wir uns geweigert hatten, mit dir zu spielen, als wir sagten, wir seien zu alt, um solche Spiele zu spielen?«

»Ja.« Sie schaute sie aus schmalen Augen an. »Das schuldet ihr mir.«

»Sie wird ihre Schulden lange Zeit eintreiben«, meinte Constantine mit einem Schmunzeln. »Und wir werden sie begleichen.«

Ausgezeichnet. Jetzt wusste sie genau, wie sie Wexford

allein erwischen würde, damit sie ihn nach seiner Regel mit
den dreißig Jahren fragen konnte.

*Warum liegt dir etwas daran? Es ist nicht so, als wolltest du ihn
heiraten.*

Tatsächlich nicht?

~

*D*as Dinner war eine unterhaltsame, lärmende
Angelegenheit, bei der alle kreuz und quer über
den Tisch sprachen. Cassandras Wangen schmerzten vor
Lachen. Der einzige Wehrmutstropfen war, dass Wexford
viel zu weit entfernt saß. Während sie links neben Constantine gesessen hatte, war Wexford an Sabrinas linker Seite
platziert worden, die ihrem Mann am anderen Ende des
Tisches gegenübersaß.

Dennoch hatte sie viele heimliche Blicke in seine Rich-
tung geschickt und ihn dabei erwischt, wie er es ihr gleichtat.
Nun, nach mehreren Gläsern Wein, hatte sie sich mit den
Ladys in den Salon zurückgezogen.

»Ich hoffe doch, dass sie nicht zu lange brauchen«,
meinte Cassandra und schaute dabei zum Speisezimmer
hinüber, in dem die Gentlemen geblieben waren. »Ich kann
es kaum erwarten, mit unserem Versteckspiel anzufangen.«

Mrs. Renshaw saß mit Cassandra auf einem kleinen Sofa.
»Ich bin ganz begeistert, dass Sie erbeten haben zu spielen.«
Ihre Augen funkelten vor Heiterkeit. »Wir können alle ein
bisschen Jugendlichkeit gebrauchen.«

»Danke, Mrs. Renshaw, da stimme ich zu.«

»Ich denke, du musst mich Evie nennen«, schlug die
dunkelhaarige Frau vor. »Wir sind ganz bestimmt Freundinnen, insbesondere angesichts der Umstände, unter denen wir
uns kennengelernt haben.«

Das stimmte. Nachdem Wexford gegangen war und

Cassandra im Wandschrank des Phönix Clubs zurückgelassen hatte, war sie für eine Weile in der Dunkelheit geblieben, um ihr Gleichgewicht wiederzufinden. Das war der eine Grund, und sie hatte auch Angst gehabt, entdeckt zu werden, während sie sich zusätzlich vor Sorge überwältigt gefühlt hatte, was auch immer mit Fiona passiert sei.

Als sie endlich ihren Mut zusammengenommen hatte, um ihr Versteck zu verlassen, hatte sich sehr zu ihrem Schock und Entsetzen die Tür geöffnet. Aber es war Mrs. Renshaw gewesen, die sie freundlich – und bestimmt – in ihr Arbeitszimmer auf der Seite der Ladys des Clubs geführt hatte. Dort war Cassandra wieder mit Fiona zusammengetroffen, die, wie Cassandra später herausfand, ein ziemliches Abenteuer erlebt hatte, als sie sich in die gegenüberliegende Richtung gewendet hatte und ihrem Vormund direkt in die Arme gelaufen war.

»Ja, wir sind ganz bestimmt Freundinnen und du musst mich Cassandra nennen. Ich bin dir wirklich sehr dankbar für deine Hilfe an jenem Tag im Club. Ich denke, ich hatte seinerzeit schon gesagt, dass mir unser Benehmen leidtat, aber zu sehen, wie sich die Dinge für Fiona entwickelt haben, muss ich glauben, dass das Schicksal uns damals dahingeführt hatte.«

»Möglicherweise. Ich bin nicht sicher, ob ich an Schicksal dieser Art glaube.« Evies Stimme hatte einen zynischen Unterton. »Aber ich frage mich, ob du glaubst, dass das Schicksal an jenem Tag eine Hand bei dem hatte, was dir passiert ist.« Sie sprach leise, so leise, dass Cassandra sich ein bisschen vorbeugen musste, um sie besser zu verstehen.

»Ich denke, das muss es wohl«, meinte Cassandra zustimmend. »Andererseits wäre ich wahrscheinlich erwischt worden.«

»Bist du das nicht?« Evie blinzelte.

Cassandra war nicht ganz sicher, was sie meinte. »Von dir, meinst du?«

»Ja, natürlich. Obwohl ich zugeben muss, dass ich mich fragte, was in der Zeit mit dir passiert war, die zwischen deiner Trennung von Fiona und meinem Auftauchen gelegen hatte.«

»Nichts«, antwortete Cassandra vielleicht ein bisschen zu hastig und mit hoher Stimme. In dem Moment kamen die Gentlemen herein, und sie konnte nicht anders, als zu Wexford zu blicken, als er in den Salon schritt und über etwas grinste, das MacNair gesagt hatte. Er war so gut aussehend, dass ihre Brust schmerzte. Es juckte sie buchstäblich in den Fingern, diesen Höcker auf seiner Nase noch einmal zu berühren.

»Überhaupt nichts?« Evie flüsterte praktisch.

Cassandra lenkte den Blick zu ihr und erkannte, dass sie auch Wexford anschaute. Wusste sie es? Wie könnte sie?

Cassandra zwang sich zu einem Lachen und strich sich mit der Hand glättend über die Stirn. »Ich war allein in einem Wandschrank und vor Angst gelähmt, jeden Moment entdeckt zu werden.«

Dann entstand eine lange Pause, während derer Cassandra sich ein bisschen warm fühlte, ehe Evie meinte: »Wenn du je wieder Hilfe brauchst wie an jenem Tag, hoffe ich, dass du mich fragen wirst.«

Weil sie, wie Lucien, ihre Hilfe anbot, wenn sie gebraucht wurde. Und aus irgendeinem Grund dachte sie, Cassandra könnte Hilfe nötig haben.

»Danke«, antwortete Cassandra ein bisschen unbehaglich. Vielleicht wusste Evie etwas. »Das ist sehr gütig von dir.«

»Ich verspreche, dass alles, was du mir sagst, oder jede Hilfe, um die du bittest, streng unter uns bleibt.« Ihr Blick fesselte Cassandra, sodass diese die Augen nicht abwenden

konnte. »Ich glaube fest an die Unantastbarkeit von Freundschaft, insbesondere unter Frauen. Wir müssen zusam-
menhalten.«

»Ich stimme von ganzem Herzen zu.« Zum zweiten Mal
in dieser Nacht drohte Cassandras Kehle sich vor Rührung
zuzuschnüren. Es lag Jahre zurück, dass sie irgendwelche
Freundinnen gehabt hatte. Mädchen, die sie in ihrer Kindheit gekannt hatte, hatten alle ihre Saison gehabt – von ihren
Müttern beaufsichtigt –, und sie hatten geheiratet, während
Cassandra es vorgezogen hatte, zuhause zu bleiben. Ohne
ihre Mutter, um sie in die Gesellschaft einzuführen, hatte die
Aussicht recht beängstigend gewirkt. Cassandra war auf
diese Freundinnen und ihre perfekten Saisons neidisch
gewesen.

Jetzt hatte sie Fiona und Prudence und Sabrina – und
offensichtlich Evie.

Evie lächelte ihr zu. »Gut. Ich glaube, es ist Zeit für unser
Versteckspiel.« Ihre blauen Augen leuchteten vor Vorfreude
auf.

Cassandra überdachte ihren Plan aufs Neue, Wexford
allein zu erwischen. Was war der Sinn darin? Sie würde eine
Gelegenheit finden, ihn nach seinen Regeln zu fragen, weil
sie neugierig *war*. Aber das war auch alles, was sie erlauben
konnte. Sie musste wieder dahin zurückfinden, ihn als den
Freund ihres Bruders zu betrachten.

Vielleicht hatte die Antwort die ganze Zeit vor ihr gelegen. Anstatt ihn wieder zu küssen, sollte sie Glastonbury
küssen. Ja, das würde Wexford ganz bestimmt aus ihren
Gedanken verbannen.

Es war zu dumm, dass der Viscount nicht anwesend war.

KAPITEL 11

*I*n dem Moment in dem Ruark in den Salon trat, fiel sein hungriger Blick auf Cassandra. Sie sah heute Abend umwerfend aus, und das elfenbeinfarbene Kleid stand ihr perfekt. Ihr dunkles Haar war elegant und faszinierend frisiert und mit einem modischen Perlenkamm dekoriert. Je mehr er ihr Haar betrachtete, umso mehr sehnte er sich danach, jede einzelne Strähne zu lösen und jede Locke herabzulassen. Er würde sein Gesicht in dieser Masse vergraben und die seidigen Locken würden ihn liebkosen.

Verdammt, zum Teufel noch mal. Er konnte mitten auf ihrer Geburtstagsfeier keine Erektion zur Schau tragen.

Und es war ihm so gut gelungen, ihr heute Abend aus dem Weg zu gehen. Das einzige Mal, als er direkt zu ihr gesprochen hatte, ohne die irritierende Unterhaltung mit ihrem Vater mitzurechnen, war der Moment gewesen, als sie mit dem Geschenk ihrer Brüder in den Salon zurückgekehrt war. Sie hatte allen die wunderschöne Miniatur gezeigt.

Ruark war von dem unbeschreiblich aufmerksamen Geschenk verblüfft gewesen. Er konnte sehen, wieviel es ihr bedeutete, aber er war nicht in der Lage gewesen, zu sagen,

was er hatte sagen wollen ..., dass er hoffte, es würde den
Schmerz in ihrem Herzen lindern. Es war wahrscheinlich
das Beste, dass er das nicht konnte. Sie hatten zu viele
vertraute und leidenschaftliche Momente miteinander
verbracht, und er war nicht sicher, wie viele weitere er
aushalten konnte, ohne seiner wilden Begierde nachzugeben.

Lucien schritt in die Mitte des Zimmers. »Es ist Zeit für
das Versteckspiel, das Cassandra sich gewünscht hat. Weil es
ihr Geburtstag ist, müssen wir tun, was sie sagt.«

Cassandra lachte und erhob sich von dem Sofa, auf dem
sie mit Evie saß. Sie machte einen Knicks und fragte, ob es
Freiwillige gäbe, welche die Rolle des Suchenden einnehmen
wollten.

Evie stand auf. »Das werde ich machen. Wie lange soll ich
warten, bis ich mit dem Suchen anfange?«

»Ich denke, drei Minuten nach der Uhr dort«, schlug
Constantine vor, der auf den Kaminsims zeigte, auf dem eine
kleine verzierte Uhr in der Mitte stand. »Nur im Erdgeschoss und dem ersten Stock bitte, und haltet euch zurück, in
unsere Privatgemächer einzudringen. Die Tür ist
verschlossen.«

»Das schließt dich und Lady Aldington ein«, meinte
Lucien breit grinsend mit einem Augenzwinkern.

Ruark konnte nicht anders als schmunzeln. Es war merkwürdig, Constantine und ihn zu beobachten, wie sie sich so
... brüderlich benahmen. Es war auch irgendwie schön.
Ruark betete seine Schwestern an, aber manchmal dachte er,
dass es auch schön wäre, einen Bruder zu haben. Aus diesem
Grund schätzte er wahrscheinlich seine enge Freundschaft
mit Lucien, MacNair und Deane so sehr.

»Alle bereit?«, fragte Evie.

»Sie werden die Augen schließen müssen«, meinte
MacNair. »Auf diese Weise können Sie nicht sehen, in
welche Richtung wir verschwinden.«

Fiona nickte. »Ja, und dreh dich zum Kamin um.« Evie drehte allen den Rücken zu, wobei sie vermutlich auch die Augen zumachte. »Seid ihr jetzt bereit?« Nachdem mehrere Mitspieler zustimmend geantwortet hatten, rief sie: »Los!«

Ruark überlegte, in Aldingtons Arbeitszimmer zu gehen, aber das wäre wahrscheinlich der erste Ort, an dem sie suchen würde. Dennoch war niemand sonst bislang dorthin gegangen ... Himmel, er verschwendete Zeit.

Als er durch das Speisezimmer stürmte, schaute er sich um. Unter dem Tisch lugte der Saum eines hellblauen Kleides hervor. Er ging näher heran und flüsterte: »Sie wollen sich vielleicht weiter unter dem Tisch verstecken, Lady Overton.«

Der Rock verschwand. Lächelnd ging er in den Vorraum weiter und dann zur Treppenhalle. Dort oben gab es vielleicht mehr Versteckmöglichkeiten.

Ruark bewegte sich schnell, aber leise auf die Treppe zu. Cassandra öffnete gerade eine Tür, die in die Holzvertäfelung unter der Treppe eingearbeitet war. Er eilte über den Teppich, der glücklicherweise die Geräusche seiner Schritte schluckte und fing sie ab, ehe sie sich, in was immer sie im Auge hatte, versteckte.

»Sagen Sie mir, wo ich mich verstecken soll«, flüsterte er.

Sie machte einen erschrockenen Satz und fuhr zu ihm herum. »Wexford!« Ihre Stimme war leise, kaum hörbar, aber die Dringlichkeit in den bernsteinfarbenen Augen war unmissverständlich.

»Sie kennen sich vermutlich im Haus Ihres Bruders aus. Sagen Sie mir bitte, wo ich mich am besten verstecke.«

»Ich kann Ihnen nicht helfen.«

»Wo verstecken Sie sich?« Er sah an ihr vorbei zu der geöffneten Tür, die er nie erkannt hätte, wenn sie sie nicht geöffnet hätte.

»Dies ist ein ... Wandschrank.«

Und einfach so begehrte die Lust auf, die er unter Kontrolle zu halten versucht hatte.

Ein Quietschen von der Treppe über ihnen ließ sie beide aufschauen. Dann zog sie Ruark in den Schrank und schloss die Tür, womit sie sie in Dunkelheit hüllte. Der Raum war klein und enger als der Schrank im Phönix Club. Da sie sich unter der Treppe befanden, hatte er eine schräge Decke, die er gesehen hatte, ehe das Licht ausgesperrt worden war.

»Nun, das ist irgendwie vertraut.« Es war auch der Stoff, aus dem seine Träume gemacht waren. Er konnte ihre Hitze fühlen und ihren betörenden Duft riechen.

»Es gibt noch eine Tür hinter Ihnen«, flüsterte sie. »Sie führt zu einer Dienstbotenkammer, die an die Hintertreppe angefügt ist.«

»Sie kennen das Haus Ihres Bruders *sehr* gut.«

»Con ist hier eingezogen, als ich zwölf war. Ich hatte versucht, ihn und Lucien zu überreden, Verstecken mit mir zu spielen, aber sie haben immer nein gesagt. Allerdings hat Haddock und ein paar der anderen Dienstboten mit mir gespielt. Ich kenne alle Lücken und Nischen. Es ist sehr wahrscheinlich, dass Con oder Sabrina Evie sagen müssen, hier nachzuschauen. Sie wird nicht wissen, dass dies hier existiert.«

Himmel, das machte es zu einem perfekten Versteck für sie, in dem sie bleiben konnten. Bis sie gefunden würden. »Ich sollte in die Dienstbotenkammer weiterziehen.« Es könnte immer noch verdächtig wirken, dass sie sich in so großer Nähe versteckten.

»Ja, das sollten Sie, nehme ich an.«

Keiner der beiden rührte sich.

Ein Luftzug war zu spüren und er erkannte, dass sie sich bewegt *hatte*. Sie war ihm nur einen Hauch näher als vorher.

»Kann ich Sie etwas fragen, ehe Sie gehen?«, fragte sie leise, sodass er sich anstrengen musste, sie zu verstehen.

»Alles.« Das Wort war ihm ohne nachzudenken aus dem Mund geflutscht, aber er hatte es gemeint.

»Lucien sagt, Sie hätten eine Regel, nicht zu heiraten, bis Sie dreißig sind. Stimmt das oder sagen Sie das nur Ihren Freunden?«

Beinahe hätte er gelacht, doch dann hielt er sich zurück. Dennoch lächelte er. »Das ist etwas, was ich zu meiner Familie sagen könnte, damit sie aufhören, wegen einer Heirat an mir herumzunörgeln.«

»Tun sie das?«

»Meine Mutter, aber glücklicherweise hat sie vier Töchter, über die sie sich Sorgen machen kann.« Er musste sich anstrengen, die Hände bei sich zu behalten, damit er sie nicht anfasste. »Aber um Ihre Frage zu beantworten. Ja, das ist meine Regel.«

»Warum?«

Er hätte mit dieser weiteren Frage rechnen und so antworten sollen, wie er es normalerweise tat. Stattdessen zauderte er. Noch nie hatte er jemandem die echte Wahrheit anvertraut. »Sie werden es für albern halten.«

»Das werde ich nicht. Sie haben bei meiner Reaktion auf … nun, Sie wissen schon, auch nicht gelacht.«

Nein, das hatte er nicht. Er wusste, dass sie sich auch nicht über ihn lustig machen würde. »Diese Regel soll dafür sorgen, dass ich sicher bin, die richtige Person zu heiraten«, meinte er und fragte sich, ob sie die richtige Person war, und er sie einfach nur zu früh kennengelernt hatte. Doch das hatte er andererseits früher schon überlegt und bislang hatte er an seinem Schwur festgehalten.

»Es ist mehr als das«, gab er zu, da er dies ebenso mit ihr teilen wollte, wie die Furcht, die sie ihm gestanden hatte.

Bei einem kurzen Schrei aus der Richtung des Speisezimmers, warf Cassandra sich in seine Arme. Sie klammerte sich an ihn, als Stille folgte. Er drückte ihr seine Hand auf den

Rücken, wobei er einerseits begeistert war, sie so dicht an sich zu halten, aber er zauderte auch zu ermuntern, was sie besser nicht wollen sollten.

Er ließ den Kopf sinken, sodass er ihr Haar riechen konnte, und er schloss die Augen, während er in diesem Augenblick schwelgte, von dem er wusste, dass er flüchtig sein würde. Das musste er.

Sie zog sich zurück. »Verzeihung, das hat mich erschreckt.«

»Mich ebenfalls.«

Sie ließ von ihm ab und stieß die Luft aus. »Sie wollten etwas sagen?«

Er sollte jetzt in die Kammer gehen. Auf schnellstem Wege fort von ihr. Aber er wollte ihr dies erzählen. »Als ich sechs war, starb mein Vater. Er war von seinem Pferd gefallen und hatte sich ein Bein gebrochen. Es heilte nicht richtig und es kam zu einer Infektion. Er wusste, dass er nicht überleben würde und wollte, dass ich ihm versprach, mit dem Heiraten zu warten, bis ich alt genug wäre, zu wissen, dass ich aus Liebe und nicht aus Lust heiraten würde. Das war der Fehler, den er gemacht hatte. Er hatte meine Mutter geheiratet, als er jung war – gerade einundzwanzig – und er wollte nicht, dass ich das Gleiche tue.«

»Er hatte die Heirat mit deiner Mutter bereut?«

»Ich erinnere mich nicht, dass er genau das gesagt hat, aber das ist der Eindruck, den ich jetzt habe, insbesondere weil die einzigen Erinnerungen, die ich an die beiden habe, üblicherweise aus Streitereien bestanden. Er hat mir gesagt, ich würde Zeit und Weisheit brauchen, um mein Herz zu kennen. Ich hatte ihm versprochen, dass ich mit der Heirat warten würde, bis ich mindestens dreißig bin. Einige Tage später ist er gestorben.«

Sie war einen Augenblick lang still und dann legte sie die

Hand auf seine Brust. »Dieses Versprechen ist sehr wichtig für Sie.«

Ihm stockte der Atem. »Es ist alles, was ich von meinem Vater noch habe.«

»Ich verstehe. Vollkommen.« Natürlich verstand sie. »Wenn ich meiner Mutter auf ihrem Totenbett ein Versprechen gegeben hätte, würde ich es ebenfalls einhalten.«

Er hob die Hand zu ihrem Gesicht und streichelte mit den Fingerspitzen über ihre Schläfe und die Wange zu ihrem Kiefer. »Du bist eine einzigartige Frau, Cassandra.«

Obwohl es dunkel war, stellte er sich vor, dass sie einander in die Augen schauten. Er konnte die goldenen Sprenkel in dem Braun erkennen, der sie wie warmen, bronzenen Sherry wirken ließen. »Wirst du jetzt in die Kammer gehen?«

»In einem Augenblick.« Er beugte den Kopf und seine Nase streifte die ihre. »Ich denke, es gibt etwas, das ich zuerst tun muss …«

»Ja, bitte.« Sie stellte sich auf die Zehenspitzen und drückte ihre Lippen auf seine.

Das war es, wonach er sich gesehnt hatte, was er *brauchte.* Er schlang die Arme um sie und zog sie fest an seine Brust. Sie legte die Hände um seinen Nacken und verflocht die Finger mit seinem Haar.

Sie passten sich harmonisch aneinander an, als ob sie dies eingeübt hätten – und vielleicht hatten sie das auch in ihrer Fantasie. Sie legten die Münder schräg aufeinander, als ihre Zungen sich fanden und der Kuss sich öffnete und ausdehnte, bis er drohte, sie beide ganz zu verschlingen. Er hoffte, dass das passieren würde. Es gab keinen Ort, an dem er lieber wäre, als in ihrer Umarmung zu ertrinken.

Der Kuss war leidenschaftlich und ihre Zungen und Lippen liebkosten sich in wilden, verzweifelten Berührungen. Sein lang verstecktes Verlangen entfachte sich zu einer

Feuersbrunst der Lust. So sehr hatte er seit langer Zeit niemanden mehr begehrt. Wenn überhaupt jemals.

Er zog sich zurück, doch er setzte ihren Kuss fort und wurde mit seinem Mund auf ihrem weicher. »Cassandra«, murmelte er. »Das ist nicht ratsam.«

»Wage es nicht, aufzuhören«, hauchte sie, als sie mit ihrer Lippe über seine fuhr. »Noch nicht. Noch eine Minute. Küss mich, Ruark.«

Sein Name auf ihren Lippen trieb ihn über die Klippe. Er drehte sich, richtete sie mit dem Rücken zur Wand aus, und drückte sie zurück, als er eine Hand zu ihrer Brust hochschob und sie durch ihr Kleid umfasste. Sie keuchte in seinen Mund und wölbte sich auf der Suche nach mehr von seiner Berührung vor.

Er zog eine Spur von Küssen über ihren Kiefer und an ihrem Hals entlang und schmeckte genüsslich die köstliche Seidigkeit ihrer Haut. Sie hielt seinen Kopf umklammert und ihre Finger gruben sich in seine Kopfhaut. Ihr flacher Atem erfüllte seine Sinne und machte ihn vor Verlangen ganz wild.

Er riss den Mund von ihrer Haut, bevor er sie an einer Stelle mit einem Fleck markierte, an der jeder ihn sehen konnte. Dann glitt seine Hand über ihre Brust und er drückte sie gegen ihre entblößte Haut, wobei seine Fingerspitzen ihre Schulterblätter und den Nacken neckten. Die Versuchung, seine Hand unter ihre Kleidung zu schieben – wenn er könnte – oder ihren Rock hochzuheben, war fast überwältigend. Er hatte sich in eine Art Wilden verwandelt.

»Hör nicht auf«, flüsterte sie und zog an seinem Kopf. »Noch ein Kuss. Nur … berühre mich. Bitte!«

Er fasste sie an der Hüfte und rieb sich an ihr, wobei sein Schaft verzweifelt nach einer Erlösung verlangte, die er nicht erreichen konnte. Nicht hier. Nicht jetzt.

Nicht mit ihr.

Dies könnte möglicherweise alles sein, was sie je hätten.

Er nahm ihren Mund in Besitz und zog mit den Zähnen an ihrer Lippe, um dann mit der Zunge in ihren Mund zu dringen. Sie packte ihn ebenso frenetisch, wie er sie hielt, als ob ein Sturm um sie herum tobte und sie alles wären, was sie noch hatten, um nicht fortgespült zu werden.

Plötzlich wurde der Sturm real, und sie wurden mit einer eisigen Dusche abgekühlt, als sich die Tür hinter ihnen öffnete. Er riss sich von ihr los und drückte sich flach zurück, an was er jetzt erkannte die Tür war, die in die Kammer führte, in die er vor mehreren Minuten hätte gehen sollen.

Licht fiel in den Wandschrank und das Gesicht der Person, welche die Tür öffnete, lag im Schatten. Dennoch war es unmissverständlich Evie.

Allerdings stand Lady Aldington hinter ihr.

Mit hämmernder Brust von dem erotischen Zusammentreffen und dem Schock, entdeckt worden zu sein, hatte Ruark zu kämpfen, um tief Luft zu holen. Er lenkte seinen Blick zu Cassandra, und obwohl sie sich noch immer in dem dunklen Schrank befanden, wirkte sie blass und unsicher. Sie wirkte jedoch nicht verängstigt, und seine Bewunderung für sie nahm zu. Das war absurd, denn jede vernunftbegabte, unverheiratete junge Frau würde sich zu Tode ängstigen, wenn sie in einer kompromittierenden Lage erwischt würde.

»Komm einfach schnell heraus«, flüsterte Evie. »Ich werde sagen, ich hätte Wexford woanders gefunden.«

»In der Dienstbotenkammer«, antwortete Cassandra mit rauer Stimme. Sie hustete. »Er steht direkt vor der Tür.«

»Gehen Sie dort hinein«, bat Evie ihn mit einem Kopfnicken.

Das ließ sich Ruark nicht zweimal sagen. Er drehte sich um und schlüpfte in die Dienstbotenkammer. Dort ließ er den Kopf in die Hand sinken und stöhnte innerlich. Was für eine gottverdammte Katastrophe.

Einen Moment später öffnete sich die andere Tür der Kammer und Evie trat ein. »Ich habe Sie gerade gefunden. Später werde ich Cassandra suchen. Sie brauchte etwas Zeit, um ... sich zu beruhigen.«

»Was haben Sie vor?«, fragte er misstrauisch, denn es schien, als arbeitete sie daran die ganze Angelegenheit geheim zu halten, was bedeutete, dass keine Hochzeit wegen einer Kompromittierung stattfinden würde.

»Wenn Sie fragen, ob ich vorhabe, jemandem etwas zu sagen, lautet die Antwort nein. Ich halte es für töricht und potenziell schädlich, Menschen zu einer Heirat zu zwingen, wenn sie beim Küssen erwischt werden. Es ist durchaus sinnvoll, dass ein Paar sich vergewissern möchte, ob es in *allen* Bereichen zueinander passt, ehe es den Bund der Ehe eingeht.«

Das deckte sich allerdings nicht damit, was Cassandra und er taten. Ruark hob diesen Umstand nicht hervor.

Evie nahm ihn mit einem festen Blick ins Visier. »Darf ich vorschlagen, dass Sie in den Salon zurückkehren und etwas trinken?«

»Ein guter Vorschlag«, entgegnete er etwas heiser. »Ich danke Ihnen.« Er blickte an ihr vorbei, doch Lady Aldington war ihr nicht gefolgt. »Was ist mit der Komtess?«

»Sie wird auch nichts sagen. Keine von uns will Cassandra zu etwas zwingen, was sie vielleicht nicht will.«

Was *er* vielleicht wollte, wurde nicht erwähnt. Er verstand ihre Sorge um Cassandra – Frauen waren oft der leidtragende Teil und mussten die Konsequenzen tragen. Für ihn, als Mann, würde die Sache kaum Auswirkungen haben. Mit Ausnahme dessen, was von Lucien und wahrscheinlich auch seinem Bruder gefordert würde.

Ruark schritt auf sie zu. »Lucien darf es nicht wissen.«

Sie runzelte die Stirn. »Denken Sie, ich weiß das nicht?

Sie sollten auch wissen, dass ich über Ihr früheres Verhalten gegenüber Frauen Bescheid weiß.«

Er fluchte leise vor sich hin. »Ich wusste nicht, dass Lucien so ein Plappermaul ist.«

»Ich habe nie ein Wort gesagt, und ich werde es auch jetzt nicht tun. Sie sollten nur wissen, dass Lucien nicht Ihre größte Sorge sein wird, wenn sie Cassandra verletzen.«

Drohte sie ihm etwa? Es hörte sich jedenfalls so an. Ruark hatte nicht vor, herauszufinden, ob sie ihre Drohung wahr machen könnte.

»Ich würde ihr niemals wehtun.« Nicht absichtlich. Aber er hatte in der Vergangenheit Herzschmerz ausgelöst, und mit Cassandra war er schon ziemlich weit gegangen ...

»Gut. Ich werde Sie zwar nicht dazu zwingen, aber Sie sollten wirklich darüber nachdenken, sie zu heiraten.«

Er strich sich mit der Hand über das Haar, immer noch unfähig, tief Luft zu holen. »Ich glaube, ich werde jetzt diesen Drink nehmen.«

»Ja, tun Sie das. Ich muss noch die anderen Gäste finden.« Sie drehte sich um und verließ die Kammer.

Er wartete noch einen Moment, bis er sicher war, dass sein Körper so normal war, wie er nur sein konnte, bis er nach Hause gehen und sich selbst befriedigen konnte. Dann trat er aus der Kammer in die Treppenhalle. Lady Aldington stand in der Mitte.

Er warf einen Blick auf die kaum wahrnehmbare Tür im Holz und stellte sich Cassandra dahinter vor. Sie hatte Zeit gebraucht – hatte sie sich gefasst?

»Denken Sie nicht einmal daran, wieder hineinzugehen«, raunte Lady Aldington. Sie hatte sich auf ihn zubewegt, die Brauen zu einem zornigen V geformt. Er hatte sie noch nie auch nur annähernd verärgert gesehen, und im Moment sah sie aus, als könnte sie es mit einer ganzen Brigade von Soldaten aufnehmen. Und mit Leichtigkeit gewinnen.

»Das würde ich mir nicht träumen lassen.« Es hatte nicht in seiner Absicht gelegen, oberflächlich zu klingen, aber genau das befürchtete er. »Ehrlich, ich möchte keinen Aufruhr verursachen. Ich werde einfach in den Salon gehen.«

Sie schürzte die Lippen und beobachtete ihn wie ein Raubvogel, bis er die Halle verlassen hatte.

Er ging direkt zu der Stelle, an der ein Tablett mit Spirituosen auf einem Tisch stand. Es waren allerdings nur Likörweine. Er hatte einen Whisky oder Gin nötig.

Nein, was er nötig hatte, war zu gehen. Mehr noch, er wollte sich vergewissern, dass es Cassandra gut ging. Es war zwar eine Erleichterung zu wissen, dass es keine Konsequenzen haben würde, dass sie erwischt wurden, aber das bedeutete nicht, dass sie darüber nicht beunruhigt war. In einem Moment waren sie tief in ihrer gegenseitigen Leidenschaft versunken gewesen, und im nächsten wurden sie durch die Entdeckung auseinandergerissen – ein Umstand, der sie normalerweise direkt vor den Altar geführt hätte. Wenn jemand anderes sie erwischt hätte …

Er schenkte sich ein Glas Marsala ein und trank es in einem großen Schluck aus. Wäre es Lucien gewesen, der diese Tür geöffnet hätte, würde Ruark sich im Morgengrauen auf dem Duellplatz wiedergefunden haben.

Was für ein Narr er gewesen war. Ein rücksichtsloser, unbedachter Narr. Er war nur froh, dass Cassandra den Preis dafür nicht zahlen musste. Es war an der Zeit, sie aus seinen Gedanken zu verbannen. Er hatte bekommen, was er wollte – einen weiteren Kuss – und somit konnte er nun gehen, ohne weiter von ihr besessen zu sein.

Doch er wusste, dass es nicht so einfach werden würde. Lady Cassandra Westbrook war ihm gründlich unter die Haut gegangen und das würde für einige Zeit so bleiben.

*D*ie Miniatur von Cassandra und ihrer Mutter stand auf dem Frisiertisch, als Cassandras Zofe, Derry, ihr Haar fertig frisierte. Cassandra hatte die Miniatur dort hingestellt, nachdem sie sie von ihrem Nachttisch genommen hatte. Sie konnte einfach nicht aufhören, das Bildnis anzuschauen. Zwischen dem wunderschönen Portrait, ihren Erinnerungen an Ruarks Körper, der sich auf köstlichste Weise an sie presste, und der schockierenden Unterbrechung, die irgendwie durch ein Wunder nicht dazu geführt hatte, dass sie jetzt verlobt war, konnte sie kaum einen klaren Gedanken fassen.

Ruark. Sie konnte nicht mehr als Wexford an ihn denken. Er hatte sich geirrt, dass ein weiterer Kuss zwischen ihnen der Sache ein Ende machen würde. Die Anziehung, die sie zu ihm verspürt hatte, war nur stärker geworden.

Was Pech war, da er sie nicht heiraten konnte, und sie nach der beinahen Katastrophe von gestern Abend nicht riskieren konnten, je wieder allein miteinander zu sein. Der Gedanke daran und dem daraus resultierende Schmerz, lenkte ihre Aufmerksamkeit wieder auf die Miniatur.

Dankbar für die Ablenkung hatte sie sie bis spät in die Nacht betrachtet. Sie blickte sie nicht nur an, sondern sie sprach zu ihr – zu ihrer Mutter. Der Schmerz darüber, ihre Antwort nicht hören zu können, brannte in ihrer Brust.

»Alles fertig«, meldete sich Derry.

»Danke.« Cassandra drehte den Kopf, um sie anzulächeln, ehe die Zofe sich ihren Aufgaben widmete, die sie aus dem Zimmer führten.

Cassandra blickte wieder zurück zu der Miniatur und musterte die Züge ihrer Mutter. Sie war so vertraut und auch wieder nicht, da sie aussehen sollte, als lebte sie in der Gegenwart. Sanfte Linien zeigten sich um ihre Augen, aber es war noch kein Grau in ihrem hellbraunen Haar zu sehen.

»Du würdest Ruark wirklich mögen, Mama.« Es war nicht das erste Mal, dass sie das seit gestern Abend sagte.

»Er ist gütig und aufmerksam und er versteht mich auf eine Weise wie noch nie jemand zuvor.«

Aus diesem Grund hatte sie die Absicht, ihn ebenfalls zu verstehen und zu unterstützen. Sie war so glücklich gewesen, als er ihr das Versprechen anvertraut hatte, das er seinem Vater gegeben hatte. Dass sie den Verlust eines geliebten Elternteil in so einem jungen Alter teilten, gab ihr das Gefühl einer Verbundenheit, die sie noch nie mit jemand anderem erlebt hatte. Und deshalb verstand sie, warum er nicht um ihre Hand anhielt.

»Ich werde auf ihn warten, Mama«, flüsterte sie. »Es sind nur drei Jahre. Ich muss Papa nur dazu bringen, dass er versteht, dass ich nicht jetzt gleich heiraten will.« Und nicht wütend zu werden, wenn sie ihm eröffnete, dass sie den einzigen Mann heiraten wollte, den er abgelehnt hatte. Cassandra berührte die Miniatur. »Wie ich mir wünsche, dass du hier wärst, um mir zu helfen.« Ihre Mutter wäre in der Lage, mit dem Herzog fertigzuwerden.

Cassandra konnte Constantine und Lucien bitten, ihr zu helfen. Allerdings wollte auch Lucien nicht, dass Ruark ihr den Hof machte – und er hatte ihr immer noch keinen guten Grund dafür genannt. Vielleicht wäre Constantine der bessere Verbündete in der ganzen Sache. Insbesondere, da seine Frau sie beide gestern beim Küssen gesehen hatte.

Die Erinnerung daran, erwischt worden zu sein, brannte in ihren Gedanken. Der restliche Abend war, zumindest für sie, recht unbehaglich verlaufen. Und wahrscheinlich ebenfalls für Sabrina und Mrs. Renshaw, wie auch Ruark. Tatsächlich war Ruark gleich nach Beendigung des Spiels gegangen. Aus sicherer Entfernung hatte er ihr kühl einen guten Abend gewünscht.

Mrs. Renshaw und Sabrina taten so, als sei nichts Ungewöhnliches vorgefallen, insbesondere Mrs. Renshaw. Sabrina warf Cassandra immer wieder rasch von Neugier und Sorge geprägte, flüchtige Blicke zu.

Cassandra überlegte, ob sie ihre Schwägerin ins Vertrauen ziehen und ihr alles beichten sollte, was sich zwischen ihnen beiden, Ruark und ihr, abgespielt hatte. Plötzlich hatte sie ein schlechtes Gewissen, weil sie ihr Geheimnis nicht Prudence oder Fiona verraten hatte. Letzten Endes bezweifelte sie allerdings, dass sie den Schwur brechen würde, den Ruark und sie geleistet hatten. Auch wenn sie gesehen worden waren, konnte und sollte die Wahrheit und die Dauer ihrer Verbindung ein Geheimnis bleiben.

Cassandra erhob sich vom Frisiertisch und nahm ihre Haube und Handschuhe auf, welche die Zofe auf dem Bett bereitgelegt hatte. Cassandra schritt in das Wohnzimmer, wo Prudence in einem Sessel saß und auf sie wartete, da sie vorhatten, einen Spaziergang über den Platz zu unternehmen.

»Fertig?« fragte Prudence und erhob sich.

»Ja.« Cassandra setzte die Haube auf und band sie unter ihrem Kinn mit einer Schleife, um dann ihre Handschuhe überzustreifen. »Ich kann nicht aufhören, an die Miniatur zu denken, die meine Brüder mir geschenkt haben.«

»Es ist ein schönes Geschenk.«

»Hast du ein Bildnis deiner Mutter, Pru?«

Prudence schüttelte den Kopf. »Ich habe keins. Aber ich habe ein paar Sachen von ihr. Ein Paar Handschuhe, ein Taschentuch und einen Ring.«

»Ich glaube nicht, dass ich jemals einen Ring an deiner Hand gesehen habe.«

»Ich trage ihn nicht.« Prudence, die bereits ihre Haube und Handschuhe trug, strebte zur Tür und signalisierte damit ihren Unwillen, dieses Thema weiter zu verfolgen. Sie war nicht nur sehr zurückhaltend, sondern auch ein verschwiegener Mensch.

Die beiden gingen ins Freie und schlenderten über den Grosvenor Square. Nach einigen Minuten schaute Prudence Cassandra fragend an. »Ich hoffe, du hältst mich nicht für neugierig, aber ich habe mich gefragt, ob zwischen Lord Wexford und dir etwas im Gange ist. Mehr als ein Flirt, meine ich. Und sag nicht, du flirtest nicht mit ihm. Ihr beide flirtet miteinander. Ich erwarte das von einem Mann wie ihm, aber du tust das mit niemandem sonst.«

Cassandras Puls beschleunigte sich. »Was meinst du mit ›einem Mann wie ihm‹?«

»Er ist nicht gerade ein Wüstling, aber er flirtet mit jeder. Das hast du doch gewiss bemerkt?«

Das hatte sie in der Tat, aber sie wusste, dass es in seiner Natur lag, charmant zu sein und Komplimente zu machen. Immer war er bemüht, die Leute zu besänftigen oder sie zum Lächeln zu bringen. »Er ist einfach von Natur aus gesellig.«

»Das ist anzunehmen.« Prudence klang skeptisch. »Bei dir scheint er allerdings anders zu sein.«

»Tatsächlich?« Cassandra wurde es innerlich ganz warm vor Freude, und plötzlich wurde ihr Schritt beschwingter.

Prudence zog die Brauen hoch. »Ich sehe, wie ihr euch anschaut. Die Häufigkeit und ... Intensität erweckt den Eindruck, als wäre zwischen euch etwas.«

Häufigkeit und Intensität. Ja, das beschrieb ihre nicht ganz so heimlichen Blicke recht gut. »Du warst schon immer eine unglaublich gute Beobachterin.« Cassandra überraschte es nicht, dass Prudence ihr gegenseitiges ... Interesse bemerkt hatte. »Meinst du, andere haben auch etwas bemerkt?«

»Ich denke, das wird immer wahrscheinlicher, weshalb ich die Sache auch jetzt zur Sprache bringe. Ich habe versucht, nichts zu sagen. Wenn du mir sagen willst, ich soll mich um meine eigenen Angelegenheiten kümmern, werde ich das tun.«

»Aber da du meine bezahlte Gesellschafterin bist, bin ich deine ›Angelegenheit‹, nicht wahr?«, entgegnete Cassandra mit einem Lächeln.

»Ja, aber das heißt nicht, ich wollte – oder sollte – mich einmischen.«

»Ich habe nicht das Gefühl, du würdest dich einmischen. Ich weiß es zu schätzen, dass du dir Gedanken um mich machst.« Insbesondere, wenn die Anziehung zwischen Ruark und ihr offensichtlich wurde. Oder zumindest in Richtung offensichtlich ging. Sie würden vorsichtiger sein müssen.

Vorausgesetzt, es würden sich noch weitere Flirts entwickeln. Vielleicht würde die Unterbrechung von gestern Abend dem, was zwischen ihnen war, ein Ende setzen. Sie wollte nicht, dass dies der Fall war, so wie sie wusste, dass er sie nicht heiraten würde. Jedenfalls nicht jetzt.

Dieser Moment wäre die perfekte Gelegenheit, um Prudence alles zu beichten - über den Vorfall im Phönix Club, ihren Flirt und die Küsse letzte Nacht. Und von Cassandras Entscheidung, auf ihn zu warten. Es würde ihr helfen, mit jemandem zu reden, damit sie verstehen konnte, was sie empfand.

Auf einmal stockte Cassandra der Atem und sie blieb ruckartig stehen. Sie war in ihn verliebt.

»Warum bist du stehen geblieben? Stimmt etwas nicht?« Mit leicht gerunzelter Stirn wandte Prudence den Kopf.

»Ganz und gar nicht.« Cassandra setzte sich wieder in Bewegung, und vielleicht ein bisschen zu schnell am Anfang, weshalb sie langsamer wurde.

Nach einem Augenblick fragte Prudence: »Besteht für Wexford und dich keine Hoffnung auf eine Heirat?«

Derzeit nicht. »Nicht, wenn mein Vater ein Wörtchen mitzureden hat.«

»Und? Hat er das?« Prudence' Fragestellung hatte etwas Sarkastisches an sich.

»Im Grunde genommen nicht. Wenn ich Wexford heiraten wollte – und er mich –, würde ich das tun, auch wenn es ihn auf die Palme und Lucien aus dem Konzept bringen würde. Noch immer verstehe ich sein spezielles Problem mit Ru– Wexford nicht.« Cassandra musste aufpassen. Vielleicht sollte sie in der Öffentlichkeit so tun, als würde sie ihn abstoßend finden, um keine Aufmerksamkeit auf ihren ... Flirt zu lenken.

»Also willst du ihn doch heiraten?«, fragte Prudence.

Sehr gern sogar. »Er hat nicht gefragt, also erübrigt sich die Frage im Moment. Wir haben einen harmlosen Flirt und nichts weiter«, entgegnete Cassandra, während sie hoffte, sich die Zunge nicht an den Lügen zu verbrennen. Cassandra setzte ihren Spaziergang über den Platz fort, und Prudence schritt neben ihr her.

»Was ist mit Glastonbury?«

O verflixt. Was *war* mit Glastonbury? Cassandra fuhr innerlich zusammen. »Er hat mich nicht mehr besucht, und scheint auch kein besonderes Interesse zu haben.« Zwischen ihnen war nichts Besonderes, keine Anziehungskraft, kein funkensprühender Magnetismus. Nicht wie zwischen Ruark und ihr.

»Wahrscheinlich ist es ihm nicht ernst, dir den Hof zu machen«, spekulierte Prudence.

»Das könnte sehr gut sein.« Cassandra hoffte das, denn sie wollte ihn nicht abweisen müssen. Ihr Vater würde nicht erfreut sein.

Während die beiden ihr Gespräch auf ihre gesellschaftlichen Pläne für die restliche Woche konzentrierten, blieb Ruark in Cassandras Hinterkopf. Hoffentlich würde sie ihn bald sehen. Sie konnte kaum erwarten, ihm ihre Liebe zu gestehen und dass sie warten würde, bis er dreißig wurde.

Ein Spross des Zweifels durchzuckte sie. Was, wenn Ruark ihre Liebe nicht erwiderte? Sie wollte jemanden heiraten, der sie liebte – entweder jetzt oder in der Zukunft. Freilich entsprach Ruark dieser Beschreibung. Auch wenn er sie jetzt nicht lieben sollte, war das Potenzial dazu eindeutig vorhanden. Wie könnte es auch angesichts der Verbindung zwischen ihnen anders sein?

Als sie nach Evesham House zurückkehrten, war Sabrina gerade aus ihrer Kutsche gestiegen. »Guten Tag, Cassandra, Miss Lancaster.«

Prudence machte einen Knicks. »Mylady.«

Sabrinas Blick blieb auf Cassandra haften. »Welch ein glücklicher Zufall, dich hier draußen zu treffen. Könnten wir einen Spaziergang über den Platz unternehmen?« Es schien – zumindest für Cassandra – klar zu sein, dass Sabrina nicht von Prudence begleitet werden wollte. Weniger klar war der Grund für Sabrinas Besuch, doch sie konnte es sich gut vorstellen.

»Gewiss.« Cassandra wandte sich an Prudence. »Wir sehen uns dann drinnen.«

Mit einem Nicken schritt Prudence ins Haus. Cassandra, die neben ihrer Schwägerin herging, begann die Runde zu wiederholen, die sie gerade mit Prudence gemacht hatte.

Sabrina schaute Cassandra fragend an und lächelte ein bisschen nervös. »Ich habe gefragt, ob wir eine Runde gehen können, damit wir im Haus nicht belauscht werden. Ich wollte sehen, wie es dir nach der ... Aufregung gestern Abend geht.«

Ihre Wortwahl war sowohl amüsant als auch sehr treffend, denn es war furchtbar aufregend gewesen. Und wundervoll.

»Es geht mir gut, danke. Ich bin dir für deine Diskretion

sehr dankbar.« Cassandra suchte Blickkontakt zu Sabrina, um das Ausmaß ihrer Dankbarkeit auszudrücken. »Wexford hat sich dir nicht aufgedrängt, oder?« Sabrina schenkte Cassandra ein sanftes Lächeln. »Ich muss das fragen, gleichwohl ich mir nicht vorstellen kann, dass du ihm das erlaubt hättest.«

Cassandra musste beinahe lachen. »Dein Vertrauen in mich ist sehr schmeichelhaft. Er hat sich nicht aufgedrängt.«

»Wann beabsichtigt er, dir einen Antrag zu machen, und hast du einen Plan, wie du deinem Vater und Lucien die Nachricht überbringen willst?«

Cassandra zögerte und machte sich im Stillen Vorwürfe, weil sie die Frage nicht vorausgesehen hatte. »Ähm, das hat er nicht vor. Zumindest jetzt nicht.«

Erstaunen blitzte in Sabrinas Blick auf. »Ihr habt also darüber gesprochen?«

Cassandra schlug die Hände zusammen und verschränkte die Finger ineinander. »Nicht direkt.«

»Ich fühle mich dafür verantwortlich, dich anzuleiten, Cass. Du musst wissen, dass das, was vorgefallen ist, höchst unangemessen ist. Wäre es ein anderer gewesen, der euch gefunden hätte, wäre die Verlobung bereits besiegelt.«

»Dessen bin ich mir bewusst.« Sie warf Sabrina einen weiteren dankbaren Blick zu. »Ich danke dir. Ich weiß deine Diskretion sehr zu schätzen.«

»War dies ein einmaliger Vorfall, der sich nicht wiederholen wird? Oder hast du eine gewisse Vorliebe für ihn?«

»Das kann ich nicht sagen.« Sie *wollte* es nicht sagen. Sie würde ihre Gefühle für Ruark mit niemandem außer ihm besprechen, beschloss sie in diesem Moment. Nicht, wenn es für die nächste Zeit keine Verlobung geben würde. Falls er sie überhaupt wollte.

Cassandra knetete ihre Hände und ließ sie dann wieder sinken. »Es war ein hitziger Augenblick. Ich hatte mich versteckt, und er kam herein ... Ich weiß nicht, woher er von dieser Tür wusste.«

»Ich verstehe. Also ist es möglich, wenn auch nicht gerade wahrscheinlich, dass du so tun könntest, als wäre das nie passiert.« Sabrinas Miene entspannte sich zu einem erleichterten Lächeln. »Das wäre vielleicht das Beste.«

Das hatten sie bereits mit einem spektakulär schlechten Ausgang versucht. Cassandra schluckte, um ein Lachen zu unterdrücken und setzte eine nachdenkliche Miene auf. »Ja, das wäre es.«

Doch das würde einfach nicht passieren.

KAPITEL 12

Das heutige Training mit Mort war besser verlaufen als das gestrige, bei dem Ruark zu sehr von seinen Gedanken an Cassandra und dem dunklen Wandschrank in Aldingtons Haus, der den dunklen Wandschrank im Phönix Club als seinen Lieblingsplatz abgelöst hatte, abgelenkt gewesen war. Dazu kam noch der Umstand, dass er entsetzlich nahe daran gewesen war, sich vor einem Vikar wiederzufinden, um sein Ehegelübde abzulegen. Dennoch waren seine Leistungen nicht die besten und mit dem Preiskampf in weniger als einer Woche musste er Cassandra aus seinen Gedanken verbannen.

Sie hatten sich wieder geküsst und jetzt war es Zeit, die Sache hinter sich zu lassen. Insbesondere zu ihrem Wohl. Sie würde sich verheiraten, und es wäre nicht mit ihm.

Er entlohnte den Kutscher der Mietdroschke und betrat sein Haus, wo er sofort erkannte, dass eine Art Chaos herrschte. Sein Butler, Bartholomew, den Ruark liebevoll Bart nannte, kam leicht aus der Fassung geraten in das Foyer.

»Ist meine Mutter angekommen?«, fragte Ruark, als er seine Handschuhe abstreifte.

»Vor einer Stunde. Sie war mit den Arrangements, die Ihr für die Verteilung der Schlafzimmer getroffen hattet, nicht einverstanden und wir mussten einen zusätzlichen Raum für Miss Iona herrichten.«

»Was war mit den Arrangements nicht in Ordnung?«

»Deine Schwestern werden sich kein Zimmer teilen«, antwortete seine Mutter, als sie von der Treppe in das Foyer rauschte. Gleichwohl sich einige neue graue Strähnen von ihren Schläfen durch das braune Haar zogen, besaß sie den Teint einer mehrere Jahre jüngeren Person.

»Willkommen in London, Mutter.« Ruark ging, um sie auf die Wange zu küssen.

Ehe er zurückweichen konnte, legte sie die Hände um sein Gesicht und hielt ihn fest. »Schau dir nur meinen prachtvollen Jungen an.« Sie runzelte die Stirn. »Wo warst du, als wir angekommen sind?«

»Ich bin gerade vom Boxen gekommen.« Das Sprechen war ein bisschen schwierig, da sie sein Gesicht mit ihren Händen quetschte.

»Ein grässlicher Sport, aber dein Vater wäre begeistert. Übst du ihn deshalb aus?« Sie lächelte zu ihm auf und ihre blauen Augen funkelten, als sie seine Wange massierte, was seinen Kopf hin und her bewegte. »Natürlich tust du das.«

Glücklicherweise ließ sie ihn los. Ruark trat zurück und dehnte seinen Kiefer, gleichwohl er dem Drang widerstand, sich glättend über das Gesicht zu streichen, als ob sie seine Gesichtszüge in Unordnung gebracht hätte. Weil sie genau das getan hatte.

»Vermutlich habe ich angefangen, weil Papa es so geliebt hatte.« Sein Vater war für sein Können in Irland berühmt gewesen. »Dann habe ich selbst angefangen, Gefallen daran zu finden.«

»Setzen wir uns in deinem Salon oder wo auch immer zusammen. Wir haben viel zu besprechen.«

Hatten sie das? »Du bist gerade erst angekommen. Sicher möchtest du dich ausruhen und ein wenig erfrischen.«

»Das kann ich später tun. Ich habe in dieser Angelegenheit keine Zeit zu verlieren. Komm.« Sie drehte sich um und ging die Treppe wieder hinauf, ohne ihm eine andere Wahl zu lassen, als ihr zu folgen.

Angelegenheit? Das ließ die Reise recht zielgerichtet klingen. Als er hinter ihr die Treppe emporstieg, fragte er: »Kat zu verheiraten ist eine Angelegenheit?«

»Ja. Ich hatte sie herbringen müssen, nicht wahr? Das macht es zu einer Angelegenheit.«

»Gibt es keine heiratsfähigen Gentlemen in Gloucestershire?«

Sie schaute aus verschleierten Augen zu ihm zurück, als sie den Treppenabsatz erreichte, aber auf ihrem Weg in den Salon verlor sie kein Wort. Sobald sie dort angekommen war, wartete sie, bis er hereinkam und schloss dann die Tür.

»In Gloucestershire will sie keiner haben«, meinte sie dunkel. »Ich muss sie in aller Eile verheiraten, ehe das Gerede über ihr Benehmen bis nach London gelangt und sie auch hier nicht mehr heiratsfähig sein wird.«

Zum Teufel. »Was ist passiert?« Ruark machte sich nicht die Mühe, sich zu setzen.

»Kathleen wurde gesehen, wie sie einen Gentleman geküsst hat –« Seine Mutter presste die Lippen auf eine sehr undamenhafte Weise zusammen. »Nein, *kein* Gentleman. Diese Bezeichnung hat der Schurke nicht verdient.«

»Wer ist er und warum heiratet er sie nicht?« Ruark verschluckte sich beinahe an seiner eigenen Scheinheiligkeit. *Er war* erwischt worden, wie er eine junge Lady geküsst hatte, und würde sie auch nicht heiraten. Der Unterschied war, dass ihr Geheimnis – ihre *Übertretung* – sicher war. Offenbar hatte Kat weniger Glück gehabt.

»Ein abscheulicher Schnösel namens Hickinbottom. Er

heiratet Kathleen nicht, weil er bereits mit Miss Hannah Dalton verlobt ist.«

»Miss Dalton will sich immer noch mit ihm verheiraten?«

»Ihre Eltern bestehen darauf.« Mutter verdrehte die Augen. »Ich glaube Hickinbottom hatte versucht, sein Glück herauszufordern. Kats Mitgift ist doppelt so hoch wie Miss Daltons.«

»Er klingt verabscheuungswürdig. Warum um alles in der Welt hat Kat diesen Mann geküsst?«

»Du kennst deine Schwester. Sie sagt, es war ein Experiment.« Seine Mutter setzte einen verzweifelten Ausdruck auf. »Ich habe ihr erklärt, dass ihr Experiment wahrscheinlich ein Dasein als Jungfer zur Folge hat.«

Ruark konnte sich nicht vorstellen, dass dies Kat etwas ausmachen würde. Sie liebte wissenschaftliche Literatur und das Sammeln von Informationen, egal wie banal. Es leuchtete ihm absolut ein, dass sie Küssen als Experiment durchführen würde. Er war daran interessiert, zu erfahren, warum und wie viele Subjekte sie getestet hatte. Dies hätte so viel schlimmer sein können.

Er setzte seinen gutmütigsten Tonfall auf und machte eine entsprechende Miene dazu. »Ist es dir in den Sinn gekommen, dass es vielleicht im besten Interesse aller liegt, Kat zu erlauben, die Jungfer zu werden, die sie wahrscheinlich sein will?« Sie hatte nie die geringste Neigung gezeigt, heiraten zu wollen, oder zu lernen, wie ein Haushalt geführt wird, oder wie potenziellen Bewerbern zu begegnen ist oder irgendetwas anderes, was mit der männlichen Spezies zu tun hat. Der männlichen *menschlichen* Spezies, wohlbemerkt. Sie hatte reichlich Informationsmaterial über männliche Kühe, Pferde, Tauben, Katzen, Hunde und jegliche andere Spezies gesammelt, die sie finden konnte. Doch er vermutete, dass sich das jetzt geändert

hatte, da sie Experimente mit männlichen Menschen durchführte. Wäre seine Mutter nicht anwesend gewesen, hätte er
gelacht.

Viele fanden Kat ermüdend, aber Ruark mochte sie
besonders gern. Tatsächlich dachte er darüber nach, wie sie
diesen Hickinbottom Dummkopf dazu verleitet hatte, sie zu
küssen. Relativ mühelos, würde er vermuten. Welcher Gentleman mit Hickinbottoms augenscheinlicher Natur würde
schon ablehnen? Sie hatte die Sammlung ihrer Informationen immer gründlich geplant und würde ihn mit wenig
Mühe in die Falle gelockt haben. Ruark hatte noch nie erlebt,
dass sie mit leeren Händen ausging. Es hatte wahrscheinlich
nicht geschadet, dass sie bemerkenswert hübsch war und,
wie seine Mutter erwähnte, im Besitz einer ansehnlichen
Mitgift.

»Ich kann sie mir nicht als glückliche Jungfer vorstellen.«,
meinte seine Mutter und faltete ihre Arme vor ihrer Brust.
»Sie würde nirgendwohin eingeladen.«

»Ist ihr das überhaupt wichtig?«, fragte Ruark sanft. Als
seine Mutter zur Antwort die Lippen schürzte, fügte er
hinzu: »Wenn du es dir auch nicht vorstellen kannst, darfst
du nicht vergessen, dass dies Kats Leben ist, und nicht
deines.« Seine Mutter hatte mit siebzehn geheiratet und
noch einmal mit vierundzwanzig, nicht ganz ein Jahr nach
dem Tod ihres ersten Ehegatten. Wie es schien, war die Ehe
wichtig für sie.

»Was wird sie tun, wenn sie nicht heiratet? Wie will sie
ihr Leben ohne Kinder verbringen? Wer wird sich um sie
kümmern?«

»Sie hat das Glück, die Schwester eines Earls zu sein. Ich
werde für sie sorgen, wenn es erforderlich ist. Und ihre
Mitgift sollte an sie übergehen, wenn sie nicht heiratet.«

»Das wird sie. Wenn sie fünfundzwanzig wird.«

»Dann ist sie in einer guten Position, die Entscheidungen

zu treffen, die am besten für sie sind. Ich werde mit ihr reden.«

Seine Mutter löste die verschränkten Arme und zog die Augenbrauen zusammen. »Ruark! Du kannst sie nicht ermuntern, zur Jungfer zu werden! Es ist schlimm genug, dass du nicht verheiratet bist. Bitte sag mir, dass du wenigstens jemandem den Hof machst.«

»Das könnte ich tun, aber ich würde lügen.« Sein Grinsen konnte er sich nicht verkneifen, denn er konnte es nicht lassen, seine Mutter zu ärgern, wann immer es möglich war. Immer war sie so *dramatisch*.

»Ich begreife nicht, dass du dich zögerst zu heiraten. Ich bitte dich, dies nicht mit deiner Schwester zu teilen! Bitte!« Das Flehen in ihrem Blick war unmissverständlich und ziemlich verzweifelt.

Ruark lachte, in der Hoffnung, etwas Humor in ihre Perspektive zu bringen. »Es ist keine Krankheit, mit der ich sie anstecken werde.«

»Jetzt bist du einfach nur albern. Ich wünsche mir allerdings von dir, dass du dich um Einladungen für sie bemühst, wo immer du kannst. Sie muss schnell einen Ehemann finden.«

Das war nicht so einfach. Ruark dachte unverzüglich an Lucien und ob er helfen könnte. Er dachte auch an den Phönix Club, die einzige Stätte, an die er sie mitbringen könnte. »Mein Club veranstaltet jeden Freitag einen Ball, und er ist so etwas wie ein Magnet für den Heiratsmarkt geworden. Kat und du, ihr könnt mich begleiten.«

»Wunderbar.«

Ruark würde vorher mit Kat sprechen. Wenn sie nicht heiraten wollte, würde er nicht zulassen, dass sie von ihrer Mutter gezwungen wurde. Er würde ihr auch von weiteren Kuss Experimenten abraten, insbesondere hier in London, wo ihr Ruin unverzüglich und auf boshafte Weise erfolgen würde. Wieder spürte er diesen Stachel seiner Scheinheiligkeit.

»In der Zwischenzeit«, fuhr seine Mutter fort, »werde ich mich umziehen, damit wir zur angesagten Stunde in den Hyde Park spazieren können.«

»Mutter, es ist jetzt beinahe fünf. Musst du dich nicht von deiner Reise ausruhen?«

»Ich *muss* deine Schwester auf dem Heiratsmarkt präsentieren.« Sie strebte auf die Tür zu, doch dann hielt sie inne, um ihm über die Schulter einen Blick zuzuwerfen. »Begleitest du uns oder nicht?«

Er wischte sich mit der Hand über die Stirn und massierte mit leichten Bewegungen die einsetzenden Kopfschmerzen weg. »Ich komme mit.«

Sie drehte sich ganz zu ihm um. »Du solltest dich auch auf dem Heiratsmarkt präsentieren.«

»Ich bin noch nicht bereit, zu heiraten.«

Sie seufzte auf und machte sich nicht die Mühe, ihre Enttäuschung zu verbergen. »Lass dir nicht zu viel Zeit. Denk an deinen Vater – du weißt nie, wie viel Zeit dir bleibt.« Dann verließ sie den Salon und ließ Ruark mit der Frage zurück, ob er einen Fehler begangen hatte. Oder eine Reihe von Fehlern.

Er dachte an Freya, dunkelhaarig und helläugig, mit exquisiten Gesichtszügen, die dazu einluden, gezeichnet oder gemalt oder gemeißelt zu werden – oder alles. Neun Jahre waren vergangen, seit er sich eingebildet hatte, in sie verliebt zu sein. War er tatsächlich verliebt gewesen?

Und was war mit seiner früheren Geliebten oder der schönen Frau, die er vor drei Jahren in Irland sitzengelassen hatte? Hatte er eine von ihnen geliebt? Was taten sie jetzt?

Plötzlich dachte er an Cassandra in neun Jahren. Was würde sie tun? Wäre sie glücklich? Wäre er es?

Seine Schulter zuckte. Er konnte sich – oder sie – nicht

weiter quälen. Er musste darüber hinwegkommen, sich auf den Preiskampf konzentrieren und den Schwur einhalten, den er geleistet hatte. Um jeden Preis.

~

*D*er Tag war bewölkt, aber zum Glück ohne Regen, als Cassandra in Begleitung von Sabrina und Prudence in den Hyde Park spazierte. Sabrina war zwar nicht mehr ihre Mentorin, doch sie hatte Cassandra versprochen, zur Verfügung zu stehen, was sie am Ende ihres Spaziergangs um den Grosvenor Square vor kurzem noch einmal bestätigt hatte. Vorhin hatte sie Cassandra eine Nachricht geschickt, in der sie sie zum Spaziergang in den Park einlud.

»Dein Ausgehkleid ist himmlisch«, schwärmte Cassandra und betrachtete das Kostüm ihrer Schwägerin ein wenig neidisch. Der Schnitt war der absolut letzte Schrei, und das dunkle Blaugrün passte perfekt zu Sabrina. Das Beste aber war die Kopfbedeckung, die wie ein Herrenhut aussah, allerdings mit kürzerem Oberteil und einer stärker gebogenen Krempe, die in einem kecken Winkel über ihrer Stirn saß. »Es ist der Hut, wirklich. Ich brauche einen.«

Sabrina lachte. »Ich war mir nicht sicher, ob er gut aussieht, aber die Modistin hatte darauf bestanden – sie hatte ihn für die Hutmacherin entworfen.« Sie strich mit den Fingerspitzen über die Krempe. »Es ist so seltsam, so viele neue Kleider und Accessoires zu haben. Seltsam ist ehrlich gesagt nur die Aufmerksamkeit, die der Garderobe zuteilwird«, fügte sie in leiserem Tonfall hinzu.

»Manche Leute sind ziemlich oberflächlich«, bemerkte Cassandra kichernd. »Ich nehme an, du musst mich dazu zählen, da ich von deinem Hut so angetan bin.«

»Ich würde dich niemals zu dieser Sorte hinzurechnen«,

entgegnete Sabrina heftig. Ihr Blick schweifte zum Weg, dem sie sich näherten. »Glastonbury schaut in diese Richtung.«

Cassandra drehte ihren Kopf in Richtung des Rasens auf der anderen Seite des Weges, auf dem mehrere Gruppen von Menschen standen. Glastonbury war mit ein paar anderen Gentlemen zusammen, doch sein Blick war unmittelbar auf sie gerichtet. Als sie sich näherten, löste er sich von der Gruppe, um sie abzufangen.

Er verbeugte sich tief und nahm Cassandras Hand. »Der Tag ist unendlich viel schöner, seit Ihr hier seid, Lady Cassandra.«

»Sie schmeicheln mir, Lord Glastonbury.« Cassandra entzog ihm ihre Hand.

»Sollen wir promenieren?«, fragte er.

Cassandra warf Sabrina einen fragenden Blick zu, aber sie sagte nichts. Dann schaute sie zu Prudence, die näher zu Sabrina gerückt war und ihr stillschweigend zu verstehen gab, dass sie in einem diskreten Abstand bleiben würden.

»Gewiss.« Cassandra legte ihre Hand auf den dargebotenen Arm und sie fingen an, den Weg entlangzuschlendern. »Ich bin so erfreut, Ihnen heute zu begegnen. Ich hatte Sie etwas fragen wollen.«

»Tatsächlich? Bitte fragen Sie mich alles, was Sie wollen.«

Alles? Sie würde sich diese Einladung vielleicht für später aufsparen. »Ich habe erfahren, dass Sie Boxer sind. Was reizt Sie am Boxen? Es scheint so ein brutaler Sport zu sein.« Fast sofort bedauerte sie, ihn gefragt zu haben. Wenn Blut erwähnt würde, könnte sie sich am wahrscheinlich öffentlichsten Ort Londons blamieren.

»Ich bin gut darin«, antwortete er ohne einen Anflug von Arroganz.

»Das ist alles?«

Er zuckte mit den Schultern. »Es liegt eine Strategie und Eleganz darin, die mich beruhigt.«

»Wie faszinierend.« Sie konnte sich nicht überwinden, ihn zu fragen, wie das Austeilen von Schmerz überhaupt elegant sein konnte.

»Ich bin froh, dass Sie so denken.« Seine blaugrünen Augen trafen sie lange genug, dass sie sich genötigt sah, den Blick abzuwenden, damit sie nicht mit etwas oder jemandem zusammenstieß.

Der Viscount war heute anders. Aufmerksamer und offener, und mehr zum ... Flirten aufgelegt. Bedeutete das, er war bereit, mit seiner Werbung ernst zu machen? Das wäre typisch, jetzt, da sie erkannte, dass sie Ruark liebte. Sie konnte Glastonbury jetzt unmöglich heiraten.

Vielleicht bildete sie sich diese Dinge auch nur ein. Sie würde keine Vermutungen anstellen.

Aus dem Augenwinkel erkannte sie Ruarks vertraute Gestalt. Ihr Herz machte einen Satz und sie konnte ein Lächeln nicht unterdrücken, das ihre Lippen umspielte. Er war nicht allein. Zwei Frauen flankierten ihn, als sie auf dem Weg schlenderten und auf sie zukamen. Sie bemerkte den genauen Moment, als er sie erkannte, denn die Luft schien sich zu verändern. Plötzlich war es wärmer, strahlender und die Frühlingsdüfte durchdringender.

»Lord Wexford«, begrüßte sie ihn.

»Lady Cassandra.« Er verneigte sich und dann nickte er dem Viscount zu. »Glastonbury.«

»Guten Tag, Wexford«, erwiderte Glastonbury leutselig.

Ruark sah zu seiner Mutter und dann zu seiner Schwester. »Dies ist die Komtess von Aldington, Lady Cassandra Westbrook und Viscount Glastonbury.« Nachdem die beiden Frauen einen Knicks vollführt hatten, fuhr er fort: »Erlauben Sie mir, meine Mutter, Mrs. Shaughnessy, und meine Schwester, Miss Kathleen Shaughnessy vorzustellen.«

Cassandra erkannte die Ähnlichkeit, die er mit seiner Mutter teilte – der Schnitt ihrer Augen und die Krümmung der Nasen. Letztere waren wahrscheinlich identisch gewesen, ehe er die seine gebrochen hatte. »Ich bin so erfreut, Ihre Bekanntschaft zu machen«, entgegnete Cassandra herzlich. »Gestatten Sie mir auch, meine Gesellschafterin, Miss Lancaster vorzustellen.«

»Wie bezaubernd, Sie kennenzulernen«, meinte Sabrina, während Prudence knickste. »Sind Sie gerade in London angekommen?«

»Heute früh«, antwortete Mrs. Shaughnessy.

Donnerwetter, sie verschwendeten keine Zeit. »Sie sind von Gloucestershire angereist?« Cassandra wusste, dass sie auf Ruarks englischem Anwesen dort lebten. Aber vielleicht waren sie auch von woanders her gekommen.

»Ja. Wir freuen uns sehr, London zu sehen.«

»In der Tat. Ich kann es kaum erwarten, das Museum zu besuchen«, meinte Miss Shaughnessy strahlend.

»Ein Besuch lohnt sich wirklich«, bemerkte Glastonbury mit einem seiner einnehmenden Lächeln. Er nickte zu Cassandra. »Wir sollten eines Tages dorthin gehen. Vielleicht nächste Woche.«

Sie schaute zu ihm. »Ähm, ja.«

»Ausgezeichnet. Ich freue mich darauf. Und nun muss ich weiter.« Er drehte um und nahm ihre Hand – diejenige, die seinen Ärmel gehalten hatte. Er beugte sich darüber und hauchte ihr einen Kuss über den Handschuh. Sie konnte sich die geringste Andeutung seiner Lippen auf dem Wildleder vorstellen.

Dann hob sie den Blick zu Ruark und bemerkte, mit einem Schwindelgefühl, dass seine Augen sich verengt hatten, als er sie auf Glastonbury richtete. Der Viscount ging davon und Sabrina machte den Vorschlag, dass sie vom Weg abgingen, um sich zu unterhalten.

»Meine Kathleen wird an der Saison teilnehmen«, bemerkte Ruarks Mutter, hauptsächlich an Sabrina gewandt.

»Ich hoffe, wir werden Sie treffen.« Sie schaute zu Cassandra. »Und Sie, Mylady.«

Cassandra hatte nicht gewusst, dass seine Schwester auf dem Heiratsmarkt sein würde. Aber andererseits hatte sie nicht einmal gewusst, dass sie in die Stadt kommen würde. »Wie wunderbar. Ich wäre erfreut, wenn ich bei der Einführung von Miss Shaughnessy in die Gesellschaft behilflich sein könnte.«

»Wir werden Freitag am Ball in Ruarks Club teilnehmen«, meinte Mrs. Shaughnessy, die dabei zu ihrem Sohn schaute, dessen Stirn seit Glastonburys Weggang leicht gerunzelt geblieben war.

Sie wandte ihre Aufmerksamkeit Sabrina zu. »Ich habe erfahren, dass der Ball ein ausgezeichneter Zugang für den Heiratsmarkt ist?« Ihre Stimme klang eifrig.

»Das kann sein, ja«, antwortete Sabrina langsam. »Ich würde auch empfehlen, sich um eine Eintrittskarte in das Almack´s zu bemühen, wenn Sie eine bekommen können. Es kann ein bisschen schwierig sein, aber Ihr Sohn ist ein Adliger und das ist immer hilfreich.«

Mrs. Shaughnessy sandte ihrem Sohn einen erwartungsvollen Blick zu. »Ich gehe davon aus, dass du uns eine Eintrittskarte besorgen kannst?«

Seine Augen weiteten sich kurz, als er den Kopf neigte. »Erwarte nicht zu viel an dieser Front. Es obliegt einzig den Schirmherrinnen des Almack´s.«

»Ich habe Vertrauen in dich, mein Lieber.« Seine Mutter formte ihre Lippen zu einem breiten, zuversichtlichen Lächeln.

Miss Shaughnessy trat zu Cassandra und ihr Blick war auf einen Punkt irgendwo links von ihr geheftet. »Ich würde lieber mit Ihnen und dem anderen Gentleman ins Museum gehen.«

»Ins Museum?«, fragte Cassandra amüsiert.

»Mit Glastonbury«, meinte Ruark steif. »Er hat Sie eingeladen, nächste Woche dorthin zu gehen.«

»Oh, richtig.« Das hatte Cassandra bereits vergessen. »Ich bin sicher, dass wir einen Besuch im Museum arrangieren können«, meinte sie zu seiner Schwester. »Was würden Sie gerne besichtigen?«

»Die Tiergattungen in der Hauptsache, aber ich würde gern alles sehen.«

Ruark lächelte Miss Shaughnessy an. »Meine Schwester hat eine Passion für Tiere.«

»Sollen wir am Serpentineteich entlang spazieren, um die Wasservögel zu beobachten?«, schlug Cassandra vor.

Miss Shaughnessy nickte enthusiastisch. »Ja, bitte.«

Cassandra traf Ruarks Blick und versuchte ihm schweigend mitzuteilen, dass sie zusammen gehen sollten.

Mrs. Shaughnessy ging zu Sabrina. »Lady Aldington, ich frage mich, ob ich Sie über die Mode zu Rate ziehen kann, und was Kathleen tragen sollte.«

»Da kann ich Ihnen bestimmt zu helfen versuchen.«

Cassandra fragte sich, ob sie Mrs. Shaughnessys Frage hätte beantworten sollen, da Sabrina sich auf Evie verlassen hatte ihr zu helfen ihre Garderobe in dieser Saison zu erneuern. Allerdings war Cassandra zu erpicht darauf, sich mit Ruark zu unterhalten. Allein.

Sabrina ging mit Mrs. Shaughnessy auf den Weg zurück und fing an, mit der anderen Frau, die geschäftig an ihrer Seite wuselte, auf den Serpentineteich zuzugehen.

Prudence schaute Cassandra an, die sich zu ihr gesellte, während Ruark mit seiner Schwester ging. Enttäuscht runzelte Cassandra die Stirn.

»Was stimmt nicht?«, fragte Prudence leise.

»Ich möchte mich mit Lord Wexford unterhalten. Um ihn etwas über Glastonbury zu fragen«, flunkerte Cassandra.

»Ich verstehe.« Prudence klang nicht, als ob sie ihr

glauben würde. Dennoch meinte sie: »Holen wir sie ein und ich werde mit Miss Shaughnessy losgehen.«

Cassandra warf ihr einen dankbaren Blick zu. »Danke.«

Sie beschleunigten ihre Schritte, um Ruark und seine Schwester einzuholen, und Prudence glitt an Miss Shaughnessys rechte Seite und Cassandra an Ruarks linke. Miss Shaughnessy sprach in erhöhtem Tonfall zu ihm. »Einige der Männchen können in ihrem Verhalten recht aggressiv sein. Sie richten ihr Augenmerk auf ein Weibchen und werben emsig um sie.«

»Worüber unterhalten Sie sich?«, fragte Cassandra heiter. »Es klingt wie die Londoner Saison.«

Ruark lächelte und unterdrückte ein Lachen.

»Die Enten bei Warefield«, antwortete Miss Shaughnessy und überraschte Cassandra mit der Antwort. »Mallard-Enten insbesondere. Die Gadwall-Enten benehmen sich anders.« Sie tat, wie es klang, einen dringend benötigten Atemzug. »Gadwalls sind faszinierend zu beobachten. Sie stehlen einer anderen Ente das Futter, das diese mit Mühe gesucht hatte.«

»Wie kommt es, dass Sie so viel über Enten wissen?«, fragte Prudence und zog so Miss Shaughnessys Aufmerksamkeit auf sich, während ihr Blick auf Cassandra haftete und ihr im Stillen mitteilte, dass es nun an der Zeit sei, Ruark für sich zu beanspruchen.

Cassandra fasste ihn sanft am Arm. Er sah auf die Stelle hinab, an der sie ihn berührte, und dann schaute er sie an. Durch die Verbindung floss Elektrizität zwischen ihnen und sie fühlte sich schwummerig.

»Ich wusste nicht, dass Ihre Familie in die Stadt kommen würde«, meinte sie, als sie hinter Prudence und seiner Schwester hergingen. Prudence hatte ausgezeichnete Arbeit geleistet, indem sie sich und Miss Shaughnessy vor sie beide manövriert hatte.

»Nur meine Mutter und zwei meiner Schwestern. Meine Mutter möchte einen Ehemann für Kat finden.«

»Was möchte Ihre Schwester?«

»Über Enten sprechen.« Er warf ihr ein Grinsen zu. »Ich bin nicht ganz sicher, aber ich vermute, dass sie entzückt wäre, wenn sie mit ihren Büchern und ihren Nachforschungen in Ruhe gelassen würde.«

»Worüber forscht sie nach?«

»Im Grunde über alles. Ihr Verstand ist recht hungrig. Sie neigt dazu, sehr fokussierte Perioden zu durchleben. Wie Sie sehen können, waren Enten eine davon. Sie hat ihre Zeit auch dem Studium von Kühen, Pferden, Ziegen, Hunden, Katzen und jeder anderen Tiergattung gewidmet, die sich auf einem Landsitz finden lässt.«

»Daher stammt also ihre Liebe für Tiere«, meinte Cassandra. »Ich hoffe, Sie werden dafür sorgen, dass sie ins Museum kommt. Sie wird von den Ausstellungen begeistert sein.«

»Das werde ich. Es sei denn, Glastonbury und Sie nehmen sie mit.« Er warf ihr einen Blick zu, der sowohl erwartungsvoll als auch … verärgert war.

»Ich weiß nicht, ob wir das tatsächlich tun würden. In der Tat kann ich nicht sagen, ob ich mit dem Viscount ins Museum gehe.«

»Warum?«, entfuhr ihm das einzelne Wort scharf aus dem Mund.

»Weil ich entschieden habe, dass ich nicht glaube, dass wir zusammenpassen.«

»Und warum ist dem so?«

Sie fasste seinen Arm noch fester. »Es gibt noch jemanden, den ich sehr viel mehr bevorzuge.«

KAPITEL 13

*A*ls Ruark Cassandras Profil betrachtete, war er zwischen Freude und Furcht hin- und hergerissen. Ein verführerisches Lächeln umspielte ihre Lippen und lockte ihn, sie zu küssen. Nicht, dass er das mitten in dem verdammten Hyde Park tun würde. Mit ihr spazieren zu gehen war schon schlimm genug – dies war *nicht* die Distanzierung, die er brauchte.

Er schaffte es, sie zu fragen: »Darf ich fragen, um wen es sich handelt?«

Sie schnalzte mit der Zunge. »Wenn Sie das nicht wissen, sind Sie nicht so schlau, wie ich gedacht habe. Nur um das klarzustellen, das sind Sie.«

Jetzt begaben sie sich auf gefährliches Terrain. Doch da waren sie bereits, seit sie sich auf ihrer Geburtstagsfeier geküsst hatten. Nein, seit der Episode im Wandschrank des Phönix Clubs befanden sie sich eindeutig in der Gefahrenzone. Er musste sie beide zurück in die Grenzen der Anständigkeit führen. Zu der Beziehung, die sie vorher hatten.

War das überhaupt möglich? Bei den anderen hatte er das nie versucht. Er war fortgegangen und hatte sein Leben weitergelebt. Wie konnte er das mit der Schwester seines besten Freundes tun?

Er versuchte, die Unterhaltung in sicherere Gewässer zu steuern. »Ich wäre Ihnen dankbar, wenn Sie beim Ball am Freitag Kat im Auge behalten könnten. Sie werden doch dort sein, nicht wahr? Oder hat der Herzog Ihre Teilnahme wieder verboten?«

»Er hat mir nicht *untersagt,* hinzugehen. Ich plane, dort zu sein. Ich würde mich freuen, Ihrer Schwester auf jede Weise helfen zu können.«

»Ich danke Ihnen. Meine Mutter möchte unbedingt, dass sie heiratet, aber ich werde sie nicht zwingen. Ich werde meiner Mutter wohl sagen müssen, dass sie sich nicht einmischen soll.«

»Sagen Sie ihr, dass sich einmischende Eltern schrecklich sind. Ich würde gerne meine eigenen Erfahrungen teilen«, fügte sie lachend hinzu.

Er lächelte, weil er ihr kameradschaftliches Verhalten zu schätzen wusste. »Danke, aber ich wage zu behaupten, dass das nicht helfen würde.«

»Warum besteht Ihre Mutter so sehr darauf, gleichwohl Ihre Schwester sich sträubt?«

Er zauderte, und beinahe hätte sie ihm gesagt, ihr den Grund nicht sagen zu müssen. Doch dann platzte er mit leiser Stimme heraus: »Meine Schwester ist in Gloucestershire in Schwierigkeiten geraten. Sie hat einen Gentleman geküsst, was sie nicht hätte tun dürfen, und wurde dabei gesehen. Ihr Ruf ist ramponiert, also hat Mutter sie hierher gebracht, um sie zu verheiraten. Sie hat es eilig, ehe Klatsch und Tratsch sie hierher verfolgen.«

»O je.« Sie warf ihm einen mitfühlenden Blick zu und lehnte sich zu ihm. »Die gute Nachricht ist, dass es eine Weile dauern kann, bis diese Information London erreicht. Die schlechte Nachricht ist, dass dem vielleicht nicht so ist.«

»Ich muss immer wieder daran denken, dass wir das hätten sein können.« Er sprach mit leiser Stimme, nicht dass Kat sie hören würde. Und er bezweifelte sehr, dass Miss Lancaster etwas hören konnte, wenn Kat sprach. Seine Schwester hatte eine überdurchschnittlich laute Sprechstimme, insbesondere, wenn sie über ein Thema referierte, das sie interessierte.

»Wir *wurden* gesehen«, murmelte Cassandra.

»Ja, aber das liegt zwei Tage zurück, und zum Glück hat niemand etwas gesagt. Ich gehe davon aus, dass Lady Aldington und Evie tun, was sie angedeutet haben, und die Sache für sich behalten.« Er hatte sich gefragt, ob er Evie gestern Abend im Club begegnen würde, aber er hatte sie nicht gesehen.

»Sabrina hat mich gestern besucht, um mit mir darüber zu reden. Sie meinte, es hätte sich wohl um einen einmaligen Vorfall gehandelt. Ich habe sie nicht korrigiert.« Sie warf ihm einen flüchtigen Blick zu. »Ich erwarte keinen Antrag.«

Er verspürte einen Anflug von Erleichterung, doch dann ereilte ihn sofort sein schlechtes Gewissen.

»Zumindest nicht jetzt«, fügte sie hinzu.

Ruark wäre fast gestolpert.

Cassandra packte ihn fester am Arm. »Ich weiß, dass du nicht heiraten willst, bevor du dreißig bist, und ich verstehe das. Ich habe beschlossen, auf dich zu warten.«

Er wurde langsamer, sodass sie fast zum Stehen kamen. »Das kannst du nicht tun.«

»Ich möchte es aber.« Sie trieb ihn weiter und zerrte an seinem Arm.

Mit schwirrenden Gedanken setzte er seinen Weg wie in Trance fort. »Ich kann das nicht von dir verlangen.«

»Das tust du nicht. Ich will es.«

Sie waren beinahe am Serpentineteich angelangt. Die anderen hatten gerade das Ufer erreicht. Ruark konnte Kats

Begeisterung von hier aus erkennen. Sie beugte sich über das Wasser und streckte den Enten die Hand entgegen.

Er blieb stehen und wandte sich Cassandra zu. »Ich kann nicht versprechen, dich in drei Jahren zu heiraten. Der Sinn des Schwurs, den ich geleistet habe, bestand darin, zu warten, bis ich sicher bin, dass ich bereit bin, und –« Dass er sich vergewissern wollte, die richtige Wahl zu treffen, wollte er nicht sagen. Jetzt, in diesem Moment, dachte er, sie könnte die Richtige sein. Aber das hatte er früher schon gedacht.

Ihre Augen waren warm, ihr Ausdruck mitfühlend. »Das verstehe ich. Und ich kann warten. Ich will warten. Ich liebe dich genug für uns beide ... bis du bereit bist.«

Es war, als stünde jemand auf seinem Brustkorb. Er war unfähig, tief Luft zu holen. Sie konnte ihn nicht lieben. Das wollte er nicht.

»I-ich muss gehen.« Er entfernte sich von ihr und schritt zu seiner Mutter und seiner Schwester, um ihnen zu sagen, dass sie heimkehren mussten, da er einen Termin hatte.

»Wunderbar«, erwiderte Kat, die sich ohne Beschwerde vom Wasser abwandte, was ihn überraschte. Er hatte erwartet, dass sie sich angesichts ihres Interesses an den Wasservögeln sträuben würde. »Ich bin von der Reise erschöpft.«

Natürlich war sie das. »Dann lass uns unverzüglich nach Hause gehen.« Er blickte zu seiner Mutter, die nickte, gleichwohl sie ein wenig verstimmt wirkte.

Ruark verneigte sich vor Lady Aldington. »Guten Tag.« Er nickte Miss Lancaster zu. Als er sich umdrehte, erblickte er Cassandras tief gerunzelte Stirn und er hasste sich dafür, ihr Kummer bereitet zu haben. Aber er konnte nicht bleiben. Er konnte ihr nicht zuhören, wie sie ihre Zukunft plante oder Liebeserklärungen machte.

Über seine Zukunft für mindestens die nächsten drei Jahre hatte er bereits entschieden, und sie konnte keinen Teil davon bilden.

~

*R*uark hatte den vorigen Abend zurückgezogen in seinem Arbeitszimmer verbracht. Er hatte nicht einmal mit seiner Mutter und Kat zu Abend gegessen. Später erfuhr er, dass Kat durchgeschlafen hatte, also machte er sich keine Vorwürfe. Er hatte einfach nicht die Kraft gehabt, seiner Mutter nach der Sache gegenüberzutreten, die mit Cassandra im Park geschehen war.

Sie hatte sich so überzeugt angehört. *Ich habe beschlossen, auf dich zu warten. Ich will warten. Ich liebe dich genug für uns beide.*

Immer wieder hatten sich ihre Worte in seinem Kopf wiederholt, bis er genügend Whisky getrunken hatte, um dem Refrain ein Ende zu setzten. Leider bedeutete das, dass er jetzt unter einem schrecklichen Kater litt. Er hatte es nicht besser verdient, da er Cassandra auf diesen hoffnungslosen Weg geführt hatte. Nie hätte er die Dinge so weit kommen lassen dürfen.

Sobald er erkannt hatte, dass sie die Frau war, die er im Wandschrank geküsst hatte, hätte er sie aus seinen Gedanken verbannen sollen. Das hatte er verdammt noch mal *versucht.*

Kat schritt in den Frühstücksraum. Sie trug ein lockeres Tageskleid mit einem kleinen Blumenmuster. Ruark konnte sehen, dass es schon ein paar Jahre aus der Mode war, und die Manschetten an den langen Ärmeln waren ausgefranst.

»Morgen, Ruark«, trällerte sie, als sie ihren Teller füllte. Sie konnte wie ein Soldat auf Urlaub essen, der seit Monaten nur noch karge Rationen bekommen hatte.

»Guten Morgen.« Er nippte an seinem Kaffee und beobachtete amüsiert, wie sie sich hinsetzte und ihren Teller stirnrunzelnd betrachtete.

»Ich habe wohl zu viel genommen.« Sie zuckte mit den

Schultern. »Ach, na ja. Du hast doch einen Hund, den ich füttern kann, nicht wahr?«

»Nein, habe ich nicht.«

»Wir haben Hunde in Warefield.«

»Ich weiß. Es ist mein Haus, Kat.«

»Ja, aber du bist nicht so oft da wie ich. Es gibt zwei weitere Hunde, seit du zu Weihnachten da warst.«

»Ach ja?«

»Ein Bruder und eine Schwester von John Masons Terrier. Aislinn und Abigail haben je einen bekommen.«

»Hat Mutter das erlaubt?«

»Vater hat sie dazu gebracht.« Kat machte sich ein paar Minuten lang über ihren Teller her, während Ruark in der Zeitung blätterte.

Als sie langsamer wurde, legte er die Zeitung beiseite. »Du bist nicht begeistert, zu heiraten, nicht wahr?«

»Ganz und gar nicht.«

»Ich nehme nicht an, dass du diesen Hickinbottom geküsst hast, um einen Skandal zu verursachen, damit du *nicht verheiratet* werden kannst?«

Ihre Hand hielt mit einem Stück Schinken auf der Gabel auf halbem Weg zu ihrem Mund still. »Das habe ich nicht, aber das ist eine ausgezeichnete Strategie. Ich wünschte, sie wäre mir selbst eingefallen.« Sie verspeiste den Schinken und nachdem sie ihn heruntergeschluckt hatte, meinte sie: »Ich habe ihn als Experiment geküsst, und ich hatte ihn ausgesucht, weil er bereits verlobt war.«

Ruark konnte ihrer Logik folgen. »Auf diese Weise konnte er nicht gezwungen werden, dich zu heiraten?«

Sie kniff ein Auge zusammen und nickte, ein Lächeln umspielte ihre Lippen. »Klug, nicht wahr?«

»Ja. Aber auch töricht. Kat, hast du nicht daran gedacht, was das für deinen Ruf bedeuten würde?«

»Ich kann nicht behaupten, das getan zu haben, aber es ist mir auch einerlei.«

»Was ist mit deinen Schwestern? Das wird ein schlechtes Licht auf Iona und die Zwillinge werfen.«

Sie runzelte die Stirn. »Das hat Iona bereits betont. Sie ist ziemlich wütend auf mich. Deshalb mussten wir auch getrennte Schlafzimmer haben.«

Das ergab für Ruark einen Sinn. »An ihrer Stelle wäre ich auch verstimmt, glaube ich«, meinte er sanft. Manchmal fiel es Kat schwer, die Sichtweise anderer zu erfassen, insbesondere, wenn sie auf ihre eigenen Ziele fixiert war, wie bei ihren Experimenten.

»Achhh.« Sie dehnte das Wort in die Länge und schnitt eine Grimasse. »Das habe ich nicht erkannt. Ich werde mich entschuldigen.«

Gleichwohl es richtig von ihr war, dies zu tun, würde es die Sache für Iona, die mit ihren neunzehn Jahren ebenfalls alt genug zum Heiraten war, nicht in Ordnung bringen.

»Du solltest vielleicht hier in London bleiben, um dich von ihr und den Zwillingen zu distanzieren«, schlug Ruark vor. »Würdest du das wollen?« Er würde ihre Mutter überzeugen müssen. Und eine Gesellschafterin für sie in Stellung nehmen müssen. Er konnte sie auf keinen Fall beaufsichtigen, und er sollte auch keine zwanzigjährige junge Frau im Auge behalten müssen, selbst wenn sie seine Schwester war.

Ihre Augen leuchteten vor heller Freude. »Ja, sehr.«

»Du musst mir versprechen, keine weiteren Kuss-Experimente mehr durchzuführen. Warum hast du das überhaupt gemacht?«

»Ich hatte mich mit Hetty unterhalten, und sie sagte, ich solle niemanden heiraten, der nicht gut küssen kann. Ich fragte sie, woher ich wüsste, ob sie gut sind oder nicht. Sie erklärte es mir – ich hatte keine Ahnung, dass die Zungen mit im Spiel sind – und ich beschloss, es aus erster Hand wissen zu wollen. Also habe ich ein Experiment durchgeführt.«

Er starrte sie mit einer Mischung aus Belustigung, Unglauben und absolutem Verständnis an. »Natürlich hast du das.«

Henrietta Barnwick war eine Freundin seiner Schwestern, die zwei Meilen von Warefield entfernt wohnte. Er hatte noch nie jemanden getroffen, der schneller und selbstbewusster reden konnte, obwohl sie nicht viel von dem verstand, was sie redete. »Ich warne dich, nicht alles, was Hetty sagt, für bare Münze zu nehmen.«

»Warum, glaubst du wohl, musste ich ein Experiment durchführen?«, höhnte sie. »Ich konnte mich keineswegs nur auf ihre Beschreibung verlassen.«

»Versprichst du, keine weiteren Experimente durchzuführen, wenn ich Mutter überrede, dich hierbleiben zu lassen?«

»Ich verspreche es. Bitte, Ruark?«

»Ich werde mein Bestes tun«, versprach er schmunzelnd und überlegte, dass es schön wäre, sie hier zu haben. Er würde eine Ablenkung brauchen, wenn er beabsichtigte, von Cassandra fernzubleiben. Was er musste. »In der Zwischenzeit musst du morgen Abend zum Ball gehen. Ich werde anfangen, Mutter zu bearbeiten, aber es wird einige Zeit in Anspruch nehmen, sie zu überzeugen.« Er trank seinen Kaffee aus, ehe er sie wieder anschaute. »Willst du überhaupt je heiraten?«

Wieder zuckte sie mit den Schultern. »Ehrlich gesagt habe ich nicht viel darüber nachgedacht. Ich weiß, ich sollte das tun. Mutter plappert weiß Gott genug davon.«

»Ich werde mit ihr reden. Wünsch mir Glück.« Er zwinkerte seiner Schwester zu und stand auf.

»Jetzt gleich? Sie ist noch im Bett und wird bis Mittag wahrscheinlich dort bleiben.«

Er schmunzelte. »Nein, nicht jetzt. Ich weiß, dass ich sie nicht stören darf, wenn sie schläft.« Ihre Mutter konnte eine wilde Furie sein, wenn sie aufwachte, und sie mochte die frühen Morgenstunden nicht. Zehn Uhr vormittags war ihrer Meinung nach früh.

»O Gott. Das würdest du bestimmt bedauern.« Kat lenkte ihre Aufmerksamkeit wieder ihrem Frühstück zu und Ruark teilte ihr mit, dass er sich in sein Arbeitszimmer zurückziehen würde.

Sobald er dort angekommen war, fing er gleich wieder an, über sein Cassandra Dilemma zu brüten, gleichwohl er gelegentlich in der Lage war, sich mit Gedanken abzulenken, wie er seine Mutter vielleicht überzeugen könnte, Kat zu erlauben, in London zu bleiben. Ja, Ablenkungen waren gut. Wie Boxen. Er wurde bis morgen nicht im Club erwartet, aber er könnte trotzdem heute dort üben.

Ablenkungen würden allerdings nicht die Notwendigkeit eliminieren, die Dinge mit ihr zu beenden. Er musste ihr sagen, dass sie fertig waren, und sie ihn nicht lieben konnte. Sie musste ihn vergessen und sich neu orientieren. Vielleicht sollte sie Glastonbury heiraten.

Die Eifersucht bohrte sich in ihn wie auch gestern im Park, als er Glastonbury beobachtet hatte, wie er um sie herumscharwenzelt war. Wie konnte er sich von ihr abwenden, wenn jeder Teil von ihm direkt in ihre Arme laufen wollte?

～

»*D*u bist heute besser«, meinte Mort, als sie eine Pause beim Sparring machten. »Ist etwas passiert?«

»Ich bewahre nur einen klareren Kopf.« Ruark ging zur Bank außerhalb des Rings, von der er ein Handtuch nahm und sich den Schweiß von der Stirn und dem Nacken wischte. Er hatte schrecklich geschlafen, aber er hielt seinen Fokus auf alles andere als – Er würde ihren Namen nicht einmal denken.

»Wexford!«

Beim Klang seines Namens drehte Ruark sich um. Glastonbury kam auf ihn zu. Plötzlich erwiesen sich Ruarks Bemühungen, die Ruhe zu bewahren, als weitaus schwieriger. Eifersucht und Gereiztheit machten sich bemerkbar.

»Guten Tag, Glastonbury«, begrüßte er ihn gleichmütig und ließ das Handtuch auf die Bank fallen.

»Ich habe das Ende Ihres Trainings mit Mort angesehen.« Glastonbury schaute mit einem Lächeln zu dem Trainer. »Sie sind in ausgezeichneter Form. Wie kommt es, dass wir nie ein Sparring miteinander probiert haben?«

»Ich weiß es nicht.« Ruark hoffte, Glastonbury würde einen entsprechenden Vorschlag machen. Die Gelegenheit gegen Glastonbury zu kämpfen war unglaublich verlockend.

Glastonbury beäugte ihn spekulativ. »Sollen wir?«

»Ich denke ja.« Ruark konnte nicht anders als lächeln.

»Du hast fast eine Stunde trainiert«, gab Mort mit einem leichten Stirnrunzeln zu bedenken. »Der Viscount ist ausgeruht angekommen.«

»Wollen Sie sagen, ich solle es locker mit ihm angehen lassen?«, fragte Glastonbury mit einem Lachen. »Das kann ich tun.«

»Bitte nicht«, widersprach Ruark und versuchte, nicht die Zähne dabei zusammenzubeißen. »Ich bin sicher, dass ich der Herausforderung gewachsen bin. Ich bin locker und bereit, wohingegen Sie noch nicht einmal in Schweiß ausgebrochen sind.«

Glastonbury kniff leicht die Augen zusammen. »Na schön.« Er trat in den Ring und Ruark folgte. Der Viscount schaute zu Mort: »Sie werden als Schiedsrichter fungieren?«

Mort nickte, aber er sah nicht erfreut aus. Er schüttelte den Kopf in Ruarks Richtung. Ruark ignorierte ihn.

»Eine Runde«, kündigte Mort an, ehe der Kampf begann. »Oder bis ich es sage.«

Ruark bemerkte, dass alle im Club – etwa ein gutes Dutzend Gentlemen, und natürlich Fred – sich um den Ring versammelt hatten, um zuzuschauen. Er konzentrierte sich auf seinen Gegner und war begierig, dem Mann seine Faust ins Gesicht zu schmettern.

»Ich hoffe, ich kann meine Gedanken auf den Kampf konzentrieren«, meinte Glastonbury leutselig. »Wissen Sie, mein Kopf ist ein bisschen zu voll mit Plänen, da ich mich darauf freue, morgen um Lady Cassandras Hand anzuhalten.«

Jetzt war ihr Name in Ruarks Gedanken, gepaart mit einer giftigen Reaktion auf das, was der Viscount gerade gesagt hatte. Bittere Wut stieg in ihm auf. Er konnte Glastonbury nicht erlauben, sie zu heiraten.

Glastonbury schlug zu, während er abgelenkt war, und er traf Ruark mit der Faust an der Schulter. Der Ärger wurde stärker.

Ruark schoss vorwärts, aber er war zu aufgewühlt. Glastonbury wehrte seine Schläge ab. Dann landete er einen weiteren Treffer seitlich auf Ruarks Arm. Mit zusammengebissenen Zähnen verdoppelte Ruark seine Anstrengungen und zwang sich zu ruhigem und strategischem Vorgehen. Nach einigen Augenblicken, während derer sie ihre Verteidigung gleichhielten, gelang ihm ein Treffer auf Glastonburys Rippen.

»Guter Schlag«, bemerkte Glastonbury und ließ ein Lächeln aufblitzen. Seine liebenswürdige Art war zum Verrücktwerden. Zum Teil deshalb, weil dies typischerweise Ruarks Verhalten war. Er war charmant, gewitzt und unbekümmert.

Offensichtlich war Glastonbury das ebenfalls. Vielleicht war das der Grund, warum Cassandra überlegt hatte, ihn zu heiraten.

Hatte. Gestern hatte sie ihm eröffnet, dass sie die Absicht hatte, auf ihn zu warten. Es bestand kein Grund für ihn, sich jetzt aufzuregen. Sie hatte ihn bereits auserwählt.

Allerdings würde ihr Vater das nicht erlauben, insbesondere, wenn Glastonbury seine Anforderungen erfüllte, was er tat. Mist!

Glastonburys rechte Faust traf auf Ruarks Magengegend und seine Linke in seine Seite, womit er Ruark zurückdrängte. Ehe er sich wieder sammeln konnte, griff Glastonbury weiter an und landete noch zwei Treffer.

»Aufhören!«, rief Mort und beendete den Kampf. »Gut gekämpft.«

Schwer atmend stand Glastonbury mitten im Ring. Er neigte den Kopf vor Ruark. »Gutes Match.«

»Ist der Viscount der Gewinner?«, rief jemand.

»Ja«, antwortete Mort mit knapper Stimme.

Ruark hörte die Zuschauer etwas murmeln und er sah, wie Geld den Besitzer wechselte. Natürlich hatten sie auf den Kampf Wetten abgeschlossen. Schweiß lief ihm in die Augen und er blinzelte wie verrückt. Er hatte sich von Glastonbury überrumpeln lassen. Nein, er hatte seine Gedanken auf genau die Weise abschweifen lassen, wie er es nicht hätte tun sollen.

Ruark ging zu Glastonbury, um ihm die Hand zu schütteln. »Gutes Match. Ich war vermutlich ein bisschen müde.«

»Das konnte ich sehen«, entgegnete Glastonbury großherzig.

Sie verließen den Ring und Glastonbury ging, um mit Fred zu sprechen, während Ruark auf den Umkleideraum zustrebte. Mort fing ihn auf seinem Weg dorthin ab.

»Du wirst deine Meldung für den Preiskampf zurück-

ziehen müssen. Es sei denn, du willst dich von Garnham
verprügeln lassen.«

Daran konnte Ruark gerade nicht denken. Sein Verstand
wurde von Cassandra und ihrer möglicherweise bevorstehenden Verlobung verzehrt. Wenn Glastonbury von ihr
erhört wurde – oder noch wichtiger, von ihrem Vater – wäre
der Handel abgeschlossen.

Er brummte Mort etwas zu, der eilig vor ihn trat und ihm
den Weg versperrte. »Du bist ein Depp. Es ist keine Schande,
einen Rückzieher zu machen. Fred wird einen anderen
finden.«

»Lass mich in Ruhe, Mort.« Ruark schob sich an ihm
vorbei und ging sich waschen und umziehen. Er verließ den
Club durch eine Hintertür, um Mort oder irgendjemanden
anderen nicht zu sehen. Nachdem er in eine Gasse hinausge-
treten war, ging er um das Gebäude und schlug den Weg
nach Covent Garden ein, wo er eine Droschke anhalten
würde.

Was um alles in der Welt sollte er tun? Er konnte nicht
zulassen, dass Cassandra Glastonbury heiratete, aber er
konnte auch nicht den Schwur brechen, den er seinem Vater
geleistet hatte. Was, wenn sie nach ihrem Plan warteten, bis
er dreißig war?

Ihr Vater würde dem niemals zustimmen. Und auch
Lucien nicht. Ruark würde sie anders behandeln als die
anderen Frauen seiner Vergangenheit. Es würde keine
gebrochenen Herzen geben, oder Enttäuschungen. Sie
mussten einfach nur geduldig sein.

Vielleicht sollte er Aldington zuerst auf seine Seite bringen. Nein, auf *ihre* Seite. Cassandra müsste die treibende
Kraft sein, wenn sie ihren Bruder dazu bringen wollten,
seinem Plan zuzustimmen.

Ruark wischte sich mit der Hand über die Stirn. War er
dabei zu beschließen, sie in drei Jahren zu heiraten? Was,

wenn er bis dahin anders empfand? Und das erwartete er auch – dass sein Vater recht hatte. Jedes Mal, wenn Ruark sich verliebt hatte, hatte er sich auch wieder entliebt.

Aber wenn auch nur die leiseste Chance bestand, dass sie anders war, sollte er dann nicht versuchen, das herauszufinden?

Allerdings könnte auch sie sich entlieben – sie ist viel jünger mit viel weniger Erfahrung.

Er würde sie heute Abend beim Ball sehen, wo er sie vor Glastonburys Absicht warnen würde, ihr einen Heiratsantrag zu machen. Denn wenn Glastonbury das tat, hätte es keinen Sinn, sich zu fragen, ob Ruark sie vielleicht für mehr als eine vergängliche Zeit lieben könnte.

KAPITEL 14

Casandra kam mit Sabrina und Prudence beim Ball des Phönix Clubs an. Gleichwohl sie froh war, die beiden bei sich zu haben, wollte sie unbedingt Fiona finden. Seit Ruarks abruptem Aufbruch gestern, nachdem sie gesagt hatte, sie würde auf ihn warten *und* dass sie ihn liebte, wollte sie mit ihrer besten Freundin sprechen. Tatsächlich wollte sie sich bei jemandem alles von der Seele reden, der sie verstehen würde. Jemand, der sich so wie Cassandra ungehörig benommen hatte, und letzten Endes mit dem Mann verheiratet war, den sie liebte.

Derzeit bezweifelte Cassandra, dass dies passieren würde. Sie hatte den Schock und die Angst in Ruarks Augen gestern im Park gesehen und erkannt, dass sie zu weit gegangen war. Aber sie konnte nichts für ihre Gefühle, und wenn ihn dies erschreckte und in die Flucht schlug – oder beides – war es am besten, dass sie das jetzt erfuhr.

Der Club summte vor Licht, Gelächter und Musik, aber Cassandra schien heute Abend immun dagegen zu sein. Ihre Haut fühlte sich gespannt an und juckte, und wenn sie nicht so gern Fiona hätte sehen wollen, hätte sie wahrscheinlich kehrt gemacht und wäre nach Hause gefahren. Vielleicht musste sie sich nur etwas kühles Wasser in den Nacken tupfen.

Sie drehte sich zu Prudence und meinte: »Ich werde rasch den Ruheraum aufsuchen. Ich treffe Sabrina und dich dann im Ballsaal.«

Prudence zog die Augenbrauen über der Nase zusammen. »Ich werde dich begleiten.«

»Nein, ich werde nur einen Augenblick brauchen.« Cassandra wollte ihre Gesellschaft nicht. Sie wollte Raum. Nach so vielen Jahren, die sie fast immer allein gewesen war, konnte es da möglich sein, dass sie dies vermisste? Das hätte sie nicht gedacht.

Ehe Prudence protestieren konnte, eilte Cassandra in die Richtung des Ruheraums davon. Ehe sie ihn allerdings erreichte, geriet ihr eine große Gestalt in den Weg.

Sie schaute auf und war überrascht, Ruark zu sehen. Noch überraschter war sie von dem dringlichen und recht gehetzten Ausdruck auf seinem Gesicht.

»Komm mit mir«, gebot er ihr ohne große Vorrede, als er sie am Arm fasste.

Cassandra grub die Absätze in den Boden. »Wohin?«

»Nach oben. Irgendwohin … Verschwiegenes. Ich muss mit dir über eine dringende Angelegenheit sprechen.«

»Dringend?« Sie konnte sich nicht vorstellen, was das sein sollte. »Na schön.«

Er stieß die Luft aus, nahm sie an der Hand und schaute sich um, um sicherzustellen, dass niemand sie beobachtete – ein Frauenpaar näherte sich dem Ruheraum, aber sie hatten tief im Gespräch versunken die Köpfe zusammengesteckt. Er zog sie zu einer geschlossenen Tür und dann die Hintertreppe hinauf und den ganzen Weg bis in den zweiten Stock.

Er öffnete die Tür und führte sie in einen breiten, schwach beleuchteten Korridor. Nach einem Blick nach

rechts und dann nach links, nahm er sie an der Hand und
führte sie nach links. Fast sofort öffnete er eine weitere Tür
und führte sie hinein. Worauf er prompt fluchte. »Wir brauchen ein Licht. Bleib hier.«

Er ließ ihre Hand los und ließ die Tür angelehnt, sodass
das Licht von den Fackeln im Korridor ein bisschen Licht bis
zu der Stelle spenden konnte, an der sie stand. Sie drehte sich
um und erkannte, dass es ein kompakter, fensterloser Lager-
raum war, der mit einigen Möbelstücken, Dekorationsgegen-
ständen und mehreren Kisten vollgestellt war.

Einen Moment später kehrte Ruark mit einer Kerze in
der Hand zurück und als er dieses Mal den Raum betrat,
schloss er die Tür. Er stellte die Kerze auf einem Stapel
Kisten ab.

»Was um alles in der Welt ist so dringend, dass du mich
heimlich hier heraufbringen musstest?«

Er schaute sie einen Augenblick an und seine blauen
Augen strahlten hell in dem Licht der einzelnen Kerze, die
neben ihnen flackerte. Dann legte er die Arme um sie und
zog sie an seine Brust, während er seine Lippen auf die ihren
herabsenkte.

Gleichwohl unerwartet, war sein Kuss nicht unwillkom-
men. Im Gegenteil. Cassandra hatte gefürchtet, dass sie nie
wieder seine Umarmung erleben würde. Sie schwelgte in
dem Gefühl seiner Arme um sie, und dem Gefühl seiner
Zunge, die in ihren Mund glitt, als er forderte, wonach ihm
der Sinn stand. An seinen Nacken geklammert forderte sie,
was sie sich wünschte – genau das, was er zu bieten hatte.

Aber Moment. Warum tat sie das?

Cassandra zog sich von ihm zurück und zwang sich,
einen Schritt rückwärts zu tun. »Berichte mir von dieser
dringenden Situation.«

»Du musst morgen krank sein.« Noch immer glomm ein

merkwürdiges Licht in seinen Augen. Er wirkte unruhig und erregt.

»Warum?«, fragte sie amüsiert.

»Glastonbury will dir einen Heiratsantrag machen.«

Mit großen Augen fühlte Cassandra sich plötzlich losgelassen, als ob sie davonschweben würde. Sie kämpfte sich zur Erde zurück. »Wie weißt du das?«, flüsterte sie.

»Er hat es mir heute im Boxclub erzählt. Er war sehr von sich eingenommen, wenn du das wissen willst.«

Jetzt verstand sie seine Gemütserregung. »Bist du eifersüchtig?«

Er zauderte nicht. »Natürlich bin ich das.«

Eine alberne Freude perlte in ihr auf. Sie konnte nicht widerstehen, ihn zu necken, nachdem er gestern im Park von ihr weggegangen war.

»Vielleicht sollte ich annehmen. Mein Vater wäre hocherfreut.«

Die Worte waren ihr kaum über die Lippen gekommen, als Ruark sie schon wieder küsste. Er hielt sie im Rücken und seine Hände bewegten sich in einem verwirrenden Spiel des Verlangens über ihren Körper. Cassandra legte die Hände auf seine Schultern und grub die Finger in den Stoff seines Fracks, während sie seinen Kuss mit wilder Leidenschaft erwiderte.

Er nahm den Mund von ihrem und zog mit seinen Lippen eine Spur über ihren Kiefer. »Du kannst ihn nicht heiraten.«

»Warum nicht?«

»Es wäre intolerabel.« Wieder erhob er Anspruch auf ihren Mund und küsste sie innig, während seine Hand sich um ihren Nacken schmiegte.

Sie war vollkommen von seiner Berührung fasziniert und begierig auf mehr. Verzweifelt klammerte sie sich an ihn, bog

sich ihm entgegen, und presste ihre Brüste an seinen Oberkörper, als er sie sanft in seine Arme zurücksinken ließ.

Er zog eine Spur von Küssen über ihren Hals und seine
Hand war über ihren unteren Rücken gebreitet, um sie fest
an sich zu drücken. »Würdest du wirklich warten?« Er leckte
ihre Haut und sandte ein Zittern des Verlangens durch sie.
»Drei Jahre sind eine lange Zeit.«

Sie fuhr ihm mit einer Hand durchs Haar und zauste
seine dicken Strähnen. »Das wäre es wert. Ich brauche nur
die Unterstützung meiner Brüder, um mit meinem Vater
fertigzuwerden. Es wird ihm nicht gefallen, dass ich meine
Heirat hinausschieben will, bis ich eindeutig ein Mauerblümchen bin. Ich brauche einfach nur eine Aufgabe, um
mich in der Zwischenzeit zu beschäftigen – wie deine
Schwester und ihre Liebe zu Tieren.«

Er nahm den Mund von ihrem Hals und blickte auf sie
herab. »Ich kann mir nicht richtig vorstellen, dass du das
tust.«

Sie zog die Schulter hoch. »Nun, nicht genau *das*, aber ich
brauche etwas, um diese drei Jahre herumzubringen.« Sanft
drückte sie die Finger gegen seine Kopfhaut. »Du kannst
mich so lange auch mit Küssen beschäftigen. Oder …
anderen Dingen.« Sie schaute mit einem vielsagenden Blick
zu ihm auf und hoffte, dass er verstand, was sie meinte.

Er stellte sie gerade, sodass sie auf ihren beiden Füßen im
Gleichgewicht stand, und löste die Hände von ihr, als er
einen Schritt beiseitetrat. Dann fuhr er mit den Fingern
durch sein ohnehin schon zerzaustes Haar, ehe er wieder zu
ihr herumfuhr. »Ich verspreche dir nicht, dass ich dich
heirate Cassandra.« Und das schien ihm leidzutun.

»Das hatte ich auch nicht von dir erwartet. Ich verstehe,
warum du warten musst, um dich auf eine Heirat einzulas-
sen. Ich bitte dich nur um die Chance, dass du dies in drei
Jahren vielleicht tust.«

»Ich habe dich wirklich nicht verdient«, flüsterte er.

Sie trat auf ihn zu und ergriff seine Hand. »Doch, das hast du. Aus welchem Grund auch immer haben wir uns zusammen in einem Wandschrank befunden und das hat unserem Lebensweg eine neue Wendung gegeben. Ich kann auf dich warten und das werde ich. *Ich* bin mir meiner Liebe zu dir sicher, selbst wenn du noch nicht bereit bist, solche Gefühle zu hegen.«

Er schaute sie ungläubig an. »Du bist so furchtbar verständnisvoll.«

»Das ist hoffentlich gut«, meinte sie mit einem leichten Lachen. »Es sei denn, es ist dir lieber, dass ich Glastonbury heirate?« Wieder konnte sie nicht anders, als ihn zu necken.

»*Nein.*« Sein Blick verfinsterte sich und erneut zog er sie an sich. »Du wirst deinen Brüdern nicht erzählen, dass du deine Heirat verschieben willst, damit du auf mich warten kannst, nicht wahr?«

»Ich hatte es in Erwägung gezogen.«

»Ich habe auch darüber nachgedacht, und ich glaube, es wäre besser, wenn du mich nicht erwähnst. Dein Vater und Lucien sind sehr dagegen, dass ich dir den Hof mache, geschweige denn, dich zu heiraten, dass ich fürchte, es würde einen Aufruhr verursachen. Drei Jahre geben uns Zeit, ihre Meinung zu ändern.«

»Das ist eigentlich sehr ausgefuchst. In drei Jahren wird mein Vater jeden Antrag mit Freude annehmen.« Sie lächelte, doch dann zog sie eine Grimasse, als ihr aufging, wie sich das anhörte. »Entschuldigung, das war nicht als Beleidigung gemeint.«

»Ich weiß.« Er zauderte, und in seiner Miene spiegelte sich seine Anspannung. »Es ist nicht so, als würde ich dich nicht lieben …« Seine Stimme geriet ins Schwanken.

Ihr Puls beschleunigte sich, während die Freude in ihrer

Brust größer wurde. »Du hast Angst, das weiß ich. Und du hast deinem Vater einen Schwur geleistet.«

»Ja, aber das sind meine Sorgen, nicht deine.«

Sie legte ihre Hand auf sein Kinn. »Nun, ich will keinen anderen, also kannst du mich entweder abweisen und mir unausweichlich das Herz brechen oder du kannst in meinen Plan einwilligen.«

»Und dir eventuell dennoch das Herz brechen«, raunte er, und die Qual in seiner Stimme zerrte an ihr.

»Das wirst du nicht. Und ich werde die nächsten drei Jahre damit verbringen, dich daran zu erinnern – auf jede erdenkliche Weise.« Sie stellte sich auf die Zehenspitzen und drückte ihre Lippen auf seine. »Bitte sag mir, dass wir nicht voneinander getrennt bleiben müssen. Das könnte ich, glaube ich, nicht aushalten.«

»Ich auch nicht.« Abermals küsste er sie und Cassandra verlor sich für ein paar Minuten in seiner Umarmung, wobei sie sich fragte, wie es möglich war, dass sich etwas so spektakulär anfühlen konnte. Ihr Verlangen nach ihm war wie eine schwere, willkommene Last, die ihre intimsten Stellen vor Lust vibrieren ließ.

Wieder löste er sich von ihrem Mund, um sich dann mit den Lippen und seiner Zunge an ihrem Kiefer entlang einen Weg über ihren Hals hinunter zu ihrem Schlüsselbein zu bahnen und dann zur Haut direkt über ihrem Mieder weiterzuforschen. Er berührte sie an der Brust, worauf sie scharf Luft holte.

»Ich sollte anführen, dass unsere ... Verbindung nicht unbemerkt geblieben ist.«

»Deine Schwägerin und Evie haben uns beim Küssen erwischt.« Er hatte nur lange genug innegehalten, um zu sprechen, und jetzt glitt sein Mund abermals mit entzückter Aufmerksamkeit federleicht über ihre Haut.

»Davon abgesehen ist Prudence die besondere Art und

Weise aufgefallen, in der wir uns gegenseitig betrachten. Sie ist aufmerksamer als die meisten, aber ich frage mich, ob wir uns nicht bemühen sollten, einander in der Öffentlichkeit aus dem Weg zu gehen.«

»Das wird sich als schwierig erweisen. Ich werde dich schrecklich vermissen.« In seiner Stimme lag eine Sehnsucht, als ob sie bereits getrennt wären.

Sie streichelte seinen Hinterkopf und fuhr mit den Fingern in sein Haar. »Wir müssen einfach einen Weg finden, Zeit miteinander zu verbringen, und zwar nicht auf einem Ball oder bei einem Spaziergang durch den Hyde Park. So wie wir es gerade tun.«

»Wir sollten wahrscheinlich zum Ball zurückkehren«, meinte er mit einer Spur von Enttäuschung.

Er war hin- und hergerissen, wie sie sehen konnte. Sie hielt ihn fest um seinen Kopf und Nacken und zog ihn zu einem flammenden Kuss zu sich hinunter, wobei sie ihn mit den Lippen und ihrer Zunge beherrschte. Sobald sie geendet hatte, schaute sie ihm mit dunklem, eindringlichem Verlangen in den Augen an. »Ich würde es vorziehen, diesen gestohlenen Moment auszunutzen. Man weiß nicht, wie viele wir in den nächsten drei Jahren haben werden.«

»So gebieterisch«, erwiderte er mit einem Schmunzeln, und seine Augen funkelten vor Verlangen. »Das gefällt mir.« Er führte sie zu einer Chaiselongue, die an die Wand gerückt war.

Dort setzte er sich zu ihr und streichelte sanft ihr Gesicht. »Lass mich sichergehen, dass ich deinen Plan verstehe. Wir werden aufhören, in der Öffentlichkeit miteinander zu reden?«

Er streckte die Hand nach unten und fand den Saum ihres Kleides. Cassandra hielt den Atem an, als der Stoff ihre Beine hinaufglitt.

Irgendwie schaffte sie es, seine Frage zu beantworten. »Nicht ganz. Nur kein Tanzen oder Promenieren.«

»Wie enttäuschend.« Er schob ihr das Kleid über die Knie, während er sie hinter dem Ohr küsste. Seine Hand wanderte an ihrem Oberschenkel empor und seine Berührung war sanft und erregend, als seine Fingerspitzen über ihre entblößte Haut glitten.

»Auch kein Flirt, vermute ich.« Sie war überrascht, dass sie noch sprechen konnte. Ihr gesamter Körper kribbelte vor Empfindungen.

»Das wird schwierig werden.« Er drückte gegen die Innenseite ihrer Oberschenkel und forderte sie stumm auf, die Beine zu spreizen. Sie öffnete sich und fasste ihn um seinen Oberarm, den er um ihre Taille geschlungen hatte. »Aber wenn ich weiß, dass ich dich gelegentlich heimlich sehen kann, werde ich es wohl schaffen. Willst du, dass ich weitermache, Cassandra?«

»Ja.« Sie hatte sich selbst befriedigt, aber es hatte sich ganz anders angefühlt als das hier. Seine Berührung war leicht und verführerisch. Es war, als würde ihr Körper zum ersten Mal erwachen.

Als seine Hand ihr Geschlecht berührte, küsste er sie und streichelte und neckte sie mit seinen Fingern. Das Bedürfnis in ihr wuchs, und die Hitze entfaltete sich unter seiner unerbittlichen Aufmerksamkeit.

Er legte eine Hand um ihren Hinterkopf und zog ihn zurück, wobei er seine Finger in ihrem Haar verflocht. Er küsste ihren gereckten Hals und knabberte mit den Zähnen an ihrer Haut, was ihr einen kleinen Schrei entlockte. Sie schlug sich die Hand auf den Mund und versuchte, nicht zu wimmern, als er seinen Finger in ihr Geschlecht schob. Ein verzweifeltes Verlangen explodierte in ihr.

»Gott, ich möchte dir das Kleid ausziehen«, murmelte er

an ihr und tauchte dann mit der Zunge in den Spalt zwischen ihren Brüsten. »Ein anderes Mal vielleicht.«

Seine Hand arbeitete mit exquisiter Präzision, wobei er zwischen ihrer Klitoris, dieser empfindsamsten Stelle und ihrer Scheide abwechselte. Jede Berührung und jedes Vordringen brachten sie näher an den Rand des Abgrunds. Das Vergnügen steigerte sich, bis sie sich fühlte, als stünde sie auf dem Gipfel der Welt.

Er küsste sie an ihrem Hals hinauf bis zu ihrem Ohr und dann flüsterte er: »Komm, Cass. Weißt du, wie du das tun musst? *Komm.*« Er drang heftig in sie ein und mit seinem Daumen bearbeitete er ihre äußere Haut. Sie kam zum Höhepunkt und sank in glückseliges Vergessen.

Als er ihre Hand von ihrem Mund löste, bemerkte sie erst, dass sie sie dort behalten hatte. Jetzt ersetzte er sie durch seine Lippen und küsste sie, während sie wieder in sich selbst herabsank, von wohin auch immer sie aufgestiegen war.

Seine Hand hatte sie auch während ihres Orgasmus weiter verwöhnt, doch nun zog er sich zurück und zupfte ihr sanft das Kleid wieder über die Beine. Dann tat er das Unfassbarste. Er nahm seine Finger in den Mund – die, die in ihr gewesen waren – und saugte daran. Sein Blick blieb an ihrem haften, und sie konnte die Augen nicht von seinem skandalösen Verhalten abwenden.

»Ruark!«

Grinsend ließ er die Finger aus seinem Mund schlüpfen. »Du schmeckst himmlisch. Nächstes Mal werde ich ein wenig direkter sein, wenn ich dich vernasche.« Er leckte sich über die Lippen, und die Hitze zwischen ihren Beinen, von der sie dachte, er hätte sie gestillt, wallte aufs Neue auf.

»Vielleicht sollte ich diejenige sein, die dich kostet«, meinte sie mit einem frechen Lächeln.

»Wie soll ich dich in der Öffentlichkeit ignorieren«, stöhnte er, »wenn du solche Dinge sagst? Oder wenn du so aussiehst, wie du aussiehst?« Wieder küsste er sie und sie hätte schwören können, sich selbst auf seiner Zunge schmecken zu können.

Dann war er fort, denn er war von der Chaiselongue aufgesprungen und zog sie mit sich. Stirnrunzelnd betrachtete er ihren Kopf. »Dein Haar muss ein bisschen in Ordnung gebracht werden. Hier muss es doch einen Spiegel geben.« Er ließ sie allein, um danach zu suchen.

Gerade erst fand Cassandras Herz seinen normalen Rhythmus wieder. Sie strich mit der Hand über ihren Rock, und ihr wurde etwas klar. »Das hast du alles mit deiner linken Hand gemacht.«

»Ich bin beidhändig. Nächstes Mal nehme ich die rechte.« Er schaute über die Schulter hinweg zu ihr und wackelte dabei mit den Augenbrauen.

»Was ist mit dir? Brauchst du keine Befriedigung?«

»Heureka!« Er nahm einen kleinen Spiegel, brachte ihn zu ihr und hielt ihn ihr vor die Nase, damit sie ihre Frisur richten konnte. Zum Glück war sie nicht allzu zerzaust. »Und, nein, ich muss keine Erlösung finden.«

Sie blickte nach unten und bemerkte den scharfen Umriss seines Schaftes. »Dein Körper ist anderer Meinung«, entgegnet sie ironisch. »Können wir das nicht ändern?«

»Wir sind schon zu lange fort. Wenn du gehst – wir sollten nicht zusammen zurückgehen –, werde ich mich darum kümmern.«

»Wie?« Sie nahm ihm den Spiegel ab und platzierte ihn hinter sich auf der Chaiselongue.

»Ähm, auf gleiche Weise, wie ich es für dich getan habe. Mit meiner Hand.«

Sie streckte ihre Hand aus und legte sie um die Ausbuchtung. »Mit deiner rechten oder der linken? Oder wirst du tauschen? Ich bin nur mit der rechten gut, fürchte ich.«

»Lieber Himmel, Cassandra, du wirst mich umbringen. Bitte geh«, krächzte er.

»Bist du sicher?« Sie rieb die Handfläche an ihm, und seine Hüften kippten nach vorn.

»Ja«, sagte er gepresst. »Du musst zurückkehren.«

»Das werde ich, aber erst musst du mir sagen, was du im Sinn hast. Du solltest dich besser beeilen.«

»*Gut*. Ich nehme meinen Schaft heraus.«

»Musst du nicht erst deine Hose aufknöpfen? Du überspringst Schritte, Ruark.« Sie fing an, seine Knöpfe zu öffnen.

»Cassandra. Du musst gehen. Ich überspringe Schritte, weil mich das in den Wahnsinn treibt.«

Sie stellte sich auf die Zehenspitzen und küsste sein Kinn. »Sag es mir.«

»Ich knöpfe meinen Schritt auf, befreie meinen Schaft aus der Unterwäsche und streichle ihn. Vom Ansatz bis zur Spitze. Immer und immer wieder, immer schneller, je mehr mein Verlangen wächst.«

»So wie du es bei mir getan hast.« Sie leckte über seinen Hals und biss sanft in sein Ohrläppchen. »Ich wünschte, du würdest mir erlauben, dir zu helfen.«

»Lieber Himmel. Du bist *intolerabel*. Auf die allerschönste Art und Weise. Ja, bitte, nimm ihn raus.« Er holte tief Luft. »Das wird wohl nicht so lange dauern«, murmelte er.

Sie hatte seinen Schritt bereits aufgeknöpft – und dabei ihre Handschuhe ausgezogen – und mühelos konnte sie seinen Schaft freischieben. Sie schaute hinab und bewunderte das harte Fleisch, das sie in ihrer Handfläche hielt. »Wie fest soll ich ihn halten?«, fragte sie leise.

Er legte seine Hand auf ihre und zeigte es ihr. »Jetzt beweg sie. *Schnell*.«

Die andere Hand legte sie auf seine Hüfte und fing an, ihn

zu streicheln, zunächst langsam, um sich mit seiner Form vertraut zu machen und wie er sich anfühlte.

»Nimm ein wenig Feuchtigkeit von der Spitze«, stieß er hervor, wobei er seine Hüften bewegte, als sie ihre Hand zur Spitze führte.

Schockierenderweise war es dort feucht. Nicht sehr, aber genügend zum Benetzen ihrer Finger.

»Streiche damit über die Haut. Es wird dir helfen zu ...« Er schnappte nach Luft, denn schon hatte sie das getan und streichelte ihn wieder, ehe er das Wort »gleiten«, beendet hatte, und ein tiefes Stöhnen ausstieß. »Schneller, bitte.«

»Bist du kurz davor?«, fragte sie und liebte das Gefühl, die Macht zu haben, ihm Freude zu bereiten.

»Ja. *Schneller.*«

Sie konzentrierte sich ganz auf ihn und bewegte ihre Hand mit schnellen, fieberhaften Bewegungen. Er verkrampfte sich in ihrer Hand und stieß sie beiseite.

»Ich werde ...« Er wandte sich von ihr ab und beendete, was sie begonnen hatte, als die Flüssigkeit aus ihm herausspritzte.

Sie griff in ihre Tasche und holte ein Taschentuch heraus, das sie eilig um sein Geschlecht wickelte. Er nahm es ihr mit einer dankbaren Grimasse ab. »Danke«, stieß er hervor.

Sie drehte sich weg, um ihm ein wenig Privatsphäre zu gewähren, während er sich säuberte. »Männer sind viel unordentlicher, nicht wahr?«

Er lachte. »In allen Dingen.«

»Da stimme ich zu.«

»Cassandra, das war das erotischste Erlebnis meines Lebens. Aber jetzt musst du wirklich gehen.«

Sie seufzte. »Das nehme ich an, aber es ist schwer. Wann sehe ich dich das nächste Mal?«

»Erzähle mir zuerst von Glastonbury. Wie willst du seinem Heiratsantrag entgehen?«

»Zufälligerweise fahre ich morgen zu einem Ball nach Richmond und werde dort übernachten.«

Er hatte seine Hose gerade fertig zugeknöpft. »Der Crimshaw Ball? Ich werde dort sein.« Langsam verzogen sich seine Lippen zu einem ganz und gar herrlichen Grinsen.

Cassandras Herz überschlug sich. »Dann sehe ich dich dort. Du wirst schon eine Gelegenheit zu einem Treffen für uns finden, da bin ich sicher.«

»Dies werde ich als meine oberste Pflicht betrachten. Denke nur daran, dass ich dich in der Öffentlichkeit fast ignorieren werde.« Er verbeugte sich elegant, als befänden sie sich mitten im Ballsaal und hätten sich nicht gerade auf eine durch und durch lüsterne Art und Weise amüsiert.

Ballsaal! Sie musste zurückkehren. Sie überlegte bereits, ob sie ihnen sagen sollte, dass sie hierher gekommen war - alleine, anstatt in den Ruheraum zu gehen. Denn Prudence hatte sich sicher schon auf die Suche nach ihr gemacht.

»Du hast recht. Ich muss gehen.« Sie hatte nicht einmal Zeit, ihn anständig zu küssen. Doch ihnen blieb ja morgen. Sie warf ihm einen Kuss zu, drehte sich zum Gehen und machte sich auf den Rückweg zum Ball, wobei sie das Gefühl hatte, zu schweben.

KAPITEL 15

ie letzte Nacht hatte er den besten Schlaf
genossen, an den Ruark sich erinnern konnte. Er
würde dies seinem unruhigen Schlaf in der Nacht zuvor und
der Erschöpfung durch den Kampf, sowie der Niederlage
gegen den verdammten Glastonbury zuschreiben, aber er
wusste, dass es an der Begegnung mit Cassandra im Lager-
raum lag.

Sie hatte seine Träume erfüllt, von denen er nicht einmal
gewusst hatte, dass sie existierten, und ihm einige neue
beschert. Angefangen damit, eine Möglichkeit zu finden, sie
heute Abend allein auf dem Ball zu treffen, eine Aufgabe, die
ein wenig schwieriger geworden war, nachdem er den Bitten
seiner Mutter nachgegeben hatte, sie und Kat heute Abend
zu dem Ball mitzunehmen.

Seine Kutsche, eine von vielen in einer nicht enden
wollenden Schlange, kam an der Eingangstür an. »Das ist so
aufregend!«, rief seine Mutter aus. »Ich bin so froh, dass wir
kommen konnten. Ist das nicht wundervoll, Kathleen?« Sie
lenkte den Blick zu Kat, die den ganzen Weg über in einem
Buch gelesen hatte.

Kat blickte nicht auf. »Mmm.«

»Ich verstehe nicht, wie du das lesen kannst. Die Laterne kann unmöglich genügend Licht spenden.«

»Wahrscheinlich kann sie im Dunkeln lesen, Mutter«, erwiderte Ruark heiter. »Sie ist recht wissbegierig.«

Kat klappte das Buch zu und legte es auf den Sitz zwischen sich und der Außenwand der Kutsche. »Danke, dass du das erkannt hast, Ruark. Steigen wir jetzt aus der Kutsche aus, oder habe ich dieses höllische Ballkleid vergeblich angezogen?«

Ihre Mutter schürzte bei Kats Ausspruch die Lippen. »Ich will doch hoffen, dass du diese Einstellung ablegst, sobald wir drinnen sind.«

Kats einzige Antwort bestand in einem Zeichen auf die offene Tür.

Ruark sprang herunter und half erst seiner Mutter und dann seiner Schwester aus der Kutsche. Drinnen angekommen, begaben sie sich auf den Weg in den Ballsaal, wo die Helligkeit Hunderter von Kerzen und Spiegeln an den Wänden mit dem Lärm der Ballbesucher konkurrierte, von denen einige, wie Cassandra, das Glück hatten, ein Zimmer für die Nacht zu haben. Die anderen würden bis zum Morgengrauen bleiben und dann mit der aufgehenden Sonne nach London zurückfahren.

Er konnte es kaum erwarten, Cassandra zu sehen, auch wenn er nicht mit ihr tanzen durfte. Oder mit ihr spazieren gehen. Oder überhaupt Zeit mit ihr verbringen. Soweit die Leute sie beide sehen konnten. Was sie im Geheimen taten, war eine ganz andere Sache. Er hoffte, sie würden die Gelegenheit haben, sich ein paar Minuten zu stehlen.

Selbst als er sich wünschte, Zeit mit ihr zu verbringen, warnte eine Stimme in seinem Hinterkopf ihn, dass er sich dumm verhielt, und dieser Plan, drei Jahre zu warten, mehr als töricht war. Aber das mit dem Warten war ihre Idee gewesen. Er hätte sich von ihr trennen sollen, so schmerzhaft das auch geworden wäre. Es war ja nicht so, als hätte er das nicht früher schon getan.

Dieses Mal jedoch war es anders. Er hatte keiner der anderen von dem Schwur erzählt, den er seinem Vater geleistet hatte. Dass er Cassandra davon erzählt hatte und sie es nicht nur verstand, sondern auf ihn warten wollte, ließ ihn glauben, dass sie anders sein musste und vielleicht diejenige sein könnte, die er lieben sollte. Für immer.

Wenn er das könnte.

Die Befürchtung, dazu nicht in der Lage zu sein oder dass sich ihre Gefühle ändern würden, war sehr real, auch wenn sie absurd erschien. Er wollte sich nicht von ihr entlieben und wenn er sie nicht verstieß, wie die anderen, würde das vielleicht die Chance erhöhen, dass ihre Liebe dauerhaft sein könnte.

Es waren nur drei Jahre. Es sei denn, er brach seinen Schwur. Wenn er sie in einem Jahr immer noch liebte, würde er sich dann trauen, den nächsten Schritt auf ihre gemeinsame Zukunft hin zu tun?

Er fing zu zittern an. Er musste die Sache langsam angehen. Einen Tag nach dem anderen.

Als sie den Ballsaal erreichten, zwang er sich, zu entspannen und sich nur auf heute Abend zu konzentrieren.

»Liebe Güte, schau dir nur alle diese Menschen an«, meinte seine Mutter ehrfürchtig. »So viele potenzielle Ehemänner.« Sie fasste Ruark am Arm. »Das ist wundervoll. Danke.«

»So viele potenzielle Subjekte«, murmelte Kat auf seiner anderen Seite.

Ruark verkniff sich ein Lächeln. »Still. Mutter wird dich hören. Du musst dich benehmen.«

»Das werde ich, wenn du das auch tust.«

Für einen Augenblick fragte Ruark sich, ob sie wusste,

dass er sich ein Stelldichein mit Cassandra wünschte. Aber wie könnte sie das? Kat war nur sarkastisch.

Sie mischten sich für eine Weile unter die Gäste, ehe die Musik einsetzte und Ruark den Ballsaal nach Cassandra absuchte. War sie nicht gekommen? Was, wenn Glastonbury angekommen war, ehe sie losfahren konnte, und die beiden nun verlobt waren? Ruark fühlte sich, als ob er wiederholt in den Magen geboxt worden wäre.

Als er zur Tür schaute und dort Cassandra sah, entwich die Anspannung aus seinem Körper. Sie war wunderschön in einem dunklen, altrosa Kleid. Er starrte sie einfach an und seine Sinne ergötzten sich an ihrer Anwesenheit. Dann kam alles um ihn herum abrupt zum Stillstand, als er erkannte, dass ihr Vater neben ihr stand. Was um alles in der Welt machte der Herzog hier?

Seine Anwesenheit würde es überaus schwierig machen, Cassandra unter vier Augen zu treffen. Ruark zwang die Anspannung aus seinen Schultern. Vielleicht war das zum Besten.

Er wandte sich ab und geleitete seine Mutter und Kat tiefer in den Ballsaal.

Zwei Gläser Champagner später fühlte er sich ein wenig besser. Er hatte sich auch selbst überzeugt, dass es besser war, nicht mit Cassandra allein zu sein. Für sie. Sie mochte vielleicht damit zufrieden sein, auf ihn zu warten, doch er konnte die Zweifel nicht abschütteln, die in seinen Eingeweiden wirbelten. Er hatte beinahe sein ganzes Leben gedacht, dass er zum Heiraten nicht bereit sein würde, bis er dreißig war, und dass er bis dann nicht sicher sein könnte, ob er jemanden liebte. Und seine Erfahrung hatte ihm recht gegeben.

»Ich bin so erfreut, dass deine Schwester tanzt«, meinte Ruarks Mutter, die ihn aus seinen Gedanken riss.

Kat tanzte derzeit mitten in einem Musikstück mit einem

jungen energetischen Gentleman. Sie war nicht die beste Tänzerin, aber sie konnte mithalten, soweit Ruark das sehen konnte.

»Können wir zum Tisch mit den Erfrischungen hinübergehen?«, fragte seine Mutter. »Ich brauche etwas zu trinken.«

Ruark bot ihr seinen Arm und sie schlenderten zu einem Tisch mit einer Kristallschale, die wahrscheinlich Ratafia enthielt. Ein Diener bot seiner Mutter ein Glas an, das sie entgegennahm und sofort austrank.

»Köstlich«, stellte sie fest und schwenkte das Glas, während sie sprach. Wobei sie den Herzog of Evesham beinahe am Kinn getroffen hätte.

Cassandras Vater zuckte zurück und schaute Ruarks Mutter dann aus schmalen Augen an. Ruark war dem Herzog bereits nicht sehr gewogen und seine Nackenhaare stellten sich auf.

»Bitte entschuldigen Sie meine Mutter«, meinte Ruark ruhig. »Mutter, gestatte mir, dich mit Herzog von Evesham bekannt zu machen. Dies ist meine Mutter, Mrs. Fergus Shaughnessy.«

Seine Mutter sank in einen perfekten Knicks. »Ich bin erfreut, Ihre Bekanntschaft zu machen, Euer Gnaden.«

»Guten Abend«, entgegnete der Herzog ungerührt. Sein Blick enthielt allerdings einen Anflug von Verstimmtheit.

»Ich bitte um Entschuldigung«, fuhr Ruarks Mutter fort. »Ich hatte nicht beabsichtigt, meinen Arm auf diese Weise zu schwingen.«

Sie lachte ihm leichten Herzens zu, was eindeutig zur Zerstreuung der angespannten Begegnung beitragen sollte. War sie wirklich angespannt, oder war das nur Ruarks Einschätzung?

Ruark erkannte, dass Miss Lancaster direkt hinter dem

Herzog stand. »Miss Lancaster, Sie erinnern sich an meine Mutter?«

»Sie haben sich kennengelernt?«, fragte der Herzog überrascht.

»Im Park«, antwortete Miss Lancaster. Sie knickste vor Ruarks Mutter. »Wie erfreulich, Sie wiederzusehen, Mrs. Shaughnessy.«

»Gleichfalls.« Ruarks Mutter schaute sich um. »Wo ist Ihr entzückender Schützling?«

Der Herzog schaute an ihr vorbei, als könnte er sich nicht die Mühe machen, sich zu beteiligen. »Meine Tochter tanzt mit Mr. Terryford.« Er sagte das, als ob es wichtig wäre. Terryford war ein junger Bursche, der kaum von der Leine gelassen war. »Ich fürchte, Sie müssen mich entschuldigen.« Er sah zu Ruark, ehe er seine Aufmerksamkeit wieder zu Miss Lancaster wendete. »Bleiben Sie hier und warten Sie auf Cassandra. Sie wird erwarten, Sie hier zu finden.«

Ruarks Herzschlag beschleunigte sich. Wenn er hierbliebe, würde er sie sehen können – ohne ihren Vater. Nicht allein, aber es war besser als im Beisein des Herzogs.

»Bleiben Sie hier auf Fernhill?«, fragte Ruarks Mutter an Miss Lancaster gewandt. »Wir müssen bei Tagesanbruch nach London zurückfahren, aber das ist für mich in Ordnung, da ich solche Gelegenheiten genieße.«

»Wir übernachten hier, ja.«

Ruark speicherte diese Information in seinem Gehirn. Nicht, dass er das gebraucht hätte. Hatte er nicht bereits entschieden, dass er Cassandra heute Abend nicht allein treffen sollte?

Die Musik ging zu Ende und Ruark wappnete sich.

Seine Mutter verrenkte sich den Hals nach dem Tanzboden. »Ich nehme an, wir sollten dorthin zurückkehren, wo wir gestanden haben, damit Kathleen uns finden kann. Oh, aber hier kommt Lady Cassandra und ich muss sie begrüßen.«

Ruarks gesamter Körper spannte sich an, als sie am Arm ihres Tanzpartners auf sie zu rauschte. Terryford war errötet und der Schweiß perlte auf seiner breiten Stirn.

»Danke, Lady Cassandra«, meinte er mit einer Verbeugung.

»Danke, Mr. Terryford für den lebhaften Tanz.« Sie lächelte ihm zu, als er sich umdrehte und davonging.

Cassandra zog eine Grimasse, als er sich entfernte.

»Geht es Ihnen gut?«, fragte Ruark, der über den Ausdruck von scheinbarem Schmerz auf ihren Zügen besorgt war.

»Bedeutete lebhaft, dass er dir auf den Fuß getreten ist?«, fragte Miss Lancaster und schien die Antwort bereits zu kennen.

»Zweimal«, bestätigte Cassandra, als sie einen Fuß hob und ausstreckte, und das dunkle Rosa ihres Slippers unter dem Saum sichtbar wurde. Sie schüttelte den Fuß aus und schaute dabei Ruark an. »Er ist nicht so ein guter Tänzer wie Sie, fürchte ich.«

Der Drang, sie auf die Tanzfläche zu führen, um den Beweis für ihre Worte zu erbringen, war fast überwältigend. Stattdessen zwang er sich zu einem Lächeln.

Seine Mutter fasste ihn am Arm und er wusste sofort, was nun kommen würde. »Du solltest mir ihr tanzen, Ruark.«

»Ich fürchte, dass ich für das nächste Musikset bereits einen Partner habe«, entgegnete Cassandra und warf ihm dabei einen Blick zu, der eindeutig ausdrückte, dass sie sich wünschte, sie hätte ihn nicht. Verdammt, dies war sogar noch schwieriger, als er sich vorgestellt hatte. Ehe seine Mutter ein späteres Set vorschlagen konnte, was sie ganz bestimmt getan hätte, kam Kat bei ihnen an. Allein.

»Wo ist dein Partner?«, fragte ihre Mutter und schaute an Kat vorbei.

»Ich habe ihm gesagt, ich könnte meinen Weg allein finden, nachdem ich ihm für den Tanz gedankt habe.« Kat schüttelte die Schultern und wackelte mit den Armen. »Er war zu gefühlsbetont.« Sehr zum Entsetzen ihrer Mutter zog sie ein Gesicht. Ruark konnte sehen, dass sie etwas sagen wollte, aber sie hütete ihre Zunge, weil sie nicht allein waren.

»Oh, ich hasse es, wenn sie so sind«, meinte Cassandra an Kat gewandt, die neben ihr stand.

Kat drehte den Kopf und ihre Reaktion machte deutlich, dass sie nicht einmal erkannt hatte, dass Cassandra dort war. »Lady Cassandra! Ich freue mich so, Sie zu sehen. Ja, grapschende Gentlemen sind schrecklich. Es sei denn, man lädt sie zum Grapschen ein.«

»Ich hoffe doch wirklich, dass du so etwas nicht tust«, rügte ihre Mutter. Ruark konnte sie das stille »nicht mehr« sagen hören, dass sie am Ende ihrer Worte in Gedanken hinzugefügt hatte.

Ein Lächeln umspielte Cassandras Lippen und Ruark wollte es hervorlocken und dann ganz verschlingen. »Ich würde zustimmen, dass ein Gentleman mit großer Vorsicht eingeladen werden sollte.« Ihr Blick wanderte fast zu Ruark, doch dann riss sie ihn zu seiner Schwester zurück. Dies war auch für sie hart. Ruark war nicht sicher, ob er froh war, das zu wissen oder nicht.

Kat rückte näher an Cassandra heran. »Muss man wirklich jede Aufforderung zum Tanz annehmen?«

»Normalerweise ja. Es wird als rüde erachtet, wenn man das nicht tut.«

»Warum ist Männern erlaubt zu grapschen und wir können noch nicht einmal Nein sagen, obwohl wir wissen, dass sie sich schlecht benehmen?« Kat verschränkte die Arme vor der Brust.

»Sie sollten vielleicht etwas leiser sprechen«, schlug Cassandra mit einem Lächeln vor. »Bei nochmaligem Nachdenken, machen Sie sich nicht die Mühe. Sie haben ein ausgezeichnetes Argument.«

Kats Gesicht hellte sich auf und ihre Augen leuchteten. »Danke.«

Cassandra zu beobachten, wie sie sich mit seiner Schwester unterhielt und – besser sogar – sie verstand, erfüllte ihn mit Freude.

»Sie wollen sich noch nicht einmal über Vögel oder Pferde unterhalten«, beschwerte Kat sich.

Cassandra starrte sie aus runden Augen an. »Sie haben Gentlemen getroffen, die sich nicht über Pferde unterhalten wollen? Wie kann das sein?«

»Nun, sie wollen darüber reden, wie groß sie sind, oder wie gut sie harmonieren oder wie schnell sie sind.« Kat verdrehte die Augen. »Ich möchte mich über ihre Paarungsgewohnheiten unterhalten, oder wie lange sie Dienst tun sollten, und was für die Sicherung ihrer Lebensqualität getan werden kann –«

Ihre Mutter lachte. »Kathleen, du bist ein Schatz, aber ich bin sicher, dass Cassandra auch nicht über diese Dinge sprechen will.«

»Das würde ich tatsächlich gern«, entgegnete Cassandra mit einem herzlichen Blick zu Kat. »Das klingt alles sehr faszinierend.«

Ruarks Mutter wirkte überrascht. Sie blinzelte, ehe sie sich vorsichtig räusperte. »Wie schön.«

Er konnte die Bewunderung im Blick seiner Mutter erkennen. Kathleen vergrätzte die Leute sehr oft. Zu sehen, dass Cassandra sich voll mit ihr einließ, stimmte ihr Herz froh. Und Ruarks ganz bestimmt auch.

Er wusste, dass er sie liebte. Er wusste nur nicht, ob es von Dauer sein würde. Was, wenn er nicht in der Lage wäre, sie für immer zu lieben?

Ruark entschuldigte sich, und zog sich hastig aus dem Ballsaal zurück, wobei er nicht stehen blieb, bis er draußen in der Dunkelheit weit fort von seiner Pein war.

Und seiner Versuchung.

～

Cassandra sah Ruark nach, wie er sich durch die Menschenmenge schlängelte, bis sie ihn nicht länger sehen konnte. Sie wäre ihm vielleicht nachgegangen, wenn sie nicht einen bevorstehenden Tanz gehabt hätte.

Nein, das hätte sie nicht getan. Insbesondere nicht, da sie übereingekommen waren, sich in der Öffentlichkeit aus dem Weg zu gehen. Bislang funktionierte das nicht sehr gut, nicht dass ihr das etwas ausmachte.

»Ihre Schwägerin war mit ihren Vorschlägen bezüglich der Garderobe überaus hilfreich«, meinte Mrs. Shaughnessy. »Ist sie heute Abend hier?«

»Nein, leider nicht.« Cassandra glaubte, dass Sabrina und Constantine den Abend zuhause verbrachten. Sabrina war zu vieler Veranstaltungen und zu vieler Menschen überdrüssig. Insbesondere dieser Ball wäre aufgrund seiner Größe beschwerlich für sie gewesen.

Mrs. Shaughnessy nickte. »Ich hoffe, Sie werden ihr meine besten Grüße ausrichten. Ich bin so erfreut, dass Ruark in der Lage war, uns heute Abend hierherzubringen. Ist das nicht wundervoll, Kathleen?«

Miss Shaughnessy sah sich im Ballsaal um, als ob sie versuchte, Gedanken zu lesen. Cassandra fragte sich, ob sie eine Art von Recherche durchführte. Sie machte sich im Stillen eine Notiz, sie im Auge zu behalten – um Ruarks Willen. Ihm lag eindeutig sehr viel an seiner Schwester.

»Genießen Sie den Ball?« Cassandra richtete die Frage an beide, sowohl Mutter als auch Tochter.

»O ja.«

»Nicht sehr.«

Sie sprachen zur selben Zeit und Mrs. Shaughnessy warf ihrer Tochter einen entnervten Blick zu. Miss Shaughnessy bemerkte allerdings nichts davon, da sie ihre Aufmerksamkeit Prudence zugewandt hatte. »Wie sind Sie zu Ihrer Arbeitsstelle gekommen?«, fragte sie, und legte dabei den Kopf schief.

Prudence presste die Lippen zusammen und versuchte eindeutig, darüber nachzudenken, wie sie auf solch eine unerwartete Frage antworten sollte. »Ich, nun, ich wurde von einer anderen Lady, meiner früheren Arbeitgeberin, an Lady Cassandra und Seine Gnaden empfohlen.«

»Und wie haben Sie diese Position erhalten? Ich dachte, Gesellschafterinnen seien mittelalte Jungfern oder Witwen.«

»Wie wissen Sie, dass ich das nicht bin?«, fragte Prudence leise mit einem Anflug von Schalk.

Cassandra lächelte. Wenn Prudence entschied, ihren Witz zu zeigen, war das nie enttäuschend.

Miss Shaughnessy musterte Prudence. »Sie sind eindeutig nicht mittelalt. Sie könnten vielleicht fünfundzwanzig sein, aber ich wage zu behaupten, dass sie nicht einmal die dreißig erreichen. Vermutlich könnten Sie eine Jungfer sein, aber ich würde eher auf Witwe tippen.«

»Warum?« Prudence schien aufrichtig interessiert.

»Sie sind von einer gewissen Traurigkeit umgeben.« Miss Shaughnessy gab ihre Feststellung ohne Zögern von sich.

Cassandra schaute Prudence an, die Miss Shaughnessy anschaute. Sie schien ebenfalls erblasst zu sein. In der Hoffnung, diesem unbehaglichen Augenblick ein Ende zu machen, beeilte Cassandra sich, das Thema zu wechseln. Sie drehte sich zu Ruarks Mutter und fragte: »Wie war Lord

Wexford als Kind? Ich kann mir vorstellen, dass er oft in Schwierigkeiten geraten ist.«

Mrs. Shaughnessy lachte. »O ja. Er ist immer mit den Hunden durch den Schlamm gestapft oder im Teich geschwommen, anstatt Fische zu fangen, so wie er geplant hatte. Nie hat er sich still verhalten.« Ihr Blick wurde unstet, als ob sie zu jener Zeit zurückblickte, anstatt auf ihre gegenwärtige Umgebung. »Im Kinderzimmer hat er immer mit einem Stuhl geboxt.«

Fasziniert beugte Cassandra sich ein bisschen mehr zu der dunkelhaarigen Frau. »Tatsächlich?«

Schmunzelnd antwortete Mrs. Shaughnessy: »Ehrlich gesagt, hat er nicht nur so getan. Er hat wirklich auf die gepolsterte Rückenlehne eingeschlagen. Er hat seinen Vater nachgeahmt, der recht gut in diesem Sport war.«

Zu erfahren, dass sein Vater Boxer gewesen war, änderte ihre Sichtweise auf diese Aktivität – zumindest in Bezug auf Ruark. Sie konnte verstehen, warum er das tat und sie glaubte nicht, erwarten zu können, dass er damit aufhörte. Wenn sie drei Jahre warten könnte, um ihn zu heiraten, könnte sie sicherlich mit seinem Sport klarkommen.

Ein Zucken machte sich in ihrem Nacken bemerkbar. Sie würde eine Menge aufgeben, um ihn zu heiraten und er hatte sie noch nicht einmal gefragt. Es schien unausgesprochen, vorausgesetzt, dass sie in drei Jahren heiraten würden, aber er hatte ihr nichts versprochen.

»Er liebt den Sport immer noch«, fuhr Mrs. Shaughnessy fort. »Ich habe ihn seit langer Zeit nicht mehr kämpfen sehen, aber ich erwarte, dass er ebenso gut wie sein Vater ist. Sein Vater wäre so stolz auf ihn.« Der Stolz in ihrer Stimme war unmissverständlich.

Cassandra empfand eine plötzliche drängende Sehnsucht. Während Ruark und sie sich darüber verbunden fühlten, ein Elternteil verloren zu haben, hatte er noch immer eine

Mutter, die ihn eindeutig liebte und bewunderte. Cassandra zweifelte nicht an ihres Vaters Liebe, aber warum fiel es ihm so schwer, sie zu zeigen? Die Einsamkeit, die sie mit ihrem neugefundenen Freundeskreis und der Familie unter Kontrolle halten konnte, durchfuhr sie nun und hinterließ ein Gefühl der Kälte.

Drei Jahre waren im großen Schema des Lebens gar nichts. Sie würde auf den Mann warten, den sie liebte, weil sie nichts anderes erwägen wollte.

»Dein nächster Tanzpartner kommt in diese Richtung«, meinte Prudence leise.

Cassandra holte tief Luft und verscheuchte die Düsternis aus ihren Gedanken. Sie setzte ein strahlendes Lächeln für Mrs. Shaughnessy auf. »Lord Wexford und Miss Shaughnessy können so froh sein, Sie als Mutter zu haben.«

»Bitte nennen Sie mich Kat«, meinte Ruarks Schwester eher laut. »*Bitte.*«

»Einverstanden«, entgegnete Cassandra mit einem leichten Lachen, wobei sie Kat am Arm berührte. »Du musst mich dann aber Cass nennen.«

»Die Namen reimen sich fast«, bemerkte Kat. »Es ist zu dumm, dass du nicht meine Schwester bist.«

Mrs. Shaughnessys blaue Augen, die Ruarks so ähnlich waren, leuchteten auf. »Das weißt du nie, Schatz. Vielleicht wird dein Bruder klug genug sein und Lady Cassandra den Hof machen.«

Cassandra wünschte sich sehr, dass das passieren würde. Einstweilen jedoch, würde sie mit einem anderen Gentleman tanzen, der nicht der Mann war, dem ihr Herz gehörte und es auch nie sein würde.

KAPITEL 16

*R*uark kehrte zum Ball zurück, wo er mit einer Handvoll junger Ladys tanzte. Er lächelte und war charmant, aber innerlich verzehrte er sich nach Cassandra. Unweigerlich fand er sich draußen in der kühlen Nachtluft wieder, wo er sie nicht beim Tanzen mit einer Parade geeigneter Gentlemen sehen konnte. Es war leichter, ihr fernzubleiben, wenn er sie nicht sehen konnte.

Die Gärten waren mit flackernden Laternen wunderschön erleuchtet und boten für Paare eine perfekte Umgebung zum Promenieren. Er ging an dem reflektierenden Wasserbassin vorbei in dessen Oberfläche sich das Echo der Flammen spiegelte. Von dort folgte er einem Pfad zu dem aus einer Hecke bestehenden Irrgarten, wo ein Diener Laternen an jene verteilte, die versuchen wollten, die Mitte zu finden. Ruark wünschte sich, er könnte dies mit Cassandra tun. Er würde eine Sackgasse finden, die Laterne ausblasen und sie dann in die Arme nehmen.

Er umrundete den Pfad außerhalb des Irrgartens und war dankbar, dass niemand in der Nähe war – alle befanden sich im Inneren des Labyrinths. Er war so in Gedanken verloren, dass er nicht hörte, wie sich jemand näherte.

»Ruark!«, rief Cassandra, aber mit leiser Stimme, als sie praktisch bei ihm angekommen war.

Mit großen Augen sah er zum Haus. »Bist du allein?«

»Im Augenblick. Ich war mit einem Set fertig und Prudence befand sich im Ruheraum.«

»Wo ist dein Vater?« Er sah weiterhin nervös zum Haus.

»Im Spielsalon, Gott sei Dank. Für den Großteil des Abends war er ein Dorn in meiner Seite.« Ihre Verbitterung war deutlich in ihrem Tonfall zu hören. Ihr Gesichtsausdruck wirkte außerdem ein bisschen entnervt. Er wollte all ihre Sorgen und Ärger mit seinen Küssen zum Verschwinden bringen.

Ruark zog sie weiter hinter den Irrgarten, wo es sogar noch weniger Licht gab – und sie konnten das Haus über die Hecke hinweg nicht sehen, was bedeutete, dass sie auch nicht gesehen werden konnten. Ehe er sie etwas anderes fragen konnte, küsste sie ihn bereits und schlang dabei die Arme um seinen Nacken, und ihr köstlicher Körper drückte sich an seinen.

Wider bessere Einsicht, da jederzeit irgendjemand daherkommen konnte, zog er sie an sich und erwiderte ihren Kuss, als eine Woge der Leidenschaft über ihn hinwegspülte. »Dies ist unglaublich töricht von uns«, murmelte er an ihren Lippen.

»Wahrscheinlich«, antwortete sie, ehe sie ihm erneut den Atem raubte.

Nach einer feurigen Serie von Küssen zog sie sich zurück und strich glättend über die Vorderseite seines Fracks. »Es ist grauenhaft gewesen. Mein Vater ist der allerschlimmste Mentor – er hat mich unermüdlich an Tanzpartner oder Gentlemen, die promenieren wollten, abgewälzt. Ich fürchte, ich werde in diesem Takt bis lang nach Mitternacht so weitermachen. Wenn nicht eine kleine Pause in der Musik gewesen wäre, hätte ich überhaupt nicht hier herauskommen können.«

Ruark streichelte über ihren Kiefer und erfreute sich an der Schönheit und Intimität ihres aufschauenden Gesichts, während sie ihrem Unmut Luft machte. »Ich bin froh, dass du einen Moment gefunden hast. Als ich erkannte, dass dein Vater hier ist, hatte ich den Gedanken aufgegeben, dich allein treffen zu können.«

Sie legte eine Hand um seinen Hinterkopf und trotz des Handschuhs, den sie darüber trug, fühlte sie sich warm an. »Ich habe mich gefragt, ob wir uns später treffen könnten. Ich habe ein Zimmer, und obwohl du keines hast, nehme ich an, dass du dich vom Ball wegstehlen kannst, ohne große Aufmerksamkeit zu erregen, nicht wahr?«

Rein und köstlich durchfuhr ihn ein Aufwallen seiner Lust. »Du schlägst mir doch nicht etwa vor, dass ich dich in deinem Zimmer aufsuche?«

»Himmel nein.« Sie grinste und ihre Augen blitzten dabei. »Prudence wird dort sein. Ich könnte mich allerdings vielleicht davonstehlen.«

Die Versuchung war überwältigend. Eine Idee schlich sich in seine Gedanken. Es war ein Risiko, doch das war es wahrscheinlich wert. »Wenn wir uns treffen, solange der Ball noch voll im Gange ist, sagen wir um drei, könnten wir es vielleicht schaffen, uns davonzustehlen. Ich würde die Stallungen vorschlagen, denn dort sind keine Gäste und es wimmelt dort bestimmt von Kutschen und Duzenden zusätzlicher Kutscher, sodass es wahrscheinlich chaotisch zugehen wird.«

Sie nickte und schien zu verstehen. »Wir würden nicht bemerkt werden?«

»Es ist unsere beste Chance, der Aufmerksamkeit zu entgehen, denke ich.« Er schaute auf das bezaubernde rosafarbene Kleid, das sie trug. »Du kannst allerdings nicht dein Ballkleid tragen.«

»Das werde ich nicht.«

Wieder küsste er sie und seine Lippen bewegten sich sanft über ihre. »Ich möchte nicht, dass du riskierst, erwischt zu werden. Wenn du nicht entwischen kannst, dann lass es. Für uns werden sich andere Gelegenheiten ergeben.«

Sie zauderte und ihre Zähne gruben sich auf eine durch und durch provokante Weise in ihre Unterlippe.

»*Versuchst* du, mich zu erregen?«

Blinzelnd und leicht verwirrt schaute sie zu ihm auf. »Was tue ich denn?«

»Du beißt dir auf die Lippe. Und jetzt möchte ich in deine Lippe beißen. Und in andere Teile von dir.« Er fuhr mit seiner Hand über ihren Rücken und schmiegte sie durch das Kleid um ihren Hintern, wobei er sie an sich zog. »Du bist eine sündhafte Versuchung.« Er beugte seinen Kopf und leckte über ihre Lippe, ehe er mit der Zunge in ihren Mund glitt.

Sie rieb ihre Hüften an ihm. Er stöhnte und dachte, wie leicht es sein würde, ihre Röcke hochzuschieben und seinen Schritt aufzuknöpfen. Und wie sehr er das wollte. Er drückte gegen ihre Kehrseite, als er sich vorbeugte und sein Schaft verzehrte sich nach ihr und seiner Erlösung.

Doch er riss sich von ihr los und trat einen Schritt zurück. »Wir können nicht tun, was wir gestern Abend getan haben. Damit meine ich, dass du dich hier nicht lange aufhalten kannst. Du musst zum Ball zurückkehren.«

»Ich weiß.« Ihre Lippen formten sich zu einem strahlenden Lächeln. »Es wird jetzt nicht so schlimm sein, weil ich etwas habe, worauf ich mich später freuen kann.« Sie zog die Augenbrauen spielerisch hoch, ehe sie sich umdrehte und wieder um die Hecke herumging.

Ruark drehte sich und ließ sich in die äußere Hecke des

Irrgartens fallen. Sie hielt ihn nicht sehr gut, und so stand er gleich wieder auf, trotz der Schwäche in seinen Beinen. Die Erinnerung an ihre Küsse würde ihn durch die nächsten paar Stunden tragen.

Was würde ihn durch die nächsten drei Jahre tragen?

Er stieß die Luft aus und wischte sich mit der Hand über das Gesicht. Er wollte jetzt nicht darüber nachdenken. Die Vergangenheit zu betrachten oder in die Zukunft zu schauen, würde ihm in der Gegenwart nicht helfen.

Und im Augenblick schien die Gegenwart sehr erfreulich.

※

*G*lücklicherweise befand sich der Herzog wieder im Spielsalon, als Cassandra den Ball um halb drei mit Prudence verließ. Wahrscheinlich hätte er versucht, sie zum Bleiben zu veranlassen, um mit noch mehr Gentlemen zu tanzen. Tatsache war, dass sie nächste Woche mindestens ein halbes Dutzend Besuche erwartete. Vielleicht mehr. Sie hatte den Überblick verloren.

Es war erstaunlich, was die Anwesenheit ihres Vaters, vielmehr sein zuvorkommendes Benehmen, in Bezug auf ihre Suche nach einem Ehemann bewirkt hatte. Nie hatte sie so viel getanzt oder war so begehrt gewesen. Dass es ihr gelungen war, sich für einige Minuten mit Ruark davonzustehlen, war eine bemerkenswerte Leistung.

Sobald sie das gemeinsame Gästezimmer erreichten, wurde Cassandra klar, dass sie vor einem Dilemma stand. Sie konnte sich nicht wegstehlen, um Ruark zu treffen, ohne dass Prudence ihren Weggang bemerkte. Es war offensichtlich an der Zeit für eine Beichte. Bei Fiona, die mit ihrem Mann auf dem Ball war, hätte sie dies fast schon getan, insbesondere nach ihrer Begegnung mit Ruark hinter dem Irrgarten. Sie wollte ihre Freude mit jemandem teilen, und wer wäre besser geeignet als ihre beste Freundin? Oder ihre Gesellschafterin?

Aber ohne einen Heiratsantrag von Ruark hatte sie Zweifel, dass ihre Freude von ihnen geteilt würde.

Prudence und sie hatten heute Abend auf eine Zofe verzichtet, weil sie sich gegenseitig beim An- und Auskleiden für den Ball behilflich sein konnten. Das war Cassandras verschlagener Einfall gewesen, denn sie hatte gedacht, eine Zofe würde nur ein weiteres Hindernis zwischen Ruark und ihr bedeuten.

Als Prudence ihr aus ihrem Ballkleid half, beichtete Cassandra ihr die Wahrheit. »Pru, ich muss dir etwas sagen.«

»Geht es um Lord Wexford?«

»Ähm, ja.« Natürlich hatte Prudence diese genaue Vermutung bereits angestellt.

Prudence trug ihr Kleid zum Schrank. »Mir ist aufgefallen, dass ihr euch heute Abend meist aus dem Weg gegangen seid. Ich war überrascht, dass er dich nicht zum Tanz aufgefordert hat, als wir uns mit ihm und seiner Familie unterhalten haben. Habt ihr euch gestritten?«

Cassandra begann, ihr Korsett aufzuschnüren, das vorne geschlossen war. »Nein.« Sie ignorierte die Hitze, die sich über ihre Brust und ihren Hals ausbreitete. »Da du von unserem Verhalten sprichst, muss ich sagen, dass wir es für das Beste hielten, einander aus dem Weg zu gehen.«

Vor dem Schrank stehend, verschränkte Prudence die Arme vor der Brust. »Warum? Wenn ihr euch zueinander hingezogen fühlt, solltet ihr dem auch nachgeben, egal was dein Vater sagt.«

Cassandra freute sich sehr, dass sie das sagte. »Er ist noch nicht zu einer Eheschließung bereit. Er hat seine Gründe, und ich verstehe sie. Ich liebe ihn, und ich werde warten, bis er bereit ist.«

»Was?« Das Wort stürzte mit der Wucht eines vom

Himmel fallenden Felsbrockens aus Prudence´ Mund. Sie breitete ihre Arme aus und kam mit großen Augen auf Cassandra zu. »Wie ist es dazu gekommen? Liebt er dich auch? Warum will er nicht ...« Sie unterbrach sich und hob eine Hand. »Fangen wir mit dem Wie an.«

»Pru, ich glaube, ich habe dich noch nie so viel sagen hören, und mit solcher ... Vehemenz.« Cassandra konnte sich ein Lächeln nicht verkneifen. »Um das Wie zu beantworten, sollte ich dir sagen, dass an dem Tag, an dem Fiona und ich als Dienstmädchen verkleidet in den Phönix Club gegangen waren, etwas passiert ist.«

Prudence schloss die Augen und breitete die Hand darüber. »Ich hätte euch nie sagen dürfen, was ihr anziehen sollt, oder euch in irgendeiner Weise ermutigen dürfen.«

Sanft nahm Cassandra ihre Hand, um sie Prudence von den Augen zu nehmen, ehe sie sie zum Bett führte und sich zu ihr setzte. »Das ist in keiner Weise deine Schuld.«

»An dem Tag hat Fiona Overton geküsst. Ich kann mir nur vorstellen, was mit dir passiert ist.« Prudence´ helle Augen waren sorgenerfüllt.

»Nichts Schlimmeres, das versichere ich dir. Ich habe Lord Wexford geküsst. Wir waren in einem dunklen Wandschrank gefangen, verstehst du. Nun ja, nicht gefangen.« Sie schüttelte den Kopf. »Die Einzelheiten sind nicht so wichtig. Es genügt zu sagen, dass dieser Tag für uns beide eine Veränderung herbeigeführt hat und wir uns seitdem mit ganz anderen Augen gesehen haben, gleichwohl wir uns versprochen hatten, den Vorfall zu vergessen. Das hat sich für uns beide als ziemlich unmöglich erwiesen.« Da lächelte Cassandra. Sie empfand kein Bedauern.

»Warum hat er dir nicht den Hof gemacht?« Prudence presste die Lippen aufeinander. »Weil er nicht bereit ist, zu heiraten.«

»Verlange bitte nicht, dass ich das erkläre. Es ist sein

Geheimnis, das er verraten muss. Oder auch nicht. Er will nicht heiraten, bevor er dreißig ist, und ich unterstütze das. Voll und ganz.«

Prudence blinzelte sie an, und es dauerte einen langen Moment, bis sie wieder sprach. »Warum würdest du das tun?«, fragte sie leise und mit großer Sorge.

»Es sind doch nur drei Jahre«, entgegnete Cassandra abwehrend.

»Du wirst fünfundzwanzig sein. Und bis dahin ein Mauerblümchen. Der Herzog wird das nicht gutheißen«, fügte sie leise hinzu, als würde sie schlechte Nachrichten überbringen, die Cassandra sich nicht ganz bewusst gewesen waren.

»Ich weiß. Ich versuche, mir einen Grund auszudenken, warum ich nicht heiraten kann, doch ich fürchte, mein Vater wird mir nicht wohlwollend gegenüberstehen. Insbesondere, da so viele Gentlemen mir jetzt den Hof machen wollen.« Cassandras Schultern sackten zusammen.

»Du warst heute Abend sehr begehrt. Die Anwesenheit des Herzogs schien die Verehrer ermutigt zu haben.«

»Sein zuvorkommendes Auftreten, meinst du. Hast du gesehen, wie er sich benommen hat? Er hat gelächelt, gelacht und geplaudert. Es war fürchterlich.«

Prudence lachte und wurde schnell wieder nüchtern, als Cassandra ihr einen bezwingenden Blick zuwarf. »Ich bitte um Verzeihung. Ich fand es eher amüsant. Schockierend, aber auch amüsant. Ich habe Seine Gnaden noch nie so erlebt.«

»Ich auch nicht, was es umso entsetzlicher macht. Warum kann er nicht immer so liebenswürdig sein?«

»Da hast du recht«, stimmte Prudence mit einem entschlossenen Nicken zu, und der Humor von eben war verschwunden. »Kommen wir auf Lord Wexford zurück. *Erwidert* er deine Liebe?«

Wie sehr wünschte Cassandra, Prudence hätte diese Frage nicht gestellt. »Ja, ich glaube schon, aber ich dränge ihn nicht zu einem Heiratsantrag, nicht einmal heimlich. Er hat sehr wichtige Gründe, an seinem Plan festzuhalten, unverheiratet zu bleiben, bis er mindestens dreißig ist, und ich werde ihn nicht bitten, davon abzuweichen.«

»Ich glaube, du machst einen Fehler.« Prudence wandte den Blick ab. »Ich bitte um Verzeihung. Ich wollte nicht zu weit gehen.«

»Du musst dich nicht entschuldigen. Ich bin dir für deinen Rat dankbar. Warum ist es ein Fehler, auf den Mann zu warten, den ich liebe?«

»Weil er dich, wenn er dich wirklich liebt, jetzt heiraten würde. Er würde deinen Ruf nicht aufs Spiel setzen oder innerhalb deiner Familie Unfrieden stiften. Das sollte er nicht von dir erwarten.«

Ihre Worte schnitten mit scharfer, schmerzhafter Präzision in Cassandra. »Er erwartet es nicht – ich habe ihm angeboten zu warten. Du verstehst das nicht und das kannst du auch nicht.«

»Nein, vermutlich nicht.« Prudence hatte die Lippen zu einem leicht missbilligenden Ausdruck geformt, als sie konsterniert zur anderen Seite des Zimmers schaute. »Ich gebe zu, ich fühle mich ein bisschen traurig, weil du nicht das Gefühl hattest, mir vertrauen zu können. Das geht doch schon wochenlang.« Sie drehte den Kopf zu Cassandra, die das verletzte Aufflackern in ihren Augen erkennen konnte.

»Es tut mir leid. Wir hatten einander versprochen, dass wir niemandem etwas sagen würden.«

»Ich kann verstehen, dass du ein Versprechen nicht brechen willst«, entgegnete Prudence.

»Während einer langen Zeit gab es nicht viel zu erzählen. Nach dem Vorfall im Wandschrank des Phönix Clubs haben wir unserer Anziehung für einige Zeit widerstanden. Bis zu meiner Geburtstagsfeier haben wir uns nicht wieder geküsst.« Cassandra zog eine Grimasse und beschloss, nichts zurückzuhalten. Es gefiel ihr gar nicht, dass Prudence traurig war.

»Wir haben uns bei dem Spiel nach dem Abendessen zusammen versteckt. Leider hat Evie uns gefunden.« Als Prudence scharf Luft holte, fügte sie hinzu: »Und Sabrina stand hinter ihr.«

Prudence hob die Hand, um ihren Mund zu berühren und ihre Augen weiteten sich. »Oh, du liebe Güte. Die beiden haben offensichtlich nichts gesagt.«

»Evie hielt es für das Beste – für mich –, wenn nichts davon bekannt würde. Am nächsten Tag hat Sabrina mit mir über den Vorfall gesprochen.«

»Deshalb wollte sie allein mit dir um den Platz spazieren.«

Cassandra nickte. »Sie hat vorgeschlagen, dass Ruark und ich einfach vergessen sollten, dass es je passiert ist. Das hatten wir nach dem ersten Vorfall versucht.« Ein zerknirschtes Lächeln umspielte ihre Lippen. »Wir waren nicht sehr gut darin.«

»Das erklärt ganz bestimmt all die verweilenden Blicke und die langen Promenaden. Und den ausgedehnten Gartenbesuch im Phönix Club. Hast du ihn da wirklich nicht geküsst?«

»Nein, ich schwöre. Was ich dir über meine Ohnmacht erzählt habe, war die absolute Wahrheit.« Wieder wurde sie daran erinnert, dass er Boxer war und sie diesen gewalttätigen Sport hasste. Aber sie würde eine Möglichkeit finden, ihn zu akzeptieren, da sie jetzt wusste, dass dies etwas war, was ihn mit seinem Vater verband.

»Warum erzählst du mir das jetzt?«, fragte Prudence.

Wieder zog Cassandra eine Grimasse. »Ich werde ihn

gleich treffen und ich weiß, dass ich mich nicht einfach davonstehlen kann, ohne dir zu sagen, wohin ich gehe.«

Prudence stieß die Luft aus. »Du hättest mir nichts gesagt, wenn du nicht gemusst hättest.«

»Wahrscheinlich nicht«, gestand Cassandra leise. »Ich habe ehrlich gedacht, und das denke ich immer noch, dass es am besten ist, wenn du nichts weißt. Dann kannst du nicht verantwortlich gemacht werden. Willst du mir versprechen, so zu tun, als wüsstest du von nichts, falls etwas passiert?«

»Wie beispielsweise, dass ihr wieder erwischt werdet?«, fragte sie sardonisch. »Ich weiß es zu schätzen, dass du versuchst, mich zu beschützen. Gleichwohl das meine Aufgabe ist, was dich anbelangt. Ich sollte dir verbieten, dich mit ihm zu treffen.«

Cassandra lachte und verdrehte die Augen. »Du kannst mir nichts verbieten.«

»Wahrscheinlich nicht, aber ich könnte deinen Vater informieren.«

Für einen kurzen Moment klang sie ernst, doch dann erkannte Cassandra den Schalk in ihren Augen und atmete erleichtert auf. »Das würdest du nicht und ich danke dir.«

»Du solltest trotzdem nicht gehen.«

»Ich kann nicht *nicht* gehen.« Selbst bei dem Gedanken zog sich ihr Herz zusammen. »Die Dinge werden sehr kompliziert, fürchte ich. Besuche stehen bevor und mindestens ein Heiratsantrag.« Bei Prudence′ hochgezogener Augenbraue meinte Cassandra: »Glastonbury hat Ruark gestern erzählt, dass er vorhätte, heute um meine Hand anzuhalten. Es war ein Glück, dass wir früh zum Ball aufgebrochen sind. Als Papa verkündet hat, dass er uns begleiten wird, hatte ich mir Sorgen gemacht, dass wir nicht rechtzeitig aufbrechen würden und Glastonbury aufkreuzen würde, ehe wir uns auf den Weg gemacht hätten.« Sie holte tief Luft, um die Beklemmung abzuschütteln, die sich in ihrer Brust ansammelte. »Ich möchte heute Abend mit Ruark haben – und ja, wir haben vor, sehr vorsichtig zu sein.«

Prudence legte den Kopf schief. »Willst du damit sagen, dass du letztendlich vielleicht jemand anderen heiraten musst?«

»Das hoffe ich nicht, aber ich mache mir Sorgen, dass mein Vater darauf bestehen wird, insbesondere, weil es mehrere Gentlemen gibt, unter denen er wählen kann. Es wäre anders, wenn Ruark jetzt bereit wäre, mich zu heiraten. Ich würde für ihn kämpfen.«

»Das kannst du immer noch tun«, entgegnete Prudence, als ob das offensichtlich wäre. »Du kannst auch von Ruark verlangen, dich zu heiraten.«

»Vielleicht.« Aber das konnte sie nicht, wenn Ruark seinem Vater einen Schwur geleistet hatte. Prudence würde dies wahrscheinlich verstehen. Sie hatte ihre Mutter verloren und schien eine starke Verbindung zu ihr gehabt zu haben. »Ich werde allerdings um die Chance kämpfen, auf ihn zu warten.«

Und das würde sie, obwohl sie wusste, dass es ein Risiko war. In drei Jahren von jetzt an – selbst in einem Jahr von jetzt an – könnte er erkennen, dass er sie nicht liebte. Um fair zu sein, könnte sie das Gleiche über ihn entscheiden.

»Glaubst du, der Herzog wird dir erlauben, deine Eheschließung zu verschieben? Er scheint sehr entschlossen.«

»Er hatte mir bereits erlaubt, meine Saison zu verschieben. Er verstand, dass ich ohne meine Mama Schwierigkeiten hatte, dafür bereit zu sein.«

Ihre Kehle schnürte sich zu, als sie sich die Episode vor drei Jahren in Erinnerung rief, als sie ihm eröffnet hatte, dass sie ihre Saison verschieben wollte. Er hatte sie überrascht, indem er nicht nur Verständnis gezeigt, sondern ihr obendrein gesagt hatte, nicht mehr daran zu denken – denn

selbstverständlich könnte sie noch warten. Doch dann
brachte er letzten Herbst seine Hoffnung zum Ausdruck,
dass sie nun bereit wäre, da die Zeit reif sei. Sie konnte es
nicht länger hinauszögern. Er war freundlich in dieser Sache
gewesen, aber er hatte auch angedeutet, dass die Angelegenheit nicht zur Debatte stünde.

Prudence tätschelte ihr sanft den Unterarm. »Vielleicht
wird er in Hinsicht auf Wexford verständnisvoller sein, als
du glaubst.«

Das bezweifelte Cassandra. »Er war schrecklich grob zu
Ruark. Ich fürchte, er wird mich vollkommen schneiden –
finanziell und emotional«, fügte sie leise hinzu.

Sie wollte wirklich nicht noch ein weiteres Elternteil
verlieren, selbst wenn er sich manchmal wie ein Untier
benahm. »Ich habe die gleiche Sorge darüber, um eine
Verschiebung der Hochzeit zu bitten.«

Prudence nickte, und ihr Ausdruck war voller Mitgefühl.
»Ich verstehe deine Befürchtung. Wir müssen uns wirklich
das Glück nehmen, das wir bekommen können, da wir nie
wissen was der nächste Tag bringt. Du solltest gehen und
Wexford treffen.« Sie zuckte leicht zusammen. »Wo trefft ihr
euch genau?«

»Bei den Stallungen.«

»Wird es da vor Aktivitäten bei so vielen Gästen nicht
wimmeln?«

»Ja, und deshalb glaubt Ruark, dass zu viel los sein wird,
als dass irgendjemand uns bemerkt.« Cassandra schaute zur
Uhr auf dem Kaminsims. »Ich muss mich beeilen.«

»Du solltest mein Tageskleid tragen. Es ist dunkelblau
und wird von der Dunkelheit verschluckt.«

»Danke, Pru. Für alles.« Cassandra umarmte sie und
Prudence drückte sie zur Erwiderung fest. Nachdem sie sich
unter Lachen und Lächeln getrennt hatten, machten sie sich
an die Arbeit, um Cassandra schnell fertig zu machen.

Prudence stülpte eine Haube über Cassandras Haar, um die elegante Frisur zu verbergen, die sie für den Ball getragen hatte. Es war keine Zeit, sie zu ändern. »Du solltest die Hintertreppe am Ende des Korridors nehmen. Ich glaube, sie führt dich nach unten in die Spülküche. Es sollte dort eine Tür nach draußen geben und die Stallungen liegen nicht weit entfernt.«

»Wie weißt du das alles?« Vorhin, als sie zu einem Spaziergang aufgebrochen waren, hatte Cassandra die Stallungen gesehen, aber der Rest war ihr ein Rätsel.

»Du hast meine gute Beobachtungsgabe mehr als einmal erwähnt.« Sie lächelte verschmitzt. »Ich gebe Acht. Auf alles.

Cassandra grinste sie an. »Und dafür bin ich dir sehr dankbar.«

KAPITEL 17

*D*en Weg zur Spülküche zu finden, war einfach. Sie zu durchqueren, damit sie das Haus verlassen konnte, allerdings weniger. Mit gesenktem Kopf schlängelte Cassandra sich an den emsigen Mägden vorbei und trat schließlich in die kühle, dunkle Nacht hinaus.

»Gott sei Dank«, murmelte sie, als sie die Richtung zu den Stallungen einschlug und sich beeilte, da sie bereits spät dran war. Hoffentlich hatte er sie noch nicht aufgegeben.

Prudence und er hatten recht, was die Aktivitäten im Bereich der Stallungen anbelangte. Dutzende von Karossen verstopften den Hof, und mehrere Gruppen Bediensteter schienen sich zu amüsieren. Sie saßen zusammen, tranken und unterhielten sich. Eine Gruppe sang. Am wichtigsten aber war, dass sie alle zu beschäftigt waren, um ihr Aufmerksamkeit zu schenken. Wunderbar.

Aber wo war Ruark?

Plötzlich entdeckte sie ihn, wie er in der Nähe der Ecke im Schatten stand. Er winkte ihr, zu ihm zu kommen, und ihr ging auf, dass sie ihn deshalb gesehen hatte. Hätte er sich nicht gerührt, wäre er weiter in der Dunkelheit unsichtbar geblieben.

Als sie bei im ankam, legte er einen Arm um ihre Taille und führte sie um das gemauerte Gebäude herum. »Ich habe mir Sorgen gemacht, dass du auf Schwierigkeiten gestoßen bist«, meinte er leise, während sie weiter in der Dunkelheit gingen.

»Nein, aber ich musste Prudence ins Vertrauen ziehen.« Sie blieb stehen und nötigte ihn, ebenfalls anzuhalten. Der schwache Lichtschein, der von den Stallungen und den Aktivitäten auf dem Hof ausging, war gerade hell genug, um seinen Gesichtsausdruck zu erkennen. »Es gab keine andere Möglichkeit, mein Zimmer zu verlassen.«

Er lächelte sie an und streichelte ihre Wange. »Ich verstehe. Hat sie nicht versucht, dich davon abzuhalten, herzukommen?«

»Anfangs schon, doch ich habe sie davon überzeugt, wie ungemein wichtig es für mich ist, dich heute Abend zu sehen. Wir müssen die Zeit auskosten, die wir füreinander haben, meinst du nicht auch?«

»Das tue ich, und ich weiß, dass du das besser verstehst als die meisten anderen. Genau wie ich.«

»Das ist nur ein weiterer Grund, weshalb ich mich so mit dir verbunden fühle.« Sie ließ ihre Hände über seinen Oberkörper und unter das Revers seines Fracks gleiten und verweilte dann bei seiner Halsbeuge. Sie fühlte sich von dem Drang überkommen, ihn zu fragen, ob er das Gleiche empfand.

Er streichelte ihr über das Kinn, ehe er den Kopf senkte. »Ich empfinde dasselbe für dich.«

Ihr Herz klopfte, als er sie küsste und ihre Körper sich miteinander verbanden, während helle Freude durch ihre Adern strömte. Dann überraschte er sie, indem er sie in seine

Arme hob. Sie quiekte, und er flüsterte ein »Pssst« an ihren Lippen, ehe er sie erneut küsste.

Dann umrundete er die Rückseite des Gebäudes mit ihr und öffnete eine Tür, um sie dann vorsichtig über die Schwelle zu heben. Sie wollte fragen, wohin er sie brachte, doch sie schwieg. Nachdem er sich kurz umgesehen hatte, trug er sie zu einer Kutsche.

Hier im hinteren Teil der Stallungen war es fast dunkel, aber nicht ganz. Sie konnte seine Gesichtszüge gerade noch erkennen.

Er setzte sie ab und öffnete schwungvoll den Schlag der Kutsche, wobei er sein Bein ausstreckte. »Nach Euch, Mylady«, raunte er leise, aber mit großer Galanterie, als er ihr die Hand reichte.

Sie legte die Finger in seine Handfläche und bestieg die Kutsche. Sie war vielleicht ein Jahrzehnt alt und schien nicht mehr sehr oft benutzt zu werden. »Woher wusstest du, dass sie hier ist?« Sie ließ sich auf der nach vorn zeigenden Sitzbank nieder, und er stieg nach ihr hinein.

Mit einem Ruck machte er die Tür zu und setzte sich ihr gegenüber. »Ich bin früh angekommen und habe die Gegend nach einem geeigneten Platz abgesucht. Ich war begeistert, diese alte Kutsche zu finden, die so weit von dem Treiben dort vorn entfernt ist.«

»Das ist ein wahrer Glücksfall.«

Er verengte die Augen auf eine verführerische Weise. »Mit dieser Haube siehst du wie das Dienstmädchen aus, dem ich im Wandschrank begegnet bin.«

»Soll ich sie abnehmen?« Sie hob eine Hand an ihren Kopf.

»Ich bin hin- und hergerissen. Einerseits ist es sehr aufregend, weil mich das an den Tag erinnert, an dem ich dich fast in einem Wandschrank vernascht hätte.« Seine Worte brachten die bereits pulsierende Hitze in ihr zum Siedepunkt. »Anderseits sehne ich mich danach, dir die Frisur zu lösen und dein Haar herabzulassen, und das kann ich nicht tun, wenn du diese Haube trägst. Ich denke, ich werde mich für Ersteres entscheiden, denn wir haben leider nicht die ganze Nacht Zeit.«

Eines Tages hätten sie das vielleicht. Nein, sie würde nur an heute Abend denken. »Hilft dir das Wissen, dass ich nur dieses Kleid und ein Hemd darunter trage? Das sollte dir ein wenig Zeit ersparen. Das heißt, wenn du vorhast ...« Sie vermochte nicht auszusprechen, was er ihrer Vorstellung nach vorhatte, und was er gestern Abend erwähnt hatte.

»Nur um eines richtig zu stellen. Wir werden keinen Geschlechtsverkehr haben«, erwiderte er, und seine Stimme klang leicht heiser. »Ich will keine Schwangerschaft riskieren.«

»Daran kann ich nichts aussetzen. Nur Enttäuschung.«

»Ungezogenes Mädchen«, murmelte er und leckte sich über die Unterlippe. Ihre innerliche Hitze verstärkte sich weiter. »Wie leicht lässt sich das Kleid öffnen?«

»Sehr leicht.« Sie griff nach oben und öffnete die Knöpfe auf der Vorderseite unterhalb ihrer Schultern. Das Mieder des Kleides fiel herab und gab den Blick auf ihr Unterhemd frei. »Warum sitzt du dort drüben?«

»Damit ich dich sehen kann. Aber ich wünschte, es gäbe mehr Licht.« Er beugte sich vor. »Lässt sich dein Hemd auch herunterziehen?«

Um den Ausschnitt herum war eine Schnürung, sodass sie es raffen konnte – oder lockern. Sie zupfte daran und tat Letzteres. »So etwa?«

»Ja.« Er schluckte – sie konnte die Bewegung seines Kehlkopfes sehen. »Zieh es herunter, damit ich deine Brust sehen kann.«

Cassandra tat wie ihr geheißen und schob das Kleidungsstück herunter, sodass ihre rechte Brust zum Vorschein kam. »Nur eine?«

»Gott, bist du schön. Ich nehme beide, bitte.«

Sie zog und zerrte an dem Kleidungsstück, bis sie es so zurechtgerückt hatte, dass ihre beiden Brüste seinem Blick ausgesetzt waren. Durch die kühle Luft wurden ihre Brustwarzen ganz steif. Oder vielleicht lag dies an der Art und Weise, wie er sie anschaute.

Ihre Brüste fühlten sich schwer an und sie kribbelten vor Verlangen. »Gibt es noch etwas, das ich tun könnte?«, fragte sie leise, denn sie wurde von seiner Untätigkeit nervös.

»Ich quäle mich ein paar Minuten, wenn du etwas Geduld hast mit mir.«

Ein kurzes Lachen entschlüpfte ihren Lippen. »Du quälst mich auch.«

»Das ist nicht meine Absicht.« Seine Lippen formten sich zu einem schiefen Lächeln. »Eigentlich ist es das wahrscheinlich doch. Die Vorfreude ist für uns beide gut.« Er rutschte auf der Sitzbank vor, um dann seinen Frack auszuziehen. Hut und Handschuhe trug er bereits nicht mehr. »Hast du dich je dort selbst berührt?«

»Nicht wirklich. Sollte ich das tun?« Ihre Brustwarzen schienen zur Antwort zu zittern.

»Ganz bestimmt. Hebe deine Hände und lege sie darunter.« Er beobachtete, wie sie nach seiner Anleitung handelte. »Hebe deine Brüste sanft an. Ja, genau so. Sie sind zu groß für deine Hände.« Seine Stimme war tief und rau, wie ein Fels, der einen Abhang hinunterrollte.

»Aber nicht für deine, vermutlich.« Sie bewegte ihre Hände streichelnd und war schockiert, als sie feststellte, dass das Verlangen zwischen ihren Beinen immer drängender wurde. »Ich will sie an mir sehen. Deine Hände.« Sie stellte sich seinen Mund auch dort vor. »Und deinen Mund.«

»*Cassandra*.« Ihr Name war ein gequältes Flehen auf seinen Lippen. »Zupfe an den Spitzen.«

Sie klemmte ihre Brustwarzen zwischen Daumen und Zeigefinger, zog sanft daran und keuchte bei dem Gefühl. »Ich werde sie nie wieder ignorieren.« Sie übte mehr Druck aus und zog fester. Dieses Mal stöhnte sie.

»Ich kann nicht ...« Er machte einen Satz nach vorn und schlug vor ihr mit den Knien auf dem Boden der Kutsche auf. Er schob die Hände unter ihre und übernahm die Führung, um sie zu umfassen und zu massieren, wobei sein Blick fest auf ihre Brüste gerichtet war.

Cassandra warf den Kopf zurück und wölbte ihren Rücken, auf der Suche nach mehr von seinen Berührungen. Sie spreizte die Beine, damit er sich ihr nähern konnte. Dann senkte er den Kopf und schloss seine Lippen um eine Brustwarze, während er in die andere kniff.

Sie schrie auf, krallte eine Hand in sein Haar und presste ihn an sich. Er leckte sie, dann streifte er ihre Haut mit seinen Zähnen. Eine Flut des Verlangens durchströmte sie und brachte ihr Geschlecht zum Pulsieren. Dann saugte er an ihr, zog kräftig an ihrer Brustwarze, während er ihre andere Brust quälte.

Sie verlor sich in der dunklen Empfindung, als er eine Welle der Lust nach der anderen auslöste und ihren Körper in einen leidenschaftlichen Rausch versetzte. Sehnsüchtig wollte sie, dass er ihr Kleid wie gestern Abend anhob und sie zum Orgasmus brachte. »Ruark, bitte.« Sie streckte die Hand nach ihrem Rock aus und zog ihn bis über die Knie hoch.

»Du bist so begierig«, murmelte er, als er seinen Mund zu ihrer anderen Brust bewegte, während er mit seiner Hand über ihren Unterleib streichelte. Seine Finger wanderten über ihren Oberschenkel, während er ihr Kleid bis zur Taille hochschob. »Ist es das, was du willst, Cass?« Er streichelte weich und sanft an ihrem Geschlecht entlang. Das war ganz und gar nicht das, was sie wollte.

»Nein. Mehr. Bitte.«

»Du bist so fordernd.«

»Das gefällt dir, hast du gesagt.«

Er knabberte an ihrer Brust und kniff fest in ihre Brustwarze. »Das tut es auch, aber manchmal möchte ich das Sagen haben.«

Sie quiekte vor Wollust, schockiert. »Noch mal.«

Er drückte und zog, und er hielt sie zwischen leichter Qual und delirierender Verzückung schwebend. »Ich werde tun, was ich will, und du hörst mit deinen Forderungen auf. Verstanden?« Er zwickte ihre Haut, um sie dann loszulassen und sie mit seiner Zunge zu liebkosen.

Sie stöhnte leise und presste die Finger in seine Kopfhaut. »Und wenn ich ganz lieb frage? Oder wenn ich bettle?«

»Betteln kann ungemein erregend sein. Aber nicht heute Abend.« Er hob den Kopf und schaute ihr in die Augen. »Heute Abend werde ich mir nehmen, was mir gefällt. Falls du an irgendeiner Stelle möchtest, dass ich aufhöre, sag es mir und ich werde es tun. Verstehst du?«

Sie nickte, vollkommen gefesselt von der dunklen Anweisung in seinem Ton und dem verführerischen Versprechen in seinen Augen. In diesem Moment hätte sie alles getan, was er verlangt hätte.

Noch streichelte er ihr Geschlecht, seine Finger tasteten sich sanft über ihre Schamlippen. »Sehr gut. Jetzt rutsche an die Kante des Sitzes wie eine brave junge Lady.«

Sie rutschte nach vorne und er senkte den Kopf, um sie heftig und innig zu küssen, wobei seine Lippen und seine Zunge keinen Zweifel daran ließen, was er vorhatte. Er würde nehmen, aber er würde auch geben. Irgendwie nahm er sich gleichzeitig ihres Geschlechts und ihrer Brüste an, während er sich seinen Weg über ihren Hals küsste. Er hinterließ eine Spur aus Feuer und Verlangen, als er sich seinen Weg zu ihrer Brustwarze bahnte und fest an der Spitze saugte. Die Verbindung zwischen dieser Stelle ihres Körpers und dem Kern ihres Geschlechts war verblüffend.

Dann war sein Mund verschwunden, und die kühle Nachtluft zog ihre Brustwarzen zu noch steiferen Gipfeln zusammen. Er bewegte seine Finger an ihrer Klitoris, und sie spürte, wie sich ihr Orgasmus anbahnte.

»Spreize deine Beine weiter, Cass.« Sein Kopf war dort unten, zwischen ihren Schenkeln, und er blickte auf ihr Geschlecht. »So ist es richtig. So schön. So weich. So feucht.«

Er öffnete ihre Scheide mit dem Finger, und bevor sie sich fragen konnte, was er vorhatte, war seine Zunge schon da und leckte sie. Sie gab unzusammenhängende Laute von sich, während sie sich an seinem Haar festklammerte. Ein Stoß nach dem anderen seiner Zunge trieb sie in wildem Tempo der Erlösung entgegen.

Doch dann hielt er inne. Gott sei Dank nur kurz, und nur, um seine Zunge durch seine Finger zu ersetzen – und ja, diesmal benutzte er seine rechte Hand –, deren Finger er in sie einführte, während er an ihrer Klitoris saugte. Sie warf den Kopf in wilder Ergebenheit zurück und ihr Körper schrie nach Befriedigung. Es war so nahe, aber wenn es nach ihr ginge, sollte diese glorreiche Verzückung kein Ende haben.

Sie bremste sich, hob die Hüften von der Sitzbank und wippte nach vorne, um seiner Penetration mit den Fingern entgegenzukommen. Wieder wechselte er und benutzte seine Zunge. Sie war sich nicht sicher, was ihr lieber war, außer, dass er niemals aufhören sollte. Und um sicher zu gehen, sagte sie ihm das auch.

Er schob eine Hand unter ihren Schenkel und dann nach oben, um ihre Kehrseite zu umfassen. Er drückte ihr Fleisch, vergrub die Zunge tief in ihr und stieß gegen ihren Kitzler.

Sie konnte sich nicht länger zurückhalten. Ihre Muskeln
spannten sich an und ihre Hüften zuckten wild. Er hielt sie
fest, während sein Mund und seine Finger sie auf wunder-
same Weise in Ekstase versetzten.

Sie kam heftig und erreichte ihren Höhepunkt, ehe sie
ihn überhaupt hatte kommen sehen. Ihre Schreie füllten die
Kutsche aus, als er sie in eine herrliche Glückseligkeit
entließ. Als sie sich das nächste Mal ihrer selbst bewusst
wurde, lag sie ziemlich unelegant auf dem Sitz. Ruarks Kopf
war an ihrem Oberschenkel gebettet, während seine Finger
weiterhin ihr Geschlecht streichelten.

»Wenn du nicht aufhörst, werde ich wieder kommen
wollen«, krächzte sie.

»Wäre das schlimm?« Er küsste die Innenseite ihres
Schenkels.

»Ganz und gar nicht, aber wie du schon sagtest, haben
wir nicht die ganze Nacht Zeit. Und jetzt bist du an der
Reihe.« Sie richtete sich auf und schob sich in eine sitzende
Position.

Er hob den Kopf und sah zu ihr auf. »Das ist nicht nötig.«

Sie sah ihn aus Augen wie Schlitze an, und wusste, dass
sie leicht einen weiteren Orgasmus bekommen konnte. »Du
hattest das Kommando schon. Jetzt habe ich es.«

～

*R*uark wollte in dieser Sache keine Verantwortung
übernehmen, aber er wollte auch nicht das Risiko
einer ohnehin schon gefährlichen Situation steigern. Zum
Glück waren sie in dieser Kutsche im hinteren Teil des Stalls
gut versteckt.

Am Ende war er ihrem verführerischen Blick nicht
gewachsen. Es kostete ihn bereits alle Beherrschung, nicht
weiter an ihrer Scheide zu spielen. Sie war so empfänglich

und absolut köstlich. Er hatte längst noch nicht genug. »Was hast du vor?«

»Ich werde es dir zeigen. Geh und setz dich auf die andere Sitzbank. Sie neigte den Kopf, als sie anfing, das Kleid herunterzuschieben. Er wollte ihr sagen, das nicht zu tun, aber die Schwerkraft würde dies nichtsdestotrotz erledigen.

Ruark stemmte sich hoch und ließ sich auf dem gegenüberliegenden Sitz nieder. Sie fing an, ihr Hemd hochzuheben, das ihre Brüste bedeckte.

»Musst du das tun?«, fragte Ruark. Es lag ein etwas trauriger Klang in der Frage und er war nicht im Mindesten verlegen.

Sie ließ das Kleidungsstück los und rutschte vom Sitz, um sich zu ihm auf seinen zu setzen. »Vermutlich nicht.«

Er liebkoste sie und zog einen Daumen über ihre Brustwarze. »Gut, weil ich sie den ganzen Abend anschauen könnte.«

»Das tust du gerade nicht.«

»Nein, aber es ist schön zu wissen, dass ich das *kann*. Ich berühre sie auch gern. Sehr sogar.«

»Was für ein Glück, weil ich das auch mag.« Sie fing an, seine Weste aufzuknöpfen. »Ich denke, es ist nur gerecht, dass ich deinen Oberkörper ebenfalls betrachten darf.« Als die Knöpfe geöffnet waren, zog sie das Kleidungsstück auseinander und schob es ihm über die Schultern und dann über seine Arme herab. Er half ihr und warf es durch die Kutsche.

Ehe es auch nur auf dem anderen Sitz gelandet war, zog sie sein Halstuch locker. Das Gleiten der Seite um seinen Hals, als sie es herunterzog, war eine erotische Sensation, die das Gefühl seiner ohnehin schon entfesselten Erregung noch verstärkte.

»Besser«, murmelte sie und ließ das Halstuch hinter ihm fallen. Sie glitt mit der Hand in das offene V an seinem Hemd und leckte über ihre Unterlippe. »Aber ich denke, du solltest dies auch auszuziehen.« Sie zog den Saum aus seiner Taille und er riss das Kleidungsstück über seinen Kopf, um es dann von sich fortzuschleudern.

Sie legte ein Bein über seine Hüfte und setzte sich auf ihn, wobei sie die gespreizten Hände auf seine Brust legte. »*Viel* besser.«

»Gott, ja.« Er zog ihren Rock so zurecht, dass sie nackt an ihm war und sie nur durch seine Kleidung voneinander getrennt waren. Sie bewegte ihre Hände über ihn und drückte und massierte seine Haut und dann kämmte sie mit den Fingern durch das dunkle Haar mitten auf seiner Brust. »Sind deine ebenso empfindlich wie meine?«, fragte sie, als sie über seine Brustwarzen streichelte. Mit Daumen und Zeigefinger zog und kniff er sie, und entlockte ein scharfes Aufkeuchen von seinen Lippen.

»Sie sind recht empfindlich.« Sein Schaft zuckte zur Antwort und er hob sich von der Sitzbank.

Sie packte seine Schultern und drückte ihn herab, wobei sie ihm mit ihrem Geschlecht entgegenkam. Ihr Atem wurde flacher und sie senkte ihren Mund auf seinen Hals, und küsste ihn, während sie einen Geschlechtsakt nachahmten – wusste sie das überhaupt?

Mit jedem Kreisen seiner Hüften kam er seiner Erlösung näher. »Willst du mich so zum Orgasmus bringen?«, krächzte er.

Sie löste sich und hob den Kopf. »Nein, ich habe nicht gewusst, dass du auf diese Weise kommen könntest.«

»Ich kann bei dir praktisch alles tun«, meinte er mit einem dunklen Lachen.

Ein bezauberndes Rosa zog sich über ihre Wangen. »Oh. Nun, ich wollte für dich tun, was du für mich getan hast.« Sie bewegte sich zu einer Seite von ihm und gab ihm einen Kuss

auf die Lippen, ehe sie sich zwischen seinen Beinen hinab-
rutschen ließ.

»Cass, bist du sicher?« Er streichelte ihre Wange und
ihren Kiefer.

Sie öffnete die Knöpfe an seiner Hose. »Sehr. Es sei denn,
es wäre dir lieber, ich täte es nicht?« Sie legte keine
Pause ein.

»Im Gegenteil. Ich habe davon geträumt.«

»Gut.« Ihr Lächeln war von Teufelei erfüllt, als sie seinen
Schaft aus seiner Kleidung befreite.

Ruark stöhnte leise, als er seine Kleidung so zurecht zog,
dass auch seine Hoden frei waren. »Ich möchte nicht, dass
irgendetwas eingequetscht wird.«

»Das wäre schlimm?«

»Ein totales Desaster.«

»Das würden wir nicht wollen.« Sie fuhr mit ihren
Fingen vom Ansatz bis zur Spitze. »Soll ich irgendetwas mit
ihnen tun?«

»Was immer du willst.«

Sie fuhr mit der Hand darunter und massierte sie sanft.
»Oh, sie sind sehr weich und die Haut darum ist …
interessant.«

»Du kannst sie vorsichtig drücken – nicht zu fest.«

»So etwa?« Sie drückte sie leicht zusammen.

»Ja.« Er klang, als ob er erdrosselt würde. Und vermutlich
wurde er das – auf die bestmögliche Art und Weise.

Während sie ihre Behandlung fortsetzte, senkte sie den
Kopf und leckte an der Spitze. »Soll das salzig schmecken?«

»Das wurde mir gesagt.« Es juckte ihn, die Finger mit
ihrem Haar zu verflechten und sie zu halten, während er tief
in ihren Mund stieß. Aber sie hatte das Kommando.

»Mmm.« Sie schloss den Mund um ihn. Er war hin- und
hergerissen, sich der Empfindung vollkommen hinzugeben,
oder ihr zuzuschauen, wie sie ihn in den Mund nahm. Er tat

beides und warf erst seinen Kopf an die Rückenlehne der Kutsche zurück, als sie ihn saugte, und dann sah er auf sie hinab, wie sie ihn befriedigte.

Er beobachtete sie verzaubert und versuchte, sich unter Kontrolle zu halten. Aber mit jedem Gleiten ihrer Zunge und jeder Liebkosung ihrer Hand wuchs seine Wildheit. Wenn er nicht aufpasste, wäre er verloren.

Er fasste ihren Kopf und zog sie zurück. »Cass, du musst aufhören, ehe ich komme.«

»Warum? Es geht doch darum, dass du es tust.«

»Aber wenn ich das mache, wird es … in deinen Mund sein.«

Sie hatte nicht aufgehört, ihn zu streicheln. »So sei es denn.« Wieder senkte sie den Kopf und wandte sich ihrer köstlichen Arbeit zu. Er konnte sich nicht davon abhalten, sich in ihren Mund vor und zurück zu bewegen, und der süße Rhythmus ihrer Hand und ihres Mundes brachten ihn bis an den Rand seiner Beherrschung.

»Schneller«, hauchte er und die Muskeln in seinen Hüften spannten sich an.

Sie steigerte die Geschwindigkeit und er stöhnte, als jeder Teil von ihm sich in Erwartung der bevorstehenden Erlösung anspannte. Sie enttäuschte ihn nicht.

Sein Orgasmus spülte mit einer Wildheit über ihn hinweg, die er noch nie erlebt hatte, und trug ihn zu fantastischen Höhen, während sie ihn gleichzeitig in die dunkelste Vergessenheit stürzte. Von allen Gedanken befreit, hielt er sich an ihr fest, inmitten einer überwältigenden Ekstase.

Nach einiger Zeit erkannte er, dass sie ihn nicht losgelassen hatte, und jeden letzten Rest dessen aufgesaugt hatte, was er zu bieten hatte. Verausgabt zwang er sich, die Augen zu öffnen und schaute auf sie herab. Sie rutschte zurück und setzte sich an die gegenüberliegende Sitzbank gelehnt auf den Boden, wobei ein zufriedenes Lächeln ihren herrlichen, wundersam begabten Mund umspielte.

Sie reichte ihm sein Hemd, das er überstreifte und über seinem Bauch zurecht zog, ehe er den Saum in den Hosenbund schob. Als er aufschaute, hatte sie, sehr zu seiner Enttäuschung, ihre Brüste bedeckt.

Er muss die Stirn gerunzelt, oder ihr einen Hinweis auf seine Gedanken über den Verlust seines Anblicks geliefert haben, denn sie sagte: »Es hatte sein müssen. Ich kann so schlecht ins Haus zurückkehren.«

Er lachte. »Vermutlich nicht.«

Er verspürte einen Ausbruch von Liebe für sie, der mit Bedauern gepaart war, dass er sie für ein Versprechen warten ließ, das er einem toten Mann gegeben hatte. Es war allerdings mehr als das. Er traute seinen Emotionen nicht.

Was, wenn er das könnte? Würde er seinen Schwur brechen und Cassandra heiraten, ehe er dreißig war?

»Ich habe dich wirklich nicht verdient«, murmelte er, als er seine Kleidung wieder anzog.

»Ich verbiete dir, noch einmal so etwas zu sagen. Ich habe dir angeboten, zu warten und das werde ich. Obwohl ich zugeben muss, dass es nach heute Abend unglaublich schwer sein wird.«

Darin konnte er ihr nicht widersprechen. »Was, wenn ich meinen Schwur breche?«, flüsterte er so leise, dass er kaum sich selbst hören konnte.

Sie streckte die Hand nach ihm aus und fasste sein Handgelenk. »Ich kann dich nicht bitten, das zu tun.«

»Das tust du nicht. Wie ich dich auch nicht gebeten habe, auf mich zu warten.«

»Was, wenn du einen Kompromiss machst? Ich will nicht in eine Ehe getrieben werden, was mein Vater scheinbar nur schwer verstehen kann – und du auch nicht. Wir lieben einander. Warten wir ab, wie die Dinge am Ende der Saison stehen.«

Ihr Vorschlag war sinnvoll. »Dreißig war ohnehin ein willkürlich gewähltes Alter.« Für Ruark lag der Kern der Sache in der Gewissheit seines Herzens und seines Verstandes. Nie war er mehr als eine Handvoll Wochen verliebt geblieben. Bis zum Ende der Saison waren es noch doppelt so viele. »Dieser Plan gefällt mir.« Er löste seinen Arm aus ihrem Griff, sodass sie die Hände verschlingen konnten. »Und du?«

»Er gefällt mir auch.« Sie küsste seine Hand und ließ ihn dann los. »Jetzt müssen wir uns beeilen.«

Sie beide brachten ihre Erscheinung nach besten Kräften in Ordnung. Ruark half ihr aus der Kutsche und sie verließen die Stallungen durch die Tür, durch die sie hereingekommen waren. Sie umrundeten die Außenwand und hielten sich an den Händen, bis sie die Ecke erreichten.

»Ich werde zusehen, wie du zurückgehst«, meinte er. »Ich wage nicht, dich zu begleiten.«

Sie nickte. »Ich verabscheue es, dass ich dich verlassen muss.«

»Ich auch«, gab er leise zu. Er beugte sich hinab, um sie zu küssen und ihre Lippen trafen sich zu einer sanften, aber leidenschaftlichen Kollision voller Versprechungen. Konnten sie so weitermachen? Das hoffte er, obwohl er wusste, dass dies risikoreich war.

Sie trat zurück und warf ihm ein kokettes Lächeln zu, während ihre Finger noch immer mit seinen verschlungen waren. »Ich weiß, dass du nicht willst, dass ich es sage, aber ich liebe dich. Ich werde die Stunden zählen, bis wir einander wiedersehen …«

Nein, er wollte nicht, dass sie es sagte, und dennoch konnte er den selbstsüchtigen Hunger seines Herzens nicht leugnen, das begierig darauf war, dies zu hören. »Bald«, antwortete er, als er sie zögernd losließ.

Sie wirbelte herum und stürmte auf das Haus zu, während die Bänder ihrer Haube hinter ihr her flatterten, weil sie sie nicht unter ihrem Kinn festgebunden hatte. Er sah ihr nach, bis sie längst gegangen war und bis sein Körper kalt war, aber sein Herz voll.

Sie konnten bis zum Ende der Saison warten. Er betete, dass seine Liebe für sie nur noch wachsen würde.

KAPITEL 18

*D*as Glühen von Ruarks Rendezvous neulich Abend
mit Cassandra verblasste allmählich. Er schrieb
das der Möglichkeit zu, dass sie sogar jetzt noch Besuche
empfangen würde, aber keinen darunter von ihm. Wie
könnte er ihr einen Besuch abstatten, wenn ihr Vater deutlich gemacht hatte, dass er kein willkommener Bewerber
war?

Er musste auf Cassandra warten, damit sie die Dinge mit
ihm klärte. Und was dann? Ruark würde ihr den Hof
machen? Was, wenn die Dinge … sich bis zum Ende der
Saison änderten?

Und einfach so war die Glückseligkeit verraucht, in der
er während der vergangen eineinhalb Tage geschwelgt hatte.
Er legte die Ellbogen auf den Tisch und barg den Kopf in den
Händen.

»Wohin führst du Kat heute Abend aus? Die Zeit läuft
davon.«

Als Ruark aufschaute, sah er seine Mutter auf der
anderen Seite des Schreibtischs stehen. »Wir werden einen
Lustgarten besuchen. Reicht das?«

»Vauxhall?«, fragte sie mit freudiger Erwartung.

»Ähm, nein. Einen kleineren, aber angenehmen und es gibt dort heiratswürdige Gentlemen.« Das hoffte er. »Vauxhall ist so groß. Dieser Garten ist kleiner und garantiert, dass Kat gesehen wird.« Das hoffte er auch.

»Da kann ich nicht widersprechen.«

Ruark wollte sagen, dass sie das bestimmt konnte, aber er würde sich hüten, den Bären zu reizen. Er nahm seine Ellbogen vom Schreibtisch und lehnte sich auf seinem Stuhl zurück. »Was hast du für heute Nachmittag geplant?« Er wusste, dass sie nicht antworten würde, zuhause zu bleiben.

»Iona und ich gehen einkaufen.«

»Oh, gut. Es tut mir leid, dass Iona nicht so viel rausgekommen ist.« Sie nahm nicht wie Kat an der Saison teil, weil ihre Mutter nicht mit zwei Töchtern auf einmal fertig werden wollte. Insbesondere weil Kat normalerweise mehr Führung brauchte. Überraschenderweise hatte es Iona scheinbar nicht viel ausgemacht. Ruark nahm an, dass sie froh war, ihre Ruhe zu haben.

Seine Mutter winkte mit der Hand ab. »Es geht ihr gut. Sie weiß, dass das Hauptziel dieser Reise darin besteht, Kat zu verheiraten. «

Ruark musste eine Möglichkeit finden, seine Mutter zu überzeugen, Kat unverheiratet zu lassen. Als er über dieses Problem nachdachte, kam er nicht umhin, an Cassandra zu denken, die ebenfalls versuchen würde, ihren Vater zu überzeugen, ihre Eheschließung zumindest bis zum Ende der Saison zu verschieben oder vielleicht länger.

Ruark entschuldigte sich und brach zum Boxclub auf, da er es kaum abwarten konnte, seine Unruhe im Ring abzubauen. Eine Stunde später musste er enttäuscht erkennen, dass seine Begegnung mit Cassandra neulich Nacht nicht dazu beigetragen hatte seine Konzentration im Ring zu verbessern. Doch das lag wahrscheinlich daran, dass er von

Gedanken daran verzehrt war, ob sie mit ihrem Vater gesprochen hatte, die Eheschließung zu verschieben oder ob sie sich gerade einen Heiratsantrag anhörte.

Morts Fingerknöchel trafen erneut auf Ruarks Rippen. »Genug«, verkündete Mort kopfschüttelnd. »Ich werde Fred sagen, dass du nicht kämpfen kannst.«

Ruark wusste, dass es töricht war, mit dem Preiskampf weitermachen zu wollen, aber er fand in zwei Tagen statt. »Was wenn er keinen Ersatz finden kann?«

»Ich werde einen finden«, entgegnete Mort bestimmt. »Garnham wird dich pulverisieren.«

»Wenn sich niemand finden lässt, der meinen Platz einnimmt, werde ich einfach mein Bestes tun.« Er würde Fred nicht ohne Kämpfer dastehen lassen, insbesondere nicht, nachdem er ihn eigens um die Teilnahme gebeten hatte.

»Du bist ein ehrenwerter Mann«, meinte Mort, als sie zur Bank gingen, von der er ein Handtuch nahm, um sich den Schweiß von der Stirn zu wischen.

Ruark war nicht sicher, ob er seiner Meinung war. Ein ehrenwerter Mann hätte längst um Cassandras Hand angehalten. Würde er das allerdings tun, wenn er sich sorgte, sie zu verletzen, indem er sich entliebte? Vielleicht war er zu tiefer Liebe unfähig?

Er hatte gehofft, dass sie anders als die anderen wäre. Was, wenn dem nicht so war?

Ruark rieb sich mit dem Handtuch über den Nacken. »Ich werde mich umziehen und dann rede ich mit Fred.«

Mort nickte. »Ich würde dich begleiten, aber ich erwarte noch einen anderen Burschen. Mach dir keine Sorgen. Wir werden einen Ersatz finden.«

»Ich weiß deine Unterstützung zu schätzen«, entgegnete Ruark ernst. »In allem.«

Nachdem er saubergemacht und sich umgezogen hatte,

machte Ruark sich auf den Weg zu Freds Büro im hinteren Bereich des Clubs. Die Gedanken an Cassandra beschäftigten seinen Verstand noch immer, und er hatte keine Antworten. Er wusste nur, dass er sie liebte – oder zumindest glaubte er das. Und beim Gedanken daran, seinen Schwur zu brechen, um sie zu heiraten, wollte er am liebsten davonlaufen und sich verstecken.

Die Tür zu Freds Büro war verschlossen, also hob Ruark die Hand, um anzuklopfen.

»Ich brauche mehr!« Die Worte hallten leise und drängend durch die Tür.

Ruarks Hand erstarrte.

»Wir haben bereits ein Arrangement getroffen. Du kannst es jetzt nicht ändern.« Das war Freds Stimme.

»Was, wenn ich zurückziehe?«, fragte der andere in einem wütenden Ton.

Ruark erkannte die Stimme nicht, aber er fragte sich, ob es Glastonbury war.

»Dann werde ich einfach Wexford an deiner Stelle einschieben.« Fred klang selbstgefällig. »Ein Viscount ist gut, aber ein Earl im Hauptkampf ist noch besser. Ich brauche dich nicht so, wie du mich brauchst.«

Eindeutig Glastonbury. Worüber stritten sie? Warum brauchte Glastonbury ihn?

»Das kannst du nicht tun. Der ganze Plan war meine Idee.« Glastonbury knurrte die letzten beiden Worte beinahe.

»Es ist mein Club. Ich kann machen, was ich will. Die Abmachung bleibt, wie sie ist. Du bekommst dreißig Prozent und keinen Schilling mehr.«

Dreißig? Während Ruark *vier* bekommen sollte.

»Dann gib mir mehr von den Wetten. Zwanzig anstatt der fünfzehn.«

Er bekam einen Teil der Wetten? War das möglich?

Brauchte Glastonbury finanzielle Mittel? Plötzlich stand sein Interesse, Cassandra zu heiraten, in einem ganz anderen Licht. Vorher war Ruark auf den Mann eifersüchtig gewesen, aber jetzt war er wütend. Sie hatte einen Ehemann verdient, der *sie* liebte und nicht ihre Mitgift. Es bestand die Möglichkeit, nahm er an, dass Glastonbury beides wollte, doch das musste er herausfinden.

Moment, war das überhaupt von Belang, wenn Cassandra keine Absicht hatte, seinen Antrag anzunehmen?

Ruark erkannte, dass er so in Gedanken versunken war, dass er verpasst hatte, was als Nächstes gesagt worden war. Plötzlich flog die Tür auf und der Viscount stolzierte heraus. Er hielt den Hut in der Hand und blieb ruckartig stehen, als er Ruark ansichtig wurde.

Glastonbury blinzelte und dann schien er darum zu kämpfen ein freundliches Gesicht zu machen. »Guten Tag, Wexford. Wie war Ihr Training? Oder sind Sie gerade angekommen?«

»Ich bin gerade fertig. Es war … durchschnittlich.«

»Ach, nun ja, ich habe auch solche Tage. Gelegentlich.« Glastonbury nickte und dann setzte er seinen Hut auf, um an Ruark vorbeizumarschieren.

Mit einem Blick über seine Schulter beobachtete Ruark, wie er den Club verließ. Als er seine Aufmerksamkeit wieder dem Büro zuwandte, konnte er sehen, dass Fred darinsaß. Er machte Ruark ein Zeichen, einzutreten.

»Was brauchst du?«

»Ich bin gekommen, um mit dir über den Preiskampf zu sprechen.« Ruark überlegte, ob er ihm erzählen sollte, dass er ihre Unterhaltung mitangehört hatte. Er wollte wissen, warum Glastonbury dieses Schema ausgeheckt hatte, aber er bezweifelte, dass Fred ihm etwas sagen würde.

Am Ende entschied Ruark, die Sache nicht zu erwähnen. Noch nicht jedenfalls. »Ich fürchte, ich muss meine

Meldung zurückziehen. Ich kämpfe nicht in meiner Best-
leistung und Mort ist sicher, dass ich vernichtet werde.« Mit
jedem Wort, das er sagte, schien Freds Stirnrunzeln sich zu
vertiefen. »Ich werde dich allerdings nicht ohne Kämpfer
dastehen lassen. Mort arbeitet daran, einen Ersatz zu
finden.«

Fred verengte die Augen. »Der Kampf ist verdammt noch
mal in zwei Tagen. Ich habe bereits angekündigt, dass der
Gefährliche Ire kämpfen wird. Wird er mir einen Iren
suchen? Vorzugsweise einen Adligen, der eine Menschenmenge anlocken wird?«

Ruark machte sich nicht die Mühe, hervorzuheben, dass
Fred ihn überhaupt gar nicht erst gefragt hatte, und er dies
erst nach einem Anstoß getan hatte. »Vielleicht wird
MacNair den Part übernehmen und dann kannst du ihn
wenigstens den Gefährlichen Schotten nennen. Er ist der
Bruder eines Earls. Sicher wird er dein Publikum zufrieden-
stellen. Er ist auch ein ungemein fähiger Boxer.«

Eine Antwort brummend tippte Fred mit den Fingern auf
seine Armlehne. »Ich werde darüber nachdenken.«

»MacNair?« Ruark war sich nicht ganz sicher, ob es das
war, was er meinte.

»Und ob ich dir erlaube, dich zurückzuziehen.«

Jetzt war er einfach nur schwierig. Sobald jemand
zusagte, Ruarks Platz einzunehmen, würde er weniger
zänkisch sein. *Weniger griesgrämig.* Ja, das blieb das beste
Wort für ihn. »Das ist sehr edelmütig von dir«, entgegnete er
mit einem gutmütigen Lächeln. »Ich bin sicher, dass wir eine
Lösung finden werden.«

Fred brummte erneut und dann schaute er auf seinen
Schreibtisch. Ruark vermutete, dass die Unterhaltung für ihn
beendet war.

»Einen guten Tag dann!« Ruark drehte sich um und ging
davon, wobei er den Kopf über Freds Benehmen schüttelte.

Sein Verstand wechselte rasch zu der Unterhaltung, die er zwischen Glastonbury und ihm belauscht hatte.

Warum brauchte der Viscount einen Plan zur Geldbeschaffung? Denn genau darum schien es ihm zu gehen, als er Fred diesen Preiskampf vorgeschlagen hatte, um einen Anteil an den Eintrittsgeldern und den Wetteinsätzen zu kassieren.

Die Frage, auf die er am meisten eine Antwort wollte, war jedoch, ob Glastonbury Cassandra wegen ihrer bezaubernden und bewundernswerten Natur oder wegen ihrer Mitgift zu heiraten gedachte.

$\sim$

»*G*enau das habe ich gewollt.« Cassandra lächelte ihr Spiegelbild an, als sie den Kopf neigte, um einen neuen Blickwinkel auf den raffinierten Hut zu werfen, den sie im maskulinen Stil der Kopfbedeckung hatte anfertigen lassen, die Sabrina im Park getragen hatte. Wie das Modell von Sabrina, bestand er aus einem kurzen Zylinder mit geschwungener Krempe. Im Gegensatz zu Sabrinas Hut war er jedoch schwarz statt blaugrün und trug ein breites, leuchtend rotes Band und eine Seidenblume, passend zu dem Kleid, zu dem Cassandra ihn tragen würde.

»Er ist sehr hübsch«, lobte Prudence mit einem Nicken.

»Oh, dieser Hut ist wunderschön!«

Cassandra drehte sich bei diesem Ausruf um und erkannte eine der Frauen sofort. Es war Ruarks Mutter.

»Lady Cassandra«, begrüßte Mrs. Shaughnessy sie mit einem Lächeln. »Ich glaube, Sie haben meine jüngere Tochter Iona noch nicht kennengelernt. Sie ist nicht die Allerjüngste, das sind die Zwillinge, die in Gloucestershire geblieben sind.«

Cassandra drehte sich ganz um und lächelte Iona an. Ihre blauen Augen waren die gleichen wie die ihrer Mutter und

ihres Bruders, aber ihr Haar war von einem dunklen Kasta-
nienbraun. »Ich freue mich sehr, Sie kennenzulernen.«

»Mama, kann ich auch so einen Hut haben?«, fragte Iona.

»Ich glaube, das müssen Sie«, entgegnete Cassandra und
schaute zu der Hutmacherin. »Helena, ich hoffe, du kannst
etwas Ähnliches für Miss Shaughnessy anfertigen.«
Cassandra nahm den Hut ab und reichte ihn Helena, die vor
Stolz strahlte.

»Natürlich, Mylady. Es war mir ein Vergnügen, ein so
schönes Accessoire für Sie anzufertigen, und ich würde mich
freuen, Miss Shaughnessy zu helfen. Lassen Sie mich das nur
noch für Sie einpacken.« Die zierliche Frau zog sich hinter
ihren Tresen zurück, um den Hut in einer Schachtel zu
platzieren.

»Ist Kat nicht bei Ihnen?«, erkundigte Cassandra sich.

»Sie hasst Einkaufen«, erwiderte Iona. »Wahrscheinlich
liest sie, wie immer.«

»Richten Sie ihr aus, ich hätte nach ihr gefragt.« Cassy
fragte sich, wie es wohl wäre, Schwestern zu haben. Sie
stellte sich vor, wie schön es sein musste, Spielkameraden
und Vertraute zu haben, wenn man aufwuchs. Oh, sie hatte
ihre Gouvernante gehabt, aber das war einfach nicht
dasselbe.

»Das werden wir«, versprach Mrs. Shaughnessy. »Wie
zauberhaft, dass wir Sie heute getroffen haben. Ich hoffe, wir
sehen Sie bald wieder.«

»Gewiss.« Plötzlich kam Cassandra der Gedanke, dass
dies, wenn sie Ruark heiratete, ihre Familie sein würde. Sie
würde Schwestern haben – vier an der Zahl. Die Aussicht
darauf erfüllte sie mit Freude, als sie ihre Hutschachtel nahm
und mit Prudence den Laden verließ.

»Wohin sollen wir als Nächstes gehen?«, erkundigte sich
Prudence.

Das war die einzige Besorgung, die sie heute in der Bond

Street zu erledigen hatten, aber Cassy wollte den Besuchen der Bewerber ausweichen, sodass sie ihren Einkaufsbummel ausdehnen würden, bis sie sicher war, dass ihre Rückkehr zum Grosvenor Square ungefährlich war. »Ich habe keine Präferenz, solange es nicht nach Hause ist. Vielleicht sollten wir wieder hinein gehen und die Shaughnessys begleiten.«

»Du wirst nicht mehr lange vermeiden können, mit deinem Vater zu sprechen, es sei denn, du willst schon morgen einen Heiratsantrag annehmen, der nicht von Wexford stammt.« Prudence' Worte waren freundlich, aber bestimmt. Cassandra hatte ihr erzählt, dass Ruark und sie über eine mögliche Heirat am Schluss der Saison gesprochen hatten, was Prudence mit Freude vernommen hatte.

»Ich beabsichtige, heute Abend mit ihm zu sprechen.« Das musste sie auch, denn Prudence hatte recht – ein Heiratsantrag stand unmittelbar bevor. Von Glastonbury und vielleicht auch von anderen. Der charmante Auftritt ihres Vaters auf dem Ball am Samstag zerrte noch immer an ihren Nerven. Und dennoch, hatte sie nicht gewollt, dass sich ihr Bewerber näherten? Das war, bevor sie sich in Ruark verliebt hatte. Jetzt konnte es keinen anderen mehr geben.

Prudence schaute an ihr vorbei. »Ist das dein Bruder?«

Cassandra wandte den Kopf, als Lucien auf sie zuschritt. Er runzelte die Stirn, was sie sofort beunruhigte.

»Ich habe dich gesucht«, verkündete er ein wenig unheilvoll.

»Da muss es ja einen wichtigen Grund geben, wenn du mich in der Bond Street aufspürst.« Cassandra gefiel das angstvolle Zittern nicht, das ihr über den Rücken lief.

»Ich war zuerst am Grosvenor Square. Ich muss mit dir sofort über eine ... heikle Angelegenheit sprechen.«

»Du willst nicht, dass Prudence das mitbekommt?«, erkundigte sich Cassandra.

»Ich würde einem privaten Gespräch den Vorzug geben.«

Er warf einen Blick zu Prudence. »Verzeihung. Würden Sie jetzt bitte zum Grosvenor Square zurückkehren? Ich werde Cassandra in meinem Einspänner nach Hause bringen.«

»Aber –«, setzte Prudence an, doch sie unterbrach sich, als sie Cassandra fragend ansah.

»Ich meide das Haus heute«, entgegnete Cassandra seufzend. »Ich fürchte, es werden Bewerber vorsprechen, und ich möchte heute keine sehen.«

Lucien zog eine Schulter hoch. »Sag Bender, du empfängst keinen Besuch.«

»Ich wollte Papas Ärger nicht auf mich ziehen.« Denn dann hätte sie ihm sagen müssen, warum sie keine Besuche empfangen wollte, und das war ein weiterer Anlass für Ärger – einer, dem sie sich lieber heute als morgen stellen musste. Also war sie stattdessen aus dem Haus geflüchtet.

Lucien nickte verständnisvoll und schenkte ihr ein kurzes, mitfühlendes Lächeln. »Wie wäre es, wenn Miss Lancaster mit der Kutsche zu Gunter's fährt und ich dich in meinem Einspänner mitnehme?«

»Das ist in Ordnung.« Cassandra war sowohl begierig zu hören, was er zu sagen hatte, aber gleichzeitig fürchtete sie sich auch davor. Noch nie hatte er sich so benommen. Was könnte er möglicherweise zu sagen haben, das er nicht vor Prudence enthüllen wollte? Cassandra drehte sich zu Prudence, als die Hutmacherin kam und die Hutschachtel überreichte. »Ich werde dich in Kürze bei Gunter's treffen.«

»Ich werde das nehmen.« Prudence nahm die Hutschachtel mit einem Lächeln von der Hutmacherin und verließ das Geschäft.

»Ich kann nur hoffen, dass was immer du mir erzählen willst, dieses ganze Getue wert ist«, bemerkte Cassandra mit einem Anflug von Gereiztheit, als Lucien sie aus dem Geschäft der Hutmacherin führte.

Luciens Einspänner stand direkt draußen vor dem

Geschäft und wurde von seinem Pferdeknecht betreut, der die Zügel übergab, sobald Lucien Cassandra in der Kutsche untergebracht hatte, und hinten auf den Wagen sprang. Sobald er angefahren war, kehrte Luciens finsterer Ausdruck zurück. »Es gibt keine schonende Art, dies zu sagen, also werde ich einfach offen sein.«

Cassandra drückte die Hände in ihrem Schoß zusammen. »Bitte.«

»Du bist neulich Abend mit Wexford in der Nähe der Stallungen gesehen worden.«

Ihre Nerven, die schon bebten, seit Lucien in das Geschäft gekommen war, ballten sich in ihrem Magen zu einem Knoten der Angst. »Von wem?« Sie klang viel ruhiger, als sie sich fühlte und dafür war sie dankbar.

»Einer von Vaters Kutschern. Du solltest froh sein, dass er zu mir gekommen ist und nicht zu Vater.«

Der Knoten verhärtete sich zu Stein und Cassandra wurde schwummrig. »Er hat Papa nichts gesagt?«

»Nein, er mag dich – alle tun das – und er dachte, ich könnte die Situation auf eine diskretere Weise behandeln. Er sagte, er glaubte nicht, dass noch jemand euch gesehen hat, aber natürlich kann er das nicht sicher wissen.«

Die Gerüchte über sie könnten jederzeit aufkommen. Vielleicht war das sogar schon geschehen.

Lucien schaute sie mit einem strengen Blick an. »Was hast du zu deiner Verteidigung zu sagen?«

»Ich schulde dir keine Erklärung.«

»Soll ich mit Vater reden und ihn auf die Hochzeit vorbereiten?« Lucien schüttelte den Kopf. »Nein. Weil es keine Hochzeit geben wird.«

Sie drehte sich zu ihm. »Was meinst du?«

»Wexford wird dich nicht heiraten. Er hat diese alberne Regel –«

»Nicht zu heiraten, bis er dreißig ist«, unterbrach sie ihn.

»Ich weiß alles darüber. Weshalb ich vorhabe, auf ihn zu warten.« Sie würde ihm nicht erzählen, dass Ruark vielleicht früher heiraten könnte. Weil es derzeit ein *könnte* war.

»O Cass, hat er dir auch gesagt, dass er auf dich warten wird? Mach dir nicht die Mühe, mir eine Antwort zu geben, weil es unwichtig ist. Du wolltest wissen, warum ich so sehr gegen seine Werbung war? Der Grund ist, dass er sich so leicht verliebt und entliebt, wie du neue Garderobe kaufst und sie im nächsten Jahr ausmusterst.«

»Das tue ich nicht.« Nicht ganz. Ihr Inneres zog sich zusammen. »Du sagst, dass es andere Frauen gegeben hat?« Wie sie?

»Ich weiß von mindestens dreien, in die er bis über beide Ohren verliebt war. Wegen dieser Regel hat er keine davon geheiratet. Würdest du gern erfahren wollen, ob er sie immer noch liebt?«

Sie kannte die Antwort bereits. Sie hatte das Zögern und die Zweifel in seinem Blick gesehen. Er war nicht sicher, ob er sie in drei Jahren immer noch lieben würde. Oder sogar in zwei Monaten. Warum sollte er? Er hatte vorher geliebt und offensichtlich hatte diese Emotion nicht angehalten.

»Das tut er nicht«, antwortete sie leise und drehte sich so, dass sie wieder nach vorne schaute. Sie hatte gedacht, dass ihre Verbindung etwas Besonderes war, und bewies, dass er klug genug gewesen war, mit dem Heiraten zu warten. Aber sie war nur eine weitere Frau in einer langen Reihe.

»Es tut mir so leid, Cass. Vielleicht hätte ich dir vorher davon erzählen sollen. Dann hättest du Abstand zu ihm wahren können.«

Der Schaden war allerdings schon angerichtet gewesen. Von dem Moment an, als sie sich in dem Wandschrank geküsst hatten – und das war bevor sie mit ihm getanzt hatte oder sie Lucien irgendeinen Hinweis gegeben hatte, dass er sie vielleicht hofieren wollte – war sie schon verloren gewesen. Sie mochte sich damals vielleicht nicht in ihn verliebt haben, aber sie hatte mindestens für ihn geschwärmt.

»Fühle dich nicht schuldig.« Ihre Stimme wie auch ihr Inneres war plötzlich hohl.

»Das werde ich, selbst wenn du mich freisprichst. Ich habe ihm vertraut.«

Das hatte sie auch. Er hätte ihr von seiner Vergangenheit erzählen sollen. Wenn sie davon gewusst hätte, würde sie sich dann immer noch entschieden haben, auf ihn zu warten?

Die Antwort kam schnell und heftig: nein.

Wie könnte sie warten und ihr Leben auf einem Abstellgleis fristen, wenn er damit rechnete, dass seine Gefühle sich wahrscheinlich ändern würden. Sie hatte gedacht, dass seine Zurückhaltung gänzlich auf den Schwur zurückzuführen war, den er seinem Vater geleistet hatte. Stimmte das überhaupt? »Hat er dir erzählt, warum er dich nicht heiraten will, bis er dreißig ist?«

»Nur, dass er sicher sein wollte. Warum, ist da noch mehr?«

War dem so? Oder hatte Ruark die Geschichte über seinen Vater erfunden? Sie glaubte nicht, dass er das getan haben könnte – nicht nach der Art und Weise wie er ihr dies anvertraut hatte. Aber warum sollte er sich ihr über all dies offenbaren und ihr nichts von seinen vergangenen Liebschaften erzählen?

»Was denkst du?«, fragte Lucien.

»Dass ich eine Närrin bin und Ruark eine Kröte.«

»Letzteres ist sicher wahr, aber Ersteres nicht. Er ist ein charmanter Wüstling. Es ist kein Wunder, dass du dich in ihn verliebt hast.«

»Er schuldet mir eine Erklärung. Ich denke, ich brauche das.« Sie sog die Luft ein. »Damit ich mich anders orientieren kann.« Sie musste sich anders orientieren. Mit Glastonbury oder jemand anderem.

Außer dass sie ihn nicht liebte, oder irgendjemanden
sonst. Und wenn sie in dieser Saison zu einer Erkenntnis
gekommen war, dann war es die, nur aus Liebe zu heiraten.
Oder, wie sie sich erinnerte, aus potenzieller Liebe. Das
zumindest existierte bei Glastonbury. Sie mochte ihn und
dachte, dass sie wahrscheinlich glücklich sein könnten.

Wahrscheinlich.

Reichte das aus? Nicht für Ruark. Aber was würde passieren, wenn er dreißig wurde oder diese Saison zu Ende ging?
Würde er fraglos plötzlich wissen, dass er sie liebte und die
richtige Person heiratete? Wie könnte jemand so etwas
wissen? Constantine hatte Sabrina unter Zwang geheiratet
und sie waren sehr glücklich geworden. Fiona hatte Overton
aus Liebe geheiratet, aber wer konnte schon sagen, ob das so
bleiben würde? Vielleicht würden sie wie Ruark sein und
sich entlieben.

Der Gedanke daran machte sie krank. Nicht nur, weil sie
es hasste daran zu denken, dass ihrer Freundin so etwas
widerfahren könnte. Wenn sie nicht an die Liebe glauben
konnte, warum sollte sie sich dann überhaupt die Mühe
machen aus Liebe zu heiraten? Warum sollte sie nicht
einfach Glastonburys Angebot annehmen, was ihren Vater
erfreuen und ihr wahrscheinlich zu einem schönen, komfor-
tablen Leben verhelfen würde?

»Willst du, dass ich dich zu seinem Haus bringen?
Obwohl es nicht sehr schicklich ist – einen Gentleman
aufzusuchen.«

Sie atmete aus und legte ihre Hände auf ihren Schoß, um
zu versuchen, einen Teil der Anspannung aus ihrem Körper
entweichen zu lassen. »Ich denke nicht. Vielleicht will ich
nicht mit ihm sprechen.« Sie schuldete ihm ganz bestimmt
nicht die Gelegenheit, sich zu erklären. Dafür hatte er reichlich Zeit gehabt.

»Ich würde ihm gern jegliche Nachricht überbringen, die du ihm zukommen lassen willst«, schlug Lucien vor.

Ja, das würde genügen. »Du könntest ihm ausrichten, dass ich entschieden habe, nicht auf ihn zu warten.«

»Und wenn jemand anderer dich in der Nähe der Stallungen gesehen hat?«

Sie ruckte den Kopf zu ihm herum. »Was hat der Kutscher genau gesehen?«

»Er sagte, ihr hättet … vertraulich miteinander ausgesehen.«

Dann hatten sie sich also geküsst. Andererseits würde er sie *in* den Stallungen gesehen haben. Sie schloss die Augen und versuchte das Bild auszusperren, das sie für eine glückliche Erinnerung gehalten hatte, und das nun befleckt war.

»Bitte sage Ruark auch, dass er ein Schuft ist und es mit leidtut, ihm mein Vertrauen geschenkt zu haben.«

»Nichts würde mir größere Befriedigung verschaffen. Außer, ihn zu verprügeln.«

»Sei vorsichtig, Lu, er ist Boxer.« Darüber würde sie sich jetzt zumindest keine Gedanken mehr machen müssen. Er konnte sich blutig schlagen so viel er wollte, und es würde sie nicht kümmern. Sie musste das Thema allerdings noch mit Glastonbury behandeln. Ein kleiner Teil von ihr hoffte, dies würde eine Verbindung zwischen ihnen verhindern. Dann konnte sie sich für den Rest der Saison zurückziehen und hoffen, dass es nächstes Jahr besser würde.

Oder sie könnte ganz vergessen, eine Saison zu haben. Vielleicht würde sie zu einer zurückgezogenen Burg reisen, um dort Gouvernante für die kleinen Kinder eines grüblerischen verwitweten Herzogs zu werden. Sie würde ein gebrochenes Herz heilen und er würde sich wie irrsinnig in sie verlieben.

»Mach dir über mich keine Sorgen, Cass. Ich kann mich gegen Wexford behaupten.«

Sie nahm die Wut in seiner Stimme wahr und seine Zähne mahlten buchstäblich, sodass sie beinahe um Ruarks Sicherheit fürchtete. Beinahe.

Ein paar Minuten später hielt er vor Gunter's an. »Bist du sicher, dass du dich hier mit Miss Lancaster treffen willst? Ich könnte meinen Pferdeknecht schicken und ihr ausrichten lassen, dass du nach Hause zurückgekehrt bist.«

»Ich weigere mich, mich von Ru– Wexford derart aus dem Konzept bringen zu lassen.« Sie reckte ihr Kinn. »Ich bin aus stärkerem Holz geschnitzt.«

»Natürlich bist du das«, murmelte Lucien, ehe er von dem Einspänner sprang und herumlief, um ihr herunterzuhelfen. Er drückte ihre Hand. »Bitte lass mich wissen, wenn du etwas brauchst. Ich werde herausfinden, ob irgendwelcher Tratsch umgeht, aber ich denke, dass wir in dem Falle schon etwas gehört hätten.«

»Danke.« Cassandra entzog ihm ihre Hand und betrat das Gunter's, wo Prudence im Inneren wartete.

»Ach du liebe Güte, du wirkst blass«, rief Prudence leicht alarmiert aus. »Was ist passiert?«

»Lucien hat mir die Wahrheit über Wexfords Vergangenheit anvertraut. Offensichtlich ist er ein Serienromantiker, der sich recht schnell verliebt und entliebt. Ich kann mir nicht vorstellen, dass er mich in zwei Monaten lieben wird, ganz abgesehen davon in drei Jahren. O Pru, ich bin die größte Närrin gewesen.« Cassandra hatte ihre Stimme gesenkt und flüsterte die letzten Worte, sodass sie kaum hörbar waren.

»Komm, lass uns stattdessen um den Platz spazieren.« Prudence hakte sich bei Cassandra unter und zusammen verließen sie das Café. »Erzähl mir davon. Oder nicht. Was immer dir lieber ist.«

»Ich möchte ihm ins Gesicht schlagen.« Sie liebte ihn und das Wissen, dass er ihre Liebe wahrscheinlich nicht erwidern konnte – zumindest nicht permanent –, war wie ein Messer in ihrem Herzen.

Cassandra redete sich alles von der Seele, was sie von Lucien erfahren hatte, zusammen mit ihren eigenen Gefühlen von Verletztheit und Verzweiflung. Als sie geendet hatte, war sie überrascht, festzustellen, dass sie sich ein wenig besser fühlte. »Ich muss mich einfach nur entlieben. Vielleicht sollte ich Ruark zu Rate ziehen, wie ich das am besten anstelle, da er offenbar Experte ist.«

Prudence lächelte. »Das ist die Cass, die ich kenne. Bist du sicher, dass du ihn nicht sehen willst, zumindest nicht, um ihm zu zeigen, dass es dir gut geht?«

»Ich habe den Verdacht, dass ich reichlich Gelegenheit haben werde, das zu tun. Es ist nicht so, als würde ich ihn in der Stadt nicht sehen. Tatsächlich könnte ich, wenn es das nächste Mal passiert, bereits verlobt sein. Und wäre das nicht eine ausgezeichnete Revanche?«

Prudence´ Lächeln verrauchte. »Ich hoffe, dass du dich nicht nur aus diesem Grund verlobst.«

Cassandra winkte ab. »Das werde ich nicht. Aber es ist eine köstliche Vorstellung. Ich muss mir vermutlich überlegen, was ich zu Glastonbury sagen will. Ich erwäge sein Angebot – wann immer es kommt – aber ich muss mit ihm über seinen Hang zum Boxsport sprechen.« Der Gedanke, ihre Schwäche preiszugeben, verursachte ihr ein gewisses Unbehagen und sie konnte nicht anders, als daran zu denken, wie unglaublich unterstützend Ruark – *Wexford* – gewesen war. Sie wollte ihn wirklich schlagen.

Eine kleine Stimme in ihrem Hinterkopf sagte ihr, dass sie eine Erklärung von ihm verlangen sollte, aber sie wurde von dem überwältigenden Teil übertönt, der sich keinen weiteren Verletzungen und Enttäuschungen aussetzen wollte. Er hatte versucht, sie abzuweisen und sie war beharrlich geblieben, indem sie versprochen hatte, auf ihn zu warten.

Das macht dies nicht zu deinem Fehler. Er hätte dir alles erzählen sollen, und nicht nur den Teil über den Schwur, den er seinem Vater geleistet hatte. Er hätte dazu sagen sollen, warum dieser Schwur so sinnvoll war.

Denn mit dieser Information hätte sie wahrscheinlich andere Entscheidungen getroffen. Das hätte sie, nicht wahr?

Vielleicht nicht. Sie hatte sich sehr in ihn verliebt. Sie harmonisierten so sehr, oder das hatte sie zumindest gedacht. Er schien die perfekte Lösung für das, wonach sie schon so lange gesucht hatte – jemand, den sie lieben konnte, und der ihre Liebe erwiderte.

Sie *war* eine Närrin gewesen. Hatte sie allein nicht wunderbar gelebt? Bestand eine Notwendigkeit für sie, sich vollkommen bloßzustellen, was sie nur für Enttäuschung offengelassen hatte? Wie war das besser, als sich allein zu fühlen oder Angst zu haben, dass sie niemals Liebe erfahren würde? Glastonbury sah immer besser und besser aus. Er war ein netter, sicherer Gentleman, der ihr wahrscheinlich nicht das Herz brechen würde. Das konnte nicht passieren, wenn man es sicher hinter einer Mauer schützte.

Sie würde Wexford vergessen und genau das tun.

KAPITEL 19

*D*er Vergnügungspark in Clerkenwell war kleiner und rustikaler als Vauxhall, doch Ruark hielt ihn für einen guten Veranstaltungsort, wohin er seine Mutter und Schwester an einem ruhigen Montagabend ausführen konnte.

»Ich wäre lieber nach Vauxhall gegangen«, bemerkte seine Mutter, als sie in den Hauptbereich schlenderten, wo die Musik von einem überdachten Bereich erklang, unter dem ein Quartett spielte.

»Und das werden wir«, entgegnete Ruark galant.

»Es ist so wunderschön«, stellte Kat fest und ihr Blick erfasste die Umgebung – von den strahlenden Laternen über die Essnischen bis hin zum Tanzboden, auf dem Dutzende von Paaren in ihrer Abendkleidung herumwirbelten. »Macht sich niemand Sorgen, dass es regnen könnte?«

Iona, die gebeten hatte, mitkommen zu dürfen, worauf ihre Mutter zugestimmt hatte, schaute zum Himmel auf. »Das tue ich.«

Das hatte Ruark nicht bedacht. »Dann werden sie in die Essnischen eilen, nehme ich an.«

Kat legte den Kopf zurück und schnupperte in der Luft. »Ich hoffe, dass sie vorbereitet sind, weil ich zu sagen wage, dass wir in etwa der nächsten Stunde einen feinen Nieselregen haben werden.«

»Wir werden vorher gehen«, bestimmte ihre Mutter. »Es ist nicht so, als ob Kathleen hier einen Ehemann finden würde. Du sagtest, es seien geeignete Gentlemen hier. Außer dir, sehe ich hier nur Paare.«

»Das weißt du nie, Mutter«, entgegnete Kat fröhlich. »Ehemänner lassen sich an den sonderbarsten Orten finden. Das sagen zumindest die Leute über Papa und dich.«

Ruark musste ein Lachen unterdrücken, während seine Mutter scharf die Luft einsog. Er bemerkte, dass Iona die Lippen zusammenpresste und den Blick abwandte. Manchmal rutschten Kat unüberlegte Dinge heraus, doch er war sicher, dass dies eine absichtliche – und direkte – Spitze gewesen war. Er wollte applaudieren.

Stattdessen mühte er sich, die Erregung seiner Mutter zu beschwichtigen. »Kat hat mehrere Einladungen bekommen, Mutter. Das erfreut dich doch, nicht wahr?«

»Vermutlich.«

Kat wandte sich an ihre Schwester. »Komm, lass uns nachschauen, ob dort Fische sind.«

Iona gesellte sich zu ihr und sie schlenderten Arm in Arm die kurze Distanz zu einem Teich davon.

Ruark nahm die Gelegenheit wahr, um weiter auf seine Mutter einzuwirken. »Oder du könntest es ganz aufgeben, einen Ehemann für Kat zu finden. Sie will nicht unbedingt heiraten. Vielleicht ist ihr Ruf nicht ernsthaft beschädigt, insbesondere, wenn sie von Gloucestershire eine Weile fernbleibt.«

»Was willst du damit sagen?«

»Lass sie hier in London bei mir bleiben. Ich werde eine

Gesellschafterin für sie einstellen und sie wird gut umsorgt werden.«

Seine Mutter machte große Augen. »Willst du damit unterstellen, dass sie das zu Hause nicht war?«

»Überhaupt nicht. Ich entschuldige mich, wenn das so geklungen hat. Ich wollte dich nur beruhigen, wenn du sie hier lässt. Sie wird sicher sein.«

»Das bezweifle ich nicht. Leider besteht die größte Gefahr für sie in ihr selbst.« Sie schürzte die Lippen in Kats Richtung. »Ich liebe sie so sehr, aber ich fürchte, sie wird allein bleiben.«

»Manchen Menschen macht das nichts aus«, bemerkte Ruark leise. »Du darfst deine Befürchtungen nicht auf andere übertragen.« Plötzlich dachte er an seinen Vater. Hatte er nicht das Gleiche getan, als er Ruark das Versprechen abgenommen hatte, nicht zu heiraten? Unbehaglich verlagerte er das Gewicht und schob den Gedanken für ein anderes Mal von sich.

Kat und Iona kehrten zurück. »Ich habe zwei Frösche gesehen«, stellte Kat fest. »Der Regen kommt schneller, als ich dachte.«

Ruark legte den Kopf in den Nacken und schaute in den Nachthimmel auf, worauf er mit einem dicken Regentropfen auf seiner Wange belohnt wurde. »In der Tat.«

»Gehen wir.« Ihre Mutter fing an, auf das Tor zuzugehen.

Mehrere Minuten später waren sie feucht, aber in der Kutsche zurück nach Mayfair unterwegs.

»Nun, das war ein verschwendeter Abend«, stellte ihre Mutter fest.

Kat, die neben Ruark auf dem Sitz gegen die Fahrtrichtung saß, schaute aus dem Fenster. »Ich wünschte, wir hätten länger bleiben können. Ich bin gern abends draußen.«

»Wann können wir nach Vauxhall gehen? Ich möchte das Feuerwerk sehen.«

»Bald.«

»Oh, Ruark, ich muss dir erzählen, dass Iona und ich heute Lady Cassandra in der Bond Street getroffen haben.«

Plötzlich sehr interessiert, lehnte Ruark sich vor. »Sie war einkaufen?« Vielleicht hatte sie dann keine Besucher empfangen. Hoffnung keimte in seiner Brust auf.

»Sie hatte die allerschönste Kopfbedeckung«, meinte Iona. »Ich habe eine ähnliche in Auftrag gegeben. Damit werde ich die modischste junge Lady in Gloucestershire sein.«

»Ich glaube nicht, dass du je einen vernünftigen Grund genannt hast, warum du ihr nicht den Hof machst. Sie ist überaus charmant und du scheinst sie zu mögen.«

»Ihr Bruder ist einer meiner besten Freunde.« Als ob das etwas erklären würde.

»Und?«, fragte Kat.

»Er, ähem, hat seine Freunde gebeten, nicht um seine Schwester zu werben.«

»Das ist lächerlich«, erwiderte seine Mutter mit einem Schnauben. »Sie ist eine perfekte Komtess für dich. Ich kann mir nicht vorstellen, worauf du wartest, wenn du nichts an ihr zu bemängeln hast.«

Ruark biss sich auf die Zunge, ehe er recht vehement erklärte, dass an Cassandra nichts auszusetzen war. Sie *würde* die perfekte Komtess abgeben.

Gott sei Dank wechselte seine Mutter das Thema. »Ruark, warum besorgst du mir nicht eine Liste geeigneter Junggesellen? Das wird uns helfen, Kats Auswahl einzugrenzen, sodass wir unsere Aktivitäten diese Woche strategisch planen können. Mit etwas Glück könnte sie in spätestens zwei Wochen verlobt sein.«

Für einen Großteil der Reise hatte Kat ihre Aufmerksamkeit dem Fenster zugewandt. »Oder du könntest tun, was

Ruark vorgeschlagen hat und mich hier in London bei ihm lassen.«

»Hast du unsere Unterhaltung belauscht?«, fragte Mutter in einem scharfen Ton. Ruark missfiel es sehr, wie sie Kat behandelte.

»Wenn du nicht willst, dass dein Gespräch mitgehört wird, solltest du es nicht vor den Leuten führen«, meinte Kat trocken.

Ruark beeilte sich, das Wort zu ergreifen, damit seine Mutter nicht antworten konnte. »Mutter, ich verstehe, dass du über den Vorfall in Gloucestershire aufgebracht bist, aber du darfst Kat keinen Vorwurf machen. Ihr Verhalten lässt sich nicht ändern. Sie zu einer Heirat zu zwingen ist auch keine Lösung.«

Ihre Mutter verschränkte die Arme vor der Brust, als die Kutsche vor seinem Haus anhielt. »Ruark, du bist viel zu anmaßend. Es obliegt mir und Kathleens Vater, Sorge dafür zu tragen, dass sie untergebracht ist.«

Ruark war sich recht sicher, dass sein Stiefvater erfreut sein würde, wenn Kat in London bliebe – weil es sie glücklicher machen würde, als zu heiraten.

»Du solltest sie hier lassen, Mama«, warf Iona ein. »Und ich sage das nicht, weil sie zusammen mit ihrem Leben praktisch das meine ruiniert hat.«

»Das ist ein bisschen dramatisch.« Ruark hoffte, dass Iona nicht ihrer Mutter nachschlug.

Iona heftete einen wütenden Blick auf ihn. »Du hast keine Ahnung, also halte dich freundlicherweise mit deiner Meinung über diese Angelegenheit zurück.«

Die Tür ging auf und ein Diener half ihrer Mutter aus der Kutsche, um anschließend Iona beim Aussteigen behilflich zu sein. Kat drehte den Kopf. »Ich danke dir für deine Unterstützung, Ruark.«

»Wenn Mutter dich nicht hier lassen will, erlaubt sie dir

vielleicht, auf meinem Anwesen in Irland zu bleiben. Würde dich das interessieren?«

»Ich würde lieber hier bleiben, aber ich würde Irland einer Heirat vorziehen.« Sie stieg aus der Kutsche, aber Ruark folgte ihr nicht. Stattdessen wies er den Kutscher an, ihn zum Phönix Club zu fahren.

Seine verbannten Gedanken aus dem Lustgarten kehrten zum Vordergrund seines Verstandes zurück. Hatte sein Vater ihm diese Angst aufgedrängt? Das war nicht die eigentliche Frage. Das hatte er ganz bestimmt getan. Die wahre Frage war allerdings, ob seine Unfähigkeit zu romantischer Liebe von dieser Angst herrührte anstatt eines echten Unvermögens.

Wenn sein Vater dieses Versprechen niemals verlangt hätte, würde Ruark dann vor neun Jahren Freya geheiratet haben? Vielleicht, aber das konnte er sich nicht vorstellen. Ganz bestimmt hätte er seine Mätresse drei Jahre später nicht geheiratet, aber nur, weil dies unakzeptabel war.

Er hätte Nuala heiraten können, die hübsche Tochter seines Nachbarn in Irland. Aber er hatte ihrer Verbindung nach ein paar gestohlenen Küssen ein Ende gemacht. Ganz bestimmt hätte er nicht erlaubt, dass die Dinge sich so weit entwickelt hätten, wie mit Cassandra.

Die Kutsche kam am Phönix Club an, und Ruark sprang heraus, da er es kaum erwarten konnte, sich drinnen zu entspannen. Wenn er könnte.

In dem Moment, in dem er das Mitgliederrefugium betrat und Lucien auf ihn zuschritt, wusste Ruark, dass etwas nicht stimmte. Bevor er fragen konnte, blaffte Lucien einen Befehl: »In das Zimmer des Mitglieder-Komitees. Sofort.« Das charakteristische Knurren der Westbrooks war deutlich zu hören.

Ruark folgte ihm aus dem Mitgliederrefugium in das

Sitzungszimmer des Mitglieder-Komitees. »Ich hoffe, es hat sich nichts Schlimmes zugetragen.«

»Etwas ist sehr verkehrt. Mit *Dir*.« Lucien schloss die Tür mit mehr Wucht als nötig, drehte sich auf dem Absatz um und schlug Ruark mit der Faust auf die Nase.

Ruark taumelte zurück und schlug sich die Hand vors Gesicht. »Au! Willst du mir wieder die Nase brechen?«

»Du hast Glück, dass ich dir nicht die Beine breche.«

Die Tür öffnete sich, und MacNair und Deane traten ein, wobei Letzterer sie hinter sich schloss.

»Was zum Teufel ist hier los?«, fragte MacNair, wobei sich seine Augen zuerst auf Ruark und dann auf Lucien richteten. »Jeder kann deinen Zorn erkennen, und da du ihn fast nie zeigst, kannst du dir ja vorstellen, wie das aussieht.«

»Es ist mir vollkommen einerlei, wie es aussieht«, fauchte Lucien und überraschte Ruark mit der Heftigkeit seines Wutausbruchs. »Wexford wird aus dem Phönix Club verbannt.«

Ruark ließ die Hand von seinem Gesicht sinken. Er war so töricht – es konnte nur einen Grund geben, warum Lucien sich so verhalten würde. Irgendwie musste er von Ruark und Cassandra erfahren haben.

»Verbannt?« Deane trat vor und war fast zwischen Lucien und Ruark. Als Ruark ihn anglotzte, schien er sich noch einmal zu besinnen, anstatt weiterzugehen. »Wir haben noch nie jemanden verbannt. Ich dachte, das wäre etwas für andere Clubs.«

»Es ist, wie Deane gesagt hat«, fügte MacNair hinzu und warf Ruark einen besorgten Blick zu. »Wir schließen alle ein, und wenn man einmal drin ist, ist man drin.«

»Es ist mein verdammter Club, und er ist verbannt.«

»*Nun*, du hast du das letzte Wort«, murmelte Ruark. »Das ist verdammt praktisch.«

Lucien kräuselte die Lippen und trat die Hand zur Faust

geballt auf ihn zu. »Ich würde an deiner Stelle den Mund halten.«

»Was geht hier *vor*?«, fragte Deane und blickte von Ruark zu Lucien.

»Der Unhold hat schon wer weiß wie lange mit meiner Schwester angebandelt. Es ist schon schlimm genug, ihren Ruf aufs Spiel zu setzen, aber wenn er nicht einmal die Absicht hat, sie zu heiraten, ist das geradezu verachtenswert.« Lucien spuckte das letzte Wort aus, und Ruark spürte es wie ein Messer in seinem Bauch.

Er *war* verachtenswert. Er hatte versucht, zu widerstehen, und es war ihm nicht gelungen. Er könnte argumentieren, dass Cassandra ihn in Versuchung geführt hatte, dass sie unbeirrbar hartnäckig gewesen war. Doch das war seine Schuld. Er hatte mit ihr weitergemacht, gleichwohl er sich von jeder anderen Frau, der er einmal zugeneigt gewesen war, entliebt hatte. Und er ging davon aus, dass es ihm mit Cassandra ebenso ergehen würde, gleichwohl er hoffte, dass sie anders wäre. Das war, was er vollkommen falsch gehandhabt hatte – er hatte zugelassen, seine Entscheidungen von seiner Hoffnung beeinflussen zu lassen und hatte Cassandra damit verletzt. Es gab einfach keine gute Entschuldigung für sein Verhalten.

Lucien stemmte eine Hand in die Hüfte, während er Ruark weiter anfunkelte. »Seht ihr, er hat nichts zu seiner Verteidigung zu sagen.«

»Stimmt das?«, fragte MacNair Ruark.

Ruark nickte. »Ich bedaure, dass dem so ist. Lucien, ich schätze Cassandra sehr. Ich habe immer versucht, sie vor Schaden zu bewahren – auch vor dem, der durch mich verursacht würde.«

Lucien kam auf ihn zu und blieb nur eine Armlänge von ihm entfernt stehen. »Erstens: Sprich *nie wieder* so informell von ihr. Zweitens, wie kannst du sie überhaupt so sehr schätzen, wenn du sie fast ruiniert hast? Drittens, wie kannst du versuchen, sie zu beschützen, während du deine unerlaubte Liaison mit ihr weiterführst?«

»So war es nicht«, brachte Ruark hervor. Doch dazu war es geworden, nicht wahr? Auch wenn sie keinen Geschlechtsverkehr hatten, so hatten sie sich doch auf Aktivitäten eingelassen, die keine junge, unverheiratete Tochter eines Herzogs jemals tun sollte. »Wir sind ... Freunde.«

Lucien hob seinen Arm, um ihn erneut zu schlagen, aber Ruark hatte damit gerechnet. Außerdem war er ein geübter Boxer, was auf Lucien nicht zutraf.

Ruark wehrte den Schlag ab und wich seitlich aus. »Fang nichts an, was du nicht gut zu Ende bringen kannst.«

»Du solltest dich von mir schlagen lassen.« Lucien stieß einen frustrierten Atemzug aus.

»Das kann er nicht machen«, erwiderte MacNair leise. »Er ist zu gut trainiert. Aber ich könnte ihn für dich halten.« Er schüttelte in deutlicher Enttäuschung über Ruark den Kopf. »Das werde ich aber nicht.«

Ruark pochte innerlich vor Aufruhr. Er wollte sich erkundigen, wie Lucien es herausgefunden hatte, nicht weil es ihn persönlich betraf, sondern weil er sich um Cassandra sorgte. »Ist Cassandra ... ruiniert?« Er fürchtete sich vor der Antwort.

»Noch nicht, aber man hat euch neulich auf dem Ball gesehen. Genauer gesagt, bei den Stallungen.« Lucien sprach mit heftigem Missfallen. »Wir müssen hoffen, dass der Kutscher meines Vaters der Einzige ist, der euch gesehen hat.«

Der Kutscher des Herzogs? Als ob die Meinung von Cassandras Vater über Ruark nicht schon schlimm genug wäre. Aber Ruarks eigene Meinung über sich selbst war noch nie so miserabel gewesen. »Hoffentlich ist das der Fall. Es war nie meine Absicht, deine Schwester zu gefährden. Ich sorge mich sehr um sie.« Er hatte sich dennoch wie ein Schuft benommen.

»Aber nicht tiefgreifend genug, um sie zu heiraten.« Lucien starrte ihn an. »Warum? Wegen einer dummen Regel? Das glaube ich nicht mehr. Ich glaube nicht, dass du zur Liebe fähig bist. Du hinterlässt doch nur eine Spur von gebrochenen Herzen. Wenn du weitere drei Jahre lang nicht heiraten kannst, warum besuchst du dann Bälle oder tanzt mit jungen Ladys, die auf dem Heiratsmarkt sind?«

»So gesehen ist das ein bisschen grausam – sowohl für dich als auch für sie«, meinte Deane mit einem Stirnrunzeln.

Ja, es war grausam. Warum hatte er das getan? Ruark hätte ebenso gut nach Irland zurückkehren und die nächsten drei Jahre reiten können. Aber das hatte er schon vor drei Jahren getan, und er hatte sich trotzdem in eine Frau verliebt. Es schien, als hätte sein Herz einen eigenen Willen.

»Es gibt nichts mehr zu sagen«, meinte Lucien schlicht. »Du solltest gehen, Wexford.«

Ruark atmete tief durch, aber es half ihm nicht, sich zu beruhigen. »Da ist noch etwas anderes. Glastonbury plant, deiner Schwester einen Antrag zu machen. Ich habe erfahren, dass er hinter dem Preiskampf im Club steckt.« Er blickte zu MacNair, der überrascht blinzelte. »Er scheint das Geld zu brauchen. Es war seine Idee, und Fred gibt ihm dreißig Prozent der Eintrittsgelder, plus einen Teil der Wetteinsätze. Ich bekomme nur vier Prozent.«

»Ich wusste nicht, dass Glastonbury knapp bei Kasse ist«, bemerkte Deane. »Oder dass du in einem Preiskampf antrittst.« Er wirkte überrascht.

»Dass er wenig Geld hat, habe ich auch nicht gewusst«, meinte Ruark. »Ich glaube, niemand weiß davon, sonst hätten wir es erfahren, als wir wegen der Mitgliedschaft Nachforschungen über ihn angestellt hatten, und das scheint ihm wohl lieber zu sein.« Er blickte zu Lucien und hasste die

Wut, die noch immer im Blick seines Freundes – seines *ehemaligen* Freundes - brannte. »Ich dachte, du solltest davon wissen. Ich hatte herausfinden wollen, warum er Geld braucht, aber wie ich annehme, ist das deine Aufgabe.«

»Es ist ganz bestimmt nicht deine.« Lucien lächelte ihn spöttisch an, bevor er sich umdrehte, um Ruark den Weg zur Tür freizumachen. »Es ist Zeit für dich zu gehen.«

Ruark tat einen Schritt, doch dann blieb er stehen und sah zu Lucien hinüber. »Ich sorge mich um Lady Cassandra, egal, was du denkst. Wenigstens weiß sie, dass ich es tue.«

»Darauf würde ich mich nicht verlassen«, erwiderte Lucien. »Nachdem ich sie über deine Neigung aufgeklärt habe, die Frauen in deinem Leben zu lieben und zu verlassen, war sie mehr als bereit, dich zu vergessen.«

Das war der endgültige Schlag, und Ruark hätte ihn kommen sehen sollen. Natürlich hatte Lucien ihr alles über seine Vergangenheit erzählt. Das hätte er selbst tun sollen. Aber er hatte zu viel Angst gehabt, dass sein Vater recht hatte, da dessen Vorhersage von Ruarks Verhalten bestätigt worden war. Vielleicht sollte er gar nicht erst heiraten, zumindest nicht, ohne seiner zukünftigen Braut gegenüber ganz offen zu sein. Er mochte sie jetzt lieben, aber er konnte fast garantieren, dass die Gefühle nicht von Dauer sein würden.

Zum ersten Mal fühlte er sich wirklich verflucht.

Hocherhobenen Hauptes verließ Ruark den Raum des Mitglieder-Komitees, ohne den anderen Männern, die er noch vor kurzem als Freunde bezeichnet hatte, einen Blick zuzuwerfen. Dann verließ er den Phönix Club und schaute nicht zurück.

*C*assandra schlief länger als sonst, nachdem sie fast die ganze Nacht wach gelegen hatte. Sie hatte mit ihrer Mutter gesprochen, genauer gesagt mit ihrem Porträt, das ihre Brüder ihr geschenkt hatten. War es erst eine Woche her, als sie ihren Geburtstag gefeiert und Ruark in einem weiteren Wandschrank geküsst hatte? Es kam ihr wie eine Ewigkeit vor.

Leider konnte ihre Mutter ihr keinen Rat geben. Sollte sie Glastonbury heiraten? Sollte sie sich für den Rest der Saison aufs Land zurückziehen? Sollte sie in ein Kloster eintreten?

In ein einfaches Morgenkleid gekleidet, betrat Cassandra das Wohnzimmer, um zu frühstücken. Sie hatte sich kaum gesetzt, als ihr Vater hereinkam.

Der Herzog hustete, sein Blick fiel auf das Brötchen auf ihrem Teller und die Kanne mit der Schokolade. »Ich störe dich beim Frühstück.«

»Das ist schon in Ordnung. Gibt es etwas, worüber du mit mir sprechen möchtest?« Es war eine törichte Frage. Er kam nie ohne Absicht hierher. Es war nicht üblich, dass ihr Vater einfach nur bei ihr vorbeischaute.

»Ich bin gekommen, um mich nach deinen Plänen für heute – und für die restliche Woche – zu erkundigen. Gestern warst du fast den ganzen Tag unterwegs.« Er klang leicht verärgert, was besser war als wütend. »Es waren zwei Besucher für dich hier.«

Das wusste sie, denn die Blumen, die sie mitgebracht hatten, schmückten gerade das Wohnzimmer. »Ich werde heute zu Hause sein. Und den Rest der Woche.«

»Ausgezeichnet.« Er verschränkte die Hände hinter dem Rücken und begutachtete eines der Blumenarrangements. »Von wem ist das hier?«

»Brockton. Mit ihm habe ich neulich auf dem Ball getanzt.« Er hatte eine kurze, aber überschwängliche Nachricht beigefügt, in der er die Vorzüge ihrer Haarfarbe lobte und sie mit der Erde auf seinem Familiensitz in seinem geliebten Warwickshire verglich. »Es sieht nicht so aus, als ob Glastonbury vorgesprochen hätte.«

Der Mund ihres Vaters wurde schmal. Es war nicht ganz eine finstere Miene, aber es war nahe dran. »Nein, was ich ein wenig beunruhigend finde. Er lässt sich mit seinem Werben um dich ganz schön Zeit.«

»Das macht mir nichts aus«, meinte sie. »Mir wäre es lieber, ihn oder egal welchen Mann erst kennenzulernen, bevor ich zustimme, ihn zu heiraten. Ich denke, er wird mir bei seinem nächsten Besuch einen Antrag machen.« Denn er hatte Ruark gesagt, dass er es vorhatte.

»Prächtig.« Er richtete seine volle Konzentration auf sie. »Bist du bereit, ihn anzunehmen? Es könnte sogar heute passieren.«

»Das nehme ich an.« Sie goss Schokolade in ihre Tasse.

Ihr Vater legte die Stirn in Falten, und er kam an den Tisch, ohne sich aber zu ihr zu setzen. »Du klingst nicht begeistert. Stimmt etwas nicht mit Glastonbury? Hast du beschlossen, dass ihr nicht harmoniert?«

»Es ist alles in Ordnung mit ihm. Er ist überaus angenehm und charmant. Aber ich liebe ihn nicht, Papa.« Letzteres fügte sie in einem leiseren Tonfall hinzu, den Blick auf ihre Tasse Schokolade gerichtet, die plötzlich äußerst unappetitlich aussah. Wann war Schokolade jemals unappetitlich gewesen? Dann sah sie zu ihm auf. »Ich wollte mich verlieben.«

Ihr Vater starrte sie einen Moment lang an und schien verwirrt zu sein. Dann setzte er sich langsam ihr gegenüber an den runden Tisch. »Ich würde dir raten, daran zu denken, dass die Liebe nicht nur Freude, sondern auch Leid bringt.«

Cassandra wusste das aus erster Hand.

Er fuhr fort. »Es ist durchaus akzeptabel, sich mit einer

herzlichen, gegenseitigen Zuneigung zu begnügen. Könntest du dies mit Glastonbury haben?«

Sie schaute ihm in die Augen. »Entspricht das dem, was du mit Mama hattest?«

»Nein.« Das Wort war kaum zu verstehen.

»Deshalb findest du die Liebe also schmerzhaft. Du hast sie geliebt – und du hast sie verloren.«

»Das wünsche ich keinem meiner Kinder«, murmelte er und wandte den Blick ab.

Cassandra hatte ihn noch nie so emotional erlebt. Es war wunderbar und beängstigend zugleich. »Würdest du diese Liebe nicht lieber kennen, wenn auch nur für eine kürzere Zeit, als du gehofft hattest, anstatt sie nie zu erleben?« Sie musste an die Vorfreude denken, wenn sie darauf wartete, Ruark zu sehen, oder an die Erregung seines Blicks und seiner Berührung, wenn sie zusammen waren. Ihre Welt war ihr heller und prächtiger erschienen. Das Wissen, keine Zukunft mit ihm haben zu können, war eine Qual, aber sie bereute die Zeit, die sie miteinander verbracht hatten, dennoch nicht. Für den Rest ihrer Tage würde sie sich an diesen Glanz klammern, an diese unvergleichliche Glückseligkeit, verliebt zu sein. Selbst wenn sie wieder liebte – und das hoffte sie.

Es verging ein langer Moment, ehe ihr Vater antwortete. »Ja, das würde ich. Ich bin jeden Tag dankbar für deine Mutter, auch wenn ich sie unendlich vermisse.« Seine Stimme war heiser geworden.

Cassandra stand von ihrem Stuhl auf, um ihn zu umarmen. Die Berührung war kurz, aber herzlich, selbst wenn er ihr nur die Schulter tätschelte. Es war die stärkste körperliche Zuneigung, die er seit langer Zeit gezeigt hatte.

Als sie sich wieder setzte, faltete sie die Hände im Schoß. »Muss ich diese Saison unbedingt heiraten? Ich weiß, du willst das, aber ich möchte wirklich nichts überstürzen, was ich vielleicht bereue.«

Er atmete aus. »Du erinnerst mich so sehr an deine Mutter. Ich konnte ihr auch nie etwas abschlagen. Nein, du musst nicht heiraten, aber es wäre mir lieber, du würdest es tun.« Er zögerte, sein Blick schweifte zum Fenster. »Ich werde älter. Ich möchte, dass du gebunden bist.«

Cassandras Herz krampfte sich zusammen. »Du bist noch nicht alt. Sei nicht so rührselig. Vielleicht heirate ich diese Saison, aber ich möchte wissen, dass du mir nicht böse bist, wenn ich es nicht tue. Vielleicht heirate ich sogar Glastonbury. Ich habe mich nur noch nicht entschieden.«

»Ich werde nicht böse sein. In den letzten Monaten war ich gereizt und das weiß ich, aber das war nicht meine Absicht. Ich werde mich besser fühlen, wenn du dich gebunden hast.«

Das konnte sie verstehen. Mit ihren zweiundzwanzig Jahren hätte sie eigentlich schon gebunden sein müssen. Dass das nicht der Fall war, verdankte sie der Güte und Nachsicht ihres Vaters. Andere Väter hätten sie wahrscheinlich schon vor zwei Jahren zur Heirat gezwungen.

»Ich danke dir, Papa. Jetzt lass mich mein Frühstück essen.«

Er schielte einen Moment zu ihr. »Du siehst müde aus. Vielleicht solltest du den Empfang von Besuchern auf morgen verschieben.«

Nie hatte sie ihn mehr geliebt als in diesem Moment. »Ja, bitte. Und danke«, fügte sie leise hinzu.

Er erhob sich, richtete sich auf und hob sein Kinn leicht an, sodass er die Gestalt des Herzogs präsentierte, der fast jeden einschüchterte. »Bereite dich auf morgen vor – und glaube nicht, dass du irgendeinen beliebigen akzeptieren musst. Der richtige Mann wartet dort draußen auf dich, meine Liebe.«

Sie sah ihm nach und dachte über seine Worte nach. Da sie befürchtete, bereits den richtigen Mann zur falschen Zeit getroffen zu haben, widmete sie sich wieder ihrem Frühstück. Und sie strengte sich an, diesen Mann aus ihren Gedanken zu verdrängen – für immer.

KAPITEL 20

Die Tür öffnete sich und Ruark wurde sechs Jahre zurückversetzt, als er, noch ein junger Spund, London eroberte – oder das hatte er jedenfalls gedacht. Seine frühere Geliebte sah nicht aus, als sei sie auch nur einen Tag gealtert.

»Wexford, du liebe Güte, aber du siehst viel besser aus. Und du hast früher schon verteufelt gut ausgesehen.« Sie zwinkerte ihm zu, als sie zur Seite trat und ihn hineinbat. »Komm herein!« Sie schlosss die Tür hinter ihm und folgte ihm in den Salon ihres kleinen, aber eleganten Terrassenhauses. Sie runzelte die Stirn. »Gleichwohl es wundervoll ist, dich zu sehen, fürchte ich, dass ich bereits ein Arrangement habe. Du bist leider einige Monate zu spät dran.« Mit unverhohlenem Interesse ließ sie den Blick über ihn schweifen. »Und ich meine wirklich *leider*.«

»Deshalb bin ich nicht hier. Ich bin gekommen, um zu … reden.«

Ihre Augenbrauen zogen sich vor Enttäuschung zusammen. »Ach. Kann ich dir etwas zu trinken einschenken?«

Sie machte Anstalten, auf den Barschrank zuzugehen, in

dem sie ihre Spirituosen aufbewahrte. Offensichtlich hatte
sich in den sechs Jahren, seit er dieses Haus regelmäßig
besucht hatte, nichts geändert.

»Nein, vielen Dank.« Er hatte gestern Abend ein bisschen
zu viel getrunken, nachdem er seinen früheren Club
verlassen hatte. Der Ausschluss tat weh, aber nicht so sehr,
wie der Verlust seiner Freunde. Er ging zu einem Sessel, um
sich zu setzen und sie setzte sich auf ein Sofa.

»Worüber möchtest du reden?« In ihrem Ton schwang
eine leichte Belustigung mit.

»Wie gut erinnerst du dich an unsere Zeit zusammen?«
Es war eine Saison – von Februar bis zum Juni. Bereits im
März hatte er sich verliebt geglaubt und im Juni war er mehr
als bereit, London – und sie – zu verlassen, um aufs Land
zurückzukehren. In Wahrheit war er bereits im April so weit
gewesen und danach waren seine Besuche bei ihr spärlicher
geworden.

»Du bist einer meiner Favoriten geblieben«, entgegnete
sie kokett. »Ich gebe zu, dass mich eine kleine Woge der
Erregung erfasst hat, als ich die Tür aufgemacht habe und
dich dort stehen sah. Aber wie dem auch sei, bin ich anderweitig verpflichtet.«

»Ich war nicht zu … emotional?« Das war nicht ganz das
richtige Wort. Er hatte ihr seine Liebe nie gestanden, aber für
einige Wochen hatte er jede freie Minute in ihrer Gesellschaft verbracht.

Sie lachte und es war ein kehliger, verführerischer Klang,
der in seinem Brustkasten vibrierte. »Du warst so jung.
Einundzwanzig, nicht wahr?«

»Ja.« Und sie war fünf Jahre älter. »Ich habe dich geliebt.
Oder das dachte ich jedenfalls.«

»Nun, viele Männer empfinden dies für ihre Mätresse.
Glaube nicht, dass du in deiner Hingabe einzigartig bist.«

»Es ging allerdings nicht nur um dich. Ich hatte mich –

vor dir – in eine andere Frau verliebt. Und danach noch
einmal.«

Sie zog eine Schulter hoch. »Ich erinnere mich, dass du
sehr gefühlvoll warst. Du warst immer weit mehr
aufmerksam als andere Männer, und rücksichtsvoll. Vielleicht hast du einfach nur ein Herz, das sich gern verliebt.«
Sie lächelte mit einer Wärme, die ihn tröstete. »Daran ist
nichts Falsches.«

Außer den Herzen, die er brach. Aber er hatte das ihre
nicht gebrochen, nicht wahr? »Es hat dir nichts ausgemacht,
als ich gegangen bin?«

»Ich bin oft traurig, wenn ein Arrangement endet. Bei
einigen mehr als bei anderen«, fügte sie mit gewölbter
Augenbraue hinzu. »Ich weiß allerdings, wie die Dinge sind
und das akzeptiere ich.« Sie erstarrte einen Augenblick und
ihr Blick heftete sich auf seinen. »Du bist doch nicht immer
noch ...?« Gleichwohl sie das Wort nicht aussprach, wusste
Ruark, was sie meinte.

»Nein, ich hatte mich schon entliebt, als mit unserem
Arrangement Schluss war. Genau das tue ich. Ich verliebe
mich und dann entliebe ich mich. Ich denke, es ist ein
Fluch.«

»Oder vielleicht warst du auch einfach niemals richtig
verliebt, sondern nur verknallt«, schlug sie leise vor. »Ich
glaube nicht, dass du dir von deinem Verhaltensmuster aus
der Vergangenheit deine Zukunft diktieren lassen kannst.«

»Aber wie kann ich erwarten, verliebt zu bleiben, wenn
ich das nie gewesen bin.«

»Du stellst schwierige Fragen!« Sie lachte herzlich und
dann setzte sie sich auf dem Sofa aufrecht. »*Wenn* du dich
verlieben kannst, und vielleicht kannst du das nicht, würde
ich erwarten, dass du an diesem Gefühl festhalten kannst –
wenn es richtig ist. Ich denke, langfristig braucht es Arbeit,
aber das ist nur meine Beobachtung, von meinen Gesprä-

chen mit meinen … verflossenen Gentlemen, die seit Jahren verheiratet sind.« Sie sah ihn entschuldigend an. »Ich weiß nicht, ob mein Ratschlag viel wert ist. Ich glaube nicht, dass ich je verliebt gewesen bin und ich erwarte das auch nicht.«

Wenn er sich verlieben könnte. Und vielleicht konnte er das nicht.

Sie beugte sich vor. »Ich muss dich einfach fragen, warum du zu mir gekommen bist, um über diese Angelegenheit zu sprechen?«

Er zuckte mit den Schultern. »Ich wollte mit jemandem sprechen, den ich einmal geliebt hatte – oder dachte, ihn zu lieben. Du bist die einzige in London.« Er hatte keine Ahnung, wo Freya jetzt war, und Nuala weilte in Irland. »Vermutlich hatte ich wissen wollen, ob zwischen uns eine anhaltende Emotion bestanden hat. Zumindest von meiner Seite.«

»Und ist dem so?«, fragte sie.

Da war allerdings nichts. »Nein.« Das Einzige, was er fühlte, war die Qual darüber, wie er Cassandra behandelt hatte, und die Verzweiflung darüber, dass sie keine gemeinsame Zukunft haben würden. Bedeutete das, dass er sie wirklich liebte?

Er wusste, er liebte sie, wie er sich auch – zu anderen Zeiten – sicher gefühlt hatte andere Frauen zu lieben, nur um dann festzustellen, dass er sich geirrt hatte. Es gab nichts, was ihm einen Hinweis darauf lieferte, dass sich seine Gefühle für Cassandra nicht ändern könnten. Das war die Wurzel seiner Beunruhigung.

Er blinzelte und fragte sich, warum er gedacht hatte, dass Marianne in der Lage sein würde, ihm zu helfen. »Danke, dass du mir zugehört hast, wenn ich wie ein Schwachkopf fasele.« Begierig zu gehen, stand er auf.

Sie kam schnell in Bewegung und stellte sich vor ihn, um dann seine Hand zu fassen. »Du *hast* ein empfindsames Herz.

Es ist jetzt ebenso empfindsam wie zu der Zeit, als wir zusammen waren. Ich nehme an, dass es eine Frau gibt, die du liebst. Ich frage mich, als du gedacht hattest, du liebtest mich, ob du überlegt hattest, wie du dich vielleicht fühlen würdest, wenn ich plötzlich aus deinem Leben verschwunden wäre. Würdest du den Verlust betrauert haben, oder hättest du einen Weg gefunden, weiterzumachen?« Ein Lächeln umspielte ihre Lippen. »Vermutlich könntest du beides tun. Was ich damit sagen will, ist, wie du dich fühlen würdest, wenn diese Frau plötzlich verschwunden wäre und du sie nie wiedersehen könntest? Vielleicht verschafft dir diese Antwort eine gewisse Klarheit.«

Er *hatte* Cassandra verloren. Oh, er würde sie sehen, und es wäre schlimmer als sie nicht zu sehen, wissend, dass er sie nicht berühren konnte und nicht einmal mit ihr *sprechen* sollte. Trauer über diesen Verlust beschrieb nicht einmal ansatzweise, wie er sich fühlte. Bedeutete das, dass er sie – anders als die anderen – liebte?

Gleichwohl es darin keine Klarheit gab, hatte er zumindest etwas, worüber er nachdenken konnte. Ruark ließ Mariannes Hand los. »Pass auf dich auf.«

»Wenn du in der nächsten Saison auf der Suche nach einer Gefährtin bist, hoffe ich, dass du zu mir kommen wirst.«

Ruark schenkte ihr ein vages Lächeln, ehe er ging.

Als er die Zügel seines Phaetons von seinem Pferdeknecht entgegennahm, erkannte er eine indiskutable Tatsache an: Selbst wenn er Cassandra bis ans Ende seiner Tage liebte, war er nicht sicher, ob er sie verdient hatte.

»*B*ist du sicher, dass du heute Abend ausgehen möchtest?«, fragte Prudence an Cassandra gewandt, als sie die Treppe hinabgingen.

»Ich kann mich nicht für den Rest der Saison verstecken.«

»Das musst du nicht, aber es schadet nichts, wenn du einige Tage freinimmst, um …« Prudence sagte nicht, was.

»In Erinnerungen zu schwelgen?«, schlug Cassandra vor, ehe sie ein missbilligendes Geräusch in ihrer Kehle erzeugte. »Ich weigere mich, ihm diese Genugtuung zu gönnen.« Insgeheim hoffte sie, Ruark zu begegnen, damit sie Gelegenheit hätte, ihn offen zu schneiden.

Sabrina, die gerade angekommen war, um sie heute Abend zu einigen Empfängen zu begleiten, wartete in der Eingangshalle auf sie. Sie würden am Hanover Square beginnen.

»Guten Abend, Sabrina«, begrüßte Cassandra sie heiter, entschlossen, einen angenehmen Abend zu verbringen. »Was für ein schickes Kleid. Ist es neu?« Es war dunkelblau, mit Gold eingefasst und würde Aufmerksamkeit als auch Neid auf sich ziehen. Die Komtess von Aldington hatte sich in dieser Saison den Ruf verdient, zu den modischsten Ladys der feinen Gesellschaft zu gehören.

»Das ist es.« Sabrina schaute an sich hinab. »Es ist allerdings das letzte neue Kleid für diese Saison.«

»Ein Jammer, wie wird man denn wissen, was man tragen soll?«, entgegnete Cassandra grinsend. »Danke, dass du uns heute begleitest.« Sie senkte die Stimme, als sie einen Blick zu dem Diener warf, der in der Nähe der Tür stand. »Ich hatte meine Tante nicht bitten wollen.«

»Es ist mir immer ein Vergnügen, dich zu begleiten. Abgesehen davon ist Constantine heute in Westminster beschäftigt, also war ich froh über deine Einladung.«

Die Frauen verließen das Haus und stiegen in Aldingtons Kutsche, die Sabrina hergebracht hatte. Einen Augenblick später waren sie auf ihrem Weg zum Hanover Square.

Sabrina saß neben Cassandra auf der nach vorn zeigenden Sitzbank. »Constantine und ich haben uns gefragt, ob du seit dem Crimshaw Ball viele Besucher gehabt hast. Ich habe gehört, dass du der Star der Veranstaltung gewesen bist.«

Cassandra hatte, aus Angst vor irgendwelchen Gerüchten über Ruark und sie, vermieden, die Zeitungen zu lesen. Hoffentlich war Papas Kutscher der Einzige, der sie gesehen hatte. Über etwas anderes wollte sie nicht nachdenken – weshalb sie die Zeitungen nicht gelesen hatte.

»Ich hatte ein paar Besucher, aber ich habe keine empfangen. Gestern war ich einkaufen und heute war ich zu müde. Vermutlich brauchte ich ein bisschen Zeit, um mich vorzubereiten. Ich glaube, Glastonbury könnte mir einen Antrag machen. Er hat heute vorgesprochen und Bender angekündigt, er würde morgen wiederkommen.« Cassandra war es eng in der Brust geworden, als sie hörte, dass er gekommen war. Morgen stand es fest. Morgen könnte sie die zukünftige Viscountess Glastonbury sein.

Sabrina musterte sie einen Augenblick. »Ich kann nicht sagen, ob du dich darauf freust oder nicht.«

»Ich freue mich *nicht* darauf«, entgegnete Cassandra mit einem Lächeln. Sie warf einen Blick auf Prudence, die ihr gegenübersaß. Die Miene ihrer Gesellschafterin war unbeteiligt.

Sie kamen bei dem Empfang an und gingen hinein. Nachdem sie ihren Gastgeber und ihre Gastgeberin begrüßt hatten, folgte Cassandra Sabrina nach oben in den Salon, in dem eine Auswahl an Süßigkeiten und Obst im Raum verteilt war.

»Ach du liebe Zeit, dort ist eine Ananas«, entfuhr es

Sabrina, als ihr Blick auf ein Gestell in der Zimmermitte fiel, auf dem die Frucht aufgebaut war.

Prudence zog die Nase kraus. »Sie sieht ein bisschen mitgenommen aus.«

»Wahrscheinlich ist sie beinahe verfault.« Cassandra schüttelte den Kopf. »Zu schade, denn sie wird wahrscheinlich nicht gegessen werden.« Ananas waren so kostbar, dass viele, die es sich leisten konnten, sie einfach als Prunkstück verwendeten, bis sie zu faulen begann. Andere teilten sich die exorbitanten Kosten und reichten sie für Anlässe wie diesen herum. Cassandra fragte sich, ob sie ihrem Gastgeber, Sir Edgar, überhaupt gehörte.

Die Ananas hatte ihre Aufmerksamkeit abgelenkt, sodass Cassandra Ruark nicht sah, bis er direkt vor ihr stand.

Er verbeugte sich zuerst vor Sabrina und dann vor Cassandra, um schließlich auch Prudence einzubeziehen. »Guten Abend, Lady Aldington, Lady Cassandra, Miss Lancaster.«

Sabrina antwortete, indem sie in einen leichten Knicks sank. Cassandra starrte ihn einen Moment an. Ihre Zunge war vollkommen trocken und ihr Inneres hatte sich zu einem Knoten zusammengezogen. Jäh fuhr sie herum und verließ den Salon, um gedankenlos ein anderes Zimmer zu betreten, bei dem es sich um den Ruheraum handelte.

Sie holte tief Luft, schloss die Augen und zählte bis fünf.

»Cass?« Sabrinas Stimme brach in ihre aufgewühlten Gedanken und Cassandra schlug die Augen auf. »Geht es dir gut?«

»Ja, vielen Dank.« Cassandra setzte ein Lächeln auf und drehte sich zu ihrer Schwägerin um.

Mit gerunzelter Stirn trat Prudence in den Ruheraum. »Willst du gehen?«

»Das würde ich, aber ich brauche einen Moment, um mich zu sammeln.«

»Was ist hier los?«, fragte Sabrina. Ihr Blick war dunkel vor Sorge und sie schien ihre Zunge im Zaum zu halten. Sie warf einen Blick zu Prudence und Cassandra verstand, was vor sich ging.

Sabrina wollte fragen, was zwischen Ruark und ihr vorgefallen war. Das Letzte, was sie wusste, war, dass die beiden sich in einem Wandschrank geküsst hatten. Allerdings wollte sie solche Dinge nicht vor Prudence besprechen, wie ihre Bitte um ein Gespräch unter vier Augen vergangene Woche bewies, das auf den Kuss gefolgt war.

»Es ist in Ordnung«, beruhigte Cassandra sie. »Prudence weiß alles darüber, was auf meiner Geburtstagsfeier passiert ist. Ich verkehre nicht länger mit Wexford.«

Jemand kam in den Ruheraum und unterband damit ein weiteres Gespräch.

Cassandra straffte die Schultern. »Ich bin bereit.« Sie war mehr als begierig, zu gehen. Ein Teil von ihr wollte nach Hause zurückkehren, aber wieder würde sie ihm diese Genugtuung nicht gönnen.

In dem Moment, als sie ihn im Salon angeschaut hatte, war es ihr gelungen, eine Abfolge von Emotionen in seinem Blick wahrzunehmen – Bedauern, Traurigkeit und vielleicht sogar ein Anflug von Liebe.

Als sie auf dem Weg nach unten waren, wandte sie sich an Prudence und flüsterte. »Was hat er getan, als ich gegangen bin?«

»Er sah aus, als hätte ihn jemand einen Tritt in eine sehr empfindliche Körperstelle versetzt.«

Cassandra war Prudence für ihren Sinn für Humor dankbar, der ihre Stimmung aufhellte. »Er war schmerzerfüllt?«

»Über die Maßen.«

»Gut.«

Sie nahmen ihre Umhänge entgegen und begaben sich zu der wartenden Kutsche.

»Sollen wir nach Hause zurückkehren?«, fragte Prudence.

»Nein. Lasst uns zum nächsten Empfang gehen«, beharrte Cassandra.

Der Kutscher öffnete die Tür, und Cassandra stieg als Erste hinein. Sie erschrak augenblicklich, denn auf dem Rücksitz saß niemand anderer als der Earl of Wexford.

»Was tun Sie hier in meiner Kutsche?«, fragte sie wütend.

»Ist das nicht die Kutsche der Aldingtons?«, gab er zurück.

»Seien Sie kein Blödkopf.« Sie funkelte ihn an und dann grinste sie. »Zu spät.« Weil es schwierig wäre, rückwärts aus der Kutsche zu steigen, setzte sie sich ihm gegenüber. »Steigen Sie aus.«

»Was?«, fragte Sabrina schockiert, als sie ihren Kopf in die Kutsche steckte. Sie keuchte auf wie Cassandra. »Wexford! Was machen Sie hier drin?«

Er drehte den Kopf zur Tür. »Ich muss mit Lady Cassandra sprechen. Nur für einen Moment. Darf ich?«

Sabrina blickte Cassandra fragend an. Cassandra wollte ihn am liebsten hinauswerfen. Und das würde sie auch – nachdem sie ihm genau gesagt hatte, was sie von ihm hielt. Sie blickte zu Sabrina und meinte: »Würdest du bitte einen Moment draußen warten? Lass die Tür aus Gründen des Anstands offen.« Sie lenkte den Blick zu ihm zurück und hoffte, dass sie eisig und verärgert wirkte. »Es wird nicht lange dauern.«

Er setzte sich vor und rückte an den Rand des Sitzes, sodass seine Knie viel zu nahe kamen. Cassandra drückte sich mit dem Rücken an die Lehne zurück. Ihr Herz raste, als wäre der Teufel hinter ihr her.

»Ich musste mich entschuldigen. So viel schulde ich dir.« Er klang so aufrichtig. Es war schwer, kühl und unnahbar zu bleiben.

»Du hast mich belogen. Ich will deine Entschuldigungen nicht. Ich will die Wahrheit.«

»Ich hätte dir alles sagen sollen.«

»Du meinst, von den anderen Frauen. Von den Frauen, die du geliebt und verlassen hast.«

Kummervoll verzog er das Gesicht. »Wegen des Versprechens, das ich meinem Vater gegeben habe. Was sich als prophetisch bewahrheitet hat, denn meine Liebe zu ihnen war ja nicht von Dauer.«

»Du hast nicht gelogen, was dein Versprechen anging?« Sie musste das fragen.

Er erbleichte. »Nein, freilich nicht. Denkst du das?«

»Was soll ich denn sonst denken, wenn du mir Halbwahrheiten auftischst?« Sie holte tief Luft und senkte ihre Stimme, als sie merkte, dass sie zu laut sprach, und gehört werden könnte. Das war ihr allerdings einerlei, denn sie würde Prudence und Sabrina erzählen, was vorgefallen war. »Ich wollte dir glauben.«

»Das war die absolute Wahrheit. Ich war ein Narr, weil ich dir nicht alles gesagt habe.«

»Nun, *das* stimmt.« Angesichts des Schmerzes, der in seinen Augen aufblitzte, verspürte Cassandra keineswegs ein Hochgefühl. Er entsprach ihrem eigenen, und sie hatte keine Freude daran, diese Qual mit ihm zu teilen, selbst nachdem er ihr weh getan hatte. »Hast du mich wirklich geliebt?«

»Ich liebe dich jetzt. Vielleicht liebe ich dich für immer.«

Sie vernahm den Zweifel in seiner Stimme. Er war klein, aber präsent. »Aber du hast Angst, dass du es vielleicht nicht tun wirst.«

»Genau davor habe ich mich immer gefürchtet. Ich wollte dich nie verletzen. Ich habe zugelassen, dass meine Leidenschaft zu dir Oberhand über meine Vernunft bekam. Es tut mir so leid.« Die Gefühle, die sie oben im Salon in seinen Augen wahrgenommen hatte, blitzten nun hell auf, was vor

allem auf die Liebe zutraf. Dass er so für sie empfand –
zumindest im Moment, bezweifelte sie nicht.

Sie schluckte, als die Gefühle in ihrer Brust aufwallten.
»Ich will nicht wütend sein oder dich hassen. Aber ich kann
nicht darauf warten, dass du entscheidest, ob sich das Risiko
für das lohnt, was wir miteinander teilen. Denn es ist ein
Risiko. Alles ist ein Risiko. Vielleicht liebst du mich nächste
Woche nicht mehr, aber ich hoffe, du hättest es versucht,
wenn wir eine Verpflichtung eingegangen wären. Vielleicht
sterbe ich morgen, und du bereust, dass du es nicht gewagt
hast. Ich war noch nie verliebt, aber ich habe keinen Moment
daran gezweifelt, dass das, was ich für dich empfand,
aufrichtig und ehrlich war. Ich denke, wir hätten glücklich
sein können, aber ich werde nicht länger warten. Ich muss
mein Leben fortsetzen.«

Angst erfüllte seinen Blick. »Versprich mir, dass du nicht
sterben wirst, Cass.«

Beinahe hätte sie gelacht. Das hätte sie sogar vielleicht
getan, wenn sich ihre Beziehung nicht so dramatisch verändert hätte. »Wir haben keine Kontrolle, Ruark. Aber wir
können entscheiden, wie wir uns fühlen. Und jetzt geh bitte.
Du hast Sabrina und Prudence lange genug draußen warten
lassen.«

»Ich wünsche mir nur, dass du glücklich bist«, murmelte
er. Er schenkte ihr ein kleines, trauriges Lächeln und dann
stieg er aus der Kutsche.

Als Sabrina und Prudence einstiegen, starrte Cassandra
auf den verwaisten Platz. Keiner sprach, bis sie sich in Bewegung setzten.

»Hast du etwas davon mitgehört?«, fragte Cassandra, mit
heiserer Stimme.

»Einiges«, antwortete Sabrina. »Du musst nicht darüber
reden, wenn du nicht willst. Vielleicht sollten wir
heimkehren.«

»Nein.« Cassandra blinzelte und legte den Kopf einen Moment lang zurück. »Wexford ist nicht der richtige Mann für mich. Das hatte ich gedacht, aber er kennt sein eigenes Herz nicht. Wie kann ich ihm dann meins anvertrauen?«

»Eine kluge Entscheidung«, bemerkte Prudence.

»Lasst uns zum nächsten Empfang fahren. Ich werde nicht zulassen, dass Wexford mir den Abend verdirbt.« Oder mein Leben.

»Es tut mir so leid, dass es zwischen euch nicht geklappt hat«, bemerkte Sabrina und berührte Cassandra leicht am Arm.

»Glastonbury ist wahrscheinlich eine bessere Partie.« Abgesehen von dem Boxen, aber darüber würde sie noch mit ihm sprechen.

»Du liebst Glastonbury nicht«, flüsterte Prudence.

»Liebe ist nicht länger eine Voraussetzung.« Ein scharfer Stich in ihrer Brust ließ sie wissen, dass ihr Herz da anderer Meinung war, aber sie würde die Mauer darum einfach weiter erhöhen.

»Du hast gesagt, du könntest Wexford dein Herz nicht anvertrauen«, meinte Sabrina und schien Cassandras Gedanken zu verstehen. »Das scheint darauf hinzudeuten, dass du es jemandem anvertrauen möchtest.«

Wieder zuckte sie zusammen, vielleicht weil ihr Herz mit Sabrinas Logik übereinstimmte. »Und das werde ich vielleicht. Morgen werde ich Glastonbury gegenüber ganz offen sein. Ich liebe ihn jetzt nicht, aber ich hoffe sehr, dass wir eine tiefe Zuneigung füreinander entwickeln. Wenn er nicht einverstanden ist, dann ist er auch nicht der richtige Mann.«

Sabrina lächelte tatsächlich. »Du hattest recht, als du meintest, alles sei ein Risiko. Sogar das Aussprechen der Wahrheit. Insbesondere das ist es manchmal. Ich applaudiere dir, dass du dich so direkt äußerst. Offene Kommunikation und Ehrlichkeit sind ein guter Anfang. Hätten Constantine und ich das getan, wäre uns vielleicht eine Menge Herz-schmerz erspart geblieben.«

»War das alles, was es gebraucht hat, damit ihr eure Liebe zueinander gefunden habt?«, fragte Cassandra.

»Größtenteils, ja. Wir beide hatten falsche Vorstellungen und einfach vollkommen verkehrte Erwartungen. Als wir dieses Hindernis aus dem Weg geräumt hatten, war es erstaunlich, wie gut wir miteinander harmonierten.«

»Wie schön«, murmelte Prudence.

»Dann bin ich doppelt froh, meinen Anfang mit Glaston-bury auf diese Weise zu begehen. Morgen werde ich wissen, ob er der Mann ist, den ich heiraten soll.« Schade, dass er nicht der Mann war, den sie begehrte. Doch sie würde darüber hinwegkommen – das musste sie.

KAPITEL 21

*E*ine schwere Bürde lastete auf Ruark, als er zurück zum Empfang trottete, nachdem er Cassandra in der Kutsche zurückgelassen hatte.

Ich muss mein Leben weiterleben.

Freilich musste sie das, und das nahm er ihr nicht übel. Die Schuld lag ganz allein bei ihm. Doch ihre Worte trafen ihn tief.

Er machte sich auf die Suche nach seiner Mutter und seiner Schwester, und sie machten sich auf den Weg zum nächsten Empfang. Seine Mutter plauderte fröhlich über die Mode, die Ananas und insbesondere über die drei geeigneten Junggesellen, die Kat kennengelernt hatte.

Kat hingegen sagte nichts, als sie zum nächsten Halt fuhren. Es war ja nicht so, als könnte sie überhaupt zu Wort kommen.

Ruark erduldete den nächsten Empfang und hoffte, er würde Cassandra nicht wieder begegnen. Aber er konnte ihr nicht ewig ausweichen. Es sei denn, er wollte sich nach Irland zurückziehen. Allmählich fing er an zu glauben, dass dies vielleicht die beste Lösung wäre.

Lucien hatte ein gutes Argument vorgebracht – warum nahm Ruark überhaupt an der Saison teil, wenn er nicht an einer Heirat interessiert war? Weil viele Gentlemen daran interessiert waren, auch wenn sie noch nicht ernsthaft daran dachten, sich eine Frau zu nehmen. MacNair tat das, gleichwohl er wegen seiner Vorliebe fürs Reisen nicht so präsent war wie Ruark.

Als er Lady Aldington auf der anderen Seite des Salons erblickte, beorderte Ruark seine Mutter und seine Schwester rasch zum nächsten Empfang. Danach kehrten sie zum Glück nach Hause zurück.

Kat begab sich umgehend zu Bett, doch seine Mutter blieb mit Ruark in der Eingangshalle zurück. »Gönnst du dir noch einen Schlummertrunk?«, fragte sie.

»Ähm, ja.« Wenn mit Schlummertrunk ein großzügiger Anteil einer Flasche Brandy gemeint war, auf jeden Fall.

Ruark führte sie in sein Arbeitszimmer, wo er zwei Gläser einschenkte. Sie thronte in einem seiner Sessel, als sie sich im Zimmer umschaute. »So ein maskuliner Bereich. Er erinnert mich an deinen Vater.«

»Wie kommt das?« Ruark nahm in einem anderen Sessel Platz und nippte an seinem Brandy, als er gespannt auf die Erinnerungen seiner Mutter wartete.

»Der Überhang von Grün, wahrscheinlich. Das war seine Lieblingsfarbe. Er war ein typischer Ire, der immer von grünen Weiden und Hügeln schwärmte.«

Ruark erinnerte sich, dass sein Vater die meiste Zeit dort verbrachte und nicht in England, wie Ruark seit der Wiederverheiratung seiner Mutter. Gleichwohl es ihm gelungen war, seinen irischen Akzent beizubehalten, räumte er ein, dass er zum derzeitigen Zeitpunkt wahrscheinlich mehr Engländer als Ire war. Er war sich nicht im Klaren, was er davon halten sollte, da er mit jeweils einem Fuß in beiden dieser Länder stand.

Seine Mutter trank einen Schluck Brandy und stieß dann einen Seufzer aus. »Der heutige Abend hat meine Hoffnungen für deine Schwester gestärkt. *Wenn* sie aufhören kann, über Tiere und ihre Forschungen darüber zu sprechen.«

»Da könntest du die Sonne ebenso gut bitten, nicht mehr zu scheinen. Kat ist, wie sie ist, und keine noch so große Einschüchterungsmaßnahme deinerseits wird daran etwas ändern.«

»Ich schüchtere sie nicht ein.« Sie legte die Stirn in Falten, als sie den Unglauben in seinem Blick zu erkennen schien. »Tue ich das?«

»In gewisser Weise«, entgegnete er so freundlich wie möglich. »Du hast nur ihr Bestes im Sinn, das weiß ich, aber sie ist weder du noch Iona. Ihr Verhalten in Gloucestershire sollte das genügend verdeutlicht haben.«

»Wahrscheinlich ja.« Sie klang enttäuscht.

»Ist dir jemals in den Sinn gekommen, sie könnte die ganze Episode inszeniert haben, um zu verhindern, von dir verkuppelt zu werden?«

Seine Mutter holte scharf Luft. »Hat sie das gesagt?«

Ruark schüttelte den Kopf. »Hat sie nicht. Warum lässt du sie nicht hier bei mir und kehrst mit Iona nach Gloucestershire zurück? Du wirst in der nächsten Saison wieder mit ihr zusammen sein, und bis dahin hat Kat sich vielleicht vollkommen verändert. London kann das bei einem Menschen bewirken«, fügte er hinzu.

»Hat es dich verändert?«

»Ich weiß es nicht. Offenbar habe ich damit zu kämpfen, zu erkennen, wer genau ich bin.« Er senkte den Blick auf seinen Brandy, ehe er einen weiteren Schluck trank.

»Das klingt furchtbar introspektiv und langweilig, mein Lieber. Du bist der Earl of Wexford, ein charmanter und beliebter Gentleman, der sich jede Braut aussuchen könnte.

Vielleicht hast du damit zu kämpfen – du brauchst eine Frau.«

»Teilweise ist es das«, gestand Ruark. »Nicht, dass ich eine Frau brauche, sondern nicht zu wissen, ob ich eine will. Zumindest nicht jetzt.« Er blickte zu ihr hinüber. »Hast du Pa aus Liebe geheiratet?«

»Ja, gewiss. Ebenso, wie ich Fergus aus Liebe geheiratet habe. Liebe ist wunderbar.« Sie runzelte die Stirn und kleine Sorgenfalten zeichneten sich auf ihren Zügen ab. »Hast du dich noch nicht verliebt?«

Ruark konnte das Lachen nicht zurückhalten, das ihm über die Lippen kam. »Ja. Wahrscheinlich zu oft. Hat Papa dich auch geliebt?«

Ihr Mund verzog sich und sie nippte an ihrem Brandy, während sie über ihre Antwort nachzudenken schien. Als sie ihre Aufmerksamkeit wieder auf ihn richtete, stellte sie ihren Brandy auf dem kleinen Tisch neben ihrem Stuhl ab. »Ja, er hat mich geliebt. Bis er es nicht mehr tat.«

»Wann war das?« Ruarks Stimme klang, als ertönte sie von der anderen Seite des Raumes.

»Ich kann mich nicht exakt besinnen.« Sie holte tief Luft und dachte nach. »Aber es war nicht lange nach deiner Geburt. Es war äußerst schonungslos – zumindest für mich.«

»Ich kann mich nur daran erinnern, dass ihr euch gezankt habt. Eigentlich kann ich mich gar nicht daran erinnern, dass du und Papa oft zusammen gewesen seid.«

»Meine Güte, wie konntest du das in einem so jungen Alter schon merken?« Sie hielt den Kopf schräg. »Es tut mir leid, dass du das bemerkt hattest.«

Aus irgendeinem Grund beschloss Ruark, ihr die Wahrheit zu sagen. Er stellte fest, dass er es leid war, zu lügen, selbst wenn es nur durch Weglassen geschah. »Papa hat mir etwas gesagt, als er im Sterben lag. Er hat mir das Versprechen abgenommen, nicht zu heiraten, solange ich noch jung bin, denn ich müsste mein Herz kennen. Ich habe ihm damals geschworen, dass ich nicht heiraten werde, bevor ich dreißig bin.«

Sie machte große Augen und teilte die Lippen. Es dauerte eine ganze Weile, bevor sie sprach. »Deshalb hast du nicht geheiratet?«

Er nickte und dann nahm er einen tiefen Schluck Brandy, wobei er dessen schweres Brennen auskostete, als die Flüssigkeit seine Kehle hinabbrann.

Rasch blinzelte sie. »Ich weiß nicht, was ich sagen soll. So etwas hätte ich nie erwartet. Wie in aller Welt hast du das so lange für dich behalten können? Was für eine Bürde für ein Kind, das darunter leiden muss. Ich bin ziemlich wütend auf deinen Vater, weil er dir das gesagt hat.«

»Warum? Er wusste, dass er im Sterben lag und wollte mir jeden väterlichen Rat mit auf den Weg geben, den er geben konnte. Dafür bin ich ihm dankbar.« Mehr hatte Ruark nicht.

»Nur weil dein Vater nicht mehr in mich verliebt war, heißt das nicht, dass es dir ebenso ergehen würde.« Sie schnalzte mit der Zunge. »Dein Vater war viel zu romantisch.«

Wieder konnte Ruark sein Lachen nicht zurückhalten. »Du nennst ihn einen Romantiker? Was macht das aus dir?«

Ein Lächeln umspielte ihre Lippen. »Auch eine Romantikerin, aber nicht so eine törichte, wie dein Vater es war. Wusstest du, dass er mir immer die grässlichsten Gedichte geschrieben hat? Er war so heftig in mich verliebt. Ich hatte keine andere Wahl, als mich hinreißen zu lassen.«

»Du wurdest auch von Fergus umgarnt.«

»Nicht durch Verszeilen, die sich kaum reimten. Fergus war mein Freund, ein ständiger Begleiter, der mir Ratschläge gab und eine starke Schulter zum Anlehnen. Daher rührt die Liebe, die ich für ihn empfinde.«

Alle Annahmen, die Ruark über seine Mutter und die Liebe gemacht hatte, fielen in sich zusammen und er fühlte sich wie ein Dummkopf. »Das mit dir und Fergus wusste ich nicht.«

»Denkst du, ich wollte mich in meinen Verwalter verlieben?« Sie lachte, aber völlig humorlos. »Ich wusste, welchen Anschein das erwecken würde, was die Leute sagen würden, doch ich habe ihn geliebt. Weit mehr als ich deinen Vater geliebt hatte. Es waren zwei sehr unterschiedliche Arten von Liebe. Meiner Ansicht nach gibt es viele davon. Du warst verliebt, hast du gesagt. Woher wusstet du das?«

Ruark überlegte, wie er das beschreiben sollte. »Ich war recht besessen. Ich dachte die ganze Zeit an sie und freute mich auf unser Zusammensein.«

»Das klingt nach Verliebtheit. Was ist mit der Frau selbst? Was hat dich zu ihr hingezogen? Woher rührte diese Besessenheit?«

Ihm kam nur eine Frau in den Sinn: Cassandra. »Ich mochte sie. Sie war, wie Fergus, eine Freundin. Ich freute mich darauf, sie zu treffen ... überall, und mir wurde jedes Mal ganz warm ums Herz. Sie brachte mich zum Lachen und spendete mir Hoffnung.«

»Das klingt für mich nach Liebe.«

War es das? Ruark wünschte, sich sicher sein zu können.

»Ich sehe, dass du dir nicht sicher bist.« Sie lächelte und streckte die Hand aus, um ihn sanft zu berühren. »Nichts im Leben ist ohne Risiko, mein liebster Junge. Und ein Leben ohne dieses Risiko wäre in der Tat sehr langweilig. Es hört sich für mich so an, als ob du dich auf eine bestimmte Frau beziehst, gleichwohl du sagst, du seist schon viele Male verliebt gewesen.«

»Ja, es ist eine bestimmte Frau.«

»Und ist es für sie zu spät?«

»Wahrscheinlich.« Es sei denn, sie hatte den Antrag von

Glastonbury noch nicht angenommen. Das hätte sie doch in
der Kutsche gesagt, oder nicht?

»Wenn das deine Antwort ist, dann würde ich alles
daransetzen, sie umzustimmen. Wenn du meinst, schon
mehrmals verliebt gewesen zu sein, aber diese eine Frau dir
im Sinn geblieben ist, dann sollte dir das etwas sagen.« Sie
schüttelte den Kopf. »Ich würde deinem Vater am liebsten
sofort einen Tritt verpassen. Er hat dich ein Leben lang mit
Zweifeln geplagt.«

Ruark widersprach ihr nicht. Ob das seinem Vater nun
anzulasten war oder nicht, hatte er nicht unrecht gehabt,
seinen Sohn zu warnen. Wäre das nicht geschehen, hätte
Ruark Freya vielleicht mit achtzehn Jahren geheiratet, und
inzwischen wusste er, dass er sie nicht geliebt hatte. Nicht so,
wie er Cassandra liebte. Sie wusste, wie es war, in jungen
Jahren einen geliebten Elternteil zu verlieren und immer
noch zu vermissen. Sie hatte auch Verständnis für das
Versprechen gezeigt und es respektiert, anstatt ihm zu sagen,
er solle es brechen – oder hatte ihm sogar geraten, das nicht
zu tun, als er es selbst vorgeschlagen hatte. Und sie hatte ihn,
wie keine andere Frau, sehr schnell auf seine Mängel hingewiesen. Darüber hinaus war sie unbeirrbar positiv, und
selbst obwohl er sie schlecht behandelt hatte, besaß sie den
Mut, nach vorne zu schauen und weiterzumachen. Das war
keine Schwärmerei, es war völlige Hingabe und Aufopfe-
rung. Er verzehrte sich nach ihr mit einer Heftigkeit, die
schlicht unübertroffen war. Sie erhellte seine ganze Welt,
und wenn er an eine Zukunft ohne sie dachte, sah er nichts
als Finsternis und eine unendliche Leere.

»Tatsächlich hat mich sein Ratschlag hierhergeführt.« Zu
der Frau, die er liebte. Wenn es noch nicht zu spät am Abend
wäre, würde er gleich gehen und es ihr sagen. Spät? Was
hatte die Uhrzeit damit zu tun? Wenn er Zugang zu ihrem
Haus erhalten könnte, würde er auch gleich jetzt gehen.

Doch der gestrenge Butler ihres Vaters – oder irgendeiner seiner anderen starrköpfigen Bediensteten – würden ihn niemals vorlassen.

Seine Mutter trank ihren Brandy aus. »Nun, dann ist es vermutlich gut, dass ich ihn nicht in den Hintern treten kann.« Sie stand auf und nahm ihr leeres Glas mit zum Barschrank. Als sie dann wieder zu Ruark zurückkehrte, der sich ebenfalls auf die Füße erhoben hatte, nahm sie seine Hände. »Ich möchte nur, dass du glücklich bist. Ich habe immer gewusst, dass du romantisch veranlagt bist. Deshalb habe ich dich zur Heirat gedrängt.«

»Nicht, weil *du* mich verheiratet sehen wolltest?«

»Das auch«, gab sie mit einem leichten Lachen zu. »Mütter wollen ihre Kinder glücklich und gebunden sehen. Das ist alles, was ich mir für dich – und für Kathleen wünsche.« Sie ließ von ihm ab und trat zurück.

»Was Kat anbelangt, besinne dich bitte auf den glücklichen Teil.«

»Ich werde es versuchen.« Mit einer schwachen Grimasse wünschte sie ihm eine gute Nacht, ehe sie ging.

Ruark trat an das Fenster und schaute auf den dunklen Hintergarten hinaus, während sein Verstand arbeitete. Er könnte sich in Eveshams Haus stehlen. Cassandras Zimmer befand sich im zweiten Stockwerk. Aber wo? Er konnte schlecht in jedem Zimmer nach ihr suchen. Was, wenn er auf den Herzog stieß?

Vielleicht sollte er bis morgen warten, um sie zu sehen. Er würde sich zur frühesten akzeptablen Stunde einfinden, ehe ein anderer Bewerber vorsprechen würde.

Und was dann? Würde er mit ihrem Vater kämpfen, der ihn mit Sicherheit vor die Tür setzen würde? Der Herzog wollte nicht, dass Ruark ihr den Hof machte, einmal ganz abgesehen davon, sie zu heiraten.

Moment. Er musste die Frau für sich gewinnen, ehe er

auch nur daran denken konnte, ihren Vater zu überzeugen. Wenn er Cassandra nicht gewinnen konnte, war alles andere unbedeutend.

Bartholomew erschien in der Tür. »Ich bitte um Entschuldigung, Mylord, aber ein Mr. Dodd ist hier, um Euch zu sprechen.«

Was um alles in der Welt wollte Mort hier? »Bitte ihn herein.«

Der Butler ging mit einem Nicken hinaus und kehrte einen Moment später mit Fred und nicht Mort zurück. Als Bartholomew wieder gegangen war, bat Ruark Fred in sein Arbeitszimmer. »Ich hoffe, du bist nicht gekommen, um mir zu sagen, dass ich morgen kämpfen muss. Ich weiß, dass Mort einen Ersatz gefunden hat.«

»Das hat er. Allerdings bin ich in arger Bedrängnis.« Er verzog den Mund zu einer angespannten Grimasse. »Glastonburys Gegner wurde heute Abend verletzt und kann morgen nicht antreten. Kämpfe für mich und ich werde dich bezahlen, ob du gewinnst oder verlierst.«

Ruark musste kämpfen, um seine Gedanken von Cassandra abzulenken und zu verarbeiten, was Fred sagte. »Ich brauche das Geld nicht.« Tatsächlich hatte er geplant, seinen gesamten Gewinn an ein Waisenhaus für Mädchen zu spenden.

»Was willst du dann?«

Cassandras Gesicht kam ihm in den Sinn. Aber Fred konnte sie ihm nicht bringen.

»Nichts.«

Fred machte ein finsteres Gesicht. »Verdammt, Wexford. Ich brauche einen Kämpfer, der gegen Glastonbury antritt.«

Ruark schaute den anderen mit hochgezogener Augenbraue an. »Du erinnerst dich, dass Glastonbury mich erst kürzlich geschlagen hat?«

»Ja, weshalb ich dachte, dass du vielleicht eine Revanche wollen würdest.«

»Es gibt tatsächlich etwas, das ich will. Warum hat Glastonbury den Preiskampf vorgeschlagen? Ich habe eine Unterhaltung zwischen euch beiden angehört.«

»Das geht dich nichts an.« Freds finsterer Ausdruck vertiefte sich.

»Willst du nun, dass ich kämpfe oder nicht?«

»Ich *brauche* einen Kämpfer.« Fred fluchte. »Ich habe dir davon nichts erzählt, in Ordnung?«

»Rede.«

Fred stieß die Luft aus, als er seine Hände knetete. »Er ist zu mir gekommen und hat mich gefragt, ob ich einen Preiskampf mit ihm als Kämpfer veranstalten würde. Ich war schockiert, dass ein Viscount um so etwas ersuchte, doch dann eröffnete er mir, dass er Geld brauchte. Wir trafen ein Arrangement. Es klingt, als hättest du bereits davon gehört.«

»Er bekommt bedeutend mehr, als du mir als Bezahlung angeboten hast. Sollte er dies bekommen, ob er nun gewann oder verlor?«

»Ja, aber er hätte gewonnen.«

Ein unbehagliches Kribbeln zuckte Ruark über das Rückgrat. »Willst du damit sagen, dass er ein ausgezeichneter Boxer ist oder dass der Kampf getürkt wäre?«

Fred antwortete nicht, aber das brauchte er auch nicht. Ruark erkannte in seinen Augen das Aufblitzen seines Unbehagens, ehe er den Blick abwandte.

»Wird von mir erwartet, gegen ihn zu verlieren?«, fragte Ruark ungläubig. »Was ist mit meiner Revanche?«

»Nein, du kannst gewinnen!«, stellte Fred mit ernster Stimme klar, ehe er einen Schritt vortrat. »Ich habe dich kämpfen sehen. Ich weiß nicht, was in letzter Zeit mit dir los ist, aber du kannst ihn schlagen.«

Er war von Cassandra abgelenkt gewesen. Und er

hatte keine Erwartung, dass dies nicht anhalten würde. Aber was, wenn er in der Lage war, sie zu überzeugen, ihn zu heiraten? Vielleicht könnte er sich dann konzentrieren. Vielleicht könnte er dann gewinnen. Er musste zugeben, dass er ein gewisses Begehren verspürte, Glastonbury zu schlagen. Nicht weil er vorher gegen ihn verloren hatte, sondern weil der Mann zu Cassandra über den Grund, warum er sie heiraten wollte, nicht ehrlich war. Ruarks Scheinheiligkeit war recht schwer zu verdauen.

»Überleg es dir.« Fred beobachtete ihn erwartungsvoll und wirkte voller Hoffnung.

Das tat er. Bis er an Cassandra dachte. Sie würde nicht wollen, dass er dies tat, nicht mit ihren Schwierigkeiten in Bezug auf Blut. Sie hatte angedeutet, dass dies ein Problem für sie wäre, als sie sich über Glastonburys Eignung unterhalten hatten.

Fred übte weiteren Druck aus. »Du hast zu Mort gesagt, dass du kämpfen würdest, wenn ich keinen anderen fände.«

Ja, das hatte er und er war ein Mann, der sein Wort hielt. Außerdem liebte Ruark das Boxen. Konnte er dies für sie aufgeben? Er stellte sich ein Leben ohne Kämpfen vor und erkannte, dass es nichts im Vergleich zu einem Leben ohne sie war. Ein letzter Kampf.

»Ich werde es tun.«

Fred atmete hörbar auf. »Danke.« Fred stülpte seinen Hut auf den beinahe kahlen Schädel. »Sei um zwei Uhr in Croydon.« Er drehte sich um und ging hinaus, ehe Ruark etwas einwenden konnte. Wenn er um zwei Uhr in Croydon sein musste, konnte er Cassandra schlecht einen Besuch abstatten. Er konnte ihr allerdings etwas schicken.

Vorfreude erfasste Ruark, als er sich zu seinem Schreibtisch umdrehte. Er setzte sich, nahm einen Briefbogen hervor und tauchte seine Feder in das Tintenfass. »Warten wir ab, ob meine Poesie besser ist als die meines Vaters«, murmelte er mit einem Lächeln.

~

Cassandra trug ihr schönstes Tageskleid, mit ihrem Geburtstagsgranaten am Hals, als sie voller Bereitschaft in den Salon schritt, die Besucher zu empfangen, die bald eintreffen würden. Bei ihrem Eintreten blieb sie abrupt stehen, denn das größte Blumenarrangement, das sie je gesehen hatte, zierte den runden Tisch in der Nähe der Fenster. Es nahm sogar die gesamte Tischplatte ein.

Mit einem Lächeln, das ihre Lippen umspielte, trat Cassandra zu den Blumen, bei denen sie einen gefalteten Briefbogen unter den gewundenen Blütenstielen des Arrangements fand. Als sie das Schreiben öffnete, erkannte sie sofort, dass es nicht von Glastonbury stammte.

Meine liebste Cass,

ich liebe Dich. Nicht nur jetzt, sondern für alle Ewigkeit. Wie kann ich das wissen?

Ich bin untröstlich, wenn ich nicht bei Dir bin.
Dein Humor und Deine Freundschaft so rein sie sind.
Du bringst mich zum Lächeln und Lachen.
Deine geistige Reife ist übergroß.
Und meine Zukunft ohne Dich trostlos.

Wie Du sehen kannst, bin ich kein Dichter.

Cassandra hielt beim Lesen inne, um zu kichern.

Ich bin jedoch Dein, in ewiger Liebe.

Sie holte tief Luft, ihr Herz schlug heftig und schnell.

*Ich weiß das, weil ich mich noch nie jemandem gegenüber so tief-
greifend offenbart habe wie bei Dir. Nie habe ich die tiefe Verbundenheit gespürt, von der ich glaube, dass wir sie teilen – ich hoffe,
wir teilen sie. Ich habe Dir keinen Grund gegeben, mir zu
vertrauen, und ich habe Verständnis, wenn Du zauderst. Aber Du
sollst wissen, dass ich Dich mit jedem Teil meines Wesens liebe, und
das werde ich bis ans Ende aller Zeiten tun. Bitte willige nicht ein,
einen anderen zu heiraten. Ich werde Dich morgen besuchen.*

    Ganz und gar Dein,

    Ruark

Sie las den Brief noch einmal und dann ein drittes Mal,
wobei sie die Worte verschlang, als hätte sie tagelang keine
Nahrung zu sich genommen.

»Das ist ein ziemlich spektakulärer Blumenstrauß«,
bemerkte Prudence und setzte sich zu ihr an den Tisch.

»Er ist von Ruark.« Cassandra berührte eine der Blüten,
eine hellrosa Rose. Dann reichte sie Prudence sein
Schreiben.

Prudence war still, während sie las. »Er ist ein *erbärmli-
cher* Dichter.« Sie schaute zu Cassandra hinüber. »Bist du
glücklich?«

»Sehr glücklich«, sagte Cassy leise. »Aber warum ist er
heute nicht gekommen?«

»Er muss beschäftigt sein«, schlug Prudence vor.

Das musste er wohl. Er hatte also Blumen und die
wunderbare Nachricht geschickt und sie ausdrücklich gebeten, sich nicht zu verloben. Bedeutete das, er wollte ihr einen
Heiratsantrag machen? Es hatte den Anschein.

Prudence reichte Cassandra den Brief zurück. »Wieso ist
er plötzlich so sicher, dass er dich liebt und seine Liebe nicht
vergänglich ist?«

»Meinst du, ich kann ihm nicht trauen?«, fragte Cassandra.

»Ich glaube, er selbst hat es am besten ausgedrückt – er hat dir keinen Grund dazu gegeben.«

Ihr Vater betrat den Salon und blieb abrupt stehen, als er die Blumen erblickte. »Hat Glastonbury die geschickt?«

»Nein.« Cassandra nannte den Namen des verantwortlichen Absenders nicht, obwohl sie damit rechnete, dass ihr Vater danach fragen würde.

»Gut.« Der Herzog kam auf den Tisch zu. »Ich wäre nach der Nachricht, die ich ihm heute Morgen geschickt habe, sehr verärgert gewesen.«

Cassandra drehte sich zu ihm um, als der Ärger in ihr aufwallte. »Welche Nachricht?«

»Die Nachricht, in der ich ihm mitteilte, dass sein Werben nicht mehr willkommen ist. Ich fürchte, er war nicht ganz aufrichtig, was sein Interesse an dir betrifft. Mir ist zu Ohren gekommen, dass er dringend Geld braucht. Sein Vater hat die Dinge offenbar falsch gehandhabt – der arme Kerl hat zu viele feminine Verwandte, die er zu versorgen hat –, was dazu geführt hat, dass Glastonbury ziemlich belastet ist. Er ist weitaus mehr an deiner Mitgift interessiert als an dir.«

»Das hat er dir gesagt?« Cassandra dachte an die vergangenen Wochen und ihre vielen Begegnungen mit dem Viscount zurück. Hatte er seine Werbung um sie langsamer betrieben, weil er sie nicht wirklich heiraten wollte?

»Ich habe nicht mit ihm gesprochen. Lucien kam gestern Abend mit dieser Information zu mir. Heute Morgen habe ich Glastonbury mitgeteilt, dass er kein akzeptabler Bewerber für dich ist.«

Lucien hatte es ihm gesagt – und er hatte zugehört? Ihr Verstand versuchte, sich einen Reim auf die ganze Geschichte zu machen. In einem Punkt war sie sich sicher:

Ihr Vater nutzte jede Gelegenheit, sich in *ihr* Leben einzumischen.

»Du musst aufhören, diktatorisch zu entscheiden, wer meine Verehrer sein sollen. Erst vergraulst du Wexford mit deinem abscheulichen Verhalten, während du davon schwärmst, wie perfekt Glastonbury ist, und jetzt sagst du, Glastonbury sei auch nicht würdig. Ich dachte, du hättest versprochen, *ich* könne mir meinen Mann aussuchen.« Cassandras Brust hob sich, als sie endete, und sie starrte ihren Vater an. Ihr Blick wanderte zu Prudence, die sie voller Bewunderung anschaute.

Der Herzog riss kurz die Augen auf. »Du würdest Glastonbury heiraten wollen, sogar nachdem du erfahren hast, dass er nicht ehrlich über seine Beweggründe war?«

»Nein, ich möchte Glastonbury nicht heiraten, aber das ist meine Entscheidung. Und sie hat nichts mit seinen Beweggründen zu tun. Ich habe dir gestern gesagt, dass ich aus Liebe heiraten will, und mit weniger werde ich mich nicht zufrieden geben.«

»Du hattest dich also schon gegen Glastonbury entschieden.« Er klang ein wenig entkräftet. »Von wem sind die Blumen? Ist er derjenige?«

Cassandra hoffte es. Bevor sie antworten konnte, trat Bender ein. »Sie haben einen Besucher, Lady Cassandra. Mr. Mansfield.«

»Bitte führen Sie ihn hinauf, Bender«, antwortete ihr Vater lächelnd. Der Butler entfernte sich, und der Herzog warf sich in die Brust. »Er trägt keinen Titel, aber es ist eine gute Familie. Ich werde mich aus dem Staub machen, damit ich niemanden vergrätze.« Er zwinkerte Cassandra zu, als hätte er sich nicht gerade erst wie ein Alleinherrscher benommen. Dann ging er, während Cassandra ihm nachstarrte.

»Ich will Ruark finden«, murmelte sie, bevor sie ein

strahlendes Lächeln aufsetzte. Gott sei Dank hatte sie Prudence an ihrer Seite, um die, wie es sich anfühlte, endlose Parade von Gentlemen durchzustehen, denen keine Hoffnung beschieden war, ihr Herz zu gewinnen. Es befand sich fest im Besitz eines verheerend charmanten irischen Herzensbrechers.

KAPITEL 22

»*E*s ist mir egal, wie es aussieht«, meinte Cassandra, als die Kutsche bei Ruarks Haus ankam. »Halte mir zugute, dass ich nicht diejenige mit dem herzoglichen Wappen genommen habe.«

»Ich bin eine Gesellschafterin und keine Anstandsdame«, meinte Prudence mit einem leichten Stirnrunzeln.

»Ich weiß und ich danke dir für deine Begleitung, trotzdem du dagegen warst, dass ich herkomme.« Sie sah zu der bezaubernden Fassade von Ruarks Haus in der George Street auf und stellte sich vor, hier zu leben. Es war überraschend leicht. Sie lächelte.

»Wie hätte ich mich weigern können, wenn ich wusste, dass du ohnehin hierherkommen würdest. Oder wenn du so lächelst«, meinte Prudence leise.

Cassandra warf ihr einen aufgeregten Blick zu, ehe sie aus der Kutsche stieg. Sie schritt zur Eingangstür und musste nicht einmal anklopfen, ehe sie sich öffnete.

»Guten Tag«, begrüßte sie den Butler mit einem Nicken. »Bitte richten Sie Lord Wexford aus, dass Lady Cassandra hier ist, um ihn zu sprechen.«

Der Butler besaß ein rundes, volles Gesicht, das ihn jünger aussehen ließ, als er wahrscheinlich war. Er wirkte ein bisschen perplex, was wahrscheinlich daran lag, dass es für eine Lady höchst ungewöhnlich – um nicht zu sagen ungebührlich – war, einen Gentleman aufzusuchen. »Ich bedaure, aber er ist nicht im Hause.«

Obwohl sie diese Antwort erwartet hatte, war sie dennoch enttäuscht und platzte heraus: »Wo ist er?« Sie musste ihn unbedingt sehen.

»Nun, ich denke es steht mir nicht zu, das zu sagen.« Seine Wangen färbten sich rosa.

»Bitte sagen Sie es mir!« Sie schob sich an ihm vorbei und drang in die Eingangshalle vor. »Ich werde nicht gehen, bis sie das tun.«

»Was tun?« Ruarks Mutter schritt geschäftig in die Halle.

»Guten Tag, Mrs. Shaughnessy. Ich suche nach Ruark.« Cassandra trat auf sie zu, und kümmerte sich nicht darum, ob ihr die Unruhe ins Gesicht geschrieben stand. »Wissen Sie, wo er ist?«

Die blauen Augen seiner Mutter nahmen einen hoffnungsvollen Schimmer an. »Sind Sie die Frau, in die Ruark verliebt ist?«

Blinzelnd mühte sich Cassandra um eine Antwort. Seine Mutter wusste von ihr? »Ja?«

»Warum klingen Sie dann so unsicher?«

»Weil er mir erst heute Morgen eine Nachricht mit einem albernen Gedicht geschickt hat, zusammen mit einem übergroßen Blumenarrangement.«

Mrs. Shaughnessy grinste. »Ein Gedicht? War es schrecklich?«

»Sehr.«

»Das ist mein Junge«, murmelte sie, immer noch lächelnd. »Sie können sicher sein, dass er Sie liebt. Offenbar war er zunächst ein ziemlicher Schwachkopf, bis ich ihm erklärte, dass er nicht auf den Rat seines Vaters hätte hören sollen.« Kopfschüttelnd schnalzte sie mit der Zunge. »Mein früherer Ehemann hat den Verstand meines armen Ruark mit Zweifeln gefüllt.«

»Er hat mit Ihnen über mich gesprochen?«

»Nicht speziell über Sie, aber ich ahnte, dass er verliebt war. Eine Mutter weiß so etwas, auch wenn ihr Kind das nicht erkennen kann.« Mrs. Shaughnessy schenkte ihr ein mitfühlendes Lächeln. »Urteilen Sie nicht zu hart über ihn. Wie ich schon sagte, war er ein Narr mit einem Verstand voller Zweifel.«

Nun war Cassandra noch mehr darauf erpicht, ihn zu sprechen. »Wissen Sie, wo er ist? Ich möchte mit ihm reden.«

»Vor seinem Aufbruch habe ich ihn kurz gesehen. Er war auf dem Weg zu einem Boxkampf oder so.« Sie blickte den Butler an. »Stimmt das nicht, Bartholomew?«

»So ist es.« Noch immer war der Mann ganz rosig im Gesicht. »Heute Abend findet ein Preisboxen statt, und er hat zugesagt, daran teilzunehmen.«

Hat er das? Ihr Magen grummelte bei dem Gedanken, dass er kämpfen würde. Sie musste zu ihm gelangen. »Wissen Sie, wo dieser Kampf stattfindet?«

Mrs. Shaughnessy schüttelte den Kopf und trat dann auf den Butler zu. »Wissen Sie es? Es wäre sehr hilfreich für Lady Cassandra. Und für seine Lordschaft.«

»Ich weiß es nicht, aber es wird außerhalb Londons sein.«

Verflixt! Wer könnte wissen, wo die Austragungsstätte liegt? Wahrscheinlich wüsste Glastonbury es. Doch ihn konnte sie nicht fragen.

Lucien würde Bescheid wissen, nicht wahr? Aber sie ärgerte sich über ihn, weil er sich wegen Glastonburys finanzieller Situation an ihren Vater gewandt hatte und nicht an sie. Dennoch war er ihre beste Chance.

»Ich danke Ihnen. Ich weiß Ihre Hilfe sehr zu schätzen.«

Mrs. Shaughnessy trat auf sie zu. »Darf ich davon ausgehen, dass Sie die Zuneigung meines Sohnes erwidern?«

»Das tue ich. Er weiß das schon – ich hatte ihm angeboten, auf ihn zu warten, bis er zu einer Heirat bereit sei.«

Seine Mutter machte große Augen. »Das haben Sie getan? Und er hat Ihnen nicht unverzüglich einen Heiratsantrag gemacht?« Sie runzelte die Stirn. »Er ist wirklich ein Holzkopf.«

»Es scheint, als sei er zur Vernunft gekommen.« Cassandra stellte sich diese Frau als Mutterfigur vor und fühlte die Rührung in ihrer Kehle aufsteigen.

»Es wird zauberhaft sein, Sie in der Familie zu haben, meine Liebe. Ich wusste, dass Sie etwas Besonderes sind.«

Ehe sie etwas Dummes tat, wie zum Beispiel weinen, drehte Cassandra sich um und stieß beinahe mit Prudence zusammen, die hinter ihr gestanden hatte. »Wir gehen zu Lucien. Er wird wissen, wo der Kampf stattfindet.«

Sie kehrten zur Kutsche zurück und waren bald auf dem Weg zu Luciens Terrassenhaus in der King Street.

Prudence drehte den Kopf zu Cassandra, während sie Mayfair durchquerten. »Du hast vor, die Austragungsstätte dieses Boxkampfes zu finden und ... was zu tun?«

»Das weiß ich noch nicht.«

»Du könntest einfach warten, bis er dich morgen besucht.«

»Das könnte ich, aber er sagte, er sei ›in ewiger Liebe‹ mein. Mir liegt viel daran, dass diese Ewigkeit ihren Anfang so schnell wie möglich nimmt.« Dann ergriff sie Prudence´ Hand. »Du denkst wahrscheinlich, ich benehme mich töricht, aber in meinem Herzen weiß ich, dass es richtig ist.«

»Das denke ich eigentlich nicht.« Prudence drückte Cassandras Hand, ehe sie sie losließ. »Ich möchte nur, dass du glücklich bist.«

Cassandra dachte daran, zum Preiskampf zu gehen. Ihr

Magen revoltierte, und kalter Schweiß rann ihr über den Nacken. »Prudence, ich werde deine Hilfe brauchen. Wenn da Blut zu sehen ist, könnte ich in Ohnmacht fallen.«

Prudence erbleichte. »Das hatte ich vergessen. Du solltest nicht gehen. Und nicht nur deshalb. Ich finde, du solltest dich bei so einer Veranstaltung nicht sehen lassen.«

»Es werden Ladys dort sein. Einige sind Schirmherrinnen.« Ihre Tante war auf einer Veranstaltung gewesen, von der Cassandra wusste.

»Aber du bist unverheiratet. Die Ladys, die dort hingehen, sind doch sicher verheiratet.«

Prudence hatte recht, doch das war Cassandra einerlei. »Ich gehe.«

Sie musste zu Ruark, um ihre Zukunft mit ihm zu regeln.

~

Zu Cassandras großer Enttäuschung war Lucien nicht daheim. Sie war jedoch erleichtert, als sie erfuhr, dass er nur die Straße hinunter bei Evie Renshaw war. Cassandra und Prudence entstiegen der Kutsche und wurden rasch in Evies Salon geführt, wo sie und Lucien sich trafen.

Cassandra warf ihrem Bruder einen erwartungsvollen Blick zu und verschwendete keine Zeit, auf den Grund ihres Besuchs zu sprechen zu kommen. »Ich bin gekommen, um herauszufinden, wo heute Abend der Preiskampf stattfindet«, brachte sie ohne Vorrede heraus.

Bei ihrem Eintreten war er aufgestanden und kam nun einen kleinen Schritt vor. »Welcher Preiskampf?«

»Der, in dem Ruark kämpft. Ich muss sofort zu ihm.«

Lucien sah sie stirnrunzelnd an. »Ich dachte, du wärst mit Wexford fertig.«

»Genauso wie ich mit Glastonbury fertig sein sollte?« Sie

wölbte eine Augenbraue, stemmte die Hände in die Hüften und ging einige bedrohliche Schritte auf ihn zu. »Du hast bewiesen, dass du genauso impertinent und lästig bist wie Papa. Sag mir, wo der Kampf stattfindet.«

Er zögerte. »Nein.«

Cassandra hatte ihren Bruder seit vielen Jahren nicht mehr schlagen wollen. Jetzt wollte sie ihn rückwärts auf seinen Hintern stoßen. »Das bist du mir schuldig.«

»Was hast du verbrochen?«, fragte Evie und sah Lucien an. Abrupt drehte sie sich zu Cassandra um. »Was hat er angestellt?«

»Er hat herausgefunden, dass Glastonbury in ernsten finanziellen Schwierigkeiten steckt und mich nur wegen meiner Mitgift heiraten wollte. Anstatt mich über diese Tatsache in Kenntnis zu setzen, hat er es Vater erzählt.« Sie sah ihn finster an. »Hast du versucht, Papas Gunst zu gewinnen?«

Lucien schnaubte. »Das ist eher zwecklos.«

»Genau deshalb hast du es getan«, meinte Evie leise. Sie kam auf Cass zu. »Ignorieren Sie Ihren Bruder. Der Kampf findet in Croydon statt. Sie müssen unverzüglich aufbrechen, wenn Sie rechtzeitig dort sein wollen. Tatsächlich könnten Sie für den Kampf schon zu spät dran sein.«

Cassandra wischte sich mit dem Handrücken über dir Stirn. Hatte sie sich Hoffnungen gemacht, Ruark vom Kämpfen abzuhalten? Sie hatte nicht darüber nachgedacht, aber sie vermutete, dass sie es versucht haben könnte. Der Gedanke daran, dass er verletzt sein könnte, machte sie ganz krank.

»Du hast recht«, meinte Lucien und atmete aus. »Ich habe es Vater erzählt, in der Hoffnung, dass er es hilfreich finden würde. *Mich* hilfreich finden würde.«

Ein Teil von Cassandras Wut verrauchte. »Ich verstehe.«

Er schaute sie zerknirscht an. »Es tut mir leid, Cass. Ich

hätte es dir sagen sollen. Warum willst du Wexford sehen, nachdem ich dir all dies erzählt habe?«

»Weil er mir einen Brief geschrieben hat.«

»Und ein reichlich aufsehenerregendes Blumenarrangement geschickt hat«, warf Prudence ein.

Cassandra nickte in ihre Richtung. »Ja, es ist riesig. Er liebt mich – nicht nur jetzt, sondern für ewig. Ich glaube ihm.«

»Bist du sicher, dass du das tun solltest?«, fragte Lucien.

Anstatt ihrem Bruder auseinanderzusetzen, warum sie das war, schaute sie ihm einfach nur in die Augen und meinte: »Die Liebe ist jedes Risiko wert. Ich liebe ihn, Lu, und ich werde in Erfahrung bringen, was unsere Zukunft für uns bereithält.«

Für einen Moment schaute er sie unverwandt an und dann nickte er leicht. »Ich bringe dich hin.«

»Bitte entschuldige, aber ich möchte lieber nicht mit dir fahren«, erwiderte Cassandra. Sie vergab ihm sein unüberlegtes Betragen, doch bei dieser speziellen Mission wollte sie sich nicht von ihm begleiten lassen. »Prudence kommt mit mir.«

Er legte die Stirn in Falten und warf einen Arm in die Luft. »Es ist ein Preiskampf. Tausende von Menschen werden dort anwesend sein. Du kannst nicht allein gehen.«

»Ich werde nicht allein sein. Ich gehe mit Prudence.«

»Sie ist keine Anstandsdame, geschweige denn jemand, der dich beschützen kann.« Luciens Stirnrunzeln vertiefte sich. »Nimm meine Kutsche mit meinem Kutscher und meinem Diener. Der Diener wird euch zum Kampf begleiten und auf euch beide aufpassen.«

»Ich habe die Kutsche unseres Vaters.«

»Ich kümmere mich darum. Du nimmst meine Kutsche und meinen Diener, sonst gehst du nicht hin.« Er schaute zu Evie. »Bitte überzeuge sie.«

Evie nickte. »Er hat recht, Cassandra. Sie müssen eine Eskorte haben. Ich würde nicht ohne gehen.«

Cassandra musste eingestehen, dass sie sich mit Luciens Dienern auf diesem Ausflug wohler fühlen würde. Das Personal ihres Vaters würde sich wahrscheinlich sträuben, sie zu begleiten. »In Ordnung.«

»Sie sollten auch etwas tragen, um sich zu verkleiden«, schlug Evie vor. »Es ist zwar üblich, dass Ladys an solchen Veranstaltungen teilnehmen, doch *Sie* sollten das nicht tun. Ich werde etwas für Sie holen.« Sie eilte aus dem Salon.

»Du solltest die Nacht dort verbringen«, sagte Lucien. »Obwohl fast Vollmond ist und zum Glück sternenklar, ist es nicht ratsam, bei Nacht zurückzukehren. Ich werde den Kutscher anweisen, eine Unterkunft zu suchen, während du mit Miss Lancaster zum Preiskampf gehst. Ich würde dir ja sagen, dass du ihn zuerst zu den Unterkünften begleiten sollst, aber ich weiß, das wirst du nicht tun.«

»Du hast recht. Solltest du nicht deine Kutsche bringen lassen? Ich muss mich auf den Weg machen.«

»Ja.« Er ergriff ihre Hand, und sie ließ ihn gewähren, obwohl sie sich immer noch ärgerte. »Es tut mir wirklich leid. Ich habe nicht nur versucht, Vater zu beeindrucken. Ich dachte, ich würde dir auch helfen. Aber ich hätte nicht nur ihm, sondern auch dir davon erzählen sollen.«

Sie atmete aus, und damit entwichen ihr auch die Überbleibsel ihres Zorns. »Ich vergebe dir.«

»Ich danke dir. Bist du sicher, dass Wexford dich verdient hat?«

»Das bin ich. Er hatte gute Gründe zu glauben, dass er mit der Heirat warten sollte. Ich bin der Ansicht, genau diese Gründe haben es ihm ermöglicht, zu erkennen, dass er mich wirklich liebt.«

Lucien legte den Kopf schief. »Wie kommt das?«

»In seinem Brief hat er beschrieben, was er für mich

empfindet, und es klang ähnlich wie das, was ich für ihn empfinde. Wenn wir beide denken, dass es Liebe ist, warum sollte es das nicht sein?«

»So ausgedrückt, weiß ich es nicht«, sagte er leise. »Ich denke, er muss dich lieben. Warum sollte er sonst unsere Freundschaft riskieren?«

Cassandra lachte. »Das ist ziemlich hochtrabend ausgedrückt.«

»Ich meinte nur, er hat sich nicht freiwillig in dich verliebt. Das hätte er nicht getan, da er gewusst hatte, was ich empfinde. Es lag wohl gar nicht in seiner Macht.« Ein Lächeln umspielte seine Lippen. »Ich werde meine Kutsche holen.« Er küsste ihre Wange und entfernte sich.

»Deine Familie ist sehr kompliziert«, stellte Prudence kopfschüttelnd fest.

»Brüder können ein Ärgernis sein.« Cassandra lächelte in Richtung der Tür, durch die Lucien verschwunden war. »Aber sie können auch wunderbar sein.«

Evie kam mit einem violetten Umhang zurück. »Das wird reichen, denke ich. Er hat eine großzügige Kapuze, die Ihr Gesicht schützen sollte.« Sie reichte Cassandra das Kleidungsstück und wandte sich dann an Prudence. »Und einen für Sie.«

Prudence nahm den dunkelblauen Umhang. »Danke.«

»Ich bin für Ihre Einmischung bei Lucien dankbar«, meinte Cassandra. »Er ist losgegangen, um seine Kutsche zu holen.«

»Er kann ein Depp sein, aber er meint es nur gut«, bemerkte Evie. »Versprechen Sie mir nur, dass Sie in Croydon vorsichtig sind.«

»Das werden wir.« Cassandra würde sich von niemandem abhalten lassen, zu Ruark zu gelangen.

KAPITEL 23

*R*uark stand in seiner Ecke des Ringes und Erwartungsfreude durchströmte ihn zusammen mit Anspannung. Mort war an seiner Seite und flüsterte ihm gelegentlich ein aufmunterndes Wort zu.

Als er zu Glastonbury auf der anderen Seite des Rings blickte, fragte Ruark sich, ob er Cassandra einen Besuch abgestattet und ihr dabei einen Heiratsantrag gemacht hatte. Oder hatte Lucien nichts mit der Information unternommen, die Ruark ihm gegeben hatte?

Er schüttelte die Schultern aus und ermahnte sich, dass er nicht an sie und das denken durfte, was der Anfang ihres gemeinsamen Lebens sein könnte. Er musste sich vollkommen auf seinen Kampf konzentrieren. Er musste gewinnen. Gegen Glastonbury noch einmal zu verlieren, war vollkommen undenkbar.

Mort rückte näher und sprach mit leiser Stimme dicht an seinem Ohr. »Beweg dich schnell und ziele zuerst auf seine Arme und dann seinen Bauch. Mit Glück wirst du ihn ermüden. Er ist nicht sehr gut darin, seine Energie einzuteilen. Er wird dir das meiste, was er zu bieten hat, am Anfang entgegensetzen.«

Ruark nickte. Er ging zum Mittelstrich und trat seinem Opponenten gegenüber. Sie schüttelten sich die Hände und nahmen ihre Positionen ein. Die Glocke ertönte.

Gemäß Morts Vorhersage zielte Glastonbury mit seinen Fäusten auf Ruarks Schulter.

Ruark tänzelte leichtfüßig zur Seite und wich dem Schlag aus. »Ich bin neugierig, Glastonbury, warum kämpfen Sie? Ich habe erfahren, dass Sie Geldmittel brauchen, aber es gibt doch sicherlich bessere Möglichkeiten. Sie können vielleicht etwas verkaufen?«

»Wie haben Sie ...?« Glastonburys Augen waren dunkel und sein Gesicht gerötet. Er probierte den nächsten Schlag, doch Ruark bewegte sich, ehe sein Gegner ihn treffen konnte.

»Sie sind bankrott oder kurz davor, wie ich gehört habe. Was ist passiert?«

»Verpiss dich.« Glastonburys typischer Charme war vollkommen abwesend. Er schien in der Tat bis zu einem Grad erregt, der fast schon beängstigend war. War er über den Kampf derart aus dem Konzept? Ruark vermutete, dass er gewinnen musste, um seinen Anteil einzustreichen.

Glastonbury griff an und trieb Ruark zurück. Bei diesem Tempo würde Ruark gar nichts machen müssen. Glastonbury würde sich selbst erledigen.

»Ein bisschen empfindlich heute Abend?«, zog Ruark ihn auf. »Ich werde Sie Cassandra nicht heiraten lassen. Sie hat mehr als einen nutzlosen Schmarotzer wie Sie verdient.«

»*Sie* waren es.« Schnarrend holte Glastonbury aus und traf Ruark voll in die Magengegend. »Ich werde sie mit oder ohne Erlaubnis heiraten.« Er setzte seinen Angriff fort und trieb Ruark gegen das Seil, wobei er mehrere Treffer landete, und der letzte davon, der Ruark mitten auf die Brust traf, hatte genügend Wucht, um ihn rückwärts taumeln zu lassen.

Was hatte Glastonbury gemeint? Was hatte Ruark getan?

Abgelenkt glitt Ruark aus und ging zu Boden. Die Glocke ertönte und signalisierte das Ende der Runde, weil Ruark den Boden berührt hatte.

Er sprang auf und kehrte in seine Ecke zurück, wo er beinahe noch einmal fiel. Neben Mort stand Cassandra.

Ruark eilte vor. »Was um alles in der Welt tust du hier?« Der Drang, sie in die Arme zu nehmen, war überwältigend, aber er hatte dreißig Sekunden, ehe die nächste Runde anfing. Jetzt waren es noch weniger.

»Ich habe deine Nachricht erhalten«, antwortete sie einfach. »Ich konnte einfach nicht bis morgen warten, um dich zu sehen.«

Er sah sie mit einem entschuldigenden Lächeln an. »Ich fürchte, ich war heute anderweitig verpflichtet. Aber ich möchte dir sagen, dass dies – sehr zu Morts Enttäuschung, mein letzter Kampf ist.« Er warf seinem Trainer einen raschen Blick zu, der recht bekümmert wirkte.

Mort berührte ihn am Arm. »Du musst zurück. Was immer du tust, um Glastonburys Zorn anzustacheln, hör auf damit. Mach in einfach müde. Du kannst ihn überdauern.«

»Ja, tu das«, pflichtete Cassandra bei. »Lass dich nicht verletzen. Ich liebe dich so, wie du bist.«

»Ich werde nicht bluten. Ich kann nicht ertragen, dir das anzutun.« Er dachte daran, was Glastonbury vor einer Minute gesagt hatte. »Hat Glastonbury dir einen Antrag gemacht?«

Sie schüttelte den Kopf. »Mein Vater hat herausgefunden, dass er nur hinter meiner Mitgift her ist und nicht hinter mir, und er hat ihm ebenfalls eine Nachricht geschickt.«

Ruark nahm ihre Hände, als die Erleichterung ihn durchfuhr. »Ich liebe dich. Heirate mich. Nicht in drei Jahren oder bei Ende der Saison. Morgen. Bitte.«

Mort stieß Ruark an. »Du musst gehen!«

Sie strahlte ihn an und ihre Augen leuchteten im Schein hunderter Laternen. »Ja.«

Grinsend drehte er sich um und sprang genau in dem Moment an die Mittellinie zurück, als die Glocke ertönte. Mit Freude erfüllt und dem Wissen, das er ihm Begriff war, sein restliches Leben mit der Frau zu verbringen, die er liebte, führte er Glastonbury zu einer fröhlichen Jagd an, wobei er ihm allerdings nie erlaubte, zu nahe zu kommen.

»Wer ist das in der Ecke?«, fragte Glastonbury, dessen Blick lange genug in Cass´ Richtung schweifte, dass Ruark die Lücke in der Deckung nutzte. Er stürmte vor und erwischte Glastonbury mit zwei schnellen Schlägen im Magen.

Glastonbury grunzte. Er stolperte zur Seite, was ihn näher zu Cassandra brachte.

Ruark ging in die Offensive und trieb ihn aus der Ecke. Er traf Glastonbury am Arm.

Glastonbury erholte sich und tänzelte rückwärts, um sich dann wieder auf Ruark zuzubewegen.

Glastonbury manövrierte Ruark in seine Ecke zurück und stahl sich einen weiteren Blick in Cassandras Richtung. Dieses Mal riss er die Augen auf. »Ist das Cassandra? Du unverschämter Schuft.«

Ruark hätte die Gelegenheit nutzen können, um den Mann zu schlagen, aber er tat es nicht. Eine Sekunde später bedauerte er dies allerdings, als Glastonbury einen hässlichen Schrei ausstieß und mit seinem bislang schrecklichsten Angriff auf Ruark losging.

Die Arme hoch erhoben, wehrte Ruark ab und sprang beiseite. Trotzdem wurde er von mehreren Schlägen getrof-

fen. Er konnte die Wut und Frustration spüren, die von
seinem Gegner ausgingen.

Entschlossen, nicht zu verlieren – oder zu bluten – ignorierte er Morts Ratschlag und kämpfte mit allem zurück, was
er aufbieten konnte. Ohne von Wut angetrieben zu werden,
waren Ruarks Handlungen gemessener und seine Bewegungen berechnender. Er traf Glastonbury öfter als dieser
ihn traf, und in einem verzweifelten Akt, die Sache zu beenden, schlug Ruark mit einem Aufwärtshaken nach Glastonburys Kinn, was diesem den Kopf zurückschlug und ihn zu
Boden schickte.

Die Glocke ertönte. Glastonbury stand nicht auf.

Fred rief ihm zu und drängte ihn, aufzustehen. Ruark
erwog hinzugehen und ihm aufzuhelfen, aber das sollte er
nicht tun. Kämpfer mussten sich selbst zur Mittellinie begeben, ehe die Glocke ertönte. Er holte tief Luft, um seinen
rasenden Puls zu beruhigen und drehte den Kopf zu Cassandra. Ihr Gesicht war sorgegefurcht. In diesem Moment
wusste er, dass er nie wieder kämpfen würde. Und das war
für ihn vollkommen in Ordnung.

Glastonbury hob den Kopf und stemmte sich auf die
Seite. Er holte tief Luft und dann noch einmal, um sich dann
auf die Knie zu erheben. Dann rappelte er sich auf.

»Es tut mir leid. Ich wollte Sie nicht so treffen. Sie
können meinen Anteil haben«, bot Ruark leise an, sodass nur
er ihn hören konnte.

»Ich will Ihre Wohltätigkeit nicht.« Glastonbury spuckte
roten Speichel auf den Boden.

Ruark sah zu Cassandra und erkannte, dass sie sich abge-
wandt hatte. Eine andere Frau mit einem Umhang, deren
Gesicht von der Kapuze verborgen war, stand bei ihr. War
das Prudence? Er konnte es nicht sagen, aber das nahm er an,
als sie den Arm um Cassandra legte. Er war froh, dass sie
jemanden hatte, der sich um sie kümmerte.

»Sie können nicht weiterkämpfen«, meinte Ruark zu Glastonbury. »Es ist keine Schande. Es war ein guter Kampf.«

Glastonbury drehte sich um und schlug zu. Die ganze Zeit waren Rufe zu hören gewesen, doch nun änderte es sich. Glastonbury war es nicht gestattet zu tun, was er tat.

In dem Moment endete der Kampf.

Ruark wartete nicht ab, um zu sehen, was Glastonbury vielleicht als Nächstes tun könnte. Er stürmte in seine Ecke und schlüpfte unter dem Seil hindurch.

»Du hast gewonnen!«, rief Mort und klopfte ihm auf die Schulter.

»Nicht, wie ich es gern getan hätte.« Er nahm ein Hemd von Mort und zog es sich über den Kopf. »Gehen wir von hier fort.« Er nahm Cassandra am Arm und sah zu ihrer Begleiterin. »Miss Lancaster?«

»Danke, Mylord. Wir haben einen Raum im King's Arms.«

Cassandra schaute zu ihm auf, als sie sich vom Ring entfernten. »Wo wohnst du?«

»Im Red Fox.«

Miss Lancaster schaute an ihm vorbei zu Cassandra. »Du solltest ihn begleiten.«

»Was ist mit den Männern meines Bruders?«, flüsterte Cassandra und ihr Blick fuhr zu den beiden Männern herum, die in der Nähe standen. Ruark erkannte sie beide als zu Luciens Haushalt zugehörig. Er war froh, dass Cassandra ihre Gesellschafterin zum Trost hatte, aber er war doppelt froh, dass Lucien so umsichtig gewesen war, sie mit einer Eskorte nach Croydon zu schicken.

Ein verschmitztes Lächeln spielte um Miss Lancasters Lippen. »Wenn wir vielleicht die Umhänge tauschen und du den Kopf gesenkt hältst, werden sie denken, dass ich diejenige bin, die sich davonstiehlt.«

»Wie sollen wir das anstellen?«, fragte Cassandra.

Ruark schaute entschlossen zu den beiden Männern. »Überlasst das mir. Seid schnell, während ich sie ablenke.«

»Einen Moment«, bat Miss Lancaster und nahm Cassandras Hand. »Ihr habt eine Nacht allein für euch verdient.«

Dankbarkeit leuchtete in Cassandras Augen auf. »Danke. Wir werden am Morgen kommen und dich abholen.«

»Früh – gleich nach Tagesanbruch«, meinte Ruark.

Mit einer herzlichen Begrüßung ging er auf den Kutscher und den Diener zu, um sie in eine Unterhaltung über den Kampf zu verwickeln. Mehrere Menschen kamen, um Ruark zu gratulieren, und er benutzte sie, um den Blick der Männer auf Cassandra und Miss Lancaster zu verstellen – wobei er allerdings umsichtig genug war, dafür zu sorgen, dass er die beiden Frauen weiterhin sehen konnte.

Die Frauen handelten schnell und tauschten die Umhänge, während sie die Köpfe gesenkt hielten.

»Bringen wir Lady Cassandra und ihre Gesellschafterin zur Kutsche, einverstanden?« Ruark trat zu den beiden Frauen und legte den Arm um Cassandra, die jetzt einen dunkelblauen anstatt violetten Umhang trug.

Als sie die Kutsche erreichten, legte Ruark dem Diener eine Hand auf den Arm. »Miss Lancaster hat etwas fallen gelassen. Ich werde sie nach drinnen begleiten – ich muss meine Sachen holen – und sie dann zum King's Arms bringen.«

Der Diener nickte, ehe er der wirklichen Miss Lancaster in die Kutsche half.

Ruark drehte sich mit Cassandra um, und kehrte in Richtung Ring zurück.

»Musst du wirklich zurückgehen?«, fragte sie.

»Nein. Mort wird meine restlichen Sachen bringen. Das Red Fox ist ganz in der Nähe. Komm.« Er hielt sie dicht an seiner Seite, als er sie durch die Menge dirigierte.

Weniger als zehn Minuten später führte er sie die Treppe seines Gasthauses zu seinem geräumigen Zimmer hinauf, dessen breites Fenster einen Blick auf die Massen ermöglichte, die draußen flanierten. Cassandra ging und stellte sich vor das Fenster, während er die Tür schloss und verriegelte.

Sie schob die Haube von ihrem Kopf. »Wie lange wird die Feierei andauern?«

»Wahrscheinlich die ganze Nacht. Ich hoffe, du hast nicht an einen geruhsamen Nachtschlaf gedacht.«

Er ließ sich in einem Sessel neben dem Kamin nieder, in dem jemand ein kleines Feuer angezündet hatte. »Was hattest du vor?« Er zog seine Schuhe aus, wackelte mit den Zehen und war begierig, seine Strümpfe auszuziehen, aber er wollte sie nicht schockieren. Vielleicht wollte sie *schlafen*.

Sie hakte ihren Umhang auf und ließ ihn von den Schultern gleiten, ehe sie ihn an einem Haken bei der Tür aufhängte. »Da wir verheiratet sein werden – morgen sagtest du?«

»Sobald ich eine Sonderlizenz erhalten kann.«

Sie zauderte, und es ging ihm gegen den Strich, dass er diesen Zweifel in ihrem Gehirn gesät hatte. »Bist du sicher?«

Er sprang auf die Füße, ging zu ihr und ergriff ihre Hände. »Ich war mir einer Sache noch nie sicherer. Ich dachte vorher geliebt zu haben, aber das hatte ich nicht wirklich getan. Nicht so.« Er nahm ihr Gesicht zwischen seine Hände.

»Wie kannst du sicher sein, dass ich anders bin?«

»Weil ich es bin.«

»Du hast keine Angst, dass deine Emotionen sich ändern könnten?«

Vehement schüttelte er den Kopf. »Nicht mehr. Ich kann die Zukunft nicht sehen, aber ich kann sie *fühlen*. Ich erwarte, dich in fünfzig Jahren mehr zu lieben als in fünf und mehr, als ich dies heute tue.«

»O Ruark.« Sie lächelte zu ihm auf und unverhohlene Glückseligkeit leuchtete in ihren Augen auf, die sein Herz höher schlagen ließ.

Er beugte den Kopf zu ihr und küsste sie, wobei er all seine Emotionen in sie fließen ließ. Es war ein langer Augenblick, ehe er seinen Mund von ihrem löste. »Und nun? Sollen wir schlafen, meine Komtess in spe?«

Sie fasste ihn an seinem Hemdkragen und zog ihn zu sich herab. »Nie im Leben!«

Cassandra würde keinen weiteren Moment mit Ruark verlieren. »Und ich bin mit deiner Regel für den Verzicht auf den Liebesakt nicht einverstanden. Wir werden morgen heiraten – oder jedenfalls bald. Bitte lass mich nicht warten. Haben wir nicht lange genug gewartet?«

Er fasste sie um den Nacken und seine Augen glitzerten. »Ich habe ein Leben lang auf dich gewartet. Und es war jeden Augenblick wert.«

Er streifte mit den Lippen über ihre und erhob auf eine Weise Anspruch auf sie, wie er es einen Augenblick vorher noch nicht getan hatte. Jener Kuss war süß und verheißungsvoll gewesen. Dieser Kuss war leidenschaftlich und fordernd, und seine Zunge drang in ihren Mund, um sich zu nehmen, wonach ihm der Sinn stand. Sie war mehr als glücklich, ihn zu erwidern, wobei sie sich an seinen Schultern festhielt und ihren Körper an seinen presste.

Mit einer Hand streichelte er liebkosend über ihre Schulter entlang und dann zu ihrer Brust hinüber. »Du trägst viel zu viele Kleidungsstücke«, murmelte er an ihren Lippen. »Endlich werde ich dich vollkommen nackt betrachten können.«

»Du hast Glück, dass ich noch immer für die Besucher

gekleidet bin. Dieses Kleid ist weit weniger kompliziert als die Abendgarderobe.«

»Das *ist* ein Glück.« Er fand die Verschlüsse auf der Vorderseite und öffnete sie, worauf das Mieder auf ihre Taille fiel und die Unterkleider darunter enthüllte.

Mit ihrer Hilfestellung dirigierte sie ihn durch den Prozess, ihr aus dem Kleid zu helfen und bald schon zierte es die Rückenlehne eines Stuhls anstatt sie in Person. Sie drehte sich um und präsentierte ihm ihren Rücken, sodass er ihren Unterrock aufschnüren konnte und im Nu hatte dieser sich zu dem Kleid auf dem Stuhl gesellt.

Dann fing sie an, die Bänder ihres Korsetts aufzuschnüren, doch rasch übernahm er diese Aufgabe, und seine Finger bewegten sich präzise. »Du hast das früher schon gemacht.«

»Nicht auf diese Weise«, versicherte er ihr und streifte mit seinen Lippen über ihren Nacken. »*Niemals* auf diese Weise.«

Er schleuderte das Korsett beiseite und ließ sie in Hemd und Strümpfen – und der einzigen Veränderung, die sie an ihrer Ausstaffierung vorgenommen hatte, ehe sie zu ihrer Suche nach ihm aufgebrochen war: ihren Schuhen. Sie hatte die Pantoffeln gegen Ausgehstiefel getauscht, und jetzt war sie dankbar, dass sie sich dafür die Zeit genommen hatte.

»Vielleicht würde es dir nichts ausmachen, meine Stiefel mit derselben Versiertheit und Geschwindigkeit aufzuschnüren wie mein Korsett?« Mit einem sündigen Blick machte sie sich daran, sich aufs Bett zu setzen.

Schnell zog er seine Strümpfe aus, ehe er vor ihr niederkniete. Sein Blick fand den ihren, als er den ersten Stiefel und dann den zweiten löste. Dann zog er sie vorsichtig aus und stellte sie beiseite.

»Ich nehme nicht an, dass es dir etwas ausmacht, dein Hemd auszuziehen?«, fragte sie mit trockenen Hals, während die Vorfreude in ihr aufwallte. »Mir hatte der Anblick deiner nackten Brust gut gefallen.«

»Tatsächlich?« Er zog das Kleidungsstück über seinen Kopf und ließ es hinter sich fallen. »Besser?«

»Unendlich.« Sie sah sich an ihm satt und rief sich die Nacht in den Stallungen auf dem Crimshaw Ball in Erinnerung. Während der vergangenen paar Tage hätte sie nie gedacht, dass sie diese Freude noch einmal erleben würde.

Er fasste sie leicht um die Fußgelenke und dann strich er mit der Hand über die Rückseite ihrer Beine. Sie schauderte, als seine Hände sich an den Innenseiten emporschoben und unter ihre Strumpfbänder glitten.

»Sollte ich diese anlassen?«, sinnierte er. »Ich denke nicht, so verlockend das auch sein würde? Nächstes Mal. Heute wirst du, wie ich sagte, vollkommen nackt sein, wenn ich in dich sinke.« Er löste die Strumpfhalter und sie atmete in leisen begierigen Zügen.

Dann schob er einen Strumpf von ihrem Bein und beugte sich vor. Seine Lippen presste er auf die Innenseite ihres Knies und seine Zunge tanzte über ihre Haut und an ihrem Oberschenkel hinauf.

Zitternd vor Verlangen, packte sie seine Schulter. Er stieß einen Laut aus und zuckte.

Sie richtete sich auf und ließ ihn los. »Bist du verletzt?« Sie schaute auf seine Schulter hinunter, doch dort konnte sie nur gerötete Haut erkennen. »Vielleicht sollten wir dieses Ereignis verschieben. Du hast einen Kampf hinter dir. Ich kann mir nicht vorstellen, das du dich für diese Sache bereit fühlst.«

Zur Antwort zog er ihr den anderen Strumpf vom Bein und stellte sich zwischen ihre Knie, wobei er zu der unmiss- verständlichen Wölbung in seiner Hose zeigte, die seine Erregung verursacht hatte. »Wie du sehen kannst, bin ich mehr als bereit dafür. Unter keinen Umständen werden wir dies wegen mir verschieben. Es sei denn, du willst lieber warten?«

Beim Anblick seines offensichtlichen Verlangens leckte sie sich die Lippen. »Himmel, nein. Ich möchte dir nur nicht wehtun.«

»Während du weiter solche Dinge tust, wie dir die Lippen leckst und mich anschaust, als ob ich ein exquisiter Ananaspudding wäre.«

»Pudding?« Cassandra spie das Wort vor Lachen beinahe aus.

»Das ist mein Lieblingsdessert.«

Sie verengte die Augen vor Begierde, ihn zu berühren und von ihm berührt zu werden. »Nun, dann ist es eine perfekte Beschreibung, weil *du* mein Lieblingsdessert bist.«

»*Cass.*« Das Wort war ein heiseres Krächzen, das ihr mit einer elektrisierenden Sensibilität über ihre Haut fuhr.

Sie wackelte mit den Hüften und packte dann den Saum ihres Unterhemds, das sie sich über den Kopf zog. »So. Jetzt bin ich nackt, so wie du wolltest.« Sie ballte den Baumwollstoff zusammen und warf ihn vom Bett. »Was hast du vor?«

»Nun, … lass mich einen Moment schauen.« Sein Blick fiel auf ihre Brüste und jetzt leckte er sich die Lippen. Sie pulsierte vor Verlangen, das von ihren Brustwarzen ausstrahlte, die sich unter seinem Blick zusammenzogen, und bis hinunter zu ihrem Geschlecht zog, das nun ganz warm und begierig auf ihn war.

Sein Blick schweifte über sie hinweg und hielte am Scheitelpunkt ihrer Oberschenkel inne. Cass teilte die Beine ein wenig mehr, um ihm mehr zu zeigen. Sie bebte vor Begierde und Beklemmung und sorgte sich, dass sie nicht so begierig sein sollte.

»Leg dich zurück.« Er schaute nicht zu ihrem Gesicht auf, sondern konzentrierte sich nur auf ihr Geschlecht.

Sie zauderte, denn sie war zu sehr in dem Zauber gefangen, der sich zwischen ihnen entspann, um sich schnell zu bewegen.

Er streckte die Hand nach ihrer Brust aus und sein Daumen bewegte sich grob über ihre Brustwarze. Cassandra reckte sich seiner Berührung entgegen und stieß einen leisen Schrei aus, als die Empfindung sie durchzuckte. Dann bewegte er seine Hände zu ihrem Haar, und rasch zog er die Haarnadeln heraus, um sie in seiner Hand zu sammeln und sie dann auf den Tisch neben dem Bett zu legen.

Als er zu ihr zurückkehrte, waren seine Augen dunkel und sein Gesicht vor Verlangen angespannt. Mit gespreizten Fingern fuhr er in ihr Haar und zog die Strähnen lose, sodass sie in einer Kaskade über ihre Schultern und ihren Rücken fielen. Dann kippte er nach vorn, wobei er sie in die Rücken-lage stieß, während er sie wie wild küsste und ihr mit seinen Lippen und der Zunge zu verstehen gab, was er wollte. Was *sie* wollte.

Sie packte ihn und achtete darauf, ihn nicht an der Stelle auf seiner rechten Schulter zu berühren. Sein Mund blieb nicht lange auf ihrem, sondern glitt stattdessen an ihrem Kiefer und dem Nacken entlang, bis er ihre Brust gefunden hatte. Er hielt sie fest, als er sich an ihrer Brustwarze labte. Die Lust, die sie dabei durchzuckte, war unübertroffen, und sie wand sich vor Ungeduld.

»Ruark, bitte«, stöhnte sie und ihr Körper wand sich unter seinem.

»Sag es mir. Was willst du?« Er knabberte sanft an ihr und seine Zähne streiften sie, ehe er sie wieder saugte.

»Dies. Mehr.«

Er zog an ihrer Brust und zupfte an der Brustwarze, als er sie unter ihrem Ohr auf den Hals küsste. »Du kannst dich genauer ausdrücken, nicht wahr? Was *willst* du?«

»Ich will dich.« Ihr Atem kam keuchend und ihr Puls flat-terte wie wild. »Alles von dir. Ich möchte, dass du mich dorthin bringst, wohin du mich früher schon gebracht hast. Berühre mich bitte.«

»Wo?«, verlangte er zu wissen und seine Zunge liebkoste ihren Nacken und ihr Schlüsselbein, während er ihre Brüste weiter liebkoste. »Ist diese Berührung nicht genug?« Wieder kniff er in ihre Brustwarze und brachte sie dazu, sich ihm entgegenzustrecken und aufzuschreien.

»Ja. Nein. Berühre mich tiefer.« Ihre Beschämung drohte, ihr die Worte zu stehlen, aber warum sollte sie solch einem lächerlichen Gefühl nachgeben? »Mein Geschlecht.«

»Aha.« Er ließ seine Hand langsam über ihren Bauch gleiten und steigerte ihre Vorfreude mit dem Streicheln seiner Fingerspitzen. »Hier unten?« Er berührte kaum die Locken zwischen ihren Beinen. Sein Mund war an ihrem Ohr, als er flüsterte: »Deine Muschi. Um vulgär zu sein. Ich fühle mich im Moment sehr vulgär.«

Seine Worte entflammten sie, ihre unbändige Lust verdrängte jeden Anflug von Scham. »Sei so vulgär, wie du willst.«

Er streichelte ihre Schamlippen. »Die Frage ist nur, wie vulgär du mich haben willst.«

Sie schob ihre Hände in sein dichtes, dunkles Haar und blickte in seine blauen Augen. »Tu, was immer du willst. Ich weiß, dass es mir auch gefallen wird.« Sie zwang ihre Muskeln durch ihren Willen zur Entspannung und streckte sich unter ihm vollständig aus, wobei sie die Beine ganz locker ließ und die Arme zur Seite reckte.

Ein verruchtes Lächeln umspielte seine Lippen. »Halt dich an der Bettdecke fest und lass nicht los.« Er wanderte an ihrem Körper entlang und schob eine Hand unter ihre Kehrseite. »Hebe dich ein bisschen für mich an. Gib dich mir hin, Cass.«

Seine Zunge wanderte über ihre Haut, neckend und verlockend. Sie erhob sich vom Bett und ihre Finger verflochten sich in seinem Haar. Dann verlor sie jeden Anschein von Gedanken oder Realität, als er sie in einen Zustand reiner Empfindung und Glückseligkeit trieb. Ohne einen Gedanken fassen zu können, reckte und drehte sie sich, wobei ihr Körper sich willenlos bewegte, während sie auf der Suche nach der Erlösung war, die er ihr zuvor verschafft hatte.

Mit Mund und Fingern trieb er sie bis zum Äußersten, erregte sie und redete ihr zu, bis sie bebte und stöhnte und ihre Lippen eine endlose Flut von Unfug von sich gaben.

Er drückte ihre Kehrseite, und ihr Orgasmus brach wie eine Lawine über sie hinweg, während sie ihre Beine um seine Schultern geschlungen hatte. Bevor sie wieder in die Realität zurücksank, drehte er sie auf dem Bett um und stieg neben sie. Dann bedeckte sein Körper den ihren, und sie spürte, wie sein Geschlecht an das ihre stieß.

»Bereit, meine Liebste?«, murmelte er und seine Lippen fuhren liebkosend über ihre.

Als Antwort schlang sie die Beine um seine Hüften. »Mehr als das. Ich liebe dich, Ruark.«

»Ich liebe dich.« Er küsste sie und lenkte sie damit ein bisschen von der Art und Weise ab, wie er sie dehnte, als er in sie eindrang.

Ihr Unbehagen kämpfte mit der Verzückung, in der sie sich noch immer sonnte.

»Nur noch einen Moment«, hauchte er ihr zu und führte seinen Schaft vorsichtig in sie ein, bis sie sich ausgefüllt fühlte. Dann hielt er inne und küsste ihre Wange. »Tut es weh? Ich habe noch nie ... nicht mit einer Jungfrau.«

»Es ist nicht schmerzhaft, nur ... unangenehm vielleicht?«

Seine Hüften zuckten, und sie spürte ein Aufflackern der Lust. »Sag mir, wann ich mich bewegen soll.«

»Ich denke ... jetzt?« Sie zwang sich, sich zu entspannen. »Küss mich.«

Er gehorchte und ließ seine Zunge gegen ihre gleiten, während er sich ein wenig von ihr zurückzog, um dann wieder vorzustoßen. Er tat dies wiederholt, und mit jedem sanften Stoß gewöhnte sie sich mehr und mehr daran, ihn dort zu haben, wo sie ihn haben wollte. Wo er hingehörte. Ein Teil von ihr. Für immer.

»Kannst du schneller?«, flüsterte sie.

Er lachte leise gegen ihren Hals. «Ich kann machen, was immer du willst. Aber auf jeden Fall schneller. Sag mir einfach, wie du es gern hättest – langsamer, schneller, heftiger, alles.«

Heftiger weckte ihr Interesse, aber dann bewegte er sich schneller und nahm ihr den Atem.

Die Lust baute sich in ihr auf und erhob sie bis zu dieser köstlichen Explosion. Konnte sie das schon wieder fühlen, nachdem sie gerade diesen ersten Höhepunkt erreicht hatte?

»Schneller«, hauchte sie, wollte wieder diese Fülle spüren, zusammen mit der Reibung seiner betörenden Stöße. »Und tiefer.«

»Halt dich an mir fest, Cass.« Er stieß fest zu – jetzt wusste sie, was das bedeutete – und tief, und Lichter tanzten hinter ihren Augenlidern. Es dauerte nicht lange, bis ihre Welt erneut auseinanderbrach, und dann hatte sie ihre Antwort. Ja, sie konnte es wieder fühlen.

Sie umschlang ihn mit den Beinen und grub die Finger in seinen Rücken, als sie ihre Erlösung herausschrie. Dann kam er mit ihr und sein Körper spannte sich an, während er ihren Namen rief.

»Pssst.« Sie kicherte an seinem Hals und schwelgte in Freude und Verwunderung.

Wenige Augenblicke später ließ er sich auf sie sinken, wobei er darauf achtete, sie nicht zu erdrücken. »Du bist großartig, und ich habe dich nicht verdient.« Er küsste sie erneut.

»Sag so etwas nicht. Du verdienst Liebe – jeder verdient sie – und zufälligerweise habe ich eine ganze Menge davon. Es ist alles für dich.« Sie umfasste seine Wangen und blickte in seine schönen Augen.

»Ich werde es nie als selbstverständlich erachten, wie viel Glück ich habe.«

»*Wir* haben. Von nun an sind wir ein Paar. Unzertrennlich.«

KAPITEL 24

ie Morgendämmerung kroch still und grau in das Zimmer und weckte Ruark aus dem besten Schlaf, den er je genossen hatte. Sein Körper schmerzte vom Kampf, doch da waren auch Zufriedenheit und tiefes Glück. Zudem war da auch noch eine hartnäckige Erregung, als Cassandra ihr Hinterteil sanft gegen seinen nun voll erigierten Schaft rieb.

»Tust du das mit Absicht?«, murmelte er in ihrem Nacken und schob seine Hand unter ihren Arm, um ihre Brust zu umfassen.

»Was tue ich?« Ihre Stimme, die dunkel und schlaftrunken war, legte sich über seine erwachenden Glieder und trieb ihn in einen extremem Zustand.

Er wollte sich ihr nach den Aktivitäten der letzten Nacht nicht noch einmal aufdrängen. Außerdem mussten sie sich auf den Weg nach London machen. Zuerst würden sie Miss Lancaster abholen. Er rollte sich auf den Rücken und zwang seinen Körper, zur Entspannung.

Seine Verlobte hatte offenbar andere Vorstellungen. Sie drehte sich um und kuschelte sich an seine Seite. »Warum hast du dich zurückgezogen? Du warst doch so warm. Und reizend.« Mit der Hand streichelte sie über seine Brust und ließ ihre Fingerspitzen über seine Haut gleiten, bis sie seine Brustwarze fand. Dann schloss sie ihren Mund darum und er stöhnte auf.

»Wir müssen uns auf den Weg machen, Cass.«

»Wir haben doch sicher noch ein paar Minuten Zeit.« Ihre Hand wanderte zielstrebig zu seinem Unterleib hinunter, bis sie die Handfläche um seinen Schaft legte.

Bei diesem Tempo würde er nicht mehr als ein paar Minuten brauchen. »Ich wollte dir nach der letzten Nacht eine Verschnaufpause gewähren. Bist du nicht wund?«

»Nicht besonders. Aber vielleicht bist du es. Du hast gestern Abend einen Kampf gewonnen.« Sie streichelte ihn beim Sprechen und machte es ihm sehr schwer, eine zusammenhängende Antwort zu geben. Nicht, dass sie eine Frage gestellt hatte.

»Wenn du darauf bestehst.«

Sie erhob sich über ihn und küsste ihn. »Das tue ich.«

Er führte ihr Bein über seine Hüften und schlug die Bettdecke zurück, womit er sie beide der kühlen Morgenluft aussetzte. Sie keuchte und ihre Brustwarzen wurden runzelig.

Als sie auf ihm saß, streckte er die Hand nach oben und umfasste ihre Brust. »Komm näher«, forderte er sie auf und zog sie, bis sie sich über ihn beugte und ihre Brustwarze so nahe brachte, dass er sie lecken konnte.

Er stützte sich auf den Ellbogen, nahm sie in den Mund und saugte daran, was ihr ein genüssliches Stöhnen entlockte.

»Lüstling«, neckte sie ihn und fasste ihn als Ermunterung weiterzumachen, um den Hinterkopf.

Er setzte seine Zunge und Zähne ein und provozierte sie, ihre Hüften gegen seine zu pressen. Ihr Geschlecht befeuchtete seinen Schaft, und er musste kämpfen, um sich davon abzuhalten, ihre Hüften zu packen und in sie zu stoßen.

»Können wir ... so?«

»Ja.« Er ließ sich auf das Kissen zurückfallen, behielt aber seine Hand auf ihrer Brust. »Nimm meinen Schaft und dirigiere ihn in dich hinein, so wie ich es letzte Nacht getan habe.«

»Ich denke, du wirst mir helfen müssen.« Sie lehnte sich zurück und richtete sich wieder auf.

In dem Moment, in dem sie die Hand um ihn schlang, ließ er die seine auf das Bett fallen und hielt sich an der Bettdecke fest, um nicht die Beherrschung zu verlieren. Mit der anderen Hand zeigte er ihr, was zu tun war. Gemeinsam positionierten sie ihn dort, wo er sein musste.

»Senke dich auf mich herab«, keuchte er, und sein Körper war vor Verlangen angespannt.

Sie beugte sich über ihn, umhüllte ihn mit ihrem Körper, und bewegte sich langsam, aber sehr erotisch. Er schloss seine Augen. »Cass, ich kann nicht ...«

Er legte seine Hand um ihre Taille und drückte sie.

»Was kannst du nicht?«

»Es ist so schwer, bei klarem Verstand zu bleiben. Ich will dir keine Angst machen oder dich verletzen.«

»Das könntest du beides nie tun.« Sie ließ sich über ihn fallen, ihr Haar streifte seine Schultern. »Zeig es mir.«

Er schlug die Augen auf, fixierte sie und drückte sie wieder hoch. »Reite mich. Heftig.« Dann ließ er sie los und stieß mit einer Raserei in sie hinein.

Ihre Schenkel umklammerten seine Seiten, während sie sich mit ihm bewegte. Sie war wie ein exquisiter Schraubstock um ihn herum, der ihn schnell an seine Grenze brachte. Er hielt sich zurück, denn er wollte nicht, dass es vorbei war. Noch nicht.

Dann schlüpfte er mit seiner Hand zwischen sie und

tastete nach ihrer Klitoris. Er streichelte sie, beugte sich vor und saugte noch einmal an ihrer Brust, wobei er hart an der Spitze zog. Nur das hatte sie gebraucht, denn sie schrie immer wieder auf, als ihre Muskeln sich um ihn herum anspannten.

Nur das hatte er gebraucht – ihren Orgasmus. Er stieß noch drei weitere Male in sie und ergoss sich in ihr, wobei er wie ein Tier grunzte, bis er auslaugt war. Und lieber Himmel, wie ausgelaugt er war.

Sie brach über ihm zusammen und ihr keuchender Atem mischte sich mit seinem. Er liebkoste ihren Rücken und küsste ihre Schulter, wobei er Worte der Liebe und des Dankes und Wunders murmelte.

Nach einigen Minuten verließ sie ihn abrupt. »Ich nehme an, dass wir uns beeilen müssen. Pru wird bereits warten.«

Er schaute ihr benebelt zu, wie sie Wasser in eine Schüssel auf der Kommode goss. Dann zog er sich hoch und rieb sich mit den Händen über die Augen. »Hast du irgendeinen Gedanken daran verschwendet, was wir deinem Vater sagen könnten?«

»Ich habe mir viele Gedanken gemacht«, erwiderte sie. »Keiner davon ist angenehm. Wir werden ihn einfach informieren, dass wir heiraten werden. Er kann sich aussuchen, unser Glück zu teilen oder ein Griesgram zu sein.«

»Wozu, glaubst du, wird er sich entscheiden?« Ruark stieg aus dem Bett und schloss sich ihr an, um sich zu reinigen.

Cassandra gab ihm einen raschen Kuss und ging, um ihre Kleidung zu sammeln. »Ich weiß es ehrlich gesagt nicht. Wir hatten neulich ein wirklich gutes Gespräch. Er schien bereit zu sein, mir zu erlauben, in meinem eigenen Tempo zu heiraten – und den Mann, den ich will. Dann ist er gegangen und hat Glastonbury gewarnt, ohne sich darum zu kümmern, was ich vielleicht möchte.« Sie machte ein finsteres Gesicht, als sie sich die Strümpfe anzog. »Nicht, dass ich ihn heiraten wollte. Der Punkt ist, dass es meine Wahl sein sollte. Wenn ich einen Mann heiraten wollte, der mich nur wegen meiner Mitgift begehrt, dann soll es so sein.«

Ruark beendete seine Waschung und drehte sich zu ihr um. »Wusstest du das?«

»Ich wusste es nicht. Ich war sehr wütend auf Lucien, weil er es Vater erzählt hatte und nicht mir. Er hatte keine Bedenken, mir zu sagen, dass *du* unwürdig seist.« Sie band ihre Strümpfe über dem Knie und dann zog sie das Hemd über den Kopf und verwehrte ihm damit ihren entzückenden Anblick. »Dennoch hat er mir nicht die gleiche Höflichkeit erwiesen, was Glastonbury anbelangte.«

Eine Grimasse ziehend, trat Ruark auf sie zu. »Ich hoffe, du wirst nicht auch auf mich wütend sein. Ich fürchte, ich bin derjenige, der von Glastonburys finanziellem Zustand erfahren hatte. Ich hätte es dir selbst gesagt, aber Lucien meinte, du wolltest mich nicht sehen. Also habe ich es ihm mitgeteilt – ich hielt es für überaus wichtig, dass jemand die Wahrheit erfuhr.«

Sie stand auf und hielt ihr Korsett, als sie auf ihn zuging. »Natürlich bin ich nicht wütend auf dich. Wahrscheinlich hätte ich dies nicht einmal von dir selbst hören wollen«, meinte sie leise.

»Es tut mir so leid, was ich dir zugemutet habe.«

Sie legte die Hand um seine Wange und schüttelte den Kopf. »Tu es nicht. Zweifel, insbesondere Selbstzweifel sind etwas Schreckliches. Und die Versprechen, die wir unseren toten Eltern gegeben haben, sind wichtig, selbst wenn sie sinnfrei scheinen.«

»Hattest du deiner Mutter ein Versprechen gegeben?«

Sie ließ die Hand zu seiner Brust sinken. »In gewisser Weise. Ich hoffte, ich würde sie stolz machen. Ich denke, ich hatte meine Saison deshalb so lange verschoben. Ich hatte gefürchtet, es zu verpatzen.«

Er lächelte und schob ihr Haar, das in ziemlicher Unordnung war, aus ihrem Gesicht. »Das könntest du nie tun. Ich kannte deine Mutter nicht, aber es kann nicht sein, dass sie nicht stolz auf dich gewesen wäre.«

»Selbst unter Berücksichtigung meines Benehmens von gestern Abend nicht?« Sie schaute zum Bett und gab ein trockenes Lachen von sich.

»Sie würde so froh sein, dass du glücklich bist und geliebt.« Er küsste sie und sie stieß ihn gegen die Brust.

Mit funkelnden Augen wich sie zurück. »Du wirst uns sogar noch weiter ablenken. Wir müssen uns beeilen.«

Er schaute sie mit offenem Mund an, als sie mit blitzenden Augen von ihm wegtanzte. »Ich? Du warst diejenige, die uns im Bett aufgehalten hat.«

Über die Schulter schaute sie zu ihm zurück und ihr Blick war durch und durch provokativ, was ihm ein Stöhnen entlockte. »Ich habe keine Beschwerde von dir gehört.«

Lachend zog er sich fertig an und half ihr beim Ankleiden, wo sie Bedarf hatte. Kurze Zeit später nahmen sie einen Korb mit Brot, Käse und Ale von der Frau des Gastwirts als Reiseproviant entgegen.

Ruark besprach ihre Pläne für die Abfahrt mit dem Kutscher und dass sie zuerst am King´s Arms Halt machten. Dann half er Cassandra in die Kutsche. Sie zog den Umhang um sich, als Ruark sich neben sie setzte.

Als die Kutsche aus dem Hof rollte, zog Ruark Cassandra an sich. »Wir werden direkt zu dir nach Hause fahren.«

»In deiner Kutsche oder Luciens?«

Ruark dachte über die Frage nach. »Ist das wichtig? Entscheide du.«

»Wir werden deine Kutsche nehmen«, meinte Cassandra

entschlossen. »Es ist eine Botschaft an meinen Vater – wenn er sie sieht.«

»Immer so wagemutig«, murmelte Ruark, ehe er ihr einen Kuss auf die Schläfe gab. »Wie ich das an dir bewundere. Wird er wach sein oder ist er ein Langschläfer?«

Sie drückte sich fester an ihn. »Er steht viel zu früh auf, für jemanden, der so spät in seinem Club bleibt, wie er. Manchmal frage ich mich, ob er genügend schläft. Wir werden ihn umgehend zu Gesicht bekommen, falls du dich das fragst.«

»Ich kann es kaum erwarten.«

Sie lachte. »Lügner. Lass dich von ihm nicht beunruhigen. Wenn er dich auch nur im Geringsten beleidigt, werden wir sofort aufbrechen. Ich werde bis zur Hochzeit bei Con und Sabrina bleiben.«

Sie drehte den Kopf zu ihm. »Glaubst du wirklich, du könntest eine Sonderlizenz bekommen?«

»Mit herzoglicher Unterstützung könnte es leichter werden, aber ich bin sicher, dass alles gutgehen wird. Hoffentlich können wir morgen oder übermorgen heiraten.«

»Meine Brüder werden helfen, wenn du glaubst, dass dies deiner Sache dient.«

»Ich werde nehmen, was immer ich an Unterstützung bekommen kann.« Er küsste ihre Stirn. »Wo würdest du gern heiraten?«

Sie lehnte den Kopf an die Rückenlehne zurück. »Ich habe noch nicht darüber nachgedacht. Vermutlich zu Hause. Es sei denn, Papa ist unmöglich. Dann bei Con und Sabrina, nehme ich an? Wir könnten in dem Wandschrank unter der Treppe stehen.«

Ruark brüllte vor Lachen, als die Kutsche in den Hof des King's Arm einbog. »Du gehst hinein, um Miss Lancaster zu treffen und ich werde Luciens Männer holen. Auf diese

Weise haben sie keine Ahnung, dass du nicht die ganze Nacht dagewesen bist.«

»Das ist genial von dir.«

Er sprang aus der Kutsche und half Cassandra beim Aussteigen. Sie trennten sich und gingen ihren zugewiesenen Missionen nach. Ruark nahm an, dass der Kutscher und der Diener in den Stallungen übernachtet hatten. Als der dort angekommen war, fragte er einen der Knechte der Herberge nach der Richtung.

»Die Kutscher schlafen dort drüben.« Er wies mit dem Daumen zu einer engen Treppe in der Ecke.

»Danke.« Mit leichtem Schritt stieg Ruark die Treppe hinauf und betrat den langen, dämmrigen Raum. Mehrere Pritschen standen an den Wänden, von denen die meisten voll waren. Einige Männer schnarchten noch immer, während andere sich auf ihren Aufbruch vorbereiteten. Etwa in der Mitte fand er Luciens Männer und informierte sie, dass Lady Cassandra und ihre Gesellschafterin in seiner Kutsche nach London zurückkehren würden.

»Das wird seiner Lordschaft nicht gefallen«, meinte der größere der beiden Kutscher, womit er sich auf Lucien bezog.

»Seine Lordschaft wird sich damit abfinden müssen, denn seine Schwester und ich werden heiraten.« Ehe Ruark noch mehr sagen konnte, ertönte ein schriller Schrei von der anderen Seite des Raumes.

»Ruark!« Cassandra rannte mit wehendem Umhang und sich um ihre Fußgelenke blähenden Röcken auf ihn zu. »Sie ist nicht hier!«

»Langsam, Liebes.« Er nahm sie sanft am Arm und versuchte, nicht alarmiert auszusehen. »Miss Lancaster ist nicht in der Herberge?«

Cassandra schüttelte heftig mit dem Kopf. »Ich bin zu ihrem Zimmer gegangen und ihr Bett war unberührt!«

Ruark schaute den Kutscher besorgt an. »Wann haben Sie Miss Lancaster zum letzten Mal gesehen?«

»Wer ist das?«, fragte der kleinere Kutscher, von dem Ruark glaubte, dass er Bridger hieß.

»Die Frau, die ihr nach dem Kampf gestern Abend hierhergebracht habt«, erklärte Ruark, wissend, was als Nächstes kommen würde.

Bridgers Augen weiteten sich, als er Cassandra anschaute. »Wir dachten, es sei Ihre Ladyschaft.«

Cassandras Gesicht war von Sorge gezeichnet. »Das war ich nicht. Ich war mit Lord Wexford zusammen. Miss Lancaster und ich haben die Umhänge getauscht. Sie haben sie zum Gasthaus begleitet.«

»Sie ist eingetreten und seitdem haben wir sie nicht mehr gesehen.« Bridger wurde blass, als er einen Blick mit dem anderen Kutscher austauschte.

Ruark nahm Cassandras Hand. »Lass uns zurück zu ihrem Zimmer gehen. Vielleicht lässt sich dort irgendein Hinweis finden.«

Eilig betraten sie das Gasthaus und die Kutscher folgten ihnen, als sie nach oben gingen. Cassandra öffnete die Tür und führte sie hinein.

Ruark schaute sich im Raum um. Genau wie Cassandra gesagt hatte, hatte niemand in dem Bett gelegen. »Schaut euch sorgfältig nach irgendwelchen Anzeichen um, die uns vielleicht helfen können, herauszufinden, was passiert ist. Hatte sie eine Reisetasche?«

»Ja. Wir beide hatten eine und ich sehe keine«, antwortete Cassandra. »Ruark, dort ist eine Nachricht.«

Er drehte sich vom Bett weg, unter dem er gerade hatte nachschauen wollen. Cassandra stand bei der Feuerstelle und hielt ein Stück Papier in der Hand.

Macht euch keine Sorgen um mich. Ich bin gegangen, um meinen Liebsten zu treffen, damit wir heiraten können. Ich weiß, das ist schockierend für euch alle, aber wisst, dass ich sehr glücklich bin. Bitte sucht nicht nach mir. Es ist nicht nötig, denn ich werde euch in wenigen Wochen wiedersehen.

Cassandra schaute ihn an und ihre Hände hielten das Papier vor ihrer Brust umklammert. »Sie ist durchgebrannt?« Ruark war ebenso entsetzt wie Cassandra aussah. »Mit wem?«

»Ich habe nicht die geringste Ahnung. Prudence hat noch nie jemanden erwähnt. Niemals.« Langsam senkte sie die Arme und hielt die Nachricht in einer Hand. »Sie ist Samstagsmorgens immer ausgegangen – es war ihre Freizeit. Ich vermute, dass sie jemanden kennengelernt haben könnte.«

»Sie war gestern Abend recht glücklich damit, vorzuschlagen, dass du die Nacht mit mir verbringst.« Ruark rückte näher zu Cassandra. »Glaubst du, sie hatte das geplant?«

»Es ist möglich, aber wir sind spontan hierhergekommen. Nachdem gestern mein letzter Besucher gegangen war, sind wir zu deinem Haus aufgebrochen, weil ich nicht bis morgen warten konnte.«

Trotz der Situation lächelte Ruark. »Hat mein Butler gewusst, wo der Preiskampf stattfindet?« Das hatte Ruark ihm nicht gesagt.

»Nein. Ich hatte Lucien in Evies Haus aufspüren müssen. Sie ist diejenige, die es mir erzählt hat.«

»Und deshalb hat Lucien darauf bestanden, dich in seiner Kutsche und mit seinen Männern herzubringen.« Ruark nickte den beiden Kutschern zu, die in der Tür standen. Er sah zu Cassandra zurück. »Ich weiß nicht, wie sie das geplant haben soll.«

»Das weiß ich auch nicht, aber offensichtlich hat sie das

geschafft.« Cassandras Blick beschattete sich. »Ich kann nicht glauben, dass sie mir das nicht erzählt hat. Insbesondere, nachdem ich ihr endlich von dir berichtet hatte.« Sie traf Ruarks Blick. »Dann wiederum hat sie auch verstanden, dass ich mein Versprechen dir gegenüber nicht brechen wollte, um die Dinge zwischen uns zu belassen. Vielleicht haben sie und dieser Mann einander ein ähnliches Versprechen gegeben.«

»Es klingt, als sei sie im Begriff, noch weitere Gelübde abzulegen«, meinte Ruark.

»Ich bin so traurig, dass ich nicht dabei sein werde. Und sie wird auch nicht bei unserer Hochzeit sein.«

Ruark ergriff die Hand seiner zukünftigen Komtess. »Wir werden feiern, wenn sie zurückkehrt.«

»Und ihren Ehemann kennenlernen.« Cassandra lächelte zu ihm auf. »Ich nehme an, dass wir dann jetzt nach London zurückkehren sollten.«

Er küsste die Innenseite ihres Handgelenks. »Unsere Zukunft wartet auf uns, Mylady.«

KAPITEL 25

*A*nstatt auf direktem Wege zum Grosvenor Square zu fahren, erachtete Cassandra es für klüger, Verstärkung mitzubringen. Hierfür waren sie zunächst zu Constantine und Sabrina gefahren. Zum Glück waren sie bereits wach und empfingen Besucher.

Sabrina war von ihren Heiratsplänen begeistert, während Con sich ein wenig überrascht zeigte.

Im Salon seines Hauses warf er Ruark einen finsteren Blick zu. »Ich dachte, Lucien hätte gesagt, Sie würden nicht heiraten.«

»Ich hatte noch nicht die Richtige getroffen. Cassandra ist die Richtige.« Ruark ergriff ihre Hand und blickte ihr mit so viel Liebe in die Augen, dass sie das Gefühl hatte, vor Glück zu platzen.

»Weiß er hierüber Bescheid?« fragte Con.

»Nicht, dass wir heiraten werden«, erwiderte Cassandra. »Wir haben vor, es ihm jetzt zu sagen. Ich denke, es ist das Beste, wenn Lucien und du bei mir seid, wenn ich Papa die Neuigkeit mitteile.«

»Warum? Er wird begeistert sein, dass ihr verlobt seid.«

»Nicht mit mir«, meinte Ruark mit einer Grimasse. »Vor einigen Wochen habe ich, ähm, so getan, als würde ich Cassandra den Hof machen, und das war gar nicht gut gelaufen.«

»Er hat Ruark bei jeder Gelegenheit beleidigt. Weil er Ire ist.«

»Vergiss nicht, dass meine Mutter einen irischen Verwalter geheiratet hat«, fügte Ruark hinzu.

»Ja, das auch noch.« Cassandra blickte zu ihrem Bruder. »Siehst du, warum ich deine Unterstützung nötig habe?«

»Das tue ich.« Er legte einen Arm um Sabrina. »Wir treffen euch dort.«

Erleichterung und Freude überfluteten Cassandra. »Ich danke dir.« Sie stürzte nach vorne, küsste ihren Bruder auf die Wange und umarmte ihre Schwägerin.

Ein paar Minuten später befanden Ruark und sie sich auf dem Weg zu Luciens Haus. Sein Butler führte sie in den Salon, der im hinteren Teil des Erdgeschosses gelegen war.

Ruark fuhr sich mit der Hand über den Kiefer. »Ich hoffe, er schlägt mich nicht wieder.«

»Er hat dich geschlagen?« Cassandra rückte dicht an ihn heran und berührte sein Gesicht.

»Als er mich aus dem Phönix Club verbannt hat.«

Sie starrte ihn an. »Er hat dich aus dem Club verbannt? Kann er das?«

Ruark zog eine Schulter hoch und küsste sie auf die Stirn. »Er behauptet, es sei sein Club, und deshalb könnte er alles tun.«

»Aber er musste dennoch Himmel und Hölle in Bewegung setzen, um Glastonbury eine Einladung zukommen zu lassen«, spottete Cassandra. »Seine Regeln sind furchtbar praktisch für ihn.«

»Wexford hat, glaube ich, etwas Ähnliches gesagt.« Lucien betrat das Zimmer, und er trug einen dunkelblauen

Hausmantel über Hemd und Hose, und seine Pantoffeln glitten lautlos über den Teppich. »Sollte ich mit Neuigkeiten rechnen?«

»Wir werden heiraten«, platzte Cassandra ohne Vorrede heraus. »Morgen, wenn möglich. Sobald Ruark eine spezielle Lizenz besorgen kann.«

»Hat Vater zugestimmt, dabei behilflich zu sein?«

»Er ist noch nicht im Bilde. Du begleitest uns, um es ihm zu sagen.«

Lucien lachte. »Wie um alles in der Welt sollte *mein* Beisein dir helfen?«

»Du bist mein Bruder, und ich möchte wissen, dass du mich unterstützt.« Sie trat an Ruarks Seite, und er legte seinen Arm um sie. »Ich weiß, du denkst, ich sollte Ruark nicht heiraten, aber wir lieben uns, und das ist wirklich nicht deine Angelegenheit.«

Stirnrunzelnd schlenderte Lucien auf sie zu, den Blick fest auf Ruark gerichtet. »Wenn du ihr wehtust, werde ich dir das Leben sehr unbehaglich machen.«

»Das würde ich niemals tun. Ich liebe sie wirklich, Lucien. Mehr als alles andere.«

Nie würde Cassandra müde werden, ihn das sagen zu hören. »Bitte Lucien? Con und Sabrina treffen uns am Grosvenor Square. Wir müssen uns beeilen.«

»Das ist verdammt heikel. Mein bester Freund und meine Schwester.« Lucien schauderte.

»Denke einfach daran – du bist Onkel Lu für unsere Kinder«, schlug Cassandra in der Hoffnung vor, es würde mehrere davon geben.

Lucien hob die Hand. »Aufhören. Bitte. Erst Con und jetzt du. Ich werde von übermäßig glücklichen Menschen erdrückt.« Er formte den Mund zu einem breiten Lächeln. »Ich freue mich sehr für euch.«

Cassandra löste sich von Ruark und umarmte ihren Bruder, der sie fest an seine Brust drückte.

»Falls du mich jemals brauchst – ganz gleich warum –, werde ich stets für dich da sein«, flüsterte er.

Sie zog sich zurück und lächelte voller Dankbarkeit. Dann keuchte sie, als Lucien die Hand hob, als wollte er Ruark schlagen.

Stattdessen umarmte er seinen Freund und klopfte ihm auf den Rücken. »Ich habe gelogen, was die Verbannung angeht. MacNair hatte recht – du kannst nicht verbannt werden. Ich glaube, er sagte: ›Wenn du einmal drin bist, bist du drin.‹«

Ruark kehrte an Cassandras Seite zurück. »Ich gestehe, ich bin erleichtert. Allerdings werde ich keine Zeit dort verbringen, es sei denn, meine Frau erhält eine Einladung.«

Cassandra stockte der Atem in ihrer Brust. Mitglied im Phönix Club zu sein ... womit sie dazugehören würde und an jedem beliebigen Tag Kameradschaft und Freundschaft finden könnte ...

»Wie du weißt, liegt die Entscheidung über die Mitgliedschaft nicht allein bei mir, aber ich denke, ich kann dir versichern, dass Cassandra eine Einladung erhalten wird. Ich werde mein Bestes tun, damit dies schnell erfolgt.« Er zwinkerte Cassandra zu, die ihn erneut umarmte und vor Freude lachte.

Nur das hatte sie sich jemals gewünscht – eine Familie, die sie liebte, Freunde, die sich um sie sorgten, ein Gefühl der Zugehörigkeit. Jetzt hoffte sie nur, ihr Vater würde den Kreis schließen.

*C*on und Sabrina waren kurz vor Cassandra und Ruark, mit Lucien in Begleitung, bei Evesham House angekommen. Sie begaben sich zum Salon, während Bender den Herzog informierte.

Alle außer Cassandra nahmen Platz. Ruark beobachtete sie, wie sie in der Nähe des Kamins auf und ab ging. Von dort aus, wo er in ihrer Nähe saß, konnte er ihre Unruhe spüren. Warum hatte er sich gesetzt? Er sollte an ihrer Seite stehen, wenn der Herzog eintrat.

Ruark stand auf und ging just in dem Moment zu ihr, als ihr Vater hereinkam.

»Was, um alles in der Welt, macht ihr hier zusammen?«, fragte der Herzog, bevor sein Blick auf Ruark fiel. Er riss die Augen auf, und es schien, als hätte der Butler ihn über Ruarks Hiersein nicht in Kenntnis gesetzt. Dieser schlaue betagte Herr. Oder vielleicht hatte er Ruark nicht bemerkt und benötigte eine Brille.

Wie dem auch war, so war der schockierte Blick doch sehr erfreulich. Der Glanz der Verachtung, der darauf folgte, war es nicht.

Cassandra war stehen geblieben und trat nun auf ihren Vater zu. »Papa, das sehr große Blumenarrangement war von Lord Wexford. Er hat mir einen Heiratsantrag gemacht, und ich habe Ja gesagt.«

Überraschenderweise richtete sich die Aufmerksamkeit des Herzogs auf Aldington. »Hast du das arrangiert, als sie gestern Abend in Deinem Haus war?«

Aldington blickte zu seiner Frau und dann zu Cassandra. »Ähm ...«

»Sie war nicht bei Con«, erwiderte Lucien und erhob sich aus seinem Sessel auf. »Ich habe dir das nur gesagt, um zu vertuschen, dass sie mit Wexford in Croydon war.«

Der Herzog war verdattert und sein Blick wanderte von

Lucien zu Cassandra und dann zu Aldington. Schließlich richtete er ihn – eher bedrohlich – auf Ruark. »Du hast meine Tochter ruiniert?«

Cassandra baute sich vor Ruark auf. »Nein, Papa. Wir sind verliebt, und er ist der Mann, den ich heiraten werde. Du sagtest doch, ich dürfte wählen.«

»Nicht ihn«, knurrte der Herzog.

»Ich schwöre, Ihr Wappen braucht einen Wolf«, murmelte Ruark. Er trat um Cassandra herum. »Verzeihung, Euer Gnaden. Ich hätte mit Euch reden sollen, ehe ich Eurer Tochter einen Heiratsantrag gemacht hatte.«

»Nein, das hättest du nicht tun sollen.« Jetzt knurrte Cassandra. »Wie ich schon sagte, es war meine Entscheidung. Ich habe mich für Ruark entschieden, Papa. Ich hoffe, du wirst dich für uns freuen.«

Der Herzog musterte sie einen Moment. »Ich habe dir gesagt, was Liebe ...« Er unterbrach sich und wandte sich ab.

»Worin genau besteht Ihr Einwand gegen Lord Wexford?«

Alle drehten die Köpfe in Sabrinas Richtung.

»Gib Acht, Vater«, mahnte Con. »Wenn es daran liegt, dass er Ire ist oder wen seine Mutter geheiratet hat, musst du das vergessen. Er ist ein guter Mann und er liebt Cassandra.«

»Außerdem ist er vermögend und genießt einen guten Ruf«, warf Lucien ein. »Alle mögen ihn. Cassandra und er werden wahrscheinlich eine der begehrtesten Einladungen in London sein – wenn sie sich entschließen, Gäste zu empfangen.«

Im Raum herrschte Schweigen, während der Herzog anscheinend vor Wut rauchte. Er machte auf dem Absatz kehrt und verließ den Raum.

Lucien lief ihm nach, und Con sprang auf.

»Nicht«, gebot Cassandra und beeilte sich, die beiden

aufzuhalten. »Lasst mich mit ihm reden.« Lächelnd blickte sie zu Ruark.

»Ich liebe dich«, sagte er lautlos. Sie drehte um und ging hinaus, während Ruark hoffte, dass sich die Dinge nach ihren Wünschen entwickelten. Dass sie auf die eine oder andere Weise heiraten würden, wusste er, aber um ihretwillen wollte er, dass sie ihren Vater an ihrer Seite hatte.

～

Cassandra holte tief Luft, als sie ihrem Vater aus dem Salon folgte. Er stand am oberen Ende der Treppe, die Stirn in Falten gelegt.

Langsam ging sie auf ihn zu, um ihn nicht weiter zu verärgern. Als er von Liebe gesprochen hatte, hatte sie sich gefragt, ob er wirklich gegen ihre Heirat mit Ruark war, weil sie ineinander verliebt waren. Er wollte nicht, dass sie verletzt wurde.

Sie ging zu ihm und ergriff seine Hand. Seine Haut fühlte sich kühl und trocken an. »Du willst nur, dass ich glücklich bin, das weiß ich und du möchtest nicht, dass ich Schmerz oder Leid erdulden muss. Als Mama starb, hatte es sich ange-fühlt, als ob meine Welt untergegangen wäre. Danach war ich lange sehr einsam. Du hast dein Bestes getan, aber zum ersten Mal habe ich wieder das Gefühl, zu jemandem zu gehören. Ich habe die Chance auf eine große, liebevolle Familie. Und jetzt, wo meine Brüder keine Sturköpfe mehr sind, habe ich auch meine Familie. Bitte sag mir, dass du ein Teil davon sein willst. Ich könnte es nicht ertragen, wenn du das nicht wärst.«

Seine Miene wurde sanfter. »Ich habe dir nie etwas abschlagen können.« Er bedachte Ruark mit einem Blick aus zusammengekniffenen Augen. »Bist du sicher, dass er dich glücklich machen wird?«

»Vollkommen sicher.«

Er beugte sich vor, um sie auf die Wange zu küssen. »Dann gebe ich dir meinen Segen.«

»Ich danke dir, Papa. Das bedeutet mir sehr viel.« Sie umarmte ihn, doch er fühlte sich immer noch steif an. Er brauchte Zeit, um dies zu akzeptieren. Davon würde er leider nicht viel haben. »Ruark wird eine Sondergenehmigung beantragen. Hättest du etwas dagegen, wenn wir hier heiraten?«

»Ich, ähm, in Ordnung.« Er runzelte die Stirn. »Ich werde dich schneller verlieren, als ich dachte.«

»Ich dachte, du hättest es eilig, mich zu verheiraten!«

»Das hatte ich auch, aber jetzt, wo der Moment gekommen ist, habe ich wohl gemerkt, wie sehr ich deine Gegenwart genieße. Das hätte ich dir öfter sagen sollen. Ich hätte mehr tun sollen, nachdem deine Mutter gestorben war. Es tut mir leid, Cass.«

Ihr Herz krampfte sich zusammen. So hatte er sie nicht mehr genannt, seit sie klein war. »Du hast dein Bestes getan, Papa. Liebe mich einfach. Mehr brauche ich nicht.«

»Das kann ich zuwege bringen.« Darauf nahm er sie in seine Arme und drückte sie fest an sich.

Dies war der schönste Tag, den Cassandra je erlebt hatte.

Bis zu ihrem Hochzeitstag zwei Tage später.

EPILOG

Der Phönix Club

*D*ie Hochzeit von Lord und Lady Wexford kam für London vollkommen überraschend. Seit sie vor drei Tagen geheiratet hatten, war eine Flut von Einladungen eingegangen – und es waren die glücklichsten drei Tage in Ruarks Leben. Als er jetzt mit seiner Frau am Arm den Phönix Club betrat, glaubte er nicht, dass er je glücklicher sein könnte. Doch als er zu Cassandras strahlendem Gesicht hinübersah, wusste er, dass er die Freude, die ihr gemeinsames Leben mit sich bringen würde, noch nicht einmal ansatzweise zu spüren bekommen hatte.

Einerseits schätzte er den Rat seines Vaters, denn er hatte dafür gesorgt, dass Ruark noch immer unverheiratet war, als er Cassandra im Schrank gefunden hatte. Andererseits wünschte er sich, dass er nicht an sich oder seiner Liebe zu Cassandra gezweifelt hätte.

Sie hatten nichts von Miss Lancaster gehört, aber sie machten sich auch keine Sorgen. Sie hatte in ihrer Nachricht hervorgehoben, dass sie glücklich war. Cassandra freute sich auf ihre Rückkehr.

»Es fühlt sich so anders an, jetzt, da ich ein Mitglied bin«, meinte Cassandra, als sie durch das Foyer auf der Seite der Gentlemen schlenderten. Weil es Dienstag war, war ihr der Zugang zu den gesamten Räumlichkeiten gestattet.

»Tatsächlich?« Ruark hob den Blick zum Pan Gemälde und deutete darauf, um Cassandras Aufmerksamkeit zu erregen. »Wenn du in die Ecke dort schaust, kannst du deinen Bruder zusammen mit mir, Deane und MacNair sehen.«

Ihr klappte die Kinnlade herunter. »Das seid ihr? Wie clever!«

»Dein Bruder ist von sentimentaler Natur.«

»Zu dieser Schlussfolgerung bin ich gekommen, als er mir die Miniatur meiner Mutter geschenkt hat.« Sie stand auf dem Nachttisch in ihrem Schlafgemach.

Ruark wünschte, er hätte ihre Mutter kennengelernt, wie es ihm auch leidtat, dass sie seinen Vater nicht kennenlernen konnte. Er war froh, dass seine Mutter und seine Schwestern der Hochzeit beiwohnen und Cassandra in der Familie willkommen heißen konnten, was sie mit großer Begeisterung getan hatten. Ruark wusste nicht, wer glücklicher war – seine Mutter oder Kat.

Zuletzt hatte er ihre Mutter davon überzeugt, dass Kat in London bleiben sollte. Er schrieb den Erfolg dem Umstand zu, dass er sich endlich eine Frau genommen hatte. Sie war froh, wenigstens einen Sieg errungen zu haben, selbst wenn sie keinen Anteil daran gehabt hatte.

»Wohin sollen wir zuerst gehen?«, fragte Ruark. »Ich würde dir ja eine Führung anbieten, aber du warst ja schon mal hier.«

»Ich habe nur sehr wenig davon gesehen. Hauptsächlich
nur das Innere eines Wandschranks.« Ihr Blick war plötzlich
voller Hitze. Fast hätte er kehrtgemacht und wäre mit ihr
nach Hause gefahren.

»Dann erlaube mir, einen Rundgang mit dir zu machen.«
Er führte sie von Raum zu Raum, erkundete das gesamte
Erdgeschoss und begleitete sie dann die Treppe hinauf. Im
Mitgliederrefugium herrschte reges Treiben, wie es an
Dienstagabenden typisch war.

Mort saß in seinem Lieblingssessel, erhob sich aber, als
Ruark und Cassandra sich näherten. »Guten Abend, Lord
Wexford, Lady Wexford.« Er verneigte sich.

»Cassandra, gestatte mir, dir meinen früheren Boxtrainer
vorzustellen, Mr. Mortimer Dodd. Mort ist so etwas wie ein
Vater für mich gewesen.«

Sie lächelte breit und vollführte einen Knicks vor Mort.
»Es ist mir eine echte Freude, Ihre Bekanntschaft zu machen.
Ich wusste gar nicht, dass Ruark jemanden wie Sie in seinem
Leben hat.« Sie warf Ruark einen Blick zu und murmelte:
»Wie schön.«

»Ich werde ihn im Boxclub vermissen«, entgegnete Mort
mit tiefem Bedauern. »Zumindest war dein letztes Mal im
Ring absolut brillant.«

»War Glastonbury schon im Club?«, fragte Ruark.

»Seit dem Kampf hat ihn niemand mehr gesehen. Ich
frage mich, ob er nach Wiltshire zurückgekehrt ist, um seine
Wunden zu lecken.«

Ruark vermutete es. Er hatte den Kampf verloren – und
das damit verbundene Geld, und Cassandras Mitgift. Wahrscheinlich versuchte er nicht nur, seine Wunden zu lecken,
sondern auch eine neue Strategie auszuhecken, um an die
benötigten Mittel zu gelangen.

Sie unterhielten sich noch einige Minuten mit Mort, ehe

sie in die Bibliothek weitergingen. Evie kam ihnen entgegen, als sie gerade eintraten. »Wie schön, euch beide zu sehen. Meine Güte, die Ehe bekommt euch, aber das wundert mich nicht.«

»Warum das?«, fragte Ruark mit einem Lächeln.

»Abgesehen von dem Vorfall auf Cassandras Geburtstagsparty?«

Ruark unterdrückte ein Lachen, als sie das Wort Vorfall benutzte. Er warf einen Blick zu Cassandra und bemerkte, dass es ihr ebenso erging.

»Es schien schon immer etwas … Unterschwelliges zwischen euch zu sein«, fuhr Evie fort. »Das liegt allerdings vermutlich daran, dass ich von eurem Zusammensein vor Wochen in diesem Wandschrank gewusst habe.«

Cassandra schnappte nach Luft. »Du wusstest es?«

»Ein Dienstmädchen hat gesehen, wie Ruark den Wandschrank verlassen hat. Ich habe alles kombiniert und bin auf die einzige Antwort gekommen.« Sie lächelte Ruark an. »Ada wäre so stolz.« Ada war die Buchhalterin des Clubs.

Ruark konnte sich ein Lachen nicht verkneifen. »Sie können wunderbar Geheimnisse hüten.«

»In meiner Position muss man das auch«, entgegnete sie ironisch. »Wenn du nur wüsstest, in welche Schwierigkeiten die Leute in diesem Gemäuer geraten.« Ihr Blick wanderte zur Tür. »Entschuldigt mich einen Moment.«

Cassandra schüttelte den Kopf. »Ich kann nicht glauben, dass sie es die ganze Zeit wusste.«

»Sollen wir unseren Rundgang beenden?«, fragte er.

»Aber ja, das sollten wir.«

Ruark führte sie aus der Bibliothek und weiter durch den ersten Stock. Sie verweilten vor dem Wandschrank – ihrem Schrank –, aber es waren zu viele Leute unterwegs, um sich hineinzustehlen.

Stattdessen führte er sie die Treppe hinauf in den weitaus stilleren zweiten Stock, in dem es mehrere Schlafgemächer gab – und mindestens zwei Wandschränke. Er führte sie bis in die hinterste Ecke, um dann einen Schlüssel aus seiner Tasche zu holen und die Tür aufzuschließen.

»Wohin führst du mich?«

»Wir sind auf einem Rundgang, schon vergessen?« Er führte sie hinein und schloss die Tür hinter ihnen.

Eine Lampe erleuchtete ein kleines, aber gut ausstaffiertes Schlafgemach.

Cassandra trat vor das Bett und schlang eine Hand um den Pfosten. »Ruark, versuchst du etwa, mich in jedem Zimmer des Clubs zu verführen?« Sie drehte sich um und warf ihm einen herausfordernden Blick zu.

»Ich dachte, wir könnten uns ein paar Minuten für uns allein stehlen.« Er streifte seinen Frack ab und warf ihn über einen Stuhl, ehe er auf sie zuging.

»Aber wir sind doch gerade erst angekommen.«

»Ich habe dich im ganzen Club herumgeführt. Es wird nur ein paar Minuten dauern.« Er nahm ihre Hand und zog sie an sich.

»Du brauchst nie nur ›ein paar Minuten‹«, entgegnete entnervt, aber auch mit Hitze.

»Ich verspreche, ich werde mich dieses Mal sputen. Oder ich werde es zumindest versuchen – es liegt wirklich ganz an dir.« Er küsste sie, und sie antwortete ihm begierig. Dann fasste er sie um die Taille und hob sie auf das Bett. »Siehst du, ich werde deine Röcke hochschieben und meine Zunge in dich tauchen. Ich kann es in die Länge ziehen, oder ich kann es schnell machen, wenn du wirklich willst.«

Sie zog ihr Kleid hoch und legte sich zurück. »Überrasche mich.«

Grinsend senkte Ruark den Kopf zwischen ihre

gespreizten Beine. Er leckte an ihrem Geschlecht, doch sie setzte sich abrupt auf und durchkreuzte seinen Plan.

Sie hielt seinen Nacken umklammert und küsste ihn leidenschaftlich. »Ich liebe dich. Und ich hoffe, du wirst mich immer wieder überraschen.«

»Ich werde mein Bestes tun, denn ich liebe dich ebenfalls. Über die Maßen. Ich kann mir nicht vorstellen, wie mein Leben ohne dich aussehen sollte.«

Sie lächelte verführerisch und fuhr mit dem Daumen über seine Lippe. »Nun, das ist einfach. Es wäre absolut intolerabel.«

Wollen Sie erfahren, wie es mit Prudence weiterging und mit wem sie durchgebrannt ist? Verpassen Sie nicht das nächste spannende Buch des Phönix Clubs, UNSCHICKLICH: Eine Vernunftehe!

Ich danke Ihnen sehr, dass Sie **Intolerabel** gelesen haben. Ich hoffe, es hat Ihnen gefallen!

Möchten Sie erfahren, wann mein nächstes Buch verfügbar ist? Sie können sich für meinen Deutscher Newsletter anmelden, mir auf Amazon.de folgen und meine Facebook-Seite liken. Alle Newsletter-Abonnenten erhalten exklusive Bonus-Geschichten, die sonst nirgends erhältlich sind, unter anderem auch die einleitende Vorgeschichte zur Buchreihe *Der Phönix Club.*

Rezensionen helfen anderen, Bücher zu finden, die für sie geeignet sind. Ich schätze alle Bewertungen, ob positiv oder negativ. Ich hoffe, dass Sie erwägen werden, eine Bewertung bei Ihrem bevorzugten der Seite Ihres bevorzugten Internet-Netzwerkes abzugeben.

Ich mag meine Leser so sehr. Danke!

**Sind Sie an weiterer Regency-Romantik interessiert?
Schauen Sie sich meine anderen historischen Serien an:**

Die Unberührbaren

Geraten Sie ins Schwärmen über zwölf der begehrtesten und
schwer fassbaren Junggesellen der feinen Gesellschaft und
die Blaustrümpfe, Mauerblümchen und Außenseiterinnen,
die sie in die Knie zwingen!

Die Unberührbaren: Die Prätendenten

In der faszinierenden Welt der Unberührbaren spielend,
handelt die Saga von einem Geschwistertrio, die sich darin
auszeichnen, sich als jemand auszugeben, der sie nicht sind.
Werden ein unerschrockene Bow Street Ermittler, ein
niedergeschmetterter Viscount und eine desillusionierte
Dame der feinen Gesellschaft es schaffen, ihre Geheimnisse
zu lüften?

Ruchlose Geheimnisse und Skandale

Sechs unglaubliche Geschichten, die sich in den glamourösen
Ballsälen Londons und den herrlichen Landschaften
Englands abspielen. Das erste Buch, **Ihr ruchloses
Temperament** erscheint in Kürze!

Die Liebe ist überall

Herzerwärmende Nacherzählungen klassischer
Weihnachtsgeschichten im Regency-Stil, die in einem
gemütlichen Dorf spielen und von drei Geschwistern und
dem besten Geschenk von allen handeln: der Liebe.

Der Club der verruchten Herzöge

Sechs Bücher, geschrieben von meiner besten Freundin, der

New York Times Bestseller-Autorin Erica Ridley, und mir. Lernen Sie die unvergesslichen Männer von Londons berüchtigtster Taverne, dem Verruchten Herzog, kennen. Verführerisch attraktiv, mit Charme und Witz im Überfluss, wird eine Nacht mit diesen Wüstlingen und Filous nie genug sein ...

ÜBER DIE AUTORIN

Darcy Burke ist die USA Today Bestsellerautorin für sexy, emotionale, historische und zeitgenössische Romantik. Darcy schrieb ihr erstes Buch im Alter von 11 Jahren – mit einem Happy End – über einen männlichen Schwan, der von der Magie abhängig war, und einen weiblichen Schwan, der ihn liebte, mit nicht sehr gelungenen Illustrationen. Schließen Sie sich ihr an newsletter!

Darcy, die in Oregon an der Westküste der Vereinigten Staaten geboren wurde, lebt am Rande des Wine Country mit ihrem auf der Gitarre spielenden Ehemann und ihren beiden ausgelassenen Kindern, die das Schreiben geerbt zu haben scheinen. Sie sind eine nach Katzen verrückte Familie mit zwei bengalischen Katzen, einer kleinen, familienfreund-lichen Katze, die nach einer Frucht benannt ist, und einer älteren, geretteten Maine Coon, die der Meister der Kühle und der fünf-Uhr-morgens-Serenade ist. In ihrer ›Freizeit‹ ist Darcy eine regelmäßige ehrenamtliche Mitarbeiterin, die in einem 12-stufigen Programm eingeschrieben ist, in dem man lernt, ›Nein‹ zu sagen, aber sie muss immer wieder von vorne anfangen. Ihre Lieblingsplätze sind Disneyland und das Labor Day Wochenende in The Gorge. Besuchen Sie Darcy online unter https://www.darcyburke.net.